# Inhalt

# Der Babylöffel

Patricia Highsmith

Claude Lamm, Professor für englische Lyrik und Literatur, gehörte seit zehn Jahren zum Lehrkörper der Columbia University. Klein, zur Korpulenz neigend, mit einer Glatze mitten im kurzgeschnittenen schwarzen Haar sah er nicht aus wie ein College-Professor, sondern eher wie ein kleiner Geschäftsmann, der sich aus irgendeinem Grund in Kleidern versteckte, die ihm für einen College-Professor passend schienen – solide Tweedjacketts mit Lederflecken an den Ellbogen, ungebügelte graue Flanellhosen und selten geputzte Schuhe. Er wohnte in einem der großen trostlosen Häuserblocks, die sich im Osten und Süden der Universität breitmachen, einem düsteren aschfarbenen Haus mit einem gebrechlichen Fahrstuhl und einem üblen Gemisch alter und neuer Gerüche. Claude Lamm verstärkte den trübseligen Charakter der sonnenlosen Fünfzimmerwohnung noch dadurch, daß er sie mit schwammigen Sofas, Büchern, Zeitschriften und Fotos von klassischen Gebäuden und Landschaften vollstopfte, für die er ein Faible zu haben behauptete, das er gar nicht hatte.

Vor sieben Jahren hatte er Margaret Cullen geheiratet, eine der faden, farblosen Frauen, wie sie überall zu Hause sein könnten außer in New York und die sich dann unglaublicherweise als geborene New Yorker herausstellen. Sie war fünfzig, acht Jahre älter als Claude, mit einem unscheinbaren, offenen Gesicht und einer Aura von verbissener Minderwertigkeit. Claude hatte sie durch einen anderen Professor kennengelernt, der Margarets Vater kannte, und hatte sie geheiratet, aus einem unbewußten Bedürfnis nach Mütterlichkeit. Unter Margarets fraulichem Äußeren lag jedoch ein Wesen, das zur Hälfte kindisch war und Claude ungemein auf die Nerven ging. Abgesehen vom Kochen und Nähen – in beidem war sie nicht gut – und der geistlosen Routine, die sich als Haushaltsführung bezeichnen ließe, hatte sie keine Interessen. Von ihren alten Freunden hatte sie sich getrennt, ab und zu schrieb oder erhielt sie Briefe und langweilte ihren Mann damit, daß sie diese bei Tisch vorlas.

Claude kam meistens gegen fünf Uhr nachmittags nach Hause, trank seinen Tee und legte sich Arbeit und Lesestoff für den Abend zurecht. Um Viertel nach sechs trank er einen Martini, ohne Eis, und las im Wohnzimmer die Abendzeitung, während Margaret das frühe Dinner vorbereitete. Sie aßen meistens Lammkoteletts oder Hackbraten, oft auch Makkaroni mit Käse, was Margaret gern mochte, und dann rührte Margaret ihren Kaffee um mit dem silbernen Babylöffel, den sie auch an dem Abend benutzt hatte, als Claude sie kennenlernte, sie hielt den Löffel ganz oben am Stiel, damit er den Tassenboden erreichte. Darauf zog sich Claude in sein Arbeitszimmer zurück – einen mit Büchern überladenen Raum mit einer alten schwarzen Ledercouch, auf der er jedoch nicht schlief –, um Arbeiten zu lesen und zu korrigieren und in den Bücherregalen rumzuwühlen, wenn irgend etwas seine ziellose Neugier reizte.

Alle zwei Wochen oder so lud er Professor Millikin, einen Shakespeare-Experten, oder Assistant Professor George und seine Frau zum Dinner ein. Drei- oder viermal im Jahr wurden etwa zwölf Studenten aus seinen Lektüreklassen mit Tee und Napfkuchen bewirtet. Margaret setzte sich dann auf ein Kissen auf dem Fußboden, weil die Stühle nie ausreichten, und natürlich bot ein junger Gast nach dem anderen ihr seinen Stuhl an. »O nein, vielen Dank«, sagte sie mit einem gezierten Lispeln, das sonst gar nicht ihre Art war, »ich sitze hier wirklich sehr bequem. Auf dem

Fußboden komme ich mir wieder wie ein kleines Mädchen vor.« Und sie blickte zu den jungen Leuten auf, als erwarte sie die Bestätigung, daß sie tatsächlich wie ein kleines Mädchen aussah, und Claude schäumte innerlich, wenn die jungen Leute das auch taten. Diese Kleinmädchen-Anwandlungen überkamen Margaret immer in Gesellschaft von Männern, und Claude reagierte mit einem höhnischen Lächeln, wenn er es sah. Er lächelte oft höhnisch, auch unwillkürlich, was er unbewußt zu verbergen suchte, indem er die Zigarettenspitze zwischen die Zähne schob oder mit dem Zeigefinger am Nasenrücken entlangfuhr. Claude hatte scharfe mißtrauische Augen. Die einzelnen Gesichtszüge waren nicht auffallend, aber es war auch kein Gesicht, das man vergaß. Die Unruhe, die Verschlagenheit in seinem Gesicht waren das erste, das man bemerkte und woran man sich erinnerte. Auch an den Teeabenden hantierte Margaret mit ihrem Babylöffel, der häufig eine Unterhaltung einleitete. Claude begab sich dann außer Hörweite.

Claude mochte die Art nicht, wie die jungen Männer seine Frau ansahen: enttäuscht, etwas mitleidig, stets mit gemessenem Ernst. Dann schämte er sich ihretwegen vor ihnen. Sie hätte schön und lebhaft sein müssen, eine Nymphe der Seele, ein lauteres Gesicht, das zu den Liebesgedichten von Donne und Sidney paßte. Nun, das war sie nicht.

Claudes Ehe mit Margaret wäre der Ehe mit seiner Haushälterin vergleichbar gewesen, wenn es da nicht emotionale Verwicklungen gegeben hätte, deretwegen er Margaret aus tiefstem Herzen haßte und aus tiefstem Herzen brauchte. Ihre kindische Art erfüllte ihn mit bitterem Haß, er nahm sie ihr persönlich übel. Fast ebensosehr haßte er ihre umsichtig-mütterliche Fürsorge, die Tatsache, daß sie zum Beispiel seine Anzüge in die Reinigung brachte; denn das war, wie er wußte, der einzige Grund, warum er sie ertrug und warum er sie hatte und nicht seine Nymphe. Als er in einem Winter mit Grippe zu Bett lag und Margaret unermüdlich um ihn bemüht war, hatte er hinter ihrem Rücken oft höhnisch gelacht, hatte sie gehaßt, sie und ihre unterwürfige Ergebenheit. Claude hatte auch für seine Mutter nur Verachtung gehabt, und auch sie hatte ihn in den Pausen zwischen Vernachlässigung und plötzlicher Mißgelauntheit manchmal fast erstickt mit ihrer Liebe und Fürsorglichkeit. Aber was einem Ausdrücken seines Hasses am nächsten kam, war die beiläufige Bemerkung, einmal wöchentlich oder auch öfter:

»Winston kommt heute abend noch ein Weilchen.«

»Ach«, sagte dann Margaret mit leicht zitternder Stimme.

»Nun, vielleicht ißt er später gern ein Stück Topfkuchen. Oder ein Sandwich mit Braten.«

Winston liebte es, bei Claude zu essen. Besser gesagt, er war immer hungrig. Winston war ein echter darbender Dichter und hauste in einer echten Dachkammer eines Sandsteinblocks an der West Seventies in New York. Vor drei Jahren war er einer von Claudes Studenten gewesen, ein vielversprechender junger Mann, der mit seiner brillanten, aggressiven Art seinen Mitschülern dermaßen überlegen war, daß der Unterricht eigentlich nur noch aus Dialogen zwischen Claude und Winston bestand. Claude hatte Winston ganz besonders gern, und Winstons Zuneigung schmeichelte ihm. Von Anfang an hatte es Claude seltsam freudig erregt, im Strom von Winstons Reden Winstons Lächeln aufzufangen oder sogar ein Augenzwinkern von Winston, das Aufblitzen von verrücktem Humor in seinen Augen. Winston hatte in seiner Universitätszeit ein paar Gedichte in lyrischen und literarischen Magazinen veröffentlicht. Ein Gedicht hieß »Schlag der Rohrdommel«, eine düstere Satire auf das Leben und ziellose Rebellieren eines Studenten. Claude hatte damals gedacht, das Gedicht könnte für Winstons Karriere den gleichen Stellenwert haben wie »Prufrock« für T. S. Eliot. Es war in einer Vierteljahresschrift erschienen, ohne besondere Aufmerksamkeit zu erregen.

Claude hatte damals erwartet, Winston werde ihm Ehre

machen und es weit bringen; aber von Winston war, seit er das College verlassen hatte, nur ein kleiner Gedichtband erschienen. Irgend etwas hatte seinen raschen eigenständigen Gedankenfluß gehemmt. Irgend etwas war, nach dem Fortgang vom College, mit seinem Selbstvertrauen geschehen – als ob der Fluß der Inspiration, ebenso wie Saft und Vitalität dieses vierundzwanzigjährigen Körpers, im Austrocknen begriffen sei. Winston war heute klapperdürr. Dünn war er immer gewesen; jetzt ging er vornüber gebeugt, ließ den Kopf hängen wie einer, der grollte, weil ihm Unrecht geschah, und die unruhigen Augen unter den harten geraden Brauen blickten feindselig und unglücklich. An Claude hing er mit der Hartnäckigkeit eines mißhandelten Jungen, der sich an den einzigen Menschen hängt, von dem ihm je Güte und Ermutigung zuteil wurden. Winston arbeitete jetzt an einem Roman in Form eines langen Gedichtes. Vor einem Jahr hatte er seinem Verlag einen Teil davon vorgelegt, und man hatte abgelehnt, ihm einen Vorschuß zu zahlen. Aber Claude gefiel die Sache, und Winston fand, die übrige Welt könne sich zum Teufel scheren. Claude war sich sehr klar über Winstons emotionale Abhängigkeit von ihm; die eigene Abhängigkeit von Winston verbarg er hinter einer herablassend-überlegenen Haltung. In Winstons offener Verachtung für Margarets Denkvermögen fand Claude ein weiteres Ventil für den Abscheu, den er für seine Frau empfand.

Eines Abends schlurfte Winston mit mehr als seiner gewohnten Verspätung ins Wohnzimmer, ohne auf Claudes Begrüßung zu reagieren. Er war anderthalb Kopf größer als Claude, selbst wenn er den Kopf gesenkt hielt. Das dunkelbraune Haar von Wind und Regen zerzaust, die Hände in die Taschen gestopft, hielt er den Mantel an den spindeldürren Leib gepreßt. Langsam und ohne einen Blick auf Margaret schritt Winston durch das Wohnzimmer auf Claudes Arbeitszimmer zu.

Claude ärgerte sich. Diese Haltung war ihm neu.

»Hör mal, alter Junge, kannst du mir Geld leihen?« fragte Winston, als sie allein im Arbeitszimmer waren. Und als Claude erstaunt ein paar Worte murmelte, fuhr er fort: »Du hast keine Ahnung, was es mich gekostet hat, herzukommen und dich zu bitten. Aber jetzt hab ich's hinter mir.« Er seufzte tief auf.

Claude hatte plötzlich das Gefühl, daß es ihn gar nichts gekostet hatte und daß die Mutlosigkeit nur gespielt war. »Du weißt doch, ich hab dir immer Geld gegeben, wenn du's gebraucht hast, Winston. Nimm's nicht so schwer. Setz dich hin.« Claude setzte sich hin.

Winston rührte sich nicht. Die Augen hatten die gewohnte Grimmigkeit, aber heute stand auch noch ein ungeduldiges Flehen darin, sie glichen den Augen eines Kindes, das etwas verlangt, was ihm zusteht. »Ich meine ziemlich viel Geld – fünfhundert Dollar. Ich brauch's zum Weiterarbeiten. Fünfhundert Dollar, das reicht mir für sechs Wochen. Dann kann ich mein Buch fertigschreiben, ohne weitere Unterbrechungen.«

Claude wand sich. Das Geld würde er nie wiedersehen. Winston schuldete ihm schon ungefähr zweihundert. Er hatte sich, kam Claude jetzt in den Sinn, seit seinen Studententagen nie mehr mit dieser Intensität um etwas bemüht. Und er wurde sich ebenso schnell und tragisch bewußt, daß Winston sein Buch niemals fertigschreiben würde. Winston saß ein für allemal fest in dieser wütenden Gespanntheit, die davon herrührte, daß er das Buch nicht fertigkriegte.

»Du mußt mir dieses eine Mal noch helfen, Claude, zum letztenmal«, sagte Winston bittend.

»Ich muß es überlegen. Ich schreib dir morgen ein paar Zeilen. Einverstanden, mein Junge?« Claude stand auf und ging zum Schreibtisch hinüber, um sich eine Zigarette zu holen. Plötzlich haßte er Winston, wie er da stand und um Geld bettelte. Wie sonst jemand, dachte Claude bitter. Die Oberlippe hob sich, als er die Zigarettenspitze zwischen die Zähne schob, und Winston sah es, das wußte

Claude. Winston entging nie etwas. Warum konnte dieser Abend nicht so sein wie all die anderen Abende, dachte Claude: die vielen Abende, an denen Winston seine Zigaretten rauchte, die Füße auf die Schreibtischecke legte, lachte und ihn zum Lachen brachte, ihm bewundernd zuhörte, wenn er sich über die Kollegen der Fakultät lustig machte?

»Du Saukerl«, sagte Winston ruhig und unerbittlich. »Du fettes, aufgeblasenes professorales Arschloch. Du Volksverblöder, du Kastrator des Intellekts.«

Claude blieb stehen, wo er stand, halb abgewandt von Winston. Es war, als triebe Winston mit jedem Wort einen Ladestock durch Claudes Schädeldecke tiefer in seinen Körper hinab. Noch nie hatte Winston so zu ihm gesprochen, und Claude hatte buchstäblich keine Ahnung, wie er darauf reagieren sollte. Er war nicht daran gewöhnt, Winston so zu nehmen wie andere Leute. »Ich schreibe dir morgen. Ich muß erst mal überschlagen, wie und wann«, sagte er kurz, mit der Würde eines Professors, der in seiner Stellung – auch wenn sie nicht sehr gut bezahlt wurde – einen gewissen Respekt erwarten durfte.

»Entschuldige«, sagte Winston und ließ den Kopf hängen.

»Sag mal, was ist mit dir, Winston?«

»Ich weiß es nicht.« Winston bedeckte das Gesicht mit den Händen.

Claude fühlte einen Stich des Bedauerns, der Enttäuschung über Winstons Schwäche. Margaret brauchte das nicht zu wissen. »Setz dich.«

Winston setzte sich. Er trank das kleine Glas Whisky, das Claude ihm aus der Flasche in seinem Schreibtisch eingeschenkt hatte, als sei es eine Medizin, die er dringend brauchte. Dann streckte er seine Vogelscheuchenbeine von sich und machte eine Bemerkung über ein Buch, das Claude ihm das letzte Mal geliehen hatte, ein Bändchen mit kritischen Aufsätzen über Lyrik. Claude war dankbar für den Themawechsel. Winston hatte beim Reden die Augen schläfrig halb geschlossen, ab und zu ruckte er mit dem Kopf, um seine Worte zu betonen, aber Claude sah den Schimmer von Interesse, von Zuneigung, von undefinierbaren Überlegungen, die Winston über ihn anstellte, hinter den halbgeschlossenen Lidern, er spürte Winstons persönliches intensives Interesse wie die lebenspendenden Strahlen einer Sonne.

Später tranken sie Kaffee und aßen Sandwiches und Kuchen mit Margaret im Wohnzimmer. Winston wurde geradezu lebhaft und erzählte eine amüsante Geschichte von einer Hotelzimmersuche in Jalapa, Mexiko, eine Geschichte, die er wie ein Zauberspielzeug aus dem Sammelsurium seiner Gedanken hervorholte und der er mit seinen Worten Bewegung und Leben verlieh. Claude fühlte, wie stolz er auf Winston war. »Da siehst du, womit ich mich hinter der Tür meines Arbeitszimmers beschäftige, während du in der schäbigen Zelle deines Geistes herumkriechst«, hätte er gern zu Margaret gesagt, als er einen Blick auf sie warf, um zu sehen, ob sie Winston zu würdigen verstand.

Claude schrieb am nächsten Tag nicht an Winston. Claude war der Ansicht, Winston brauche das Geld nicht nötiger als sonst; Winstons Krise würde vorübergehen, wenn sie sich eine Weile nicht sähen. Dann kam Margaret am Abend danach und berichtete, sie habe ihren Babylöffel verloren. Das ganze Haus habe sie schon danach abgesucht, sagte sie.

»Vielleicht ist er hinter den Kühlschrank gefallen«, meinte Claude.

»Du würdest mir nicht beim Wegrücken helfen . . .«

Ein dünnes Lächeln verzog Claudes Mund, als er den Kühlschrank von der Wand wegkippelte. Hoffentlich hatte sie den Löffel verloren. Es war blöd, mit fünfzig so etwas zu hüten, noch blöder als das Getue mit den Poesiealben und dem vergoldeten Babyschuh, der auf dem Schreibtisch ihres Vaters gestanden hatte und den Margaret nach dessen Tod unpassenderweise für sich ausbedungen hatte. Claude hoffte, daß der Babylöffel versehentlich in den Mülleimer geraten und damit für immer aus dem Hause war.

»Nichts als Staub«, sagte Claude und betrachtete den feinen grau-klebrigen Staub, der sich auf dem Fußboden und den Drähten des Kühlschranks klumpte.

Der Kühlschrank war erst der Anfang: Claudes Mithilfe spornte Margaret zu weiterem an. Sie räumte abends die Küche aus, suchte hinter jedem Möbelstück im Wohnzimmer und durchstöberte sogar das Medikamentenschränkchen im Bad und den Wäschekorb.

»Er ist einfach nicht im Haus«, sagte sie immer wieder verloren zu Claude. Sie suchte noch einen Tag lang und gab dann auf.

Claude hörte, wie sie der Nachbarin nebenan davon erzählte.

»Sie kennen ihn doch – ich glaube, ich habe ihn Ihnen einmal gezeigt, beim Kaffeetrinken.«

»Doch, ja, ich erinnere mich. Wirklich ein Jammer«, sagte die Nachbarin.

Auch dem Zeitungshändler berichtete Margaret davon. Claude stand wie auf glühenden Kohlen vor den Regalen mit Süßigkeiten, als Margaret sich etwas zögernd zu dem Mann, mit dem sie sonst kaum ein Wort zu wechseln wagte, wandte und sagte: »Ich wollte Ihre Rechnung gestern bezahlen, aber ich war etwas durcheinander. Ich habe ein sehr altes Andenken verloren – ein altes Silberstück, an dem ich sehr hing. Einen Babylöffel.«

Bei den Worten »ein altes Silberstück« wurde es Claude auf einmal klar. *Winston* hatte den Löffel genommen. Vielleicht hatte er ihn für wertvoll gehalten oder einfach aus Bosheit mitgenommen. Vielleicht an dem Abend, als er zuletzt da war. Claude lächelte in sich hinein.

Claude wußte seit Jahren, daß Winston Kleinigkeiten stahl: einen gläsernen Briefbeschwerer, ein altes Feuerzeug, das nicht mehr funktionierte, ein Foto von Claude. Bisher hatte Winston sich an Sachen gehalten, die Claude gehörten. Aus sentimentalen Gründen, wie Claude annahm. Claude vermutete, daß Winstons Zuneigung leicht homosexueller Art war, und Claude hatte gehört, daß Homosexuelle dazu neigten, einem Menschen, den sie mochten, Dinge wegzunehmen. War es dann nicht mehr als wahrscheinlich, daß Winston ihm ab und zu irgend etwas Persönliches wegnahm, um einen Fetisch daraus zu machen?

Drei weitere Tage vergingen, ohne daß der Löffel wieder auftauchte und ohne ein Wort von Winston. An den Abenden war Margaret mit Briefeschreiben beschäftigt, und Claude wußte, sie sagte ausnahmslos in jedem Brief, daß sie ihren Babylöffel verloren habe und wie unverzeihlich nachlässig das von ihr gewesen sei. Es war wie eine schwere Sünde, die sie aller Welt zu beichten hatte. Mehr noch: sie wollte anscheinend jedem mitteilen: »Ich steh allein, entrissen ward mir meines Lebens Glück.« Sie wollte tröstende Worte von ihnen, hören, wie man ihr versicherte, daß so was jedem mal passierte. Claude hatte gesehen, wie gierig sie die Anteilnahme der Frau im Delikatessenladen in sich aufsog. Und er sah ihre Spannung, als sie einen Brief ihrer Schwester aus Staten Island öffnete. Margaret las den Brief bei Tisch vor, und obgleich von dem Babylöffel darin nicht die Rede war, hob sich Margarets Stimmung, als ob die Nichterwähnung ihr die Absolution garantiere.

Eines Abends kamen Leonard George und seine Frau Lydia zum Essen, und Margaret erzählte von dem Löffel. Lydia, die keineswegs eine dumme Frau war, aber glänzend verstand, über gar nichts zu reden, kam immer wieder damit, wie betrüblich der Verlust eines Andenkens zuerst empfunden werde und wie unwichtig er dann später wurde. Margarets Gesicht verlor allmählich den betrübten Ausdruck, und schließlich lächelte sie. Nach Tisch fragte sie dann von selber: »Und wer hat Lust auf eine Partie Bridge?«

Margaret legte jetzt immer etwas Lippenstift auf, bevor sie sich zu Tisch setzten. Es war alles in etwa zehn Tagen vor sich gegangen. Rundum allen Leuten hatte sie den Verlust ihres Babylöffels gebeichtet, jeder hatte ihr natürlich vergeben, und das hatte offenbar die Trennwände zwischen ihr und der Welt der Erwachsenen zum Einsturz gebracht. Claude begann zu hoffen, es sei nun endgültig Schluß mit dem gräßlich gezierten Gehabe, wenn die Studenten zum Semestertee kamen. Eigentlich sollte er sich bei Winston dafür bedanken. Amüsiert malte er sich aus, wie er Winstons Hand ergriff und sich bei ihm dafür bedankte, daß er den Haushalt von dem blödsinnigen Babylöffel erlöst hatte. Er mußte es nur vorsichtig anstellen, denn Winston ahnte nicht, daß er von seinen kleinen Diebereien wußte. Vielleicht war es Zeit, daß Winston dies erfuhr. Claude nahm Winston immer noch übel, daß er ihn um Geld gebeten hatte, und dann der schockierende Moment, als er so unverschämt geworden war das letzte Mal. Ja, Winston mußte der Kopf zurechtgerückt werden. Er würde Winston zu verstehen geben, daß er von dem Löffel wußte, und dann konnte er auch dreihundert Dollar haben.

Winston hatte noch nichts von sich sehen lassen, deshalb schrieb ihm Claude einen kurzen Brief, lud ihn für Sonntag abend zum Dinner ein und fügte hinzu, er sei bereit, ihm dreihundert Dollar zu leihen. »Komm so früh, daß wir uns vorher noch unterhalten können«, schrieb Claude.

Winston lächelte, als er erschien, und hatte ein frisches weißes Hemd an. Aber durch den weißen Kragen wirkte das graue Gesicht noch grauer, die Schatten auf den Wangen noch dunkler.

»Viel gearbeitet?« fragte Claude, als sie in sein Arbeitszimmer gingen.

»Kann man sagen«, erwiderte Winston. »Ich möchte dir gern ein paar Seiten vorlesen – wie Jake in der Untergrundbahn fährt.« Jake war die Hauptperson in Winstons Buch.

Winston wollte eben zu lesen anfangen, als Margaret Whisky sours und einen Teller mit Canapés brachte.

»Ja, übrigens, Winston«, begann Claude, nachdem Margaret wieder draußen war, »ich möchte mich noch bedanken für einen kleinen Gefallen, den, glaub ich, du mir erwiesen hast, als du das letzte Mal hier warst.«

Winston blickte ihn an. »Was meinst du?«

»Hast du zufällig einen Silberlöffel gesehen, einen kleinen silbernen Babylöffel?« fragte Claude lächelnd.

Winstons Augen wurden plötzlich wachsam. »Nein. Nein, hab ich nicht.«

Schlechtes Gewissen und Verlegenheit, das sah Claude. Er lachte heiter. »Hast du ihn nicht mitgenommen, Winston? Ich wäre begeistert, kann ich dir sagen.«

»Mitgenommen? Nein, ganz bestimmt nicht.« Winston machte einen Schritt auf das Cocktailtablett zu, blieb steif gebückt stehen und blickte Claude stirnrunzelnd an.

»Hör mal zu –« Warum hatte er davon angefangen, bevor Winston ein paar Cocktails getrunken hatte? Claude dachte an Winstons leeren Magen, ihm war, als fielen seine Worte dort hinein. »Hör zu, Winston, du weißt, ich mag dich unheimlich gern.«

»Was soll das alles?« verlangte Winston zu wissen. Jetzt bebte seine Stimme, er sah völlig hilflos aus, unfähig, seine Schuld zu verbergen. Er wandte sich halb um und dann wieder zurück, als nagle das schlechte Gewissen seine Schuhe am Boden fest.

Claude legte den Kopf zurück und trank sein Glas ganz aus. Ein Lächeln stand auf seinem Gesicht, als er sagte: »Ich weiß, daß du mir ein paar Sachen genommen hast. Das macht mir überhaupt nichts aus – im Gegenteil, ich bin froh, daß du sie haben wolltest.« Er zuckte die Achseln.

»Was für Sachen? Das ist nicht wahr, Claude.« Winstons gespreizte Hand lag über der Muschelschale auf dem Bücherregal. Er stand jetzt ganz aufrecht, es lag etwas Militantes in der großen Gestalt und dem verletzten Blick, mit dem er Claude ansah.

»Winston, nun trink doch mal.« Hätte er doch bloß nicht damit angefangen, dachte Claude. Er hätte wissen müssen, daß Winston das nicht schlucken konnte. Vielleicht hatte er ihre Freundschaft zerstört – wegen nichts. Ob er es zurücknehmen sollte, so tun, als habe er nur Spaß gemacht? »Trink doch mal«, wiederholte er.

»Du kannst mich nicht als Dieb hinstellen!« sagte Winston empört. Sein ganzer Körper begann plötzlich zu zittern.

»Nein, nein, du hast alles falsch verstanden!« sagte Claude. Er ging langsam durch das Zimmer, um eine Zigarette aus der Dose auf dem Schreibtisch zu holen.

»Das hast du doch gesagt, oder?« Winstons Stimme brach.

»Nein. Und nun setzen wir uns mal hin und trinken was und vergessen das Ganze.« Claude sprach mit ausgeklügelter Beiläufigkeit, aber er wußte, es klang trotzdem herablassend. Vielleicht hatte Winston den Löffel gar nicht gestohlen: er gehörte schließlich Margaret. Vielleicht verhielt sich Winston deshalb so schuldbewußt, weil er andere Sachen mitgenommen hatte und jetzt wußte, daß Claude es wußte.

Das war sein letzter Gedanke – daß seine Worte falsch und herablassend geklungen hatten, daß Winston vielleicht mit dem Verschwinden des Löffels gar nichts zu tun hatte –, bevor ein flinker Schritt hinter ihm, das kurze Schwirren, mit dem etwas durch die Luft sauste, und der krachende Aufprall an seinem Hinterkopf ihm in einer letzten leeren zuckenden Geste die Arme in die Höhe rissen.

# Die üble Angewohnheit

Ross Macdonald

Ein Mann in einem konservativen dunkelgrauen Anzug
kam seitlich zur Tür herein, einen Homburg in der Hand.
Sein Gesicht war lang und blaß. Er hatte schwarze Augen
und Brauen und schwarze Nasenlöcher. Über der hohen
Stirn waren lange schwarze Haarsträhnen streng zur Seite
gebürstet. Nur seine Krawatte hatte Farbe: sie lag auf seiner schmalen Brust wie eine schlummernde purpurne Leidenschaft.
Scharfe schwarze Augen schossen in meinem Büro umher
und dann zurück in den Korridor. Behaarte Nüstern
schnüffelten, als ob er entweichendes Gas vermutete.
»Werden Sie verfolgt?« erkundigte ich mich.
»Ich habe keinen Grund, das anzunehmen.«
Ich hatte die Jacke ausgezogen und das Hemd aufge-
knöpft. Es war ein heißer Nachmittag, die Jahreszeit des
Smogs hatte begonnen. Mein Besucher sah mich in der ge-
wissen Art an, die mich an Schullehrer erinnerte. »Sind Sie
wohl Mr. Archer?«
»Das ist ein vernünftiger Schluß. Der Name steht an der
Tür.«
»Danke, ich kann lesen.«
»Herzlichen Glückwunsch, aber dies ist keine Agentur zur
Aufspürung von Talenten.«
Er erstarrte und faßte mit seiner Hand, die einen Siegel-
ring trug, an das blaue Kinn. Er sah mich lange traurig und
feindselig an. Dann zuckte er linkisch mit den Schultern,
als ob es für ihn keine Hilfe gebe.
»Entweder rein oder raus«, sagte ich. »Wenn rein, dann

schließen Sie die Tür hinter sich. Verzeihen Sie, diese Hitze geht mir an die Nieren.«

Er schloß die Tür so heftig, daß das teure, nur von einer Seite durchsichtige Glas fast zerbrochen wäre. Er zuckte bei dem Geräusch zusammen und entschuldigte sich:

»Tut mir leid. Ich bin in letzter Zeit ein bißchen mit den Nerven herunter.«

»Sind Sie in Schwierigkeiten?«

»Ich nicht, meine Schwester . . .« Er sah mich mit einem seiner langen Blicke an. Ich nahm eine Haltung gelangweilter Diskretion an, garniert mit einem Hauch von Unschuld.

»Ihre Schwester«, erinnerte ich ihn nach einer Weile. »Hat sie etwas getan, oder ist ihr etwas getan worden?«

»Beides, fürchte ich.« Er zeigte seine Zähne mit gequältem kleinem Lächeln, das seine Mundwinkel nach unten zog. »Sie und ich unterhalten eine Mädchenschule in – in der Nähe von Chicago. Ich kann nicht genug betonen, wie wichtig es ist, diese Angelegenheit diskret zu behandeln.«

»Sie tragen Ihr Teil dazu bei. Setzen Sie sich, Mr. . . .«

Er nahm eine Brieftasche heraus, öffnete sie mit einer Art von Ehrfurcht und entnahm ihr eine Karte. Zögernd behielt er sie in der Hand.

»Lassen Sie mich raten«, sagte ich. »Sagen Sie mir nichts. Beginnt Ihr Name mit einem Konsonanten oder mit einem Vokal?«

Er ließ sich mit großer Vorsicht nieder, nachdem er den Sessel nach versteckten Elektroden abgesucht hatte, und machte mir das Geschenk seiner Karte. *J. Reginald Harlan, M. A., Harlan School* stand darauf gedruckt.

Ich las es laut vor. Er schreckte zusammen.

»Gut, Mr. Harlan. Ihre Schwester sitzt irgendwie in der Patsche. Sie leiten eine Mädchenschule . . .«

»Sie ist die Leiterin. Ich bin Registrator und Schatzmeister.«

». . . Skandale können Sie also nicht gebrauchen. Sind es sexuelle Schwierigkeiten, die sie hat?«

Er legte seine Beine übereinander und umklammerte sein spitzes Knie mit beiden Händen. »Wie sind Sie bloß darauf gekommen?«

»Schließlich bin ich ja auch mit einigen Schwestern befreundet. Ich nehme an, Ihre Schwester ist jünger als Sie.«

»Ja, einige Jahre jünger. Aber Maude ist kein junges Mädchen mehr. Sie ist eine reife Frau, zumindest habe ich das immer angenommen. Es ist ihr Alter, ihr Alter und ihre Position, die diese ganze Angelegenheit so unglaublich machen. Eine Frau in Maudes gesellschaftlicher und beruflicher Stellung, mit hundert jungfräulichen Gemütern unter ihrer Obhut, wird plötzlich wegen eines Mannes verrückt! Können Sie so was verstehen?«

»Ja. Ich habe es oft genug erlebt.«

»Ich kann es nicht verstehen.« Aber ein schwacher, liebenswerter Zweifel milderte für einen Moment seinen Blick. Vielleicht fragte er sich, wann ihn ein längst fälliger Blitz erschüttern und erleuchten werde. »Ich hatte immer angenommen, daß die Jahre bis zu zwanzig die gefährlichsten seien. Möglicherweise sind es aber die Dreißigerjahre.« Seine Hand kroch die Brust hoch wie eine bleiche Krabbe und streichelte die purpurne Krawatte.

»Es kommt auf die Person an«, sagte ich, »und auf die Umstände.«

»Das nehme ich auch an.« Er sah auf den Hut hinunter, den er auf dem Schoß hielt und mit den Händen zerknautschte. »Jetzt, wenn ich darüber nachdenke, fällt mir ein, daß Mutter auch einen Zusammenbruch hatte, als sie in den Dreißigern war. Ich frage mich, ob Maude das gleiche durchmacht, als Folge irgendwelcher Erbanlagen und ihres Blutes.«

»Hatte Ihre Mutter blaues Blut?«

Harlan lächelte wieder sein gequältes Lächeln. »Ja, tatsächlich. Sie haben es treffend ausgedrückt. Aber lassen wir den Fall meiner Mutter. Es ist meine Schwester, um die ich mich sorge.«

»Was hat sie gemacht? Ist sie davongelaufen?«

»Ja, auf die skandalöseste und peinlichste Weise, mit einem Mann, den sie kaum kannte, mit einem schrecklichen Typ von Mann.«

»Erzählen Sie mir von ihm.«

Er stierte wieder in seinen Hut, als ob ihn ein unsichtbarer Inhalt faszinierte und erschreckte. »Da gibt es nur wenig zu erzählen. Ich weiß nicht einmal seinen Namen. Ich habe ihn nur einmal gesehen, vorigen Freitag – also vor knapp einer Woche. Er kam in einem alten, zerbeulten Wagen bei der Schule an und platzte uns mitten hinein in die Abschlußfeier. Maude hatte ihn mir noch nicht einmal vorgestellt. Sie stellte ihn keinem vor. Und wenn Sie ihn gesehen hätten, könnten Sie verstehen, warum. Er war ein richtiges Rauhbein, ein großes, haariges Scheusal von einem Kerl, mit rotem Bart, dreckigen alten Hosen, Rollkragenpullover und einer Baskenmütze. Vor den Augen sämtlicher Eltern ging sie auf ihn zu, nahm seinen Arm und zog mit ihm unter den Ulmen davon, wie hypnotisiert.«

»Und seitdem haben Sie sie nicht wiedergesehen?«

»Oh, sie kam am Abend zurück, lange genug, um zu packen. Ich war gerade nicht da, ich hatte eine Reihe gesellschaftlicher Verpflichtungen im Zusammenhang mit der Abschlußfeier. Als ich wiederkam, war sie weg. Sie hatte mir nur eine kurze Mitteilung hinterlassen, das war alles.«

»Haben Sie sie bei sich?«

Er steckte seine Hand in die Brusttasche und warf einen gefalteten Briefbogen auf den Schreibtisch. Da stand in Schönschrift:

*Lieber Reginald,*
*ich werde heiraten. Da ich weiß, daß Du meinen Schritt nie begreifen wirst, bin ich gezwungen, Dich so zu verlassen, wie ich Dich verlasse. Mache Dir keine Sorgen um mich und, vor allem, versuche nicht, Dich einzumischen. Falls Dir mein Entschluß lieblos erscheint, denke daran, daß es schließlich um*

*mein Leben geht. Mein zukünftiger Mann ist eine ungewöhnli-*
*che und warmherzige Persönlichkeit, die gelitten hat, wie ich ge-*
*litten habe. Er wartet jetzt draußen auf mich.*
*Sei versichert, lieber Reginald, daß ein Teil meiner Zuneigung*
*bei Dir und der Schule bleibt. Aber ich werde niemals weder zu*
*Dir noch zur Schule zurückkehren.*

*Deine Schwester*

Ich gab Harlan den Brief zurück. »Haben Sie und Ihre
Schwester sich gut verstanden?«
»Das habe ich zumindest bis jetzt geglaubt. Wir hatten natürlich unsere kleinen Meinungsverschiedenheiten in all
den Jahren über die Art, wie Vaters Arbeit fortzuführen
und die Tradition der Schule zu wahren sei. Aber zwischen Maude und mir bestand eine ehrliche gegenseitige
Achtung. Sie können das an dieser Mitteilung erkennen.«
»Ja.« Aber etwas anderes konnte ich da auch noch heraus-
lesen. »Was waren das für Leiden, die sie erwähnt?«
»Ich habe keine Ahnung.« Er ruckte hart an seiner purpur-
roten Krawatte. »Maude und ich, wir haben gut zusammengearbeitet, ein reiches, erfülltes Leben im Dienste an
jungen heranwachsenden Mädchen und Frauen. Es ging
uns gut, und wir waren glücklich. Daß sie sich jetzt so gegen mich stellt – aus heiterem Himmel! Plötzlich, nach elf
hingebungsvollen Jahren, bedeutet ihr die Schule nichts
mehr. *Ich* bedeute ihr nichts. Vaters Vermächtnis bedeutet
ihr nichts. Ich sage Ihnen, der Kerl hat sie verhext. Alle ihre
Wertvorstellungen haben sich ins Gegenteil verkehrt.«
»Vielleicht ist sie verliebt. Je älter sie sind, desto schwerer
trifft es sie. Zum Teufel, vielleicht ist er sogar liebenswert.«
Harlan schniefte. »Er ist ein lüsterner Schurke. Ich kenne
diese Sorte. Ein Schürzenjäger und Säufer und möglicherweise noch Schlimmeres.«
Ich warf einen Blick auf mein Schnapsschränkchen. Es war
verschlossen und sah unschuldig aus. »Sind Sie nicht ein
bißchen voreingenommen?«
»Ich weiß, wovon ich rede. Der Mann ist ein Klotz. Maude

ist eine empfindsame Frau, die nur unter den friedlichsten Bedingungen leben kann. Er wird ihren Geist zerstören, ihren Körper vergewaltigen und ihr Geld verschwenden. Alles wird sein, wie es bei Mutter war, nur schlimmer, viel schlimmer. Denn Maude ist viel sensibler, als Mutter es je war.«

»Was ist denn mit Ihrer Mutter passiert?«

»Sie hat sich von Vater scheiden lassen und ist mit einem Mann davongelaufen, einem Kunsterzieher von der Schule. Er hat ihr ein fröhliches Leben geboten, das kann ich Ihnen versichern, bis er sich zu Tode getrunken hat.« Es schien, als erfülle Harlan diese Tatsache mit einer gewissen Genugtuung. »Mutter wohnt jetzt in Los Angeles. Ich habe sie seit fast dreißig Jahren nicht mehr gesehen, aber Maude hat sie während der Osterferien besucht. Gegen meinen ausdrücklichen Wunsch, möchte ich hinzufügen.«

»Und Maude ist mit ihrem Mann nach Los Angeles zurückgegangen?«

»Ja. Sie hat mir gestern von hier telegrafiert. Ich habe das erstmögliche Flugzeug genommen.«

»Zeigen Sie mal das Telegramm her.«

»Das habe ich nicht. Es wurde mir telefonisch durchgesagt.« Gehässig fügte er hinzu: »Sie hätte auch einen weniger öffentlichen Weg wählen können, mir ihre Schande mitzuteilen.«

»Was teilte sie Ihnen denn mit?«

»Daß sie sehr glücklich sei. Natürlich, um mit dem Messer in meiner Wunde zu rühren.« Sein Gesicht verdunkelte sich, und durch seine Augen erhaschte ich einen Blick auf die rote Glut, die sich in ihm aufgestaut hatte. »Dann hat sie mich vor dem Versuch gewarnt, sie zu verfolgen, und sich entschuldigt, daß sie das Geld genommen hat.«

»Was für Geld?«

»Am vergangenen Freitag, bevor sie ging, hat sie einen Scheck ausgeschrieben, fast über die gesamte Summe, die auf unserem gemeinsamen Konto war. Einen Scheck über tausend Dollar.«

»Aber das Geld gehörte ihr?«

»Rechtlich gesehen ja, moralisch nein. Es war immer so, daß ich über das Geld bestimmte.« Ein mißmutiges Quengeln trat in seine Stimme. »Der Mann ist ganz klar hinter unserem Geld her, und wie die Dinge liegen, kann nichts Maude daran hindern, unser Kapital anzugreifen. Sie könnte sogar die Schule verkaufen.«

»Gehört sie ihr?«

»Rechtlich, fürchte ich, ja. Vater hat ihr die Schule hinterlassen. Ich . . . meine verwaltungstechnischen Fähigkeiten haben sich etwas langsam entwickelt – so nach und nach, wissen Sie. Armer Vater, er hat es nicht mehr erlebt, mich erwachsen zu sehen.« Er hustete und erstickte fast an seiner Rührung. »Die Gebäude allein sind schon fast zweihunderttausend Dollar wert. Der zusätzliche ideelle Wert ist gar nicht abzuschätzen.«

Er schwieg; dabei sah er aus, als lausche er auf das unselige Gurgeln des Geldes, wie es die Regenrinnen hinabfloß.

Ich zog meinen Rock an.

»Sie möchten, daß sie gefunden werden, stimmt's? Sie wollen wissen, ob die Heirat rechtsgültig ist, und sich vergewissern, ob der Mann nicht ein Mitgiftjäger ist?«

»Ich möchte meine Schwester sehen. Wenn ich nur mit ihr *sprechen* könnte, wäre vielleicht noch etwas zu retten. Sie hat möglicherweise ihren Verstand verloren. Ich kann nicht zulassen, daß sie unser beider Leben ruiniert, wie Mutter Vaters und ihr eigenes Leben ruiniert hat.«

»Wohnt Ihre Mutter in Los Angeles?«

»Sie hat ein Haus in Westwood, glaube ich. Ich bin noch nie dagewesen.«

»Ich glaube, wir sollten sie besuchen. Stehen sie noch in Verbindung mit ihr?«

»Natürlich nicht. Und ich habe auch nicht den Wunsch, sie jetzt zu sehen.«

»Es wäre aber besser. Wenn Maude Ostern bei ihr war, kennt Ihre Mutter den Mann möglicherweise. Es klingt nicht so, als ob Ihre Schwester, einer plötzlichen Eingebung folgend, davongelaufen ist.«

»Sie können recht haben«, sagte er langsam. »Der Gedanke ist mir noch nicht gekommen, daß sie ihn dort getroffen haben könnte. Und dann ist er ihr nach Chicago gefolgt, wie? Natürlich, so muß es gewesen sein.«

Wir sprachen kurz über Geld. Harlan gab mir einen Reisescheck über fünfzig Dollar, und wir gingen hinunter zu meinem Auto.

Es war nicht weit nach Westwood, gemessen an den üblichen Entfernungen in Los Angeles. Wir reihten uns in den Verkehr des frühen Abends ein. Er eilte wie Lemminge zum Meer und in die Vororte. Harlan schützte seine Augen mit der Hand vor den horizontalen Strahlen der Sonne und erzählte mir etwas über seine Mutter. Genug, um mir eine Vorstellung zu vermitteln, was uns erwartete.

Sie wohnte in einem Holzhäuschen an einem Hügel, von dem man einen Blick auf das entfernte Universitätsgelände hatte. Der Vorgarten war vollgestopft mit einem Dutzend verschiedener Kakteensorten; einige davon so hoch wie das Dach. Das Haus brauchte Farbe. Es lehnte am Hang, ein wenig aus dem Gleichgewicht, wie seine Bewohnerin.

Sie öffnete die mit einem Gitterfenster versehene Eingangstür und blinzelte in die Sonne. Ihr Gesicht war gemeißelt und zerfressen von Jahren und Sorgen. Schwarze Haare, durchschossen mit Grau, fielen ihr in weichen, glatten Strähnen über die Stirn. Große, fleckige Metallringe hingen in ihren Ohrläppchen. Um den vertrockneten Hals trug sie mehrere goldene Ketten, die klimperten, wenn sie sich bewegte. Sie hatte Sandalen an und ein braunes Kleid aus grobem Wollstoff, der wie Sackleinen aussah und in der Taille von einer Schnur zusammengehalten war.

Ihre Augen waren staubig-schwarz und unsicher. Sie schien Harlan zu erkennen. Er sagte mit einer neuen Stimme, mit einem heiseren, fragenden Flüstern:

»Mutter?«

Sie sah ihn genau an. Dann legte sich ihr Gesicht in erfreute Falten. Sie lächelte. Ihre Zähne waren braun vom Tabak, aber ihr Lächeln war großzügig. Es wurde zu einem Lachen. Rotgebrannt von der Sonne sah sie aus wie eine alte Zigeunerin.

»Gott im Himmel! Reginald.«

»Ja.« Er nahm seinen Hut ab. »Bloß verstehe ich nicht, was daran so lächerlich ist.«

»Es ist nur«, japste sie, »du siehst deinem Vater so ähnlich.«

»Ist das so komisch? Ich hoffe, daß ich ihm ähnlich sehe. Vater war immer mein Vorbild. Ich habe versucht, ihm nachzueifern. Ich wünschte nur, ich könnte das auch von Maude sagen.«

Ihr Lachen erstarb. »Du hast kein Recht, Maude zu kritisieren. Sie ist zwei von deiner Sorte wert, was du sehr wohl weißt. Maude ist eine prächtige Frau.«

»Eine prächtige Närrin!« sagte er hitzig. »Wirft sich weg, veruntreut Geld . . .«

»Ich muß doch sehr bitten . . . Maude ist meine Tochter.« Die alte Frau hatte eine gewisse Würde.

»Die dir offenbar nachschlägt. Ist sie hier bei dir?«

»Nein. Ich weiß natürlich, warum du gekommen bist. Ich habe vorausgesagt, daß du versuchen würdest, sie in die Tretmühle zurückzuziehen.«

»Dann hast du sie also gesehen. Wo ist sie?«

»Ich habe nicht die Absicht, es dir mitzuteilen. Maude ist wohlauf und glücklich – zum erstenmal in ihrem Leben glücklich.«

»Du wirst es mir sagen müssen«, forderte er mit zusammengebissenen Zähnen.

Er umklammerte ihr spindeldürres Handgelenk. In ängstlichem Trotz zuckte sie mit den Wimpern, die zerfurchten Lippen gaben die langen Zähne frei. Ich packte ihn an Schulter und Arm und riß ihn zurück, dabei ließ er das Handgelenk los.

»Immer mit der Ruhe, Harlan. Mit Gewalt bekommen Sie aus Leuten nichts heraus.«

Er sah erst mich mit einem Blick dumpfen Hasses an, dann seine Mutter. Sie erwiderte den Blick.

»Immer noch der alte Reginald«, sagte sie, »der früher Käfer mit einer Nadel auf ein Brett spießte. Wer ist übrigens dieser Herr?«

»Mr. Archer.« Schwerfällig fügte er hinzu: »Ein Privatdetektiv.«

Sie warf die Arme hoch und grinste. »Ach, Reggie. Du übertriffst dich selbst. Du hast dich nicht ein bißchen geändert.«

»Du auch nicht, Mutter. Aber es geht hier nicht um dich oder mich. Versuche nicht, mich abzulenken. Ich möchte wissen, wo Maude und ihr – ihr Begleiter sind.«

»Von mir wirst du das nicht erfahren. Genügen dir dreißig Jahre von Maudes Leben noch immer nicht? Mußt du alles haben?«

»Ich weiß, was für Maude am besten ist. Ich bezweifle, daß du es weißt, nachdem du aus deinem Leben einen so fürchterlichen Kuddelmuddel gemacht hast.« Mit Abscheu sah er auf die abblätternden Wände auf die ausgebesserte Tür und die verbrauchte alte Frau, die dahinter Zuflucht gefunden hatte. »Falls du für ihre plötzliche geistige Umnachtung verantwortlich bist . . .«

Ihm fehlten die Worte. Vor Wut war er gespannt wie ein Draht. Ich meinte ihn summen zu hören. Und ich behielt meine Schulter zwischen ihm und der Tür.

»Geistige Umnachtung«, sagte sie empört. »Maude hat endlich einen Mann gefunden, der zu ihr paßt, und sie war vernünftig genug, alles für ihn aufzugeben. Genau wie ich es gemacht habe.« Die Erinnerung machte ihr Gesicht weich; ein aufwallendes romantisches Gefühl sang in ihrer Stimme wie eine verzogene Schallplatte: »Ich bin stolz darauf, etwas dazu beigetragen zu haben.«

»Du gibst es also zu?«

»Warum sollte ich nicht? Ich habe sie und Leonard Lister im vergangenen Frühling zusammengebracht, als sie bei mir war. Leonard ist ein vorzüglicher Mann, und sie mochten sich vom ersten Augenblick an. Maude brauchte eine starke männliche Persönlichkeit, nachdem sie so viele Jahre als alte Jungfer gelebt hatte . . .«

»Was sagst du, wie er heißt?«

»Leonard Lister«, sagte ich.

Die alte Frau hatte ihre Hand auf den Mund gepreßt. Zwischen den gelben Fingern hindurch sagte sie: »Ich wollte es dir nicht sagen. Aber da du es jetzt aus mir herausbekommen hast – du müßtest eigentlich schon von Leonard gehört haben. Er ist ein brillanter, schöpferischer Künstler am Theater.«

»Haben Sie von ihm gehört, Archer?«

»Nein.«

»Leonard Lister?« sagte die alte Frau. »Sicherlich kennen Sie seinen Namen, wenn Sie in Los Angeles wohnen. Er ist ein bekannte Regisseur an der Studio-Bühne. Er hat sogar an der Universität gelehrt. Leonard hat große Pläne, er will literarische Filme drehen, wie Cocteau in Frankreich.«

»Und zur Verwirklichung dieser Pläne benötigt er Maudes Geld«, sagte Harlan bissig.

»Du *mußt* natürlich an so was denken. Aber das stimmt nicht. Er liebt sie um ihrer selbst willen.«

»Verstehe, verstehe. Und du bist der ehrliche Makler, der seine Tochter an einen Glücksritter verkuppelt hat. Wieviel will dir der brillante Bursche für deine Dienste zahlen?«

Die Sonne war untergegangen. Seiner vom Abendrot geborgten Farbe beraubt, erschien das Gesicht der alten Frau hinter dem Gitterfenster abgezehrt und blutleer.

»Du solltest dich schämen, so etwas zu sagen. Maude ist gut zu dir gewesen. Du verdankst ihr alles. Warum gibst du nicht in geziemender Weise auf und gehst nach Hause?«

»Weil meine Schwester getäuscht worden ist. Sie ist in der Hand von Narren und Spitzbuben. Was möchtest du lieber sein, Mutter?«

»Weder das eine noch das andere. Und Maude geht es besser als je zuvor in ihrem Leben.« Aber ihre Versicherung hielt seinem nur auf ein Ziel gerichteten Druck nicht stand.

»Davon möchte ich mich selbst überzeugen. Wo sind sie?«

»Das wirst du nicht aus mir herausbringen.« Mit einem versteckten, flehenden Blick sah sie mich an.

»Dann werde ich es eben selbst herausfinden.«

Es war nicht schwierig. Leonard Lister stand im Telefonbuch. Er hatte ein Appartement in Santa Monica, in dem Straßengewirr oberhalb des Lincoln Boulevard. Ich versuchte, Harlan, diesen offensichtlichen Unruhestifter, zu überzeugen, mich allein weitermachen zu lassen. Aber er war hitzig wie ein Stöberhund mit dem Geruch von Rebhühnern in der Nase. Ich mußte ihn mitnehmen oder den Fall aufgeben. Und allein hätte er vermutlich noch mehr Unruhe gestiftet.

Es war schon fast dunkel, als wir die Wohnung fanden. Sie lag in einem alten, zweigeschossigen Haus, das etwas abseits der Straße hinter einer verbrannten Rasenfläche lag. Listers Appartement bestand aus einem kleinen Atelier über der angebauten Garage. Eine Betontreppe an der Außenwand der Garage führte hinauf. Im Haus hinter den verhängten Fenstern des Appartements brannte Licht. In der Stille der Dämmerung raschelten unsere Schritte in dem trockenen Gras.

»Welcher Abstieg«, sagte Harlan pathetisch. »Eine Frau mit ausgezeichneter Bildung lebt in einem Slum mit einem – einem Gigolo.«

»Hmm. Lassen Sie besser mich reden. Sie könnten sich ein blaues Auge einhandeln, wenn Sie weiter so mit Worten umherwerfen.«

»So schnell lasse ich mich nicht einschüchtern.«

Aber er ließ mich auf der Treppe vorangehen. Sie wurde durch eine insektenabweisende gelbe Birne von oben über der Tür beleuchtet. Ich klopfte. Niemand antwortete. Ich klopfte noch einmal. Harlan schob seine Hand an mir vorbei und drehte am Türknauf. Die Tür war verschlossen.

»Nehmen Sie einen Nachschlüssel«, drängte er. »Sie verstecken sich da drinnen. Ich bin sicher. Sie müssen doch einen Nachschlüssel haben?«

»Ich habe aber auch eine Lizenz zu verlieren.«

Er hämmerte gegen die Tür, bis sie in ihrem Rahmen erzitterte. Sein Siegelring schlug kleine Dellen in die Farbe. Leise Schritte näherten sich von der anderen Seite der Tür. Ich schob Harlan zurück. Dabei verlor er beinahe das Gleichgewicht auf dem engen Treppenabsatz.

Die Tür öffnete sich. »Was geht hier vor?«

Der Mann in der Tür hatte einen gestreiften, baumwollenen Bademantel an und sonst nichts. Schultern und die entblößte Brust waren breit und kräftig, wenn auch vom Alter etwas gebeugt und nicht mehr so hart. Er mochte Ende Vierzig sein. Sein rotes Haar war zottig und mit grauen Strähnen durchzogen. Der volle Mund glänzte wie eine Muschel in dem roten Nest seines Bartes. Die Augen waren tief und verträumt, Augen, die in die Vergangenheit und in die Zukunft, aber selten direkt in die Gegenwart sehen.

Über seine Schultern, die fast den Türrahmen ausfüllten, konnte ich in das beleuchtete Zimmer sehen. Es war vollgestopft und schäbig möbliert mit einem einfachen Bett und ein paar Stühlen. Auf den aus roten Ziegeln und rohen Brettern selbstgemachten Regalen türmten sich Bücher. In der behaglichen Kochnische am hinteren Ende des Zimmers arbeitete eine Frau. Ich sah ihren dunklen Kopf und den schlanken Rücken mit in der Taille festgeknüpften Schürzenbändern, und ich hörte das Klappern von Geschirr.

Ich stellte mich vor, aber Lister sah den Mann hinter mir an.

»Mr. Harlan, nicht wahr? Das ist wirklich eine Überraschung. Ich kann nicht sagen, daß es eine angenehme ist.« Seine Stimme besaß die Ungezwungenheit, die körperliche Größe verleiht. »Nun, was wollen Sie, Mr. Harlan?«

»Das wissen Sie sehr gut. Meine Schwester.«

Lister kam raus und schloß die Tür hinter sich. Es wurde

sehr gemütlich mit uns dreien auf dem quadratmetergroßen Treppenabsatz, die Situation glich der in einer Sardinenbüchse. Listers bloße Füße waren auf dem Beton nicht zu hören. Seine Stimme war sanft:

»Maude ist beschäftigt. Ich selbst habe auch ziemlich viel zu tun. Ich wollte gerade unter die Dusche. Ich rate Ihnen also, gehen Sie. Und geben Sie sich keine Mühe, zurückzukommen. Wir werden ewig beschäftigt sein.«

»Beschäftigt, ihr Geld auszugeben?« fragte Harlan.

Listers Zähne blitzten in seinem Bart. Seine Stimme wurde schärfer.

»Jetzt verstehe ich, warum Maude nicht mit Ihnen sprechen will. Nehmen Sie Ihren Freund von Detektiv und entfernen Sie sich von meiner Türschwelle.«

»Die alte Vogelscheuche hat sich also mit Ihnen in Verbindung gesetzt. Wieviel zahlen Sie ihr?«

Lister schoß schnell um mich herum. Er packte Harlan vorne an der Jacke, hob ihn hoch, schüttelte ihn und stellte ihn wieder auf die Füße.

»Sprechen Sie von Ihrer Mutter mit etwas mehr Achtung, Sie kleine Rotznase.«

Harlan lehnte am Geländer und umklammerte es krampfhaft wie ein trotziges Kind. Im gelben Licht sah sein Gesicht krank vor Erniedrigung aus. Halsstarrig verlangte er:
»Ich will meine Schwester sehen. Ich will sehen, was Sie mit ihr gemacht haben, Sie Ungetüm.«

Ich sagte: »Gehen wir« und legte die Hand auf seinen Arm.

»Sind sie auch auf seiner Seite?« Er weinte fast.

»Eines Mannes Haus ist seine Burg. Er mag Sie nicht, Reginald. Ihre Schwester mag Sie offenbar auch nicht.«

»Das können Sie ruhig noch einmal sagen«, bemerkte Lister. »Der kleine Egel hat ihr Blut schon lange genug ausgesaugt. Jetzt aber raus, bevor Sie mich wirklich wütend machen.«

»Kommen Sie, Reginald. So erreichen wir nichts.«

Ich löste ihn von dem Geländer. Unter und hinter mir erhob sich die Stimme eines Mannes. »Gibt's Schwierigkeiten da oben, Lister?« Die Stimme klang, als ob ihr Besitzer nichts dagegen einzuwenden habe.

Ein grauhaariger Mann in einem mit Hawaiimustern bedruckten Hemd stand breitbeinig in dem Lichtfleck am Fuß der Treppe. Das Licht tönte sein schwammiges Gesicht und ließ die Augen farblos erscheinen.

»Keine Spur, Dolph. Diese Herren gehen gerade.«

Lister stand mit dem Rücken gegen die Tür – ein schäbiger Held in einem schmutzigen Bademantel, seine billige Burg verteidigend – und beobachtete uns, wie wir die Treppe hinuntergingen. Die Tür fiel mit einem Knall zu, und das gelbe Licht ging aus. Harlan brabbelte vor sich hin, während er Luft holte.

Der grauhaarige Mann wartete am Fuß der Treppe auf uns. Er flüsterte durch seine Alkoholfahne: »Polente?«

Ich gab keine Antwort.

Er zupfte mich am Ärmel und nörgelte: »Was hat der Vielgeliebte diesmal angestellt?«

»Das ist nicht Ihre Sache.«

Ich riß meinen Ärmel los. Aber der Mann war nur schwer abzuschütteln. Er schob mir sein plumpes Gesicht vor die Augen.

»Was Lister tut, geht mich wohl etwas an. Ich habe ein Recht zu wissen, ob meine Mieter in wilder Ehe leben.«

Ich wandte mich ab von ihm und seiner Fahne. Er folgte mir mit schwankenden Schritten auf den Bürgersteig, wobei er sich mit ausgestrecktem Arm gegen die geschlossene Garagentür stützte. Seine heisere Stimme kam hinter mir her:

»Was hat das zu bedeuten? Ich habe ein Recht, es zu wissen. Ich bin ein anständiger Mann, verstehen Sie. Ich unterhalte keinen Puff für heruntergekommene Hochstapler.«

»Warten Sie einen Moment«, sagte Harlan. »Sind Sie Listers Hauswirt?«

»Na klar. Ich hab diesen Hurensohn nie leiden mögen.

Meine kleine Frau hat ihm das Appartement vermietet. *Sie* glaubte, er sei Klasse. Ich habe ihn auf den ersten Blick durchschaut. Noch so ein ehemaliger Filmfritze. Einer, der es nie geschafft hat.«

Er sank an der Mauer zusammen. Harlan beugte sich über ihn wie ein Ankläger; sein Gesicht eine bleierne Silhouette in dem schwachen Licht, das aus dem verhängten Fenster kam.

»Was wissen Sie noch über Lister, bester Mann?«

»Ich werde ihn bei den Ohren packen und rausschmeißen, wenn er nicht aufpaßt.«

»Sie haben auf seine Affären mit Frauen angespielt. Was ist damit?«

»Ich weiß nicht, was da oben vorgeht. Ich werde es aber herausfinden.«

»Warum gehen Sie denn nicht jetzt rauf? Sie haben das Recht dazu, oder nicht? Ihnen gehört das Haus.«

»Bei Gott, das tue ich.«

Ich ging zu Harlan zurück und nahm ihn beim Arm. »Lassen Sie uns verschwinden, Reginald. Für einen Abend haben Sie schon genug Unheil angestiftet.«

»Ich stifte Unheil an? Blödsinn. Meine Schwester ist mit einem Verbrecher verheiratet, mit einem Zuhälter.«

Der Mann an der Mauer wiegte düster seinen grauen Kopf. »Da liegen Sie genau richtig. Ist die Frau da oben Ihre Schwester?«

»Ja.«

»Und sie ist mit ihm verheiratet?«

»Ich glaube ja. Aber ich kann sie nicht bei ihm lassen. Ich werde sie mit nach Hause nehmen . . .«

»Heute abend nicht, Reginald.« Ich packte seinen Arm fester.

»Ich muß etwas unternehmen. Das lasse ich nicht zu . . .«

Er versuchte sich von mir loszureißen. Sein Hut fiel herunter, und sein gelichtetes Haar fiel ihm über die Ohren. Er kreischte beinahe: »Wie können Sie es wagen. Nehmen Sie Ihre Hände von mir!«

Der Schatten einer vollbusigen Frau zeichnete sich hinter dem Vorhang ab. Vom Fenster her kam eine scharfe Stimme: »Jack! Bist du noch da?«

Der grauhaarige Mann richtete sich auf, als ob er vom elektrischen Schlag getroffen sei. »Ja. Ich bin hier.«

»Komm rein. Du bist betrunken und hast Blödsinn geredet.«

»Wer kann mich dazu zwingen?« brummte er vor sich hin. Sie hörte ihn. »Ich habe gesagt, du sollst reinkommen. Du machst dich lächerlich. Und sag deinen Freunden, sie sollen nach Hause gehen.«

Er drehte uns seinen Rücken zu und stapfte auf unsicheren Beinen zur Haustür. Harlan machte Anstalten, ihm zu folgen. Ich hielt ihn fest. Die Tür schlug zu. Ein Riegel rastete ein.

»Jetzt sehen Sie, was Sie angerichtet haben«, sagte Harlan. »Sie haben alles verkorkst mit Ihrem Sicheinmischen! Ich war gerade dabei, etwas zu erfahren.«

»Das werden Sie nie.«

Ich ließ ihn los und ging zum Wagen, ohne mich darum zu kümmern, ob er mitkam oder nicht. Am Rinnstein holte er mich ein. Er wischte seinen Hut mit dem Taschentuch ab und atmete hörbar.

»Das mindeste, was Sie für Ihr Geld tun können, ist, mich an meinem Hotel abzusetzen. Die Taxis sind hier sündhaft teuer.«

»Gut, wo ist es?«

»Das *Oceano Hotel* in Santa Monica.«

»Wir sind hier in Santa Monica.«

»Wirklich?« Wenig später fügte er hinzu: »Das überrascht mich nicht. Irgend etwas hat mich nach Santa Monica geführt. Maude und ich haben eine Art von telepathischer Verbindung, praktisch schon seit unserer Kindheit. Besonders, wenn sie in Schwierigkeiten ist.«

»Ich frage mich, ob sie in Schwierigkeiten ist.«

»Mit diesem Unhold?« Er lachte rauh. »Haben Sie nicht gesehen, wie er mich behandelt hat?«

»Unter den gegebenen Umständen schien mir sein Benehmen ziemlich normal zu sein.«

»Normal für einen Menschen, der in einer so schäbigen
Umgebung lebt, vielleicht. Aber das lasse ich mir nicht bieten. Wenn Sie übrigens nichts weiter zu tun beabsichtigen,
erwarte ich einen Preisnachlaß von mindestens fünfzig
Prozent.«

Ich hätte ihn gern gefragt, wer ihm seine Klapper gestohlen hat, als er noch ein Säugling war. Statt dessen sagte ich:
»Als Gegenwert stehe ich Ihnen zu Diensten. Ich werde
mich morgen mit Lister beschäftigen. Wenn er ein falscher
Fuffziger ist, werde ich es herausbekommen. Und wenn
nicht . . .«

»Daran gibt es wohl keinen Zweifel. Sie haben doch die
Bemerkungen des Hauswirtes gehört.«

»Der Kerl war betrunken. Und ich würde mich an Ihrer
Stelle hüten, Leute anzuschwärzen ohne irgendeinen Beweis. Sie hätten sich beinahe um Kopf und Kragen geredet.«

»Es ist mir gleich, was mir passiert. Ich sorge mich um
Maude. Ich habe nur die eine Schwester.«

»Sie haben auch nur den einen Kopf.«

Den Rest des Weges schwieg er mürrisch. Ohne ein Wort
ließ ich ihn aussteigen. In dem Neonkaleidoskop der
Strandpromenade sah er vor dem gelben Hintergrund des
Hotels aus wie ein verschleppter Schatten aus einem
dunklen Traum. Nicht aus meinem Traum, gratulierte ich
mir selbst. Voreilig.


Am Morgen rief ich einen Freund im Büro des District At-
torney an. Über Lister gab es eine Akte: Zwei Verurtei-
lungen wegen Trunkenheit am Steuer, eine Klage wegen
Körperverletzung, die auf ungebührliches Benehmen ver-
mindert wurde; nichts Schlimmeres. Er war einmal ein
kleiner Filmproduzent gewesen. Sein letzter aufgeführter
Arbeitsplatz war an der Universität.

Ich telefonierte noch einmal und fuhr dann zur Universi-

tät. Das Frühlingssemester war zu Ende, und die Sommer-
kurse hatten noch nicht begonnen, deshalb traf ich auf
dem Universitätsgelände keine Studenten an. Aber die
meisten der Fakultätsmitglieder waren bei der Arbeit. Der
amtierende Leiter der Abteilung für Spracherziehung, ein
Mann namens Schilling, empfing mich in seinem Büro.

Schilling war alles andere als der Prototyp von einem Professor. Er hatte das Profil eines jugendlichen Helden, obwohl er bereits in mittleren Jahren war. Vom Anzug her
sah er aus wie ein Schauspieler. Er trug einen modernen
Gabardineanzug und ein offenes Sporthemd. Sein welliges braunes Haar, das vom Scheitelpunkt nach hinten
wallte, war sorgfältig gelegt. Ich fragte mich, ob es gefärbt
sei. Ich sagte:

»Es ist sehr freundlich von Ihnen, daß Sie Zeit für mich haben, Doktor.«

»Ach was. Setzen Sie sich, Mr. Archer.« Er saß an seinem
Schreibtisch am Fenster, wo das Licht seinen Gesichtszü-
gen schmeichelte. »Sie haben vorhin am Telefon Interesse
an einem unserer Mitglieder angedeutet – an einem ehemaligen Mitglied unserer Fakultätsfamilie.« Er sprach die
Worte langsam und deutlich und lauschte dem vollen
Klang seiner Stimme nach. Er schien ihm zu gefallen.

»Leonard Lister.« Ich setzte mich auf einen Stuhl, gegenüber dem mit Papier übersäten Schreibtisch.

»Welche Art von Informationen wünschen Sie genau?
Und welchen Gebrauch gedenken Sie davon zu machen?
Wir haben auch unsere kleinen Berufsgeheimnisse, wis-
sen Sie, in unserer abgeschirmten Welt.«

»Ich möchte wissen, wie es mit seiner Ehrlichkeit steht.
Das ist die Hauptsache. Er scheint in eine ziemlich wohl-
habende Familie reingeheiratet zu haben, die kaum etwas
über ihn weiß.« Und das war noch milde ausgedrückt.

»Und jetzt hat man Sie angestellt, um mehr über ihn zu erfahren?«

»Stimmt. Gewisse Mitglieder der Familie fürchten, er
könne etwas auf dem Kerbholz haben.«

»O nein, das würde ich nicht sagen.«

»Warum haben Sie ihn denn rausgeworfen?«

»Wir haben ihn nicht direkt rausgeworfen. Leonard war nicht fest angestellt, er hielt so etwas wie Sondervorlesungen in der Fakultät. Wir haben nur seinen Vertrag am Ende des Herbstsemesters nicht erneuert.«

»Sie werden Ihre Gründe dafür gehabt haben. War es Unfähigkeit?«

»Unfähigkeit bestimmt nicht. Leonard kennt das Theater. Er ist seit zwanzig Jahren dabei, sowohl in New York und auf dem Kontinent als auch hier. Und im Filmgeschäft hatte er auch schon mal einen Namen. Solange es dauerte, hat er groß verdient. Er hatte ein Landhaus und eine Jacht und sogar eine Schauspielerin zur Frau, glaube ich. Dann ging alles in die Binsen. Das war vor Jahren. Ich weiß nicht, was in der Zwischenzeit mit ihm passiert ist. Auf jeden Fall hat er mein Angebot für einen Lehrauftrag gern angenommen.«

»Was hat er denn gelehrt?«

»Wir haben ihn hauptsächlich in der Außenarbeit beschäftigt. Er hat bei verschiedenen Gruppen Stücke inszeniert und Vorlesungen über das Drama gehalten. Er war sehr beliebt bei den Hörern.«

»Was war dann mit ihm los?«

Er zögerte. »Ich nehme an, ich sollte sagen, die Angelegenheit war ethischer Natur. Auf seine Art ist er durchaus ein guter Kollege – persönlich mochte ich ihn immer –, aber er hat sich einfach nicht an den Kodex des Lehrberufes gehalten. Leonard hat einige Zeit in Frankreich verbracht, wissen Sie, und da hat eine ganze Menge vom linken Seine-Ufer auf ihn abgefärbt. Zuviel Alkohol, Weibergeschichten ... kurz und gut, er konnte sich nicht an den Zwang halten, der nun einmal mit so einer Position verbunden ist. Er ist ein gewaltiger Mann – ich weiß nicht, ob Sie ihn kennen ...«

»Ich kenne ihn.«

»... aber er ist noch nicht wirklich erwachsen. Nicht ansprechbar, könnte man sagen, manchmal beinahe besessen.«

»Könnten Sie ein bißchen deutlicher werden, Doktor?«

Er sah von mir fort zum Fenster hinaus und strich sich mit der Hand sorgfältig über das Haar. »Es widerstrebt mir, einen Kollegen anzuschwärzen. Aber schließlich steht der Ruf der Universität auf dem Spiel. Die Angelegenheit ist sehr delikat.«

»Das ist mir klar. Ich werde sie vertraulich behandeln. Das ist alles nur zu meiner eigenen Information.«

»Nun ja.« Er wandte sich mir wieder zu. Alles, was er gebraucht hatte, war ein wenig Überredung. »Leonard hatte die Angewohnheit, mit den Studentinnen herumzutändeln, vor allem mit einer. Gerüchte liefen um, wie das immer der Fall ist, und ich warnte ihn. Ich gab ihm eine faire Chance. Er schlug sie aber in den Wind, deshalb behielt ich ihn im Auge. Unsere Abteilung ist sowieso in einer mißlichen Lage. Da können wir nicht auch noch einen handfesten Skandal gebrauchen. Glücklicherweise habe ich selbst ihn erwischt und den Mund gehalten.«

Schillings Gesicht leuchtete theatralisch auf. Offensichtlich kostete er seinen großen Augenblick noch einmal nach. »Etwa zum Ende des Herbstsemesters, es war an einem Nachmittag im Dezember, sah ich sie zusammen in sein Büro gehen – es liegt unten beim Hörsaal neben meinem Büro. Sie hätten den Ausdruck auf ihrem Gesicht sehen sollen, diese hündische Ergebenheit. Ich besorgte mir einen Hauptschlüssel von der Verwaltung, und nach einer angemessenen Pause ging ich hinein. Da waren sie, in flagranti, wenn Sie mich verstehen.«

»Ein junges Mädchen?«

»Nein. Es hätte schlimmer sein können. Tatsächlich war sie eine verheiratete Frau. Eine ganze Menge unserer Studenten sind junge verheiratete Frauen mit – äh – Theaterambitionen. Aber selbst so war die Situation ärgerlich genug, das konnten wir nicht dulden. Ich machte ein Ende damit, und Leonard verließ uns. Seitdem habe ich ihn nicht mehr gesehen.«

»Was ist mit der Frau geschehen?«

»Sie gab den Kursus auf. Sie galt ohnehin nicht als vielversprechend, und ich für meinen Teil war froh, sie los zu sein. Sie hätten hören sollen, wie sie mich an dem Nachmittag beschimpft hat, obwohl ich nur meine Pflicht getan hatte. Ich *habe* Leonard gewarnt, daß er mit Dynamit spielt. Die Frau war eine Hexe.« Mit dem linken Zeigefinger fuhr er sein Profil vom Haaransatz bis zum Kinn nach und lächelte vor sich hin. »Ich fürchte, das sind alle Informationen, die ich Ihnen geben kann.«

»Noch eins. Sie sagten, er sei ehrlich.«

»Bis auf seine Frauengeschichten, ja.«

»Ehrlich in Geldangelegenheiten?«

»Soviel ich weiß, hat Leonard sich nie etwas aus Geld gemacht. Alles Finanzielle war ihm stets höchst gleichgültig. Nun, ich nehme an, daß er sich jetzt, nachdem er eine reiche Frau geheiratet hat, anpassen wird. Hoffentlich schafft er es. Und ich hoffe weiter, daß ich nicht irgend etwas gesagt habe, das sein Verhältnis zu dieser Familie schädigen wird.«

»Nicht, wenn er die Beziehung zu der anderen Frau abgebrochen hat. Nebenbei, wie hieß sie eigentlich?«

»Dolphine. Stella Dolphine. Ein ungewöhnlicher Name.« Er buchstabierte ihn für mich.

Ich sah in Schillings Telefonbuch nach. Da stand nur ein Dolphine drin: Jack Dolphine; als Adresse war die gleiche angegeben, unter der auch Leonard Lister angeführt wurde. Bei hellem Tageslicht sah das Haus in Santa Monica verlassen aus. Alle Fenster waren zugezogen, oben und im Erdgeschoß. Der sterbende Rasen und die ungepflegten Beete, in denen die Blumen unter Quecken erstickten, schienen symbolisch für das Leben von Menschen, die das Elend gefesselt und gelähmt hat. Ich bemerkte jedoch, daß der Rasen vor kurzem gesprengt worden war; auf dem unebenen Beton auf der Zufahrt trockneten einige Pfützen.

Ich stieg die Außentreppe zu Listers Appartement hinauf. Niemand antwortete auf mein Klopfen. Ich drehte am Türknauf. Die Tür war verschlossen. Ich ging wieder runter und hob die Schwingtür der Garage an. Sie war leer.

Ich drückte auf den Klingelknopf neben der Haustür und wartete. Schritte schlurften müde durch das Haus. Der grauhaarige Mann im Hawaiihemd öffnete die Tür und blinzelte in die Sonne. Er hatte eine schlechte Nacht verbracht. Seine Augen waren verquollen von Alkohol und Kummer, sein Mund war spröde und hilflos. Das schlaffe Fleisch seines Gesichts hing wie schmelzendes Plastilin an den Knochen. Schlaff war auch sein Körper. Er war wie ein weichgekochtes Ei ohne Schale.

Er schien sich nicht an mich zu erinnern.

»Mr. Dolphine?«

»Ja.« Jetzt erkannte er mich an meiner Stimme. »Sagen Sie, was soll das alles? Sie waren doch gestern abend hier. Sie haben gesagt, Sie seien ein Polizist.«

»Das haben Sie sich eingebildet. Ich bin Privatdetektiv. Mein Name ist Archer.«

»Was Sie nicht sagen, ich war auch schon mal Privatdetektiv. Betriebsschutz bei Douglas. Ich habe mich zur Ruhe gesetzt, als sich meine Investitionen auszuzahlen begannen. Jetzt besitze ich sechs Häuser und ein Appartementhaus. Das sehen Sie mir wahrscheinlich nicht an.«

»Sehr schön für Sie. Was ist mit den Mietern in Ihrem Appartement?«

»Sie meinen Lister? Das sollten Sie mir lieber sagen. Er ist ausgezogen.«

»Für immer?«

»Für immer, da haben Sie verdammt recht.« Er stolperte über die Türschwelle, die Alkoholfahne wehte ihm voran. Er legte die Hand vertraulich auf meine Schulter. Das half ihm auch, sich aufrecht zu halten. »Ich war fest entschlossen, ihm zu kündigen. Er hat mir die Mühe erspart. Er packte seine Siebensachen und verschwand.«

»Und die Frau ist mit ihm gegangen? Seine Frau?«

»Ja, die ist mit.«

»In seinem Wagen?«

»Stimmt.«

Er beschrieb mir den Wagen, eine alte blaue Buick-Limousine, die schon ihre zwei- oder dreihunderttausend gemacht hatte. Das Kennzeichen wußte Dolphine nicht. Eine neue Adresse hatten die Listers nicht hinterlassen.

»Könnte ich Mrs. Dolphine sprechen?«

»Was wollen Sie von ihr?« Seine Hand wurde schwerer auf meiner Schulter. Seine Augen wurden eng und leer zwischen den geschwollenen Lidern.

»Sie könnte wissen, wo Lister hingegangen ist.«

»Glauben Sie?«

»Ja.« Ich zuckte mit den Schultern, um seine Hand abzuschütteln. »Ich habe gehört, sie ist eine Freundin von ihm.«

»Das haben Sie, wie?«

Er fiel gegen mich – sein aufwärtsgerichtetes Gesicht war durch plötzliche Wut verändert – und griff nach meiner Kehle. Er war stark, aber in seinen Reaktionen unbeholfen. Ich schlug seine Hände hoch und war frei. Er taumelte zurück gegen den Türpfosten, seine Arme waren ausgestreckt, als ob er gekreuzigt würde.

»Das war dumm von Ihnen, Dolphine.«

»Tut mir leid.« Er schauderte, als ob er Angst vor seinem eigenen Mut bekommen hatte. »Mir geht es nicht gut. Die Aufregung . . .« Er legte die Hände ineinander und preßte sie auf die Hula-Mädchen auf seiner Brust. Sein asthmatisches Keuchen hörte sich an wie eine in seinem Hinterkopf gezupfte lose Gitarrensaite. Sein Gesicht war fleckig weiß.

»Was für eine Aufregung?«

»Stella hat mich verlassen. Sie hat mich ausgenommen und dann fallenlassen wie einen heißen Pfannkuchen. Ich gebe Ihnen einen Rat. Heiraten Sie nie eine jüngere Frau . . .«

»Wann ist das passiert?«

»Gestern abend. Sie ist mit Lister weg.«

»Er hat beide Frauen mitgenommen?«

43

»Ja. Stella und die andere. Beide.« In seiner Trunkenheit kam ihm ein komischer Einfall, der ihn das Gesicht verziehen ließ. »Der großе rote Bulle glaubt, er schafft es mit zweien. Meinetwegen. Ich hab genug von einer gehabt.«

»Haben Sie sie weggehen sehen?«

»Nee. Ich war im Bett.«

»Woher wissen Sie dann, daß Ihre Frau mit Lister davon ist?«

»Weil sie es mir gesagt hat.« Er hob die Schulter an und befreite sie von der schweren Last, die ihn gedrückt hatte. »Was konnte ich tun?«

»Sie müssen doch irgendeine Vorstellung haben, wohin sie gegangen sind.«

»Nee, ich weiß es nicht, und ich will es auch nicht wissen. Laß sie doch gehen. Sie war sowieso nicht gut zu mir.« Das asthmatische Keuchen hinter seinen Worten war wie ein unausgesprochener Kummer. »So, sage ich, laß sie gehen, gut, daß ich sie los bin.«

Er setzte sich auf die Stufen und bedeckte sein Gesicht mit den Händen. Sein Haar war wirr und zerzaust wie eine Handvoll grauer Federn. Ich ließ ihn allein.

Ich fuhr zum *Oceano Hotel* und rief Harlan über einen Hausapparat an. Er antwortete sofort, seine Stimme war hoch und nörgelnd.

»Wo um alles in der Welt sind Sie gewesen? Ich habe versucht, Sie zu erreichen.«

»Ich habe Lister überprüft«, sagte ich. »Er und Ihre Schwester haben ihre Zelte abgebrochen . . .«

»Ich weiß, er hat mich angerufen. Meine schlimmsten Ahnungen haben sich bestätigt. Er will Geld haben. Er kommt her und will versuchen zu kassieren.«

»Wann?«

»Mittags um zwölf. Ich soll ihn hier in der Vorhalle treffen.«

Ich sah auf die Uhr an der Wand in der Nische hinter dem Empfangstisch: Zwanzig nach elf.

»Ich bin gerade in der Vorhalle. Soll ich raufkommen?«

»Ich komme runter.« Er zögerte. »Ich habe Besuch.«

Ich setzte mich auf eine mit rotem Plastik bezogene Polsterbank in der Nähe des Aufzugs. Der Metallzeiger oberhalb der Tür wanderte von eins nach drei und zurück nach eins. Die Tür öffnete sich. Heraus kam Harlans Mutter. Sie klimperte mit ihrem Schmuck und warf unsichere Blicke durch die Vorhalle. Sie trug ein grünlich-schwarzes Cape über ihrem Kleid aus Sackleinen, wodurch sie wie ein alter, unheilbringender Vogel aussah.

Sie sah mich und kam auf ihren dünnen Beinen mit langen Schritten auf mich zu. An ihren mageren Füßen trug sie flache Sandalen.

»Guten Morgen, Mrs. Harlan.«

»Ich heiße nicht Harlan«, sagte sie streng. Aber sie unterließ es, mir ihren Namen zu nennen. »Folgen Sie mir etwa, junger Mann? Ich warne Sie . . .«

»Das brauchen Sie nicht. Ich bin hergekommen, um Ihren Sohn zu sprechen. Ich nehme an, daß Sie das auch getan haben.«

»Ja, mein Sohn.« Übelgelaunt zog sie ihre Mundwinkel nach unten. Aus ihren Gesichtsfalten funkelten die Augen wie nasse schwarze Steine. »Sie sehen wie ein anständiger Mann aus. Ich kenne etwas von geistigen Ausstrahlungen. Damit habe ich mich beschäftigt. Es ist meine Lebensaufgabe. Und ich werde Ihnen sagen, Mr. Sowieso, da Sie schon einmal in Reginalds Angelegenheiten verwickelt sind, mein Sohn hat eine unheilvolle Ausstrahlung. Schon als Junge war er kalt und herzlos, und das hat sich nicht geändert. Er will nicht einmal seiner Schwester helfen, die in äußerster Not ist.«

»In äußerster Not?«

»Ja, sie ist in sehr ernsten Schwierigkeiten. Sie wollte mir nicht sagen, was es ist. Aber ich kenne meine Tochter . . .«

»Wann haben Sie sie gesehen?«

»Ich habe sie nicht gesehen. Sie hat mich gestern abend angerufen. Und sie brauchte verzweifelt Geld. Natürlich weiß sie, daß ich keins habe. In den letzten zehn Jahren

habe ich ihr auf der Tasche gelegen. Sie bat mich, bei Reginald ein gutes Wort einzulegen, was ich auch getan habe.«
Ihr Mund schloß sich. Es sah aus, als hätte man einen Beutel mit einer Schnur zugezogen.

»Er will die Schatztruhe der Familie nicht öffnen?«
Sie schüttelte den Kopf und vertrieb damit die Tränen aus ihren Augen. Der Pfeil über der Aufzugstür war auf drei gewandert und wieder zurück auf eins. Harlan kam aus dem Aufzug. Seine Mutter warf ihm einen Seitenblick zu und ging. Sie flatterte durch die Vorhalle hinaus auf die Straße, ein unheilverkündender Vogel, der einen noch ominöseren Unglücksboten gesehen hatte.

Harlan kam mit zögerndem Lächeln und ausgestreckter Hand auf mich zu. Sein Handschlag war kraftlos.

»Ich wollte gestern abend eigentlich nicht so unfreundlich werden. Wir Harlans sind leicht erregbare Leute.«

»Macht nichts, ich bin nicht übelnehmerisch.«
Er blickte auf die von der Sonne beschienene Tür, durch die seine Mutter verschwunden war. »Hat sie Ihnen einen Floh ins Ohr gesetzt? Ich muß Sie warnen, sie ist nicht ganz normal.«

»Hmm. Sie sagte mir, daß Maude Geld brauche.«

»Auf jeden Fall braucht Lister welches.«

»Wieviel?«

»Fünftausend Dollar. Er sagt, er hat einen von Maude ausgestellten Scheck über diesen Betrag. Ich soll die Auszahlung beschleunigen, indem ich unsere Bank in Chicago anrufe. Es läuft darauf hinaus, daß er *mich* auffordert, den Scheck einzulösen.«

»Haben Sie überhaupt mit Ihrer Schwester gesprochen?«

»Nein. Das ist eines der Dinge, die mich beunruhigen. Nur *eines* davon. Er gab eine lange wortreiche Erklärung ab, die darin gipfelte, daß Maude sich nicht wohl genug fühle, das Haus zu verlassen, und im Haus befände sich kein Telefon.«

»Er hat nicht gesagt, wo das ist?«

»Kein Wort. Er war überhaupt sehr ausweichend. Ich sage

Ihnen, das bedeutet nichts Gutes; ich frage mich, ob sie überhaupt noch lebt . . .«

»Nun machen Sie nicht die Pferde scheu. Das wichtigste ist, herauszufinden, wo sie sich aufhält. Reizen Sie ihn also nicht, gehen Sie auf alles ein, was er sagt.«

»Sie meinen doch nicht etwa, ich soll den Scheck einlösen?« Er sprach mit tiefem Gefühl – es war seine fünftausend Dollar wert.

»Es ist das Geld Ihrer Schwester, nicht wahr? Vielleicht braucht sie es wirklich. Ihrer Mutter hat sie gesagt, daß sie es braucht.«

»Das behauptet Mutter. Aber die alte Närrin würde das Blaue vom Himmel für sie herunterlügen. Wenn sie nicht sogar mit ihr unter einer Decke steckt.«

»Das bezweifle ich.«

Harlan achtete nicht darauf. »Wie kommt es, daß Maude schon wieder Geld braucht? Vorige Woche hat sie tausend Dollar mitgenommen.«

»Vielleicht haben sie in Las Vegas haltgemacht.«

»Unsinn. Maude und Glücksspiel – ausgeschlossen. Sie ist völlig genügsam, so wie ich. Sie würde nie tausend Dollar in einer Woche ausgeben, es sei denn, der Mann hätte ihr das Geld aus der Nase gezogen.«

»Sicher könnte sie soviel ausgeben – in ihren Flitterwochen. Vielleicht ist alles halb so schlimm, wie Sie glauben. Ich habe einige Erkundigungen eingezogen; Lister hat einen guten Ruf.« Ich sah ein, daß das etwas übertrieben war, und fügte hinzu: »Zumindest ist er nicht durch und durch schlecht.«

»Das war der Massenmörder Landru auch nicht«, sagte Harlan düster.

»Wir werden sehen.« Die elektrische Uhr zeigte zehn vor zwölf.

»Machen Sie ihn nicht kopfscheu. Aber sagen Sie ihm, er müsse wegen des Geldes noch einmal wiederkommen. Ich werde draußen warten und ihn beschatten, wenn er herauskommt. Sie bleiben, wo Sie sind. Ich setze mich mit Ihnen in Verbindung, sobald ich herausfinde, wo die sich verkrochen haben.«

Er nickte mehrere Male.

»Und regen Sie ihn um Gottes willen nicht auf, Harlan. Ich glaube zwar nicht, daß er ein Berufsmörder ist, aber einen Mord im Affekt traue ich ihm schon zu.«

Zumindest besaß Lister die Tugend, pünktlich zu sein. Um eine Minute vor zwölf erschien aus Richtung Innenstadt von Santa Monica her eine alte Buick-Limousine. Sie blieb etwa dreißig Schritt von dem Hoteleingang entfernt am Straßenrand stehen. Lister stieg aus und schloß die Wagentür ab. Eine Baskenmütze und die dunklen Brillengläser gaben ihm das Aussehen eines dekadenten Wikingers.

Ich hatte meinen Wagen auf der anderen Seite des breiten Boulevards in der falschen Richtung geparkt. Sobald Lister das Hotel betreten hatte, wendete ich und fand einen Parkplatz ein paar Wagen hinter dem Buick. Ich stieg aus, um mir sein Fahrzeug näher anzusehen.

Die blaue Farbe verschwand beinahe unter dem Straßenschmutz. Alle Kotflügel waren verbeult. Ich spähte durch die verstaubten Scheiben auf das Gepäck auf dem Rücksitz: das mit dem Monogramm MH gezeichnete Fluggepäck einer Frau, eine Herrentasche aus genarbtem Leder, beklebt mit Etiketten europäischer Hotels und Schiffahrtslinien, ein Segeltuchrucksack, vollgestopft mit rechteckigen Gegenständen, wahrscheinlich Büchern. Etwas Langes, das in braunes Papier eingewickelt war, lehnte quer über dem Gepäck. Es hatte die Form eines Spatens.

Ich sah mich um. Auf der Straße waren zu viele Leute, um den Wagen schnell zu durchstöbern.

Als ich wieder an meinem Steuer saß, notierte ich mir die Zulassungsnummer und wartete. Das blaue Funkeln des Meeres, das sich im Chrom vorbeifahrender Autos spiegelte, belästigte meine Augen. Ich setzte eine Sonnenbrille auf. Wenige Minuten später erschien Lister auf dem Fußweg und stolzierte in meine Richtung. Die dunklen Brillengläser hatte er abgenommen. Seine blauen Augen schienen aus den weißen Lidern hervorzutreten. Er sah übermütig aus. Ich erinnerte mich an das, was Schilling über das Manische in Lister gesagt hatte, und wünschte, mehr von der unteren Partie seines Gesichts sehen zu können, die häufig aufschlußreicher ist. Der Bart diente vielleicht einem bestimmten Zweck.

Lister stieg in den Buick und fuhr in Richtung Norden. Ich folgte ihm in dem dichten Mittagsverkehr in unterschiedlichen Entfernungen. Er fuhr gekonnt unbeherrscht. Vor der Verkehrsampel am Sunset Boulevard qualmten seine Reifen. Sechs oder acht Meilen weiter nördlich bog er, wieder mit kreischenden Reifen, von der Landstraße ab. Ich bremste hart und fuhr langsam in den Sandweg.

Der Weg führte steil zu einem Hügel hinauf. Hinter der Kuppe verschwand der Buick. Ich fraß mich durch seinen Staub nach oben und sah ihn eine viertel Meile vor mir weiterrasen. Der Wald wand sich nach unten in ein kleines eingeschlossenes Tal, wo einige Bauernhäuser inmitten von bebauten Feldern standen. Ein Traktor klammerte sich wie ein orangefarbener Käfer an den gegenüberliegenden Hang eines Hügels. Die Luft war so still, daß der Staub des Buicks wie eine klebrige Masse über dem Weg hing. Ich schluckte noch einige Meilen Staub hinunter anstelle eines Mittagessens.

Hinter dem dritten und letzten Bauernhaus kündigte ein Schild an Sackgasse. Daneben, an einem Pfahl, hing ein rostiger Briefkasten. Im Vorbeifahren warf ich einen Blick auf das verblichene Schild. Leonard Lister stand, soweit ich sehen konnte, darauf.

Der Buick hatte jetzt einen ziemlichen Vorsprung. Er schlängelte sich am Ende des Tales durch einen Engpaß zwischen zwei Felsen hindurch. Dann kam er außer Sicht. Der Weg wurde schlechter. Er verengte sich zu einem einspurigen Feldweg, der durch viele Frühjahrsregen zerfurcht und zerfressen war. An seiner engsten Stelle wurde er durch einen alten Erdrutsch versperrt.

Ich war so mit dem Weg beschäftigt, daß ich beinahe an dem Haus vorbeigefahren wäre, bevor ich es überhaupt bemerkte. Es stand weit zurück am Ende eines von Eukalyptusbäumen überschatteten Pfades. Durch die Bäume sah ich den leeren Buick; ich fuhr weiter. Als ich außer Sichtweite des Hauses war, wendete ich meinen Wagen und stieg aus. Die Türen schloß ich vorsichtshalber ab.

Ich kletterte durch gelbe Senfblumen und purpurne Lupinen bis zu einer Stelle, von der ich einen Blick auf das Haus hatte. Es war eine völlige Ruine. Seine rissigen, verputzten Mauern hingen verrückt schief. Teile des Ziegeldaches waren eingefallen. Wahrscheinlich war das Haus verlassen worden, nachdem die Fundamente vom Wasser unterspült waren. Üppige Geranien wucherten im Vorgarten. Wilder Hafer stand kotflügelhoch rund um den Buick. Im Hinterhof, nahe an der Hauswand, war ein breitschultriger Mann dabei, ein Loch zu graben. Das glänzende Blatt seines Spatens blitzte hin und wieder in der Sonne auf. Ich bewegte mich den Hang hinunter auf ihn zu. Das Loch war ungefähr sechs Fuß lang und zwei Fuß breit. Wenn Lister eine Pause einlegte, fiel der Schatten seines Kopfes mit den vorspringenden Kinnbacken an die Mauer.

Ich setzte mich hin, die gelben Senfblumen reichten mir bis zu den Augen, und beobachtete ihn bei der Arbeit. Nach einer Weile zog er sein Hemd aus. Seine schweren weißen Schultern waren mit bräunlichen Sommersprossen übersät. Das Metall des Spatens verlor seinen Glanz. Nach einer Stunde war das Loch etwa vier Fuß tief. Listers rotes Haar war dunkel vor Schweiß, der ihm auch über die Arme lief. Er stieß den Spaten in den Haufen Ton, den er ausgeworfen hatte, und verschwand im Haus.

Ich ging den Hügel weiter hinauf. Eine Fasanenhenne schwirrte vor meinen Füßen auf. In der Totenstille klang ihr Flügelschlag wie das Starten einer Düsenmaschine. Ich beobachtete das Haus, aber von dort kam keine Antwort, kein Gesicht zeigte sich an den zerbrochenen Fenstern. Ich stieg über den durchhängenden Drahtzaun und ging über den Hinterhof.

Wo einmal die Küche gewesen war, stand die Tür offen. Der Fußboden war mit Mörtelbrocken übersät, die unter meinen Füßen knirschten. Durch die nackten Deckenbalken schien das Tageslicht. Die Stille war zart durchwirkt mit dem kaum hörbaren Summen der Insekten. Ich glaubte, von irgendwoher ein Stimmengemurmel zu hören; dann kam das Geräusch von schweren Schritten durch das Haus auf mich zu.

Ich hatte meinen Revolver bereit. Lister kam durch die innere Tür. Er schleppte ein Sackleinenbündel aufrecht in seinen Armen. Sein Kopf war ungeschickt zur Seite gedreht, damit er sehen konnte, wohin er trat. Dadurch bemerkte er mich erst, als ich ihn ansprach.

»Halt, Totengräber.«

Er hob seinen Kopf. Die Augen waren groß und blau in dem roten, schweißüberströmten Gesicht. Seine Reaktion war verblüffend schnell und geistesgegenwärtig. Ohne auch nur einen Schritt auszusetzen, kam er auf mich zu. Als er nur noch auf Armeslänge entfernt war, warf er mir das Bündel entgegen. Ich verlor den Halt unter den Füßen, als das in Sackleinen gehüllte Etwas gegen mich prallte. Ich stieß es weg. Es war schwer und steif wie gefrorenes Fleisch. Mit dem einen Absatz stampfte Lister mir auf die Hand, die den Revolver hielt, mit dem anderen trat er mir ins Gesicht. Das Tageslicht zwischen den Deckenbalken schimmerte rot und erlosch.

Als ich blinzelnd wieder die Augen öffnete, stach mir die Sonne durch die offene Tür ins Gesicht. Mein einer Arm war steif, festgehalten durch das Etwas in der Sackleinenhülle. Ich befreite mich von seiner Umarmung und setzte mich aufrecht gegen die Wand. Das Rumoren der Insekten klang in meinem Kopf wie das Stakkato kleiner Handfeuerwaffen zwischen der schweren Artillerie meines Pulses. Eine Weile schwebte ich zwischen Wachsein und Bewußtlosigkeit. Dann klärte sich mein Gesichtsfeld. Mit der Hand, die ich bewegen konnte, tastete ich mein geschwollenes Gesicht ab.

Mein Revolver lag auf dem Fußboden. Ich nahm ihn auf und drehte die Trommel: die Kammern waren geleert worden. Noch immer sitzend, zog ich das Sackleinenbündel zu mir heran. Ich knüpfte die Schnur auf, die die Umhüllung zusammenhielt. Als ich mit zitternder Hand das Sackleinen herunterzog, sah ich eine Locke schwarzen, welligen Haares, das steif von Blut war.

Ich stand auf und wickelte den Körper vollständig aus. Es war die Leiche einer einst schönen Frau. Ihre Schönheit war durch eine Kontusion beeinträchtigt, die sich wie eine Furche über die linke Schläfe zog.

Als ich mich tiefer beugte, bemerkte ich außerdem ein paar blaurote Ovale an der Kehle. Daumenabdrücke.

Ihre Haut schimmerte in dem Licht, das von der Tür her kam, wie Elfenbein. Ich bedeckte die Leiche mit dem Sackleinen. Dann bemerkte ich, daß meine Brieftasche offen auf dem Fußboden lag. Nichts schien daraus zu fehlen. Aber die Fotokopie meiner Lizenz war halb aus ihrer Hülle gezogen.

Ich ging durch das Haus. Es war ein seltsamer Ort für Flitterwochen; selbst für Flitterwochen, die mit einem Mord endeten. Lampen gab es überhaupt nicht, auch keine Möbel, mit Ausnahme einiger Gartenmöbel. In dem ehemaligen Wohnzimmer standen zwei Liegestühle und eine Liege aus Rotholz mit zerrissenem Polster. Dieser Raum hatte eine relativ wetterfeste Decke. Hier hatten Lister und seine Frau gewohnt. Spuren im Kamin deuteten darauf hin, daß erst kürzlich ein Feuer darin gebrannt hatte: verkohlte Reste von Eukalyptusbaumrinde und einige angesengte Tuchfetzen. Die Asche war noch nicht ganz kalt. Ich ging durch das Zimmer zu der hölzernen Liege und bemerkte die Abdrücke eines Frauenabsatzes im Staub des Fußbodens. Außerdem hatte jemand in langer Schrägschrift drei Wörter in den Staub geschrieben. *Ora pro nobis.*

Die Bedeutung fiel mir langsam ein, obwohl ich sie zwanzig oder mehr Jahre nicht mehr gehört hatte. *Ora pro nobis* – Bitte für uns. Jetzt und in der Stunde unseres Todes . . .

Eine Minute lang fühlte ich mich körperlos wie ein Geist. Die tote Frau und die lebendigen Worte waren wirklicher als ich. Die Welt war gegenwärtig ein Haus mit einfallendem Dach, so kümmerlich, daß das Sonnenlicht hindurchschien.

Als ich von draußen das Geräusch eines Wagens hörte, war ich mit einem Sprung neben der offenen Haustür. Ein neuer gelbbrauner Studebaker arbeitete sich auf dem überwachsenen Pfad unter den Eukalyptusbäumen heran. Er hielt, wo der Buick gestanden hatte, und Harlan stieg aus.

Ich stellte mich hinter die Tür und beobachtete ihn durch eine Ritze. Er kam vorsichtig näher, seine dunklen Augen gingen hin und her. Als sein Fuß die Schwelle berührte, trat ich ihm mit dem leeren Schießeisen entgegen. Mitten im Schritt hielt er inne, starr wie die tote Frau.

»Um Himmels willen, nehmen Sie die Kanone runter. Sie können einen ja zu Tode erschrecken.«

»Ehe ich sie runternehme, möchte ich wissen, wie Sie hierhergekommen sind. Haben Sie mit Lister gesprochen?«

»Ich habe ihn mittags gesehen, das wissen Sie doch. Er hat mir von diesem Haus erzählt, das ihm einmal gehörte. Ich bin nicht schnell genug auf die Straße gekommen, um Sie abzufangen. Nehmen Sie nun die Kanone runter – so ist es recht. Was ist denn mit Ihrem Gesicht passiert?«

»Das ist momentan unwichtig. Ich verstehe aber immer noch nicht, warum Sie hier sind.«

»War das nicht so abgemacht, daß ich Sie hier treffen sollte? Ich habe einen Wagen gemietet und bin, so schnell ich konnte, hergekommen. Es war gar nicht leicht, diese Bruchbude hier zu finden. Sind die beiden da?«

»Einer von ihnen ja.«

»Meine Schwester?« Seine Hand ergriff meinen Arm. Die langen weißen Finger waren stärker, als sie aussahen, und es war schwer, sie abzuschütteln.

»Das sollten Sie mir besser sagen.«

Ich führte ihn durch das Haus nach hinten in die Küche, zog das Sackleinen zurück, das den zerschlagenen Kopf bedeckte, und beobachtete Harlan dabei. Seine Miene blieb unverändert. Kein Muskel bewegte sich in seinem Gesicht. Entweder war Harlan kalt wie die Leiche, oder er hatte sich meisterlich in der Gewalt.

»Ich habe diese Frau noch nie gesehen.«

»Es ist nicht Ihre Schwester? Sehen Sie noch einmal gut hin.« Ich zog die Hülle ganz von der Leiche.

Harlan wandte den Blick ab, das Blut war ihm in die Wangen gestiegen. Aber dann schielte er doch verstohlen zu der Leiche zurück.

»Das ist Ihre Schwester, nicht wahr, Mr. Harlan?«

Ich mußte die Frage wiederholen, damit er sie hörte. Er schüttelte den Kopf. »Ich habe die Frau noch nie gesehen.«

»Das glaube ich Ihnen nicht.«

»Sie glauben doch nicht im Ernst, daß ich es ablehnen würde, mein eigen Fleisch und Blut zu identifizieren.«

»Falls es Geld bringt.«

Er hörte mich nicht. Der Anblick der Leiche schien ihn fasziniert zu haben. Ich zog das Sackleinen wieder darüber und erzählte ihm, was passiert war. Aber ich faßte mich kurz, als ich erkannte, daß er nicht interessiert war. Ich nahm ihn mit in das vordere Zimmer und zeigte ihm die Handschrift im Staub.

»Ist das die Schrift Ihrer Schwester?«

»Das kann ich nicht sagen.«

»Schauen Sie genau hin.«

Harlan hockte sich nieder und lehnte einen Arm auf die Liege. »Es ist nicht ihre Handschrift.«

»Konnte sie Latein?«

»Selbstverständlich. Sie hat Latein unterrichtet. Ich wundere mich nur, daß Sie die Sprache beherrschen.«

»Das tue ich auch nicht, aber meine Mutter war Katholikin.«

»Ach so.« Er erhob sich ungeschickt und rutschte auf einem Knie nach vorn, wobei er die Schrift auslöschte.

»Verdammt!« sagte ich. »Sie tun gerade so, als ob Sie selbst sie ermordet hätten.«

»Seien Sie nicht albern.« Er lächelte dünn, seine Mundwinkel verzerrten sich. »Sie glauben wohl immer noch, daß Maude in dem hinteren Zimmer liegt, nicht wahr?«

»Ich glaube, daß Sie gelogen haben. Sie waren zu sehr darauf bedacht, sie nicht zu identifizieren.«

»Nun.« Er staubte sein Knie mit den Händen ab. »Ich nehme an, es ist besser, ich erzähle Ihnen die Wahrheit, da Sie sie sowieso schon kennen. Sie haben völlig recht, es ist meine Schwester. Sie ist jedoch nicht ermordet worden.«

Die unwirkliche Atmosphäre kehrte in das Zimmer zurück. Ich setzte mich auf die Liege, die unter meinem Gewicht ächzte.

»Es ist eine tragische Geschichte«, begann Harlan. »Ich hatte eigentlich gehofft, daß ich sie Ihnen nicht zu erzählen brauchte. Maude ist gestern abend durch einen Unfall ums Leben gekommen. Nachdem ich dort gewesen war, hat sie sich mit Lister gestritten, weil er sich weigerte, mich einzulassen. Dann ist sie ganz übergeschnappt. Lister hat versucht, sie zu beruhigen, aber sie riß sich los und stürzte sich die Außentreppe hinab. Der Sturz hat sie getötet.«

»Ist das Listers Version?«

»Es ist die reine Wahrheit. Er war gerade bei mir in meinem Hotelzimmer und hat erzählt, was passiert ist. Ich erkenne echten Schmerz, wenn er mir begegnet, und ich weiß, wann ein Mann die Wahrheit sagt.«

»Dann können Sie mehr als ich. Ich glaube, er hält Sie zum Narren.«

»Was?«

»Ich habe ihn praktisch auf frischer Tat ertappt bei dem Versuch, die Leiche zu vergraben. Jetzt will er sich, so gut er kann, herauslügen. Es kommt mir sonderbar vor, daß Sie das alles geschluckt haben.«

Harlans schwarze Augen forschten in meinem Gesicht.

»Ich versichere Ihnen, es ist die Wahrheit. Er hat mir alles erzählt, einschließlich dieser – Begräbnisangelegenheit. Versetzen Sie sich in seine Lage. Als Maude gestern abend die Nerven verlor und Selbstmord beging, hat Lister sofort erkannt, daß der Verdacht auf ihn fallen würde, vor allem mein Verdacht. Er gestand mir, daß er schon mal Schwierigkeiten mit der Polizei gehabt hatte. In seiner Panik reagierte er wie ein Schuldiger. Er erinnerte sich an diesen verlassenen Ort und brachte die Leiche her, um sich ihrer zu entledigen. Das war natürlich unbesonnen und sogar ungesetzlich, aber unter den Umständen, glaube ich, verständlich.«

»Sie sind ja plötzlich so verständnisvoll. Was ist denn mit den fünf großen Scheinen, um die er Sie betrügen wollte?«

»Wie bitte?«

»Der Scheck über die fünftausend. Haben Sie das vergessen?«

»Sprechen wir nicht mehr davon«, sagte er gleichgültig. »Das ist meine Angelegenheit, die nur ihn und mich etwas angeht.«

Langsam begann sich ein Bild vor meinen Augen abzuzeichnen, nur die Motive waren mir noch ein Rätsel. Irgendwie hatte Lister es fertiggebracht, Harlan auf seine Seite zu bringen. Ich sagte mit der ganzen Ironie, die ich aufbringen konnte:

»Wir werden also die Leiche begraben und nicht mehr davon sprechen.«

»Das ist genau meine Idee. Aber nicht wir, sondern Sie. Ich kann mir nicht erlauben, in irgendeine Gesetzwidrigkeit verwickelt zu werden.«

»Wie kommen Sie zu der Vorstellung, daß ich mir das erlauben könnte?«

Er nahm aus der Jackentasche eine kunstlederne Falthülle und zeigte mir die Reiseschecks darin. Es waren zehn Hunderter. »Tausend Dollar«, sagte er, »scheinen mir eine angemessene Bezahlung für einen Totengräber zu sein. Genug, um mich auch seiner Vergeßlichkeit zu versichern.«

Sein Blick war sehr wissend, aber seine Leidenschaft fürs Geld machte Harlan instinktlos. Er war wie ein unmusikalischer Mensch, der sich nicht vorstellen kann, daß andere Leute Musik hören und sie sogar leiden mögen. Aber ich hatte keine Lust, mich mit ihm zu streiten. Ich ließ ihn die Schecks unterschreiben und hörte mir seine Anordnungen an: Ich sollte die Tote begraben und dann alles so schnell wie möglich wieder vergessen.

»Es ist mir schrecklich, meiner armen Schwester das anzutun«, sagte er, ehe er mich verließ. »Die Vorstellung, sie einfach hier verscharren zu lassen . . . Aber ich habe das Wohl der Schule im Auge zu behalten. Wir könnten zumachen, wenn hiervon etwas in die Zeitungen käme. Brüderliche Pietät hat hier vor den Pflichten gegenüber der Allgemeinheit zurückzutreten.«

Natürlich begrub ich die Leiche nicht. Ich ließ sie, wo sie war, und folgte Harlan zurück nach Santa Monica. Ich holte den Studebaker ein, bevor er die Stadt erreichte, aber ich ließ ihn voranfahren.

Er parkte den Wagen auf dem Wilshire Boulevard und ging in ein Flugreisebüro. Ehe ich einen Parkplatz gefunden hatte, kam er schon wieder heraus und stieg in seinen Wagen. Ich notierte mir den Namen des Reisebüros und folgte dem Studebaker bis zum *Oceano Hotel*. Harlan ließ ihn an dem weißen Bordstein für den Garagenwärter stehen. Im Handschuhfach hatte ich genügend Patronen, um meinen Revolver neu zu laden.

Die Hotelhalle war leer bis auf den Angestellten im Empfang und zwei alte Damen, die Canasta spielten. Ich fand hinten eine Telefonzelle und rief das Reisebüro an. Eine Stimme mit sorgfältig bewahrtem britischem Akzent sagte:

»Reisebüro Sanders. Sanders am Apparat.«

»Hier spricht J. Reginald Harlan«, sagte ich wichtigtuerisch. »Sie erinnern sich vielleicht?«

»Selbstverständlich, Mr. Harlan. Ich nehme an, Sie sind mit Ihren Vorbestellungen zufrieden?«

»Ich weiß nicht so genau. Wissen Sie, ich bin sehr in Eile und muß so schnell wie möglich dort ankommen.«

»Ich versichere Ihnen, Mr. Harlan, daß ich den erstmöglichen Flug für Sie gebucht habe. Um zehn Uhr vormittag vom Internationalen Flughafen.« Eine Spur von Ungeduld zog sich durch die geziert gesprochenen Worte. »Ich dachte, ich hätte das deutlich gemacht. Es steht auf Ihrem Umschlag.«

»Den habe ich eben nicht zur Hand.«

»Nach dem Flugplan treffen Sie morgen früh um acht Uhr ein. Chicagoer Zeit. In Ordnung?«

»Ich danke Ihnen.«

»Gern geschehen.«

Ich rief die Hotelzentrale an und verlangte Harlan.

»Wer spricht dort bitte?« gurrte das Fräulein von der Vermittlung.

»Lister. Leonard Lister.«

»Einen Moment, Mr. Lister, ich rufe in Mr. Harlans Zimmer an. Er erwartet Sie.«

»Bemühen Sie sich nicht. Ich gehe so rauf. Wie war doch die Nummer?«

»Drei-vierzehn, Sir.«

Ich fuhr mit dem Aufzug bis zum dritten Stock. Der junge Fahrstuhlführer sah mir ins Gesicht; er öffnete den Mund zu einer Bemerkung, fing aber einen Blick von mir ein und schloß ihn wieder, ohne ein Wort zu sagen. Harlan hatte sein Zimmer an der Straßenseite des Hotels, in guter Lage.

»Ich klopfte.

»Bist du's, Leonard?«

»Hmm.«

Harlan öffnete die Tür, und ich drängte mich hinein. Erschrocken legte er beide Hände vor die Brust wie eine Frau. Haßerfüllt sah er mich an, dann sagte er: »Kommen Sie rein, Mr. Archer.«

»Ich bin schon drin.«

»Dann setzen Sie sich. Ich habe nicht erwartet, Sie wiederzusehen. So bald«, fügte er hinzu. »Es hat doch wohl nicht irgendwelche Schwierigkeiten gegeben?«

»Keine Schwierigkeiten. Es ist nur wieder mal der übliche Mord.«

»Aber es war ein Unfall . . .«

»Vielleicht war der Sturz wirklich ein Unfall. Ich glaube aber nicht, daß der Sturz sie getötet hat. An ihrer Kehle sind Daumenabdrücke.«

»Davon weiß ich nichts. Aber setzen Sie sich doch, Mr. Archer.«

»Ich stehe lieber. Außerdem hat Ihre Schwester in dem Haus ein Gebet in den Staub geschrieben. Sie lebte also, als Lister sie dorthin brachte. Und weiter haben Sie gerade Flugkarten nach Chicago gekauft, und Sie erwarten Listers Besuch. Sie scheinen allmählich auf reichlich vertrautem Fuß mit ihm zu stehen.«

»Schließlich ist er mein Schwager.« Seine Stimme war ziemlich anbiedernd.

»Und Sie haben ihn gern, wie?«

»Leonard hat seine Vorzüge.«

Er setzte sich in einen Sessel am Fenster. An seinem Profil vorbei konnte ich den Himmel und das Meer sehen. Es war weit und offen, besprenkelt mit reinen weißen Segeln. Ich hatte schon zuviel Zeit mit Versuchen vergeudet, Lügner in gemieteten Zimmern auszufragen.

»Ich glaube, Sie haben gemeinsame Sache mit ihm gemacht. Der Tod Ihrer Schwester kommt Ihnen beiden gelegen. So wie ich Sie beide kenne, wären Sie fähig, um des Vorteils willen einen Mord zu begehen.«

»Dann haben Sie also Ihre Ansicht über Lister geändert, wie?«

»Nicht so sehr wie Sie.«

Harlan fuchtelte mit seinen Händen in der Luft herum. »Mein lieber, guter Mann, Sie irren sich ganz gewaltig. Sehen wir einmal von dem Geld ab, das ich Ihnen gezahlt habe, so hoffe ich doch in Ihrem Interesse, daß Sie nicht irgendwelche vorschnellen Schritte unternehmen.« Er sah mich herausfordernd an. »Wenn ich mit Lister im Bunde wäre, hätte ich dann gestern um Ihre Hilfe ersucht, he?«

»Einen Grund werden Sie schon gehabt haben. Obwohl ich nicht sehe, welchen.«

»Ich bin in aller Aufrichtigkeit zu Ihnen gekommen. Aber jetzt, da ich die Situation besser kenne, sage ich Ihnen mit derselben Aufrichtigkeit, wenn Lister meine Schwester umgebracht hätte, würde ich ihn bis ans Ende der Welt verfolgen. Sie kennen mich nicht.«

»Was ist mit den Flugkarten?«

»Ich habe keine Flugkarten gekauft, und wenn ich es hätte, ginge es Sie nichts an. Schauen Sie.« Er zeigte von einer Rückflugkarte den Abschnitt für die Strecke Los Angeles –Chicago. »Ich fliege morgen zurück nach Chicago, allein.«

»Auftrag ausgeführt?«

»Der Teufel sollte Sie holen!« Es war der stärkste Kraftausdruck, den ich je von ihm gehört hatte. Er stand auf und kam auf mich zu. »Verschwinden Sie jetzt aus meinem Zimmer. Mir ist übel von Ihrem Anblick.«

»Ich bleibe.«

»Ich werde den Hausdetektiv rufen.«

»Bitte, dann rufen Sie auch gleich die Polizei.«

Er ging zum Zimmertelefon und nahm den Hörer ab. Ich stand dabei und beobachtete, wie sich seine Überheblichkeit in Nichts auflöste. Er legte den Hörer wieder hin. Ich setzte mich in den Sessel, den er geräumt hatte, und er ging ins Badezimmer. Ich hörte ihn drinnen würgen. Er hatte es wörtlich gemeint, als er sagte, mein Anblick verursache ihm Übelkeit.

Nach einer Weile klingelte das Telefon. Ich nahm den Anruf entgegen. Eine Frauenstimme sagte: »Reggie? Ich rufe aus einem Drugstore an. Können wir zu dir raufkommen? Leonard glaubt, es wäre sicherer.«

»Natürlich«, sagte ich mit höherer Stimme.

»Hast du die Flugkarten?«

»Sicher doch.«

Die Badezimmertür hatte sich geöffnet. Harlan warf sich auf meinen Rücken. Ich hängte vorsichtig ein, ehe ich mich mit ihm beschäftigte. Mit Nägel und Zähnen ging er auf mich los. Ich mußte ihn auf die harte Tour beruhigen, mit meiner linken Faust. Ich schleppte ihn ins Badezimmer und schloß die Tür hinter ihm.

Dann setzte ich mich auf das Bett und starrte auf das Telefon. Lister hatte eine Frau bei sich, und sie kannte Harlan. Sie kannte Harlan gut genug, um ihn Reggie zu nennen. Und Reggie hatte für sie und Lister Flugkarten gekauft. Es gab mir einen Ruck, der mir durch und durch ging. Der ganze Fall ging mir im Kopf herum und setzte sich verrückt verkantet fest. Vor mir stand das mondbleiche Antlitz Dolphines und der gesichtslose Schemen der Frau auf, die ihn verlassen hatte.

Ich fand seinen Namen im Telefonbuch. Sein Apparat klingelte sechsmal, dann kam die Stimme undeutlich über den Draht:

»Jack Dolphine.«

Ich sagte barsch, um ihn davon abzuhalten, wieder einzuhängen: »Ihre Frau hat Sie verlassen, habe ich gehört.«

»Was ist das? Wer sind Sie?«

»Der Privatdetektiv, mit dem Sie heute früh über den Fall Lister gesprochen haben. Er ist zu einem Mordfall geworden.«

»Mord? Was hat Stella damit zu tun?«

»Das ist die Frage, Mr. Dolphine. Ist sie dort?«

Ein langes Schweigen folgte. Es endete mit einem »Nein«, das fast so leise wie das Schweigen war.

»Wann ist sie fortgegangen?«

»Das habe ich Ihnen doch erzählt. Gestern abend. Jedenfalls war sie weg, als ich heute morgen aufstand.« Selbstmitleid oder irgendein anderes Gefühl stieg ihm hörbar in der Kehle hoch. »Dieser Mord, Sie meinen doch nicht etwa Stella?« Rührung erstickte seine Stimme.

»Nehmen Sie sich zusammen. Ist Ihre Frau wirklich mit Lister weggegangen?«

»Soviel ich weiß, ja. Hat er sie umgebracht? Versuchen Sie etwa, mir das beizubringen?«

»Ich versuche nicht, Ihnen irgend etwas zu erzählen. Ich habe eine Leiche auf dem Hals. Sie müßten in der Lage sein, sie zu identifizieren.«

»Und Lister hat sie umgebracht?« Seine Stimme wurde lebhaft.

»Das weiß ich noch nicht. Aber ich werde es bald wissen.«

»Lassen Sie ihn bloß nicht laufen, was Sie auch immer tun. Er ist gefährlich. Er hat sie ermordet, ich weiß, daß er sie umgebracht hat.«

Er verschluckte sich wieder.

Scharf sagte ich: »Woher wissen Sie das?«

»Er hat damit gedroht. Ich habe gehört, wie sie vor einigen Wochen miteinander redeten, bevor er in den Osten ging. Sie stritten sich in seinem Atelier und brüllten sich an wie wilde Tiere. Sie wollte sich von mir scheiden lassen, ihn heiraten und mit ihm auf und davon gehen. Er sagte, er wollte eine andere Frau heiraten, eine Frau, die er wirklich liebte. Sie sagte, das würde sie nicht zulassen, und er – wenn sie Zicken machte, würde er sie mit eigenen Händen erwürgen.«

»Können Sie das beschwören?«

»Ich schwöre es. Es ist die Wahrheit.« Er senkte seine Stimme. »*Hat* er sie erwürgt?«

»Eine Frau ist tot. Ich weiß nicht, wer sie ist, bis jemand sie identifiziert. Ich bin in Santa Monica, im *Oceano Hotel*. Können Sie sofort herkommen?«

»Ich glaube schon. Ich weiß, wo es ist. Ist Stella dort?«

Draußen im Korridor waren aufgeregte Schritte zu vernehmen.

»Vielleicht ist sie bald hier. Machen Sie so schnell, wie Sie können, und kommen Sie gleich rauf. Ich bin in Zimmer drei-vierzehn.«

Jemand klopfte an die Tür. Ich legte den Hörer auf, holte meinen Revolver raus und nahm ihn mit zur Tür, die ich weit öffnete. Lister war überrascht, mich zu sehen. Seine

Augen traten aus den weißen Lidern hervor. Mit der rechten Hand setzte er zu einer Bewegung an, die jedoch von der Frau an seiner Seite abgefangen wurde. Mit beiden Händen umklammerte sie seinen Arm und hängte sich mit ihrem ganzen Gewicht dran:

»Bitte, Leonard, keine Gewalt mehr. Noch mehr könnte ich nicht ertragen.«

Aber es hatte bereits Gewalt gegeben, und sie hatte sie ertragen. Die Spuren davon waren in ihrem Gesicht. Sie hatte ein blaues Auge und auf einer Wange schräg verlaufende tiefe Kratzer. Sonst war sie eine ansehnliche Frau von etwa dreißig Jahren oder so, groß, schmalhüftig in einem Schneiderkostüm. Ein neu aussehender Hut saß keck auf ihren dunklen Haaren. Aber ihr eines Auge, das nicht angeschlagen war, glühte vor Verzweiflung:

»Sind Sie von der Polizei?«

Lister legte ihr seine freie Hand auf den Mund. »Sei jetzt ruhig. Kein Wort. Ich rede.«

In einer Art Gleichschritt stolperten sie in das Zimmer. Ich schloß die Tür mit dem Absatz. Die Frau setzte sich auf das Bett. In ihrem bleichen Gesicht leuchteten die Kratzspuren. Lister stand vor ihr.

»Wo ist Harlan?«

»Ich stelle hier die Fragen. Sie werden antworten.«

»Was bilden Sie sich eigentlich ein, wer sind Sie?«

Er machte einen drohenden Schritt. Ich richtete meinen Revolver auf seinen Magen.

»Ich bin der mit dem Schießeisen. Es ist geladen. Wenn nötig, werde ich davon Gebrauch machen.«

Die Frau sagte hinter seinem Rücken: »Hör auf, Leonard. Es hat keinen Zweck. Gewalt bringt nur neue Gewalt hervor. Hast du das noch nicht gelernt?«

»Reg dich nicht auf, es wird keine Schwierigkeiten geben. Ich weiß, wie man mit diesen Hollywood-Typen von Dollarjägern fertig wird.« Er wandte sich mir zu, ein blasses, höhnisches Lächeln blitzte in seinem Bart auf. »Sie *sind* doch hinter Geld her, nicht wahr?«

»Das hat Harlan auch geglaubt. Er hat mir tausend Dollar gezahlt, um eine tote Frau zu begraben und sie zu vergessen. Ich werde seine Schecks der Polizei übergeben.«

»Sie können mir viel erzählen.«

»Sie werden es erleben, Lister. Ich werde Sie gleichzeitig der Polizei übergeben.«

»Es sei denn, daß ich Sie bezahle, wie? Wieviel?«

Die Frau seufzte: »Liebster. Diese Listen und Kniffe – kannst du nicht sehen, wie unsauber, wie unsauber und elend sie sind? Wir haben es auf deine Art versucht, und es ist fehlgeschlagen, erbärmlich. Jetzt sollten wir es einmal auf meine Art versuchen.«

»Das geht nicht, Maude. Außerdem ist noch gar nichts fehlgeschlagen.«

Er setzte sich auf das Bett und legte einen Arm um ihre schmalen Schultern. »Laß mich nur mit ihm reden. Mit dieser Sorte bin ich schon früher fertig geworden. Er ist ein Privatdetektiv. Dein Bruder hat ihn gestern angeheuert.«

»Wo ist mein Bruder jetzt?« fragte sie mich. »Es ist ihm doch nichts passiert?«

»Er ist dort drin. Ein bißchen mitgenommen zwar.«

Ich deutete mit meinem Revolver auf die Badezimmertür. Aus irgendeinem Grund war es peinlich, mit der nackten Waffe vor ihr herumzufuchteln. Ich steckte sie in den Hosenbund, ließ aber die Jacke offen, falls ich sie schnell brauchte.

»Sie sind Maude Harlan?«

»Das war ich einmal. Jetzt bin ich Mrs. Lister. Dies ist mein Mann.« Sie sah mir ins Gesicht. Ich bekam einen Schimmer davon mit, was zwischen den beiden war. Es flackerte auf wie ein unerwarteter Blitz in blauer Dunkelheit.

»Die Tote ist also Stella Dolphine.«

»Ist das ihr Vorname? Es ist seltsam, eine Frau getötet zu haben, ohne ihren Namen zu kennen.«

»Nein.« Das Wort kam krächzend aus Listers Kehle. »Meine Frau weiß nicht, was sie sagt. Sie fühlt sich nicht gut.«

»Das ist jetzt vorbei, Leonard. Ich passe wohl nicht so ganz in die Rolle der Verbrecherin.« Sie schenkte zuerst ihm ein strahlendes, allerdings durch die Kratzer entstelltes Lächeln und dann mir einen kümmerlichen Rest davon. »Leonard war nicht dabei. Er stand unter der Dusche, als die Frau – als Mrs. Dolphine an unsere Tür kam. Ich habe sie getötet.«

»Warum?«

»Es ist alles meine Schuld«, sagte Lister, »von Anfang an. Ich hatte nicht das Recht, Maude zu heiraten und in meine Art von Leben herabzuziehen. Ich war verrückt, daß ich sie zu mir in diese Wohnung genommen habe.«

»Und warum haben Sie es getan?«

Seine weißumringten Augen rollten in dem Bemühen, in seiner eigenen Seele zu lesen. »Ich weiß es wirklich nicht. Stella glaubte, mich zu besitzen. Ich mußte beweisen, daß es nicht so war.« Seine Augen wurden ruhig. »Ich bin ein unheilvoller Narr.«

»Sei ruhig.« Ihre Finger berührten seinen bärtigen Mund. Ihr Handrücken war zerkratzt. »Es war wie ein böser Traum. Ich weiß kaum, wie es geschehen ist. Es geschah einfach. Sie fragte mich, wer ich sei, und ich sagte, daß ich Leonards Frau sei. Darauf behauptete sie, daß sie in den Augen des Himmels auch seine Frau sei. Sie versuchte, in die Wohnung einzudringen. Ich forderte sie auf zu gehen. Worauf sie sagte, ich sei diejenige, die gehen müsse. Ich solle mit meinem Bruder nach Hause gehen. Als ich das ablehnte, wurde sie handgreiflich. Sie zerrte mich an den Haaren nach draußen auf den Treppenabsatz. Irgendwie muß ich sie weggestoßen haben. Sie fiel rückwärts die Stufen hinunter, ganz bis nach unten. Ich hörte ihren Schädel auf den Beton aufschlagen.« Sie legte sich ihre kleine Hand auf den Mund, als ob sie ihn zum Schweigen bringen wollte. »Ich glaube, dann bin ich ohnmächtig geworden.«

»Ja«, sagte Lister. »Maude lag bewußtlos auf dem Treppenabsatz, als ich aus der Dusche kam. Ich habe sie hineingetragen. Es hat einige Zeit gedauert, bis ich sie wieder zu sich gebracht und herausgefunden hatte, was passiert war. Ich brachte sie zu Bett und ging nach unten, um nach Stella zu sehen. Sie war tot, am Fuß der Treppe. Tot.« Seine Stimme brach.

»Du hast sie geliebt, Leonard«, sagte seine Frau.

»Nicht mehr, nachdem ich dir begegnet war.«

»Sie war schön.« In ihrer Stimme lag eine fragende Traurigkeit.

»Jetzt ist sie es nicht mehr«, sagte ich. »Sie ist tot, und Sie haben ihre Leiche in der Gegend herumgeschleppt. Welchen Sinn hat das?«

»Keinen Sinn.« Hinter seiner bärtigen Maske sah er aus wie ein Junge, der etwas ausgefressen hat. »Ich verlor den Kopf. Maude wollte gleich die Polizei rufen. Aber bei denen bin ich nicht allzu gut angeschrieben, wegen der paar Eseleien. Und ich wußte, was Dolphine tun würde, wenn er Stella tot vor meiner Tür fände. Er haßt mich.« Seine naiven blauen Augen schienen verblüfft, als er Zusammenhänge einzusehen begann. »Ich kann es ihm nicht übelnehmen.«

»Was hätte er denn getan?«

»Nach der Polizei geschrien und mich einen Mörder genannt.«

»Das leuchtet mir nicht ein. So wie Ihre Frau es beschrieben hat, ist es ein klarer Fall von Totschlag, wahrscheinlich gerechtfertigter Totschlag.«

»Tatsächlich? Das wußte ich nicht. Ich fühlte mich so schuldig wegen Stella, daß ich nicht klar denken konnte. Ich wollte sie einfach nur verstecken und Maude aus dem Lande bringen, weg von dem Durcheinander, das ich angerichtet habe.«

»Dafür waren also die fünftausend Dollar?«

»Ja.«

»Sie wollten über Chicago reisen?«

»Der Plan wurde geändert. Maudes Bruder hat mir geraten, sie statt dessen nach Chicago zurückzubringen. Nachdem Sie uns aufgespürt hatten, bin ich zu ihm gegangen und habe ihm alles erzählt. Er sagte, das Land zu verlassen wäre ein klares Schuldgeständnis, wenn der Fall einmal vor Gericht käme.«

»Das wird er auch.«

»Ist das wirklich notwendig?« Er beugte sich zu mir herüber, wobei das Bett unter dem sich verschiebenden Gewicht quietschte. »Wenn Sie nur etwas menschlich sind, dann lassen Sie uns nach Chicago gehen. Meine Frau ist eine gebildete Dame. Ich weiß nicht, ob Ihnen das etwas bedeutet.«

»Bedeutet es Ihnen etwas?«

Er senkte die Augen. »Ja. Sie kann so einen Prozeß hier in Los Angeles nicht durchstehen, mit dem ganzen Schmutz, den die über mich ausgraben und ihr ins Gesicht werfen werden.«

Ich sagte: »Ich habe etwas Menschlichkeit, aber nicht genug für alle. Gerade jetzt benötige ich das meiste davon für Stella Dolphine.«

»Sie haben selbst gesagt, daß es gerechtfertigter Totschlag war.«

»So wie es Ihre Frau erzählt hat, ja.«

»Sie glauben mir nicht?« Ihre Stimme klang erstaunt.

»Was Ihre Geschichte angeht, so glaube ich Ihnen. Aber Sie kennen nicht alle Tatsachen. An Stella Dolphines Kehle befinden sich Daumenabdrücke. Ich habe solche Abdrücke schon öfter bei Frauen gesehen, die erwürgt worden sind.«

»Nein«, flüsterte sie. »Ich schwöre es, ich habe sie nur gestoßen.«

Ich sah auf die feinen Hände, die sie auf ihrem Schoß verkrampfte. »Sie können solche Spuren nicht hinterlassen haben. Sie haben sie die Treppe hinuntergestoßen und bewußtlos für jemand anders liegen lassen. Dieser Jemand hat sie ohnmächtig aufgefunden und erwürgt. Lister?«

Sein Kopf sank herab wie der eines erschöpften Bullen. Er sah seine Frau nicht an.

»Stella Dolphine hat Ihnen Schwierigkeiten bereitet, und

sie war in der Lage, Ihnen noch mehr davon zu machen. So beschlossen Sie, ein für allemal Schluß damit zu machen, indem Sie sie erwürgten. So war es doch – oder?«

»Die üble Angewohnheit, von allen Menschen immer nur das Schlechteste anzunehmen, immer Fragen stellen zu müssen, keinem zu glauben. Sie können sich auch nicht davon freimachen, Archer.«

»Das bringt mein Beruf eben so mit sich.«

»Gut«, sagte er, den Blick zum Fußboden gewandt. »Wenn ich es zugebe und alles auf mich nehme, lassen Sie Maude dann frei mit ihrem Bruder nach Chicago zurückgehen?«

Sie preßte ihr Gesicht an seine gebeugte Schulter und sagte: »Nein. Du hast es nicht getan, Leonard. Du versuchst nur, mich zu schützen.«

»Hast *du* es getan?«

Sie schüttelte langsam den Kopf, den sie an seinen Körper gelehnt hielt. Leonard drehte sich um und hielt sie fest. Ich sah an ihnen vorbei zum Fenster hinaus auf das dunkler werdende Meer. Beide waren leidlich anständige Leute, wie Leute so sind. Zukunft und Vergangenheit quälten sie, aber auf dem scharfen Grat des Augenblicks hielten sie zusammen. Und ich peinigte sie. Ich wälzte den ganzen Fall noch einmal in meinem Kopf herum – ein vielköpfiges Ungeheuer, das darum kämpfte, aus meinem Verstand geboren zu werden.

Harlan öffnete die Badezimmertür und kam schwankend heraus. Seine Nase blutete. Er sah mich voll Haß und die beiden Liebenden volle Trostlosigkeit an. Von ihnen unbemerkt, lehnte er am Türrahmen wie ein Mauerblümchen.

»Ich hätte niemals hierherkommen sollen«, sagte er bitter.

Ich wandte mich an die beiden anderen. »Jetzt ist es aber genug.«

Blind und taub waren sie allein auf dem scharfen Grat, Fleisch an Fleisch. Eine Tür knarrte. Ich glaubte, es sei

Harlan, der die Badezimmertür schloß, und sah in die falsche Richtung. Dolphine war im Zimmer, ehe ich ihn sah. Ein schwerer Dienstrevolver schwankte in seiner Hand. Er ging auf Lister und dessen Frau zu.

»Ihr habt sie umgebracht, ihr Teufel.«

Lister versuchte, vom Bett aufzustehen. Die Frau hielt ihn fest. Ihr Rücken war dem Revolver zugewandt.

Die Waffe sprach einmal, sehr laut. Das Echo rollte wie verzögerter Donner. Harlan war instinktiv vorgestürzt, vielleicht, um seine Schwester zu schützen. Er fing das Geschoß mit seinem Körper auf. Es brachte ihn wie eine Wand zum Stehen. Er fiel. Ich feuerte über ihn hinweg.

Dolphine ließ seinen Revolver fallen. Er spreizte die Hände über dem Magen und taumelte rückwärts zur Wand. Da setzte er sich hin. Er keuchte. Wasser rann ihm aus Augen und Nase. In seinem Gesicht arbeitete es in dem Bemühen, sich über seinen Kummer und seinen Mißerfolg klarzuwerden. Blut lief zwischen den Fingern hervor. Ich stand über ihm.

»Woher wissen Sie, daß die beiden Ihre Frau getötet haben?«

»Ich habe sie gesehen. Ich habe alles gesehen.«

»Sie waren doch im Bett.«

»Nein, ich war in der Garage. Sie haben sie die Treppe hinuntergeworfen, sind hinterhergekommen und haben sie erwürgt. Lister war's. Ich habe ihn gesehen.«

»Sie haben nicht die Polizei gerufen.«

»Nein. Ich . . .« Sein Mund suchte nach Worten. »Ich bin ein kranker Mann. Ich war zu krank, um sie zu rufen. Durcheinander. Ich konnte nicht sprechen.«

»Sie sind jetzt noch viel kränker, aber Sie werden sprechen. Es war nicht Lister, nicht wahr? Sie waren es.«

Er würgte und begann Blut zu husten. Schluchzend und keuchend lösten sich rote Worte aus seinem Mund.

»Sie hat ihre verdiente Strafe erhalten. Ich dachte, sie würde in mein Bett zurückkommen, als ich ihr gesagt habe, daß er die andere geheiratet hat. Aber mich wollte sie nicht sehen. Sie hatte nur das eine im Kopf, wie sie ihn zurückerobern konnte. Und ich war doch derjenige, der sie geliebt hat.«

»Das kann ich verstehen.«

»Wirklich. Ich habe sie geliebt.«

Er hob seine rotgeäderten Hände vor die Augen und fing an zu schreien. Er rollte zur Wand, schreiend. Er starb noch an diesem Abend.

Harlan war schon tot. Er hätte nie hierherkommen sollen.

# Ein Leckerbissen

Janwillem van de Wetering

Als Journalist in den Niederlanden, meinem Heimatland, wo ich für eine Illustrierte arbeite, muß ich häufig beruflich in die Staaten reisen. Mein letzter Auftrag, es ist nun schon einige Monate her, bestand aus dem üblichen bunten Sortiment ganz unterschiedlicher Stories – eine religiöse Gesellschaft im tiefen Süden, die angeblich tödliche Schlangen verwendete (wer auch immer die wahre Erleuchtung genießt, wird nicht gebissen), ein korrupter Senator, der zu einem Interview bereit war, ein holländischer Professor, der biologische Computer in seinem New Yorker Labor erläuterte, und ein holländischer Schriftsteller, der weit oben an der Ostküste lebte.

Man sollte wirklich nicht zuviel von oberflächlichen Artikeln, illustriert mit Hochglanzfotos, erwarten – im günstigsten Fall lenken sie vielleicht Patienten im Wartezimmer eines Zahnarztes ab –, wenn ich daher sage, daß die Ergebnisse enttäuschend waren, dann meine ich damit nur die Endergebnisse. Was ich wirklich erlebe, ist die Mühe wert. Aber ich kann meine wahren Gefühle niemals ausdrücken, was wiederum zu ständiger Frustration führt.

Zum Beispiel diese Idioten mit ihren Vipern und Klapperschlangen. Was für eine fabelhafte Show sie veranstaltet haben, inklusive einem echten schwarzen Geisterbeschwörer, Dschungeltrommeln, nackten meditierenden Frauen – nein, wie schön. Und dann dieser schleimige Senator, dieser verständnisvolle Parasit. Und der köstliche alte Alleswisser in New York, der wirklich glaubt, er könnte Computer *züchten* – die buntschillernden, miteinander verbundenen Würmer, die er mir durch sein Elektronenmikroskop gezeigt hat, spuken immer noch durch meine Träume. Jedes einzelne Interview hätte mehr als genug Material für einen Roman geliefert, doch ich bin lediglich ein Artikelschreiber, kein wirklicher Autor – wie die vierte Person, die ich auf diesem Amerika-Trip kennenlernte, der in den Niederlanden geborene »Thriller«-Autor Victor Verburg.

Nachdem ich ihn in seinem Haus an der Küste von Maine angerufen hatte, stellte sich heraus, daß er Zeit für mich hatte, und er war so freundlich, mich am Flughafen abzuholen. Ein schmaler, großer Mann mit der Spur eines Bauches über seinem Gürtel, ein gelehrter Bauer mit freundlichen braunen Augen und einem spärlichen Schnurrbart, der einen bescheidenen Mann spielte, obschon er recht bekannt ist – oder besser, er war es. Die lesende Öffentlichkeit vergißt schnell. Das war auch der Grund für meinen Besuch. Es ist jetzt schon eine ganze Weile nichts mehr von ihm erschienen.

»Warum schreiben Sie nicht mehr, Victor?« fragte ich im Wagen. (Er schlug sofort vor, daß wir uns mit Vornamen anreden sollten.)

»Nun« – er hatte eine angenehme, rauhe Stimme –, »ich habe heute andere Interessen.«

Er erläuterte seine Aktivitäten der jüngsten Zeit, während der Wagen – ein langes, niedriges Kabriolett, bei dem ich das Gefühl hatte, auf Schlagsahne zu fahren – durch eine saftig grüne Landschaft glitt. Er sagte, er hätte sich die Frage gestellt, nachdem er sich auf dem internationalen Markt etabliert hatte, ob er weitermachen sollte. Die Motivationskraft des Geldes ist begrenzt; wenn man erst eine bestimmte Summe besitzt, hat man alles, was man benötigt. Jetzt verbrachte er seine Zeit mit Bootfahren und Studien, und in seinem Haus fand ich eine ansehnliche Bibliothek, die Themen vom formalen Ursprung des Lebens bis hin zu reiner, abstrakter Philosophie umspannte.

Sein Haus, ein großes Holzgebäude auf einem kleinen Hügel mit Ausblick auf das Meer, besaß zahllose Balkone und Veranden, und das alles im Zentrum von Gärten, die zum Meer hinunterflossen – wellige Felder mit silberfarbenen Pflanzen. Seine Frau, das sagte Victor mir, war eine Autorität auf dem Gebiet der Kräuter. Sie war nicht da. Wie es schien, reiste sie viel, war immer auf der Suche nach seltenen Pflanzen.

Ich blieb einige Tage. Die Entfernungen in Amerika sind einfach zu gewaltig, um Ankunft und Abreise an ein und demselben Tag zu erlauben, und Verburg war ein perfekter Gastgeber. Er war selbst ein Gourmet-Koch, doch davon abgesehen kannte er auch sämtliche guten Restaurants in der Umgebung. Er schenkte schmackhafte, aber starke Drinks aus und redete lange und ausführlich, doch er wußte ebenfalls, wie man schweigen konnte. Wir gingen zusammmen spazieren, und am zweiten Tag nahm er mich in seinem Motorboot mit hinaus.

Die Küste dort besteht aus zahllosen Buchten und Halbinseln. Mein Hobby ist das Sporttauchen, und Victor besaß eine ganze Reihe vollständiger Tauchausrüstungen. Wir tauchten gemeinsam in der Nähe einiger großer Felsen, auf denen sich eine Herde Seehunde sonnte. Victor schien ein paar von ihnen gut zu kennen, und einige junge Männchen begrüßten uns und begleiteten uns auf unserer weiteren Reise.

Es dauerte eine Weile, sich an das ziemlich trübe Wasser zu gewöhnen, doch schon bald begann ich geheimnisvoll schwankendes Seegras, aufblitzende Kabeljau- und Makrelenleiber, herrlich leuchtende Quallen, die sich auf ihre bizarre Weise ihren Weg durch das Wasser pumpten, und die zarten Sepiafarben des unregelmäßigen Grundes der Bucht zu sehen. Wir schwammen weiter und weiter, erkundeten große Höhlen.

Und dann wechselte plötzlich die Stimmung. Ich verstand meine plötzliche Angst nicht. Das verschleierte Licht hatte sich nicht geändert. Pflanzen und Fische setzten ihr Ballett fort. Hummer wedelten mit ihren Fühlern und Scheren. Doch ich fühlte mich bedroht und schien die triste Musik von Dämonen zu hören, die Kontrabaß spielten und mit umwickelten Stöcken auf Kesselpauken schlugen. Victor konnte ich nicht sehen, doch zwei der Seehunde begleiteten mich, schlugen nervös mit ihren kurzen Vorderpfoten. Wir hatten gerade eine weitere Höhle erreicht, größer und tiefer als die vorherigen. Mit Algen bedeckte Felsen lagen um den Eingang verteilt, und ich dachte, ich hätte im Inneren der Höhle das weiße Schimmern eines gewaltigen, glatten Körpers gesehen. Ich wollte hineinschwimmen, doch die Seehunde schoben sich mir in den Weg und drängten mich zurück.

Mein Preßluftvorrat wurde knapp, daher ließ ich mich zurück an die Oberfläche treiben. Victor wartete auf mich. Er lächelte mich aus dem Boot heraus an und half mir hinein. Ich erzählte ihm von der Höhle und dem merkwürdigen Verhalten der Seehunde. Er nickte. »Ja, ich wußte nicht, daß wir so weit gekommen waren. Dort unten lebt ein Hai.«
»Ich hätte nicht gedacht, daß Haie uns in solch kalten Gewässern belästigen würden.«
»Ja, Sie haben recht«, sagte Victor. »Haie sind hier oben selten, aber sie könnten dennoch Lust auf Fleisch haben, und der große weiße Hai ist der gefährlichste von allen. Eigentlich sollte er hier oben einen Menschen nicht angreifen, aber er könnte sich vergessen. Und dieser spezielle Bursche ist ein ganz besonders großes Exemplar seiner Art.«
»Seid ihr beide euch schon mal begegnet?« fragte ich.
Er startete seinen beinahe geräuschlosen Motor, und das kleine Boot hob seinen schlanken Bug über das Wasser und begann über die kleinen Wellen zu klatschen, wurde schneller, bis wir schließlich mühelos über die glatte Wasseroberfläche der Bucht glitten, die von der leichten Brise

kaum gekräuselt wurde. Das frisch schäumende Kielwasser erstreckte sich weit hinter uns.

»Der Hai und ich kennen uns gut«, erzählte mir Victor. »Er ist ein richtiger Riese, ungefähr neun Meter lang, heimtükkische Zähne stecken in seinem bösen Kopf. Aber er ist kein schlechter Kerl, wenn man ihn erst mal kennt. Er muß schon ziemlich alt sein. Ich glaube, er hat sich in dieser Höhle zur Ruhe gesetzt. Ich sehe ihn nie auf der anderen Seite der Bucht, also muß er von dem leben, was immer sich zufälligerweise in seine Reichweite hierher verirrt.«

Ich vergaß den Hai, und an diesem Abend warteten wir auf Victors Veranda bei einem Cognac und einer Zigarre auf den Aufgang des Vollmondes. Die Temperatur war gefallen, und Victor steckte den Haufen Geäst und Laub an, den wir an diesem Morgen gesammelt hatten. Der größte Teil seines Anwesens ist von einem Kiefern- und Fichtenwald bedeckt, und er sammelt das abgestorbene Holz und Äste, so daß der Teppich aus rötlichen Nadeln ungestört bleibt.

Wir beobachteten die Flammen, die den Cognac in unseren Gläsern funkeln ließen, und ich erinnerte mich, daß ich ihm eigentlich Fragen stellen sollte. »Macht es Ihnen nichts aus, Ihre Fangemeinde zu verlieren?« sagte ich.

Verburg hatte eine ungewöhnliche Karriere hinter sich. Während des ersten Teils seines Lebens lebte er auf allen Kontinenten, kaufte und verkaufte ungesetzliche Waren. Später gehörte ihm eine eigene Firma in Amsterdam, er wanderte dann jedoch nach Amerika aus, als sich seine Bücher zu verkaufen begannen. Er schrieb nur etwa sieben Jahre lang, doch seine Arbeit wurde allgemein anerkannt, und sein Ruhm breitete sich schnell aus. Vor einigen Jahren wurde er regelmäßig interviewt, trat auf beiden Seiten des Atlantiks in Talk-Shows auf, hatte seine eigene Kolumne in verschiedenen Zeitungen und veröffentlichte Kurzgeschichten in den besseren Illustrierten. Und dann war alles auf einmal zu Ende.

Victor hob sein Glas und lachte. Im Licht des Feuers glühte

seine Silhouette. »Ruhm? Was bringt mir das? Das Schreiben war ein angenehmer Zeitvertreib, und ich lebe heute noch von dem Gewinn, den mir das eingebracht hat, doch ich habe den letzten Teil meines Lebens erreicht. Ist es nicht an der Zeit, die reifen Jahre meines Lebens mit etwas Lohnendem zu verbringen? Ich studiere an der hiesigen Universität, ich beobachte alles, was immer mich interessiert. In letzter Zeit hatte ich viel Spaß bei dem Versuch, Einsteins Relativitätstheorie zu verstehen. Das Universum ist faszinierend, selbst in der dunklen Ecke, die uns vorbehalten ist. Eine Fangemeinde zu haben, lenkt mich von meiner Neugier ab. Ich möchte nicht noch mehr Zeit damit verschwenden, mich um Beifall zu bemühen.«

»Kennen Sie viele Menschen hier?« fragte ich.

Er schüttelte seinen Kopf. »Das möchte ich gar nicht. Es ist nicht schwer, hier Freunde zu finden, doch wenn man dies erst einmal erreicht hat, verschlingen sie einen. Ich ziehe es vor, als Einsiedler zu leben.«

»Bin ich die Ausnahme?«

Er leerte sein Glas, und das Schweigen schlich sich wieder zwischen uns. Seine großen braunen Augen wichen meinem Blick aus. »Von Zeit zu Zeit müssen alle Regeln gebrochen werden, und die Aussicht auf einen Besucher aus meinem eigenen Land . . . vielleicht habe ich manchmal ein wenig Heimweh.« Er lächelte, als wollte er eine Schwäche entschuldigen.

Ich entspannte mich, und auch Verburg schien wieder lockerer zu werden. Die Gläser füllten sich von selbst, das Feuer brannte hell, und der Mond schwebte majestätisch über der Bucht und den Wäldern.

»Ruhm«, sagte Victor, rückte dabei seinen Stuhl dicht an meinen, »ist lästig, besonders wenn er einem durch weibliche Verführung entgegengebracht wird. Wenn ein Mann älter wird, dann hat er gerne das Gefühl, daß er immer noch mitten im Leben steht.« Er nahm einen tiefen Schluck aus seinem Glas. »Vor ein paar Jahren war ein Mädchen hier . . .«

Die Information, die mich erreichte, war für den Plauder-
ton meines Illustriertenartikels nicht geeignet, doch ich
blieb still und hörte zu.

»Meine Frau war wieder einmal auf Reisen«, sagte Victor. »Sie muß immer ihren Pflanzen nachjagen, und . . .«
Ich hatte in dem Fotoalbum in seinem Arbeitszimmer ge-
blättert und Aufnahmen seiner Frau gesehen. Eine sehr
schöne Frau – schlank, ruhig, exotisch. Victor sagte, er
hätte Eleia in Südamerika kennengelernt. Sie war immer
noch in den Dreißigern, eine attraktive Frau, die ein wenig an Raquel Welch erinnerte, allerdings mit einem etwas dunkleren Teint und mit strahlenden Augen.

»Eleia war auf einer Reise«, sagte Victor, »und ein Mädchen rief mich an, ein Mädchen aus den Niederlanden
mit einer reizenden Stimme. Sie sagte, sie hätte alles gelesen, was ich je geschrieben hätte, wäre vom Inhalt und
Stil meiner Arbeit vollkommen fasziniert, und . . . nun,
Sie werden diese Art von Annäherungsversuchen sicher
kennen. Die willkommenste Art von Fan-Post, allerdings
lebendig und erreichbar. Sie war ganz hier in der Nähe,
auf einer der Inseln dort draußen.« Er zeigte mit seiner
Hand aufs Meer. »Mit dem Boot kann ich sie innerhalb
einer Stunde erreichen. Sie können die Insel sehen, wenn
Sie auf dem Dach stehen. Das Mädchen war allein dort,
mußte sich um das Haus von irgend jemandem kümmern, wußte nicht, was sie so ganz allein mit sich anfangen sollte, entdeckte meinen Namen im Telefonbuch,
entschloß sich, mich anzurufen und hoffte, daß sie mich
nicht störte.«

»Eine offene Einladung also?« fragte ich.

»Ich reagierte nicht darauf«, sagte Victor. »Ich bin nicht
verrückt. Eleia ist ziemlich eifersüchtig. In ihrer Abwesenheit eine junge Frau hierher einzuladen . . . Würde
das nicht bedeuten, den Ärger geradezu heraufzube-
schwören?«

»Sie sind sie abholen gefahren.«

Victor seufzte. »Wie schwach der Mann doch ist – wie

stark sein Verlangen. Natürlich nicht, daß ich es beabsichtigt hätte. Ich wollte einfach nur einen kleinen Ausflug machen, wie ich es oft mache, und zufälligerweise kam ich dabei in die Nähe dieser Insel. Und dann war mir danach, noch dichter heranzufahren, nur um zu sehen, ob der Seetang in der Nähe des Strandes gut gedieh . . .«

»Und da war sie dann, stellte ihren hübschen Körper auf einem Felsen offen zur Schau.«

»Woher wissen Sie das?« fragte Victor.

Ich lächelte.

»Ja, tatsächlich, sie lag auf einem Felsen. Was war sie doch für ein hübsches Mädchen. Vielleicht dreiundzwanzig Jahre alt, genau das richtige Alter. Ich ließ das Boot bis dicht an sie herankommen, und dann zögerte sie keine Sekunde, sprang einfach an Bord.«

»Sie hat Sie erkannt? Ach, ja, Ihr Foto befindet sich auf Ihren Büchern.«

»Ja, doch sie schien trotzdem überrascht zu sein. Sie sagte immer wieder, ich würde so jung aussehen.«

»Und das tun Sie auch«, sagte ich. »Das Leben hier scheint Ihnen gut zu bekommen.«

»Das Mädchen schmeichelte mir, plapperte immer weiter über mein männliches, gutes Aussehen, sagte, daß sie niemals daran gedacht hätte, mich anzurufen, wenn sie gewußt hätte, wie attraktiv sie mich finden würde.«

Ich grinste.

»Ja, Sie haben gut lachen. Kleine Fehler können weitreichende Folgen haben. Meine letzte veröffentlichte Geschichte erschien in einer Anthologie, die von einem zerstreuten Genie zusammengestellt wurde. Bei jeder Geschichte stand das Geburtsjahr des Autors, und in meinem Fall lag er zehn Jahre daneben, so daß das Mädchen dachte, ich wäre schon über sechzig.«

»Das arme kleine Ding.«

»Das raffinierte kleine Ding«, sagte Victor, »mit einer ausgezeichneten Nummer. Ich aß den Apfel und kehrte nach Hause zurück.«

»Irgendwas Sexuelles?«

»Nach dem Spaziergang über mein Grundstück haben wir es getrieben und hörten nicht mehr auf. Sie war wie ein bodenloses Loch, und ich fiel immer tiefer in sie hinein, ohne jemals den Boden zu erreichen. Was immer sie mir gab, es schien doch immer nur ein Anfang zu sein.«

»Ein schmackhafter Leckerbissen.« Ich grinste und hob mein Glas. Die Flasche war leer, und Victor schwankte ins Haus. Wir machten uns über die zweite Flasche her, während er mir alles erzählte.

Es war eine idyllische Affäre. Händchen haltend schwebten Künstler und Muse durch den Wald. Sie gingen zusammen segeln und rasten mit dem Motorboot übers Meer. Sie lernte Tauchen, und zusammen erforschten sie die romantischen Tiefen des Meeresarmes. Er las ihr seine unveröffentlichten Gedichte vor, und sie war zu Tränen gerührt. (»Bei meinen Reimen wird es meiner Frau immer speiübel«, sagte Victor, »und das mit Recht.«) Das Mädchen kam mit den Seehunden gut zurecht und half ihm, das Unkraut in den Kräutergärten zu jäten. Sie brachte ihm neue Rezepte bei. Sie war immer vergnügt und fröhlich. Ihre jugendliche Energie entfachte seine eigene. (»Meine Frau hält nichts davon, wenn wir uns zu sehr verausgaben«, sagte Victor.)

»Wahre Liebe, häh?«

»Eine Zeitlang dachte ich das, ja.«

»Sie wollten sie heiraten?«

»Der Taumel wurde schlimmer und immer schlimmer. Nach ein paar Tagen sagte ich ihr, daß ich nicht mehr ohne sie leben könnte. Ich schlug ihr lange Reisen vor. Ich hatte schon immer nach Neuguinea fahren wollen, um dort primitive Masken zu studieren, und was glauben Sie, das war exakt, was sie auch wollte. Wir schienen füreinander geschaffen zu sein.«

»Sind Sie sehr reich?« fragte ich.

»Sie muß an meinem Vermögen interessiert gewesen sein. Doch sie stellte nie irgendwelche Fragen über Geld. Sie sagte, sie wäre Krankenschwester und verdiente ein anständiges Gehalt.«

»Haben Sie ihr irgendwelche Geschenke versprochen?«

Victor nickte traurig. »Sie sagte, sie würde kleine Sportwagen sehr mögen, und ich habe ihr sofort angeboten, ihr einen zu kaufen. Außerdem wollte sie gerne das Fliegen lernen. Ich sagte, daß sie Mitglied des örtlichen Flug-Vereins werden könnte und daß ich ihr ein Flugzeug schenken würde, sobald sie ihren Flugschein hatte.«

»Und Sie haben diese prächtige Seifenblase nie durchschaut?«

Der Alkohol hatte die Muskeln seiner Lippen gelähmt, und plötzlich sah er aus wie ein alter Clown. »Meine Frau würde bald zurückkommen, und sie war immer noch hier. Eines Morgens putzte ich mir auf dem Balkon die Zähne und wurde mir der Dummheit der ganzen Geschichte bewußt. Ich wußte, daß ich mal wieder Unsinn gemacht hatte. Sie mußte gehen, so bald wie möglich.«

»Und sie ging nicht.«

»Nein.«

»Und Sie waren zu sehr Gentleman, um sie einfach rauszuwerfen.«

»Ja. Männer sind ziemlich schwach, finden Sie nicht auch? Fällt es Ihnen leicht, eine Beziehung zu beenden?«

»Nein, ganz und gar nicht«, sagte ich.

»Gut. Mir auch nicht. Eleia kehrte also zurück, und ich stellte die beiden Frauen einander vor. Eleia durchschaute die ganze Situation in einer halben Sekunde, nahm mich zur Seite und fragte mich, was ich wollte. Ich sagte ihr, daß ich sie loswerden wolle.«

»Wen? Ihre Frau?«

Er sah mich überrascht an. »Sind Sie noch ganz richtig im Kopf? Nein, das Mädchen, natürlich. Ich liebe Eleia. Zusammen alt zu werden – kann es etwas Schöneres geben als das?«

»Und was geschah dann?«

»Eleia weiß, wie man mit gewissen Situationen fertig

wird«, sagte Victor, rieb an einem Cognac-Fleck auf seinem Hemd. Er wollte seine Geschichte nicht weitererzählen, doch ich ließ nicht locker.

»Nein, erzählen Sie Ihre Geschichte zu Ende. Was ist aus dem Mädchen geworden?«

Victor blickte auf die unter uns liegende Bucht. »Sie ist immer noch dort.«

»Was?«

»Die Zellen ihres Körpers müssen von denen des Hais absorbiert worden sein.«

Ich war aufgesprungen. »Haben Sie sie dem Hai zum Fraß vorgeworfen?«

»Nein, nicht ich«, sagte Victor.

»Wer dann?«

Er blieb stumm.

»Hat sie den alten Hai allein besucht?«

Victor richtete seine Aufmerksamkeit auf das langsam verlöschende Feuer. »Nicht mit mir, habe ich das nicht gerade gesagt? Ich habe dem Hai einmal einen toten Seehund gebracht. Ich fand den Kadaver auf den Felsen und dachte, der Hai würde dieses Geschenk zu schätzen wissen. Ich hatte recht. Mampf, mampf, mampf. Das verrückte Tier hat wirklich ein gefährliches Maul. Haie verschlingen Aas und sie folgen Blut. Wenn man erst einmal verwundet ist, muß man sehr vorsichtig sein. Doch wenn man unversehrt ist, kann man ihn sicher besuchen – ich habe es schon oft getan. Er kommt dann immer, um mich zu begrüßen, und drückt seine Flanke gegen mein Bein. Warum kommen Sie morgen nicht einfach mit und sehen es sich selbst an?«

»Ich bin doch nicht verrückt«, sagte ich und wartete.

Nach einer Weile fuhr Victor fort. »Das Mädchen blieb, und natürlich auch Eleia und ich. In gewisser Hinsicht war es eine *ménage á trois*, obwohl das Mädchen und ich nicht mehr miteinander schliefen. Ihre Anwesenheit begann lästig zu werden.«

»Ihre Frau muß auch eine sehr gute Taucherin sein«, sagte ich. »Habe ich recht?«

»Die beste dieses Countys«, sagte Victor stolz. »Eleia hat fünf Jahre hintereinander den ersten Preis gewonnen. Sie war früher Tänzerin und weiß, wie sie ihren Körper beherrschen muß.«

»Dann ist also Ihre Frau mit dem Gast tauchen gegangen«, sagte ich, »und hat sie dabei zufälligerweise verletzt, als sie unter Wasser waren. Mit ihrem Messer, vermute ich. Sie haben mir ein Messer gegeben, als wir tauchen waren. Ich habe es an mein Bein gebunden. Eleia muß dem Mädchen einen Kratzer verpaßt haben und hat sie dann mit zur Höhle des Hais genommen. Mampf, mampf, mampf.«

»Es kann sehr gut genauso passiert sein«, sagte Victor.

»Sicher sind Sie nicht?«

Er bemühte sich zu lächeln. »Eleia kehrte allein zurück, und wir haben nie über diese Sache gesprochen.«

Am folgenden Morgen wurde ich mit einem fürchterlichen Kater wach und von Victor mit starkem Kaffee, ein paar Aspirin und Orangensaft behandelt. Er setzte mich am Flughafen ab. Ich habe ihn nicht an unsere Unterhaltung des voraufgegangenen Abends erinnert. Schriftsteller leben in einer Phantasiewelt. Ich dachte, daß er sich eine Horrorgeschichte ausgedacht hatte, nur um mich zu unterhalten.

Vor einigen Tagen erwähnte ein Bekannter, den ich in einem Café traf, daß er in den Vereinigten Staaten Ferien machte. Ich sagte, daß die Welt von Tag zu Tag unsicherer würde – daß man nur noch Nordamerika vertrauen könnte. Wenn man abreist, weiß man genau, daß man auch am festgesetzten Tag wieder zurückkehren wird. Mein Bekannter war anderer Meinung. Ein Mädchen, das er kannte, war dorthin abgereist, doch niemals zurückgekehrt. Ich erkundigte mich nach Einzelheiten.

Das Mädchen war eine Krankenschwester, die auf einer Insel vor der Küste von Maine auf das Haus von irgendwem aufgepaßt hatte. Als der Besitzer des Hauses schließlich zurückkehrte, war das Mädchen nirgendwo zu finden.

»Was ist passiert?« fragte ich. »War sie vielleicht im Meer schwimmen und ist dabei in eine Strömung geraten?«

»Ihr Gepäck befand sich immer noch im Haus«, sagte mein Freund. »Es kann sein, daß sie von einem Felsen abgerutscht oder beim Schwimmen untergegangen ist, doch laut der U.S. Küstenwache werden Ertrunkene früher oder später unweigerlich gefunden. *Sie* ist von niemandem gefunden worden.«

Was kann ich tun – Anzeige erstatten? Ohne jeden Beweis werde ich mich doch nur lächerlich machen. Ich sehe immer noch Victor Verburg vor mir, wie er im Verlauf eines feucht-fröhlichen Abends seine Geschichte erzählt, während der Holzhaufen hell in der Nacht brennt und ein sanfter weißer Mond langsam über das Land und das Meer segelt. Ich verstehe jetzt, warum er nicht mehr schreibt. Seine gesamte Arbeit basiert auf Angst, motiviert von der Angst vor der eigenen Phantasie. Und dieses eine Mal muß er der Wirklichkeit zu nahe gekommen sein.

Ich frage mich, ob er den Hai wohl immer noch besucht, in diesem grünlich-schwarzen Hohlraum fünf Meter unter den fröhlichen, kleinen weißen Wellen seiner friedlichen Bucht.

# Der Todesengel

Lia Matera

Ich hockte nicht weit von einer Eiche inmitten von Giftsumach (das Berufsrisiko eines Pilzexperten). Als ich von einem kleinen Hügelchen die nassen Blätter weggeschoben hatte, entdeckte ich zwei junge Pilze. Sorgfältig lockerte ich die Erde um einen der beiden mit einer Schaufel und hob ihn vorsichtig heraus. Ich hielt ihn hoch und betrachtete ihn. Es war ein geradezu vollkommener Waldchampignon. Der Hut war fest und weiß wie Schnee, mit einem Stich ins Gelbliche. Unter dem Hut waren die Lamellen ebenfalls weiß und noch nicht von den schokoladenbraunen Sporen gefärbt. Ein häutiger Ring (der Anulus) umgab wie ein weicher Kragen den Stiel. Ein paar Fasern des Mycels (der unterirdischen Pflanze, deren Frucht der Pilz ist) hingen an der Stielbasis. Ich zupfte das Mycel ab und roch an den Lamellen. Der Waldchampignon schmeckt wie er riecht: wie eine Mischung aus Pilzen, Äpfeln und Fenchelstielen.

Ich schob die toten Blätter um den anderen Pilz beiseite und grub ihn ebenfalls aus. Er ähnelte dem ersten Pilz. Er hatte einen weißen Hut, weiße Lamellen und einen Anulus. Aber wie eine kleine Papiertüte bedeckte eine fleischige Scheide das untere Drittel des Stiels. Das war der Rest des Pilz-»Eies«, aus dem Stiel und Hut geschlüpft waren, und sie war charakteristisch für einen Pilz mit dem lateinischen Namen *Amanitas*, nicht für den Champignon. Die Scheide war der Grund, weshalb ich so sorgfältig um die Basis des Pilzes herumgegraben hatte. Ich wollte sichergehen, daß ich ihn vollständig ausgegraben hatte.

Hätte ich die Hautscheide in der Erde gelassen, wäre der Pilz nicht von dem Waldchampignon zu unterscheiden gewesen.

Der Pilz war schön, makellos und stattlich, und angeblich schmeckte er köstlich (auch wenn man ihn kein zweites Mal essen würde). Aber es war ein tödlicher Knollenblätterpilz, ein Todesengel, und ich ließ ihn auf seinem Teppich von Waldboden stehen.

Ich füllte meinen Korb mit Waldchampignons und warf die aussortierten Knollenblätterpilze auf den Boden. Ein Schwarm Vögel flog plötzlich aus einem Baum auf und erschreckte mich so, daß mir eine Gänsehaut den Rücken hinablief. Es war ein wunderbarer Vormittag.

Ich ging die fünf oder sechs Kilometer zurück zur Straße. Meine Gummistiefel sanken im Schlamm ein. Ich sah, wie der Nebel über den Manzanita-Büschen hing, an den geraden Ästen der Eichen entlangzog und auf den Moospolstern kleine Tropfen bildete. Still standen die immergrünen Tannen und die Redwood-Bäume. Es roch nach Lehmerde, nassen Blättern und Kiefernholz. Spechte klopften, Eichhörnchen kletterten umher und Vögel tranken Wasser aus gebogenen Rindenstücken. Überall gab es Pilze: winzige braune, bei denen sich noch nie jemand die Mühe gemacht hatte, sie zu klassifizieren; fuchsiafarbene Speisetäublinge und kleine orangefarbene Pfifferlinge, die aus den Laubhaufen lugten. Die meisten Leute sehen allerdings, wenn sie einen Waldboden betrachten, nichts als Laub und Tannennadeln, weil sie die kaum sichtbaren Hinweise nicht erkennen können. Aber die meisten Leute sind ja auch damit zufrieden, die Natur aus dem Autofenster heraus zu betrachten, Wanderungen lediglich durch Einkaufsstraßen zu machen und sich mit geschmacklosen Supermarktpilzen aus der Massenproduktion abspeisen zu lassen.

Ich nicht.


Das Museum war für die jährliche Pilzausstellung bereit.

Wir hatten die ausgestopften Koyoten und Pumas und die Tabletts mit den Schmetterlingen und Käfern ins Untergeschoß getragen, und die Ausstellungsständer mit den Wasservögeln in den Souvenirladen gerollt. Hinter dem einen oder anderen Tisch schaute noch ein Otter oder Silberreiher hervor, aber es war uns gelungen, den Hauptraum größtenteils freizuräumen.

Wir hatten einige Tische mit Sand bedeckt, den wir zu kleinen Hügeln formten (zwei Tage Arbeit), und dann den Sand mit Moos und Flechten bedeckt (ein weiterer voller Tag). Auf diesem Ersatz-Waldboden verteilten wir hundertsiebenundzwanzig verschiedene Arten von Pilzen, von denen jeder mit einem Schild versehen wurde, auf dem der lateinische und der gebräuchliche Name sowie die Eigenschaften verzeichnet waren. Einige von ihnen waren eßbar, einige verwendete man zu medizinischen Zwecken, einige leuchteten in der Dunkelheit, einige sonderten eine farbige Milch ab, einige wurden zum Färben gebraucht, einige, um daraus Raketentreibstoff herzustellen, und einige waren auch giftig. Faszinierend waren sie alle. Auf jeden Fall für mich, aber ich schreibe schließlich Pilzhandbücher. Und ich gebe Pilzbestimmungs-Kurse.

»Sieht gut aus.« James Ransome, der Kurator des Museums, strahlte vor Zufriedenheit. James hat ein breites, rosafarbenes Gesicht, welliges schwarzes Haar und trägt eine randlose Pilotenbrille. Er ist etwa vierzig, und unter seinem unvermeidlichen Button-down-Hemd und der Wollweste wölbt sich ein kleiner Bauchansatz. Ich mag James sehr.

»Wir sollten die kleinen Kiefern woanders hinstellen«, knurrte Don Herlihy. Zum wiederholten Mal.

Don erwies mir einen großen Gefallen, indem er beim Aufbau der Ausstellung half. Er hilft uns jedes Jahr. Er ist Botaniker und Ornithologe und arbeitet, ebenso wie ich, nicht an einer Universität. Sein Geld verdient er als Landschaftsgärtner, wobei er sich auf einheimische Pflanzen spezialisiert hat, die Trockenheit vertragen. Wir sind

Freunde, weil wir in den botanischen Labors von vielleicht einem Dutzend Colleges zusammengearbeitet haben, und wenn ich mit meinen Kursen im Museum die Miete nicht bezahlen kann, schiebt er mir gelegentlich den einen oder anderen landschaftsgärtnerischen Auftrag zu, den er selbst nicht mehr unterbringt. Ich wünsche mir, Don wäre mehr als nur ein Freund, aber er steht leider mehr auf den Angorapullover-Typ. Doch ich gebe die Hoffnung nicht auf.

»Sie werden umkommen vor Hitze, wenn die Sonne wandert.« Don war der Meinung, wir sollten überhaupt keine Topfpflanzen aufstellen, aber James wollte ›Atmosphäre‹ und schließlich war es James' Museum.

Mich interessierte die Atmosphäre nicht sonderlich, und die Kiefern interessierten mich noch weniger. Ich wollte nur, daß zwischen meinen beiden besten Freunden Friede herrschte.

Ich sagte: »Wißt ihr, was ich heute gefunden habe?«

Don jammerte noch immer über die dürren Kiefern. »Sie werden umgestoßen – wenn sie nicht vorher vor Hitze eingehen!«

»Wir brauchen sie, um das Becken mit der Wattlandschaft zu verdecken.« James blieb ruhig, denn er wußte, daß er wie immer seinen Willen durchsetzen würde. »Letztes Jahr war es hinterher voller Plastiktassen und Einweggabeln.«

»Waldchampignons«, fuhr ich fort. »Ich werde sie heute nachmittag bei der Kostprobe dünsten.«

James sah mich erstaunt an. »Vor ein paar Jahren hast du für mich welche gekocht. Dabei hast du gesagt, ich solle sie nie allein sammeln.«

»Man kann sie leicht mit Knollenblätterpilzen verwechseln.« Ich beugte mich über meinen Korb mit Champignons und nahm ein junges Exemplar heraus. »Aber das ist ja das Schöne daran! Nur wenige Leute kennen sich gut genug aus, um sie zu sammeln.« Ich schaute zu dem Tisch hinüber, auf dem die Heizplatten und Bratpfannen für die

Kostprobe standen. »Die Leute, die heute kommen, werden sie vielleicht nie wieder in ihrem Leben probieren können.«

James nahm mir den Champignon aus der Hand und drehte ihn hin und her. Er wußte genug über Pilze, um die Unterschiede und Ähnlichkeiten erkennen zu können – wenn jemand anders ihm einen Anhaltspunkt für die Klassifizierung gab.

Don ging hinüber zu der Reihe knorriger Kiefern und zog sie einige Zentimeter weiter vom Fenster weg. Er kümmerte sich immer um Kleinigkeiten – und sah mich jetzt an, damit ich ihn unterstützte. Als ich das nicht tat, sagte er grollend: »Auch Experten machen Fehler, Lucy.«

James machte sich nicht die Mühe, die Bäume wieder zurückzuschieben. Ich wußte, daß wir sie später dort finden würden, wo er sie haben wollte.

Don kratzte sich in seinem dichten Bart und sah mich von der Seite her an, als hätte ich mich vor der Verantwortung gedrückt. »Der Typ, der mir alles über das Klettern beigebracht hat, ist, soviel ich weiß, im letzten Sommer in Mittelamerika abgestürzt und hat sich den Hals gebrochen.«

»Danke für diesen Vertrauensbeweis.« Ich nahm James den Champignon aus der Hand. »In der Geschichte der Pilzkunde ist noch nie ein Experte – und damit meine ich nicht jemanden, der ein oder zwei Kurse gemacht hat und mit einem Pilzbuch zum Sammeln geht, sondern jemanden, der sich beruflich mit Pilzen befaßt – an einer Pilzvergiftung gestorben.« Ich fühlte, wie mir das Blut ins Gesicht stieg. Die Leute fürchten sich so sehr vor Pilzen. Das ist irrational und in Kulturen, wo ganze Familien miteinander zum Pilzesammeln gehen, gibt es diese Furcht überhaupt nicht. »Schaut, niemand hat Angst, daß seine Petersilie Schierling sein könnte oder seine Lorbeerblätter Oleander! Davor haben die Leute keine Angst, wer auch immer das Zeug gesammelt hat . . .«

»O je!« sagte James mit grimmiger Miene. »Lucys Steckenpferd.«

Vom Eingang des Museums her kam ein klopfendes Geräusch. Jemand pochte an die Glastüren. Möglicherweise waren es sogar schon mehrere Leute, denn die Pilzausstellung zieht immer eine Menge Menschen an: Amateurnaturkundler, Leute mit Kindern, Hippies, die sich für Naturfarben und Rauschgifte interessieren, Feinschmecker und Leute, die sich gern eine farbenprächtige Ausstellung ansehen.

Als ich mit der Garnfärbe-Vorführung fertig war und einige Zeit damit verbracht hatte, Pilze zu identifizieren, die Leute auf ihren Wiesen gefunden hatten, drängten sich im Hauptraum vielleicht fünfzig Leute.

Es war an der Zeit, ein paar Pilze zu kochen.

Ich begann mit zotteligen Parasolpilzen und machte weiter mit Maronenröhrlingen, Pfifferlingen, Rotkappen, Stockschwämmchen und Steinpilzen. Jeder Pilz unterschied sich deutlich vom anderen, wobei die Geschmacksrichtungen von würzig über kräuterartig zu fruchtig reichten und sich in jedem Fall deutlich unterschieden von den Kunstpilzen, die man im Supermarkt kaufen kann.

Es wurde ziemlich hektisch: um mich herum drängten sich die Leute mit kleinen Wegwerftassen und Plastikgabeln, immer wieder erklärte mir irgendein Gourmet, wie man die Pilze noch viel besser zubereiten könne (als ob man beim Dünsten in Butter irgend etwas falsch machen könnte), und immer wenn James irgendwo ein winziges Problem hatte, wollte er, daß ich alles stehen- und liegenließ und es löste. So rannte ich schließlich schwitzend hin und her, tauschte wurmige Pilze gegen neue aus, die ich aus den Vorratskörben im Untergeschoß holte, besorgte noch mehr Butter und schaute zwischendurch auch noch nach, ob das Garn aus der Garnfärbe-Vorführung richtig trocknete.

Für eines nahm ich mir allerdings Zeit: Ich beugte mich nach unten und schaute den Korb mit den Waldchampignons durch. Einige Hüte hatten sich von den Stielen gelöst, aber das passiert immer, wenn man Pilze transportiert. An keinem der Stiele befand sich eine Hautscheide.

Als ich die Waldchampignons zu braten begann, war der Raum so voll, daß man sich kaum bewegen konnte. Ich fühlte mich feucht und klebrig vom Butterdunst und war müde nach all den Tagen, an denen ich Pilze gesammelt, die Ausstellung und das Museum vorbereitet hatte. Diese Erschöpfung überfiel mich sehr plötzlich, und ich weiß noch, daß ich, während ich die Champignons schnitzelte, froh war, daß ich heute morgen noch in den Wald gegangen war. Schon der Gedanke an den Wald wirkte auf mich wie ein Stärkungsmittel.

James' Frau kam herein und unterbrach meine Meditation. Karen Ransome war eine üppige Frau, mit großen Augen und dünnen, fransigen gelblichen Haaren. Sie wirkte nervös und flattrig und kicherte ständig. Ich kannte sie nicht besonders gut, obwohl ich viel mit James zu tun hatte. Das meiste, was ich über sie wußte, hatte ich von Mary Clardy erfahren, die den Souvenirladen des Museums führte. Mary erzählte mir, daß Karen nicht gern zum Wandern ginge und daß das doch schade sei, nachdem James es so sehr liebe, und man doch erwarten könne, daß Karen die Kinder gelegentlich zum Fußballspielen begleite und James seinen freien Sonntag lasse, und ob das nicht schrecklich sei, daß Karen erwarte, James solle am Wochenende auf die Kinder aufpassen, nachdem sie sie die ganze Woche einem Babysitter überlasse, obwohl sie nicht einmal arbeiten ging, und Karen müsse doch klar sein, daß sie James' Karriere nicht gerade nütze, wenn sie sich auf den Partys des Museumsausschusses betrinke und mit dem Vertreter des Stadtrats flirte.

Karen kam auf mich zu und stellte sich neben mich, während ich kochte. Sie erzählte etwas über einen Einkaufsbummel, aber ich hörte ihr nicht richtig zu. Ihr Atem roch nach Schnaps, und sie lachte und sagte: »Das ist aber keiner dieser Pilze, die man nicht essen darf, wenn man etwas getrunken hat, oder?«

Es gibt eine Tintling-Art, die Nase und Finger rot färbt

und einige Stunden Herzrasen verursacht, wenn man sie zusammen mit Alkohol zu sich nimmt.

Ich schöpfte etwas von dem Pilzgericht in eine Plastiktasse. »Nein. Hier, spielen Sie für mich das Versuchskaninchen. Waldchampignons.«

James kam aus dem Souvenirladen, sah Karen die Waldchampignons essen und wurde etwas rot im Gesicht. Er schob sich durch die Menge auf uns zu und konnte gerade noch hören, wie Karen kichernd wiederholte: »Wal'champignons.«

James wirkte peinlich berührt. Diesen Gesichtsausdruck zeigte er meistens, wenn er mit seiner Frau zusammen in der Öffentlichkeit war. Er murmelte: »Karen, wo sind die Kinder?«

Sie rümpfte die Nase. »Ich glaub', ich muß mal den Babysitter ablösen – der Nachbarsjunge, Liebling, der mit den Sommersprossen, du weißt schon, wer. Ich will nur noch schnell zum Souvenirladen – Souvenir*laden* . . .«

»Nein!« James sah erschrocken aus. »Er kann doch noch nicht einmal zehn sein! Geh, und schau nach, was die Kinder . . .« Er legte ihr einen Arm um die Schultern und schob sie zur Tür. Ich hörte ihn noch fragen, wo sie eigentlich gewesen sei.

Ich fand, er hätte ihr eigentlich ein Taxi rufen sollen, aber er kannte sie wohl besser als ich.

Die Leute standen an, um die Waldchampignons zu probieren. Ich schaute in ihre Gesichter, wenn sie den ersten Bissen nahmen. Viele von ihnen hatten noch nie Wildpilze versucht, und sie zeigten einen Gesichtsaudruck, als seien sie im Himmel.

Ich hatte gerade beschlossen, noch eine Pfanne voll zu dünsten, als James zurückkam.

»Allen schmeckt es wunderbar«, prahlte ich.

James wirkte abwesend. Er half mir dabei, einige Pilzhüte zu putzen, dann schob er sich wieder durch die Menge zum Souvenirladen.

Ein junges Paar, das in Wollschals gewickelt war und aussah, als käme es direkt aus Woodstock, stand neben dem Tisch und hielt die Plastiktassen bereit. Die Frau, mit langen Haaren und einem etwas dümmlichen Gesichtsausdruck, blätterte eine meiner Broschüren durch, die im Souvenirladen verkauft wurde: ›Eßbare Pilze und die nicht eßbaren, mit denen man sie verwechseln kann.‹ Der junge Mann, der ein unwiderstehliches Lächeln hatte, fragte mich, was ich hier kochen würde, und ich sagte es ihm.

Die Frau deutete auf eine Fotografie des Waldchampignons in meiner Broschüre: »Dieser da? Da steht, man soll ihn nicht sammeln, außer wenn ihn ein Fachmann begutachtet.«

»Nun, sie ist ja Expertin«, erklärte der Mann. »Wir halten uns lieber an Fliegenpilze.« Er grinste. »Die kann man nicht verwechseln.«

Der Fliegenpilz ist hellrot und hat flockige weiße ›Warzen‹ (eigentlich Stückchen einer zerrissenen dünnen Haut). Er wirkt berauschend. Seit Tausenden von Jahren wird er in Gegenden wie Sibirien verwendet, wo man Alkohol erst relativ spät entdeckt hat.

Ich versuchte, nicht allzu mißbilligend dreinzuschauen, denn ich hasse Leute, die Pilze nur für ein anderes Mittel halten, um high zu werden.

Mary Clardy tauchte neben mir auf. Die Porzellanhaut ihrer Wangen glühte fast ebenso rot wie ihre Locken.

»Ich habe gesehen, wie Karen gegangen ist. ›Eine glückliche Trinkerin.‹« Marys Ton klang sarkastisch. »Das glauben sie doch immer von sich selbst, nicht wahr?« Sie schob ihr Kinn nach vorn.

Das Pärchen mit den Schals lobte die Waldchampignons lauthals, aber Mary stellte sich zwischen mich und ihre Komplimente.

»Das ist wirklich lächerlich in letzter Zeit«, klagte sie, während sie Fussel von ihrem Pullover zupfte. »James muß Sitzungen verlassen, um die Kinder abzuholen. Man sollte Karen wirklich wegen Vernachlässigung ihrer Kinder anzeigen!«

Don Herlihy gesellte sich zu uns; angezogen von Marys Reizen, der verdammte Kerl. Er hätte eigentlich eine Vorführung darüber abhalten sollen, wie Baumschulen die Wurzeln junger Bäume mit Sporen bedecken. Das Mycel der Pilze bildet eine Schutzhülle für die Wurzeln, daher gedeihen Bäume doppelt so gut, wenn sie zusammen mit Pilzen wachsen.

Mary drehte sich mit einem etwas selbstgefälligen Lächeln zu Don um. Die Angorakönigin und ihr Höfling. »Ich habe gehört, Sie wollen uns verlassen«, sagte sie und versuchte, etwas Trauer in ihre Stimme zu legen. »Nehmen im Süden eine Stelle an.«

Ich schaltete die Heizplatte ab und vermied es, Don anzusehen. Wir hatten weiß Gott wie viele Hektar miteinander abgegrast, auf der Suche nach Pilzen, Nachtreihern und seltenen Schwingelgrassorten für seine Botanisiertrommel. Näher war ich einer Romanze mit ihm nie gekommen. Er, James und die Kurse, die ich gab, waren mein gesamtes gesellschaftliches Leben.

Don schlurfte einen Schritt auf mich zu und stand etwas steif da. Seine Kleider rochen nach feuchtem Gras. »Ich glaube, ich werde alt.« Er klang schuldbewußt, nachdem er mir nicht einmal erzählt hatte, daß er an einen Stellenwechsel dachte. »Meine Knie machen mir immer mehr Schwierigkeiten. Und mit dem feuchten Wetter in diesem Jahr . . . Das Geld . . .«

Ich wußte, daß er sich nur mit knapper Not über Wasser halten konnte; so geht es uns ja immer. Aber ich glaube, ich nahm einfach an, daß ihm das nichts ausmachte; vermutlich war ich darauf angewiesen, daß es ihm nichts ausmachte. Denn wenn es ihm etwas ausmachte, würde es auch mir etwas ausmachen müssen. Wenn Don Herlihy eine ordentliche Stelle annahm, würde wohl auch ich das in absehbarer Zeit tun müssen.

James spazierte wieder vorbei und schien etwas überrascht, uns drei hier zusammenstehen zu sehen, ohne daß wir etwas bestimmten, vorführten oder verkauften.

Ich schaute Don an und bemerkte, daß er Mary gerade einen innigen Blick zuwarf.

Mary schaute genauso, aber ihr Blick war auf James gerichtet.

Ich entschuldigte mich und stürmte hinunter ins Untergeschoß. Dort war es kühl und dunkel, und ich war mit den ausgestopften Kojoten, den Schachteln und den Pilzen und den Haufen von Moosresten allein. Ich setzte mich an den mit Pilzen übersäten Konferenztisch und konnte meine Schüler beinahe vor mir sehen, wie sie ihre Körbe ausleerten und darüber plauderten, was sie im Wald gefunden hatten, über denjenigen, »den ich leider dortlassen mußte«, den unvermeidlichen Steinpilz (»so groß!«), der voller Würmer war.

Ich war einunddreißig Jahre alt, und niemand liebte mich. Für ein anständiges Auto, und sei es nur ein gebrauchtes, hatte ich kein Geld. Mir blieb immer nur die Wahl zwischen Untermiete oder einer Bruchbude (im Moment war es gerade die Bruchbude). Ich trug meine Kleider, bis der Stoff auseinanderfiel. Aber ich hatte schließlich meine Kurse, oder? Über die Jahre hatte ich viele Menschen zu enthusiastischen Pilzfreunden gemacht und eine Menge dummer Ängste und Vorurteile zerstört. An den meisten Tagen war ich draußen im Wald. Das war doch auch etwas wert, nicht wahr?

Es sollte jedenfalls Don etwas wert sein, schlimme Knie oder nicht. *Ich* sollte ihm etwas wert sein.

Die Tür zum Untergeschoß öffnete sich. »Ich wünschte mir«, sagte Don von der Schwelle aus, »daß ich eine reiche Frau hätte, wie James. Eigentlich«, – ein düsteres Stirnrunzeln – »wünsche ich mir, ich *wäre* James. Ich wünsche mir, ich hätte einen silbernen Audi und ein großes Haus. Ich wünschte, ich hätte einen Job, bei dem die Leute tun, was ich ihnen sage.«

»James ist nicht glücklich«, gab ich zurück, obwohl ich über dieses Thema noch nie zuvor nachgedacht hatte.

Don zuckte mit den Schultern. »Mary ist verrückt nach

ihm, weil sie ihn nicht haben kann.« Dieses Gefühl kannte
ich. »Sogar seine Probleme wirken sich noch zu seinem
Vorteil aus.«
»Wohin gehst du?«
»Zu einer Elektronikfirma in Encino.«
Encino. Endloser Beton ohne jeden Schatten.
Bitte, lieber Gott, laß mich nie in Encino enden.

Der Labortechniker im Gemeindekrankenhaus reichte mir
eine Schachtel mit Objektträgern aus Glas. Es war das
dritte Mal in acht Jahren, daß ich ihnen diesen Dienst erwies. Das dritte Mal in acht Jahren, daß sie einen Verdacht
auf Pilzvergiftung hatten und die örtliche Expertin riefen.
Aber dieses Mal war es anders. Ich hörte die Objektträger
klappern, als ich die Schachtel in die Hand nahm.
Ich zog eine kleine Glasplatte heraus und schmierte mit
einem sterilen Tupfer etwas braune Masse in die Mitte. Sie
stammte aus einer Keramikschale mit der Aufschrift ›Kot
– Peterson, Robin J.‹. Dann legte ich ein Deckplättchen
darüber.
Ich wußte, daß ich Sporen finden würde. Ich wußte es,
weil ich beim Essen der Pilze zugesehen hatte. Ich hatte
zugesehen, wie er meine Waldchampignons probiert und
mir mit einem herzlichen Lächeln versichert hatte, wie
herrlich er sie fände (während Mary Clardy zwischen uns
stand).
Den Leuten im Krankenhaus hatte ich erklärt: »Ich habe
keinen Fehler gemacht – ehrlich! Peterson hat einen harmlosen Pilz gegessen. Wenn er jetzt krank ist, dann muß es
sich um eine seltene Allergie handeln, die vielleicht einmal unter einer Million vorkommt. Das ist alles.«
Aber sie sagten, er zeige Anzeichen einer Leberschädi-
gung. Sie machten sich Sorgen über ein Nierenversagen.
Solche Symptome werden vom Gift des Knollenblätterpil-
zes hervorgerufen. Vom Todesengel.
Ich schob den Objektträger hin und her, bis ich zwei zit-
ternde Sporen im Miasma entdeckte. Eine war braun und

oval; der Waldchampignon besitzt braune ovale Sporen. Die andere war weiß und rund. Ich lehnte mich zurück. Es war die Spore eines *Amanita* (und nicht eines *Agaricus*, der Art, zu der der Waldchampignon zählt).

Alle Pilze der Art *Amanita* haben runde, weiße Sporen, aber nicht alle *Amanitas* sind giftig. Es gibt drei oder vier eßbare Sorten, die in den Wäldern und Wiesen dieser Gegend wachsen. Ich schloß meine Augen und rief sie mir ins Gedächtnis, als wollte ich die Sporen auf dem Objektträger beeinflussen.

Ich griff nach einer kleinen, verkorkten Flasche, die ich mitgebracht hatte. Sie war voll mit Melzer-Reagenzflüssigkeit, einer öligen, gelbroten Lösung. Diese färbt bestimmte Sporen – »amyloide« Sporen – grau. Die tödlichen *Amanitas* haben amyloide Sporen, die eßbaren *Amanitas* nicht.

Ich ließ einen Tropfen der Lösung auf den Rand des Deckplättchens fallen und sah zu, wie die Flüssigkeit in den Spalt kroch und die ganze Masse granatrot färbte. Ich atmete tief durch, klammerte mich noch einmal an meine Hoffnung und schaute durchs Mikroskop.

Die Spore hatte sich hellgrau verfärbt. Sie war amyloid.

Robin Peterson lag da, mit einer Menge Schläuchen im Körper und einem Computermonitor, der neben seinem Bett klickerte. Sein Mund stand offen, seine Haut zeigte ein stumpfes Orangerot und war mit blauen Flecken übersät. Ich war zu sehr erschüttert, um ihn zu fragen, ob er selbst zum Pilzesammeln gegangen war, ob er einige *Amanitas* gefunden und sie zubereitet hatte.

Der arme Mann begann zu würgen. Eine Krankenschwester zog das Laken von seinem Körper und den Beinen beiseite, und ich sah, daß er in einer Pfütze blutiger Exkremente lag. Es war das Schrecklichste, was ich jemals gesehen habe. Ich rannte aus der Intensivstation. Ich rannte geradewegs in James.

James sprach gerade mit einem Arzt, und der Arzt sagte:

»Wenn man vom Ausmaß der Leber- und Nierenschäden ausgeht – ich nehme an, daß es etwa sechzehn Stunden her ist, seit er die Pilze gegessen hat?«

»Normalerweise dauert es länger«, sagte ich mechanisch. »Mindestens drei Tage, bis sich die Symptome zeigen.« Der Arzt schüttelte ärgerlich den Kopf. »Und eine kleine Menge kann tödlich sein?«

»Zwei Kubikzentimeter.« Meine Stimme schien seltsam körperlos, als käme sie aus einer Lautsprecheranlage. »Das ist die kleinste bekannte tödliche Dosis.«

»Ein Pilz, mit anderen Worten.«

»Ja, aber . . .«

»Aber gar nichts!« Der Arzt rieb mit seinen mit Leberflekken übersäten Fingerknöcheln über Petersons Karteikarte, als wolle er darauf radieren. »Ihre Pilze werden diesen Mann umbringen, wenn wir nicht sehr bald eine neue Leber für ihn finden!«

»Ich habe ihm einen harmlosen Waldchampignon gegeben, einen Verwandten der Champignons, die man im Supermarkt kaufen kann. Ich kenne meine Pilze. Ganz bestimmt! Ich hätte niemals – ich habe – keinen Fehler gemacht!«

James legte mir den Arm um die Schultern und zuckte etwas zusammen. »Natürlich nicht, Lucy. Natürlich hat er den Pilz nicht von dir bekommen. Sobald er ansprechbar ist, wird er Ihnen das bestätigen.«

Der Arzt sah aus, als müßte er sich zurückhalten, um nicht auf uns einzuschlagen. Er schob sich zwischen uns durch und ging in die Intensivstation zurück.

James zog mich zu einer gepolsterten Bank. Seine blasse Haut glänzte. »Laß dir das nicht einreden, Lucy. Du weißt, daß es nicht dein Fehler war.« Sein Blick suchte meinen. »Du *weißt* das.« Aber es klang wie eine Frage.

»Was ist mit den anderen Leuten?«

Er berührte meine Wange. »Welchen anderen Leuten?«

»Die auf der Ausstellung Pilze gegessen haben. Sie werden Angst bekommen, wenn sie davon erfahren.«

Er seufzte und blickte beiseite. »Der Museumsausschuß und der Vertreter des Stadtrats haben darauf bestanden, daß wir einen Aufruf herausgeben. Jeder, der auf der Ausstellung Pilze gegessen hat, soll ins Krankenhaus kommen.« Er sah mich wieder an. »Aber dabei geht es nur darum, die Rechtsanwälte zufriedenzustellen. Betrachte das nicht als einen Ausdruck von Mißtrauen. Wer dich kennt, weiß, daß er sich keine Sorgen machen muß.«

»Wir werden niemals wieder Pilze servieren können, nicht wahr?« Was immer mit Robin Peterson geschehen würde, die Pilzausstellung war erledigt. Dabei war sie so eine hübsche kleine Ausstellung gewesen. Und niemand würde mehr in meine Kurse kommen.

Ich fühlte mich selbstsüchtig, weil ich jetzt an so etwas dachte, während Peterson da drinnen in seinem Blut lag.

Eine Frau spazierte aus dem Aufzug auf uns zu. Petersons Begleiterin von gestern, mit ihren glatten, in der Mitte gescheitelten Haaren und mehreren Schichten Kleidern aus den sechziger Jahren. Sie blieb stehen, als sie mich erblickte. Sie beugte sich zu mir, nahe genug, daß ich Patchouli und feuchte Wolle riechen konnte.

Es war leichter für mich, ihren Schal anzusehen als ihr Gesicht, unter diesen Umständen. »Leuchtende Ölbaumpilze«, murmelte ich.

Sie spielte mir ihrem Schal. »Ja, ja. Wir haben sie gekocht und in Kaliumdichromat, Eisenoxid und Alaun gelegt, um diese Farbe zu bekommen.«

»Sie kennen sich mit Pilzen aus.«

Sie nickte.

»Hat Peterson Pilze gesammelt? Vor der Ausstellung? Oder danach?«

»Nein.« Sie verblüffte mich, als sie mir übers Haar strich. »Aber es ist nicht Ihr Fehler. Es ist Robins Karma. Ich bin nicht krank. Sie sind nicht krank. Es muß Robins Karma sein. Er ist ein Fischer. Ein Thunfisch-Fischer.«

»Sind Sie sicher, daß er nicht beim Pilzesammeln war?«

»Wir sind nicht nach draußen gegangen. Wir hatten Soma

zu Hause, getrocknet. Das haben wir gegessen.« Ihr Gesicht verzog sich, als sei ihr die Erinnerung daran unangenehm. »Wir haben Delphine gesehen, und sie sind in Robins Netz ertrunken.«

Soma. Das Thema einer sechstausend Jahre alten Abhandlung im *Rgveda*, dem ältesten schriftlichen Zeugnis überhaupt. Soma, der Gott, den man zu sich nehmen kann. Auch bekannt als *Amanita muscaria*, Fliegenpilz, der berauschend wirkt, aber nur in dem Sinne »giftig« ist, in dem auch Alkohol und Beruhigungsmittel giftig sind. Seine Sporen sind nicht amyloid. Es war keine Fliegenpilz-Spore gewesen, die ich auf dem Objektträger gefunden und gefärbt hatte.

Der Arzt kam aus der Intensivstation und stellte sich vor uns auf. »Peterson ist tot!«

James legte seine Arme um mich. Die junge Frau sank zu Boden und kauerte sich in einer aufrechten Fötus-Position zusammen. »Ich kann seine Seele fühlen«, flüsterte sie. Ruckartig hob sie den Kopf und sah mich an. »Er wird in Soma zu Ihnen sprechen.«

James blieb in dieser Nacht bei mir und kochte mir Kannen voll Kräutertee, den ich nicht trinken konnte, und erzählte mir alles, was ihm gerade einfiel: über seine Kinder, seine Ferienaufenthalte, wie das feuchte Wetter unsere Planungen bezüglich der Wildblumen-Ausstellung beeinflussen würde.

Ich wußte, daß außerhalb unserer schützenden Höhle die Besucher der Pilz-Ausstellung ins Krankenhaus eilten, Botaniker, die nichts über Pilze wußten, die Ängste der Öffentlichkeit mit falschen Informationen befeuerten, und Zeitungen alarmierende Lügen veröffentlichten. Ich hatte mein ganzes Berufsleben hindurch versucht, die Haltung der Menschen zu einer der faszinierendsten (und oft als Heilmittel dienenden) Lebensform zu ändern. Jetzt war alles vernichtet, meine gesamte Arbeit – sieben sechsstündige Kurse im Jahr, die ich über acht Jahre hinweg abgehalten hatte, zwei Ausgaben meines Pilzführers, die Broschüre über eßbare Pilze. Nun war ich für die Leute nur noch die Pilzexpertin, die auf einer Pilzausstellung einen Mann umgebracht hatte.

Und ich hatte es nicht getan. Wie hätte ich einen Fehler machen sollen? Ich kannte die Pilze. Ich kannte sie wirklich.

Am liebsten hätte ich mich in einen Abgrund gestürzt.

James gab sich alle Mühe, mich aufzuheitern, aber ich merkte, wie verärgert er unter der Oberfläche war. Es endete damit, daß ich weinend zusammenbrach.

Als es dämmerte, schlief ich endlich ein, während mir James gähnend von einer Kreuzfahrt nach Alaska erzählte, einer Kreuzfahrt, die er sehr gern machen würde, wenn er Karen nur dazu bekommen könnte, sich so weit vom nächsten Kaufhaus weg zu wagen.

Ein paar Stunden später wachte ich auf und fand James schlafend in meinem kaputten Sessel. Auf Zehenspitzen schlich ich aus dem Haus (vielleicht war ›Schuppen‹ die passendere Bezeichnung), zog meine Stiefel an und fuhr hinaus in den Wald. Das ist der einzige Ort, wo ich mich wirklich wohl fühle.

Die Pilze waren wunderschön, tomatenrot mit flauschigen weißen ›Warzen‹. Sie standen ganz allein in der Mitte einer Lichtung, im Zentrum der Aufmerksamkeit, frisch und vollkommen, ohne ein einziges Insekt in ihren Lamellen, ohne eine Spur von Fäulnis. Dennoch sah ich sie mit einem Gefühl der Furcht an, Furcht davor, was sie mit mir machen würden. Ich rief mir in Erinnerung, daß die Menschen sie seit Tausenden von Jahren aßen. Und ich hatte noch nie von irgendwelchen Todesfällen gehört (außer in einem britischen Kriminalroman).

Jetzt tat ich es selbst – ich ließ mein Wissen über den Pilz von der Angst verdrängen.

Ich zwang mich auf den Moosboden vor dem großen Gott Soma in die Knie. Von der Basis eines der Pilze flog im

Wind eine schwankende Fliege auf, die von dem Pilz angezogen und dann berauscht worden war.

Ich brach die breiten Hüte von den Stielen.

Als ich nach Hause kam, war James nicht mehr da. Das war gut so.

Ich schnitt die Fliegenpilze in Scheiben und versuchte eine Stunde lang, sie so zu behandeln, wie es die Arier im *Rgveda* beschreiben. Ich schluckte die joghurtähnliche Masse hinunter. Sie schmeckte wie modrige Blätter.

Eine halbe Stunde lang geschah gar nichts, außer daß ich Angst hatte: Angst vor den Pilzen und Angst vor Robin Petersons Geist.

Und dann lag ich schwitzend auf dem Rücken am Boden. Die Zimmerdecke drehte sich. Jahrelang hatte ich Pilze studiert, sie gesammelt, unter dem Mikroskop betrachtet, gekocht, serviert, gegessen, arrangiert, über sie Kurse gegeben und sie fotografiert. Jetzt sah ich mich selbst als Teil eines Kontinuums. Ich sah, wie Rentiere mit den Geweihen gegeneinanderstießen im wilden Kampf um den Pilz, sah arische Priester Soma-Milch trinken, sah bärtige Sibirier herumhüpfen, torkeln und lachen; sah Blumenkinder die rote Haut von den Hüten abziehen und zu Zigaretten rollen.

Und dann sah ich mich selbst:

An einem kühlen, nebligen Morgen, in meinem Regenmantel und mit dem Korb, der neben mir auf dem Boden stand. Es lagen bereits zwei Dutzend Pilze darin, einige davon sehr jung, mit Hautschleiern über den Lamellen, einige mit breiten Hüten und Lamellen, die mit braunen Sporen bestäubt waren.

Ich schaute nach oben. Die nassen Äste einer Eiche breiteten sich wie knorrige Arme im Weiß des Himmels aus. Vögel zwitscherten droben im Baum und riefen *Krie, krie, krie.*

Ich blickte wieder nach unten. Auf dem Waldboden standen mehrere Pilze. Knollenblätterpilze, deren Hüte dem Waldchampignon so sehr ähnelten, daß nur die sackähnliche Hautscheide an der Basis des Stiels zeigte, daß sie tödlich giftig waren.

Ich betrachtete die Pilze in meinem Korb. Ich atmete die kühle Luft ein. Ich horchte auf das *Krie* der Vögel über mir, auf das Rascheln der Erdhörnchen und das ferne Geräusch fallender Tannenzapfen. Das Leben war schön.

Ich grub im Moos. Hier standen zwei junge Pilze mit schneeweißen Hüten, rund und klein, noch teilweise mit Haut überzogen und mit kräftigen, festen Stielen. Ich grub vorsichtig, denn ich erkannte die Gefahr. Einer war ein Knollenblätterpilz und der andere ein Waldchampignon. An der Basis des einen hingen Mycel-Fäden. Ich zupfte sie ab. Die andere Basis war mit einer sackähnlichen Scheide bedeckt. Ich warf diesen Pilz weg und bemerkte dann eine purpurrote Verfärbung an der Scheide, die wie schleimige Tinte aussah. Es war nicht ungewöhnlich, einen fehlerhaften Pilz zu finden, einen Pilz, der irgendeinen seltenen Parasiten beherbergte oder eine untypische Färbung hatte. Wenn ich solche Abweichungen entdeckte, freute ich mich; sie bildeten einen Teil des Vergnügens beim Pilzesammeln. Ich hob den Knollenblätterpilz auf und löste die verfärbte Hautscheide ab. Der Schleim war nicht bis auf den Stiel durchgedrungen. Möglicherweise war es etwas aus dem Boden; etwas, das mit dem Pilz selbst gar nichts zu tun hatte. Ich warf ihn wieder weg.

Das *Krie, krie, krie*, das aus den Zweigen über mir erklang, wurde hektisch. Ich blickte gerade rechtzeitig auf, um einen kleinen Schwarm nach unten fliegen zu sehen. Sie schienen auf mich zutauchen zu wollen. Ich fiel aus meiner Kauerstellung auf den Rücken. Als die Vögel wieder hochflogen und verschwanden, sah ich etwas Weißes unter ihren Flügeln aufblitzen. Ich mußte Don fragen, was für eine Vogelart das war.

Ich stand wieder auf, zupfte Zweige aus meinem Haar und klopfte nasses Moos von meinem Mantel.

Ich bückte mich, um meinen Korb aufzunehmen. Es wurde Zeit, zum Museum zu gehen.

Ich lange nach unten, um den jungen Waldchampignon aufzuheben, den ich gerade entdeckt hatte.
Robin Petersons eisige Hand schloß sich über meiner, als ich den falschen Pilz aufhob.


Ein lautes Klopfen an meiner Haustür riß mich aus einem narkoseähnlichen Schlaf. Jemand rief meinen Namen.
Ich setzte mich auf. Meine Möbel waren umgestellt, sie waren in die Mitte des Zimmers gezogen. Warum, um Himmels willen, hatte ich das getan?
Ich krabbelte auf Händen und Knien zur Tür und zog mich am Türknauf hoch.
Es war Don Herlihy. Er sah aschgrau und krank aus. Er sagte: »Hast du schon von Karen gehört? Karen Ransome?«
»Du lieber Gott!« Ich hatte James' Frau eine Plastiktasse mit etwas gegeben, was ich für Waldchampignons gehalten hatte. Hatte es ihr mit prahlerischen Worten und einem stolzen Lächeln überreicht.
»Sie ist tot, Lucy. James war weg, glaube ich, fast die ganze Nacht. Und niemand hat Karen gesagt, sie soll ins Krankenhaus gehen, um sich testen zu lassen. Als James nach Hause kam und sie fand, war es schon zu spät.«
»James war bei mir«, hörte ich mich selbst sagen. »Es ist meine Schuld, daß Karen nicht rechtzeitig geholfen wurde.«
Don sagte: »Nein, Lucy«, aber er kam nicht herein.
Aus seiner Hemdentasche ragte ein Rezept, auf dem ich das Symbol des Gemeindekrankenhauses entdeckte. Er war im Krankenhaus gewesen, um sich testen zu lassen. Ich hatte kein Recht, verletzt zu sein, aber ich war es.


»Komm herein, Lucy«, sagte James freundlich. »Ich habe mir Sorgen gemacht um dich.«
Irgendwo im Obergeschoß von James' Haus hörte ich Kindergeschrei, und ich hörte auch die ruhige Stimme einer erwachsenen Frau. James trug Jeans und einen Kaschmir-

pullover. Seine Haut sah wächsern aus, so blaß war er. Sein Haar stand vor dem Hintergrund der mit Eichenpaneel besetzten Wand wirr in die Höhe.

Ich folgte ihm nach drinnen. Ich folgte ihm durch das Wohnzimmer, durch das Eßzimmer und durch den Flur in eine Küche, die größer war als mein ganzes Haus. Über die gekachelte Anrichte war ein Pullover geworfen: Er gehörte Mary Clardy. Es war ihre Stimme, die ich gehört hatte; ihre Stimme, die die Kinder tröstete.

»In diesem Raum fühle ich mich am wohlsten«, sagte James und fuhr mit einer Hand lustlos über die Kacheln. »Auch wenn es grausam erscheint, aber nachdem jetzt endlich alle gegangen sind, wollte ich mir gerade etwas zum Essen machen.«

»Wenn es dich entspannt.« Wie oft hatte ich James schon beim Aufschneiden von Pilzen und Hühnerfleisch zugesehen? Mein Freund; wie nett von ihm, mich in seine Küche zu lassen.

»Es ist schrecklich, aber ich bin hungrig. Ich will nur . . .« Er sah mich mit blitzenden Augen an. »Iß doch mit mir, Lucy, ja? Gib mir das Gefühl, daß ich nicht unnormal bin.«

Ich konnte mir nicht vorstellen, daß ich etwas herunterbringen würde. »Wenn du willst. Wenn du wirklich nicht . . .« Nicht wütend auf mich . . .

Er drehte sich um und begann die notwendigen Dinge zusammenzusuchen: einen Wok, etwas Ingwer, Kalamares in einer Plastiktüte, Austernpilze, Supermarkt-Champignons, Sojasoße und Sesamöl.

Ich sah ihm zu, wie er den Wok auf den Herd stellte, das Öl erhitzte, den Ingwer hineingab und dann die Sojasoße. Was ich sah, war meine eigene Hand, die nach dem einen tödlichen Pilz griff, dem auf dem Mooskissen.

So ein kleiner Pilz, so ein kleiner Todesengel, er tötete zwei gesunde . . .

Es fuhr mir wie ein Messer durch die Eingeweide: ein kleiner Pilz. Ein sehr kleiner Pilz, der zwei gesunde Menschen getötet hatte.

Die kleinste tödliche Dosis, die je verzeichnet worden war, waren zwei Kubikzentimeter: etwa die Größe eines mittelgroßen Pilzhutes.

Ich sah zu, wie James die Austernpilze und die Supermarkt-Champignons kleinschnitt. Und ich erinnerte mich daran, daß er auf der Pilzausstellung einen Hut abgewischt und mir gegeben hatte. Ich war gerade dabeigewesen, Waldchampignons in die Pfanne zu schneiden, die ich dann danach Robin Peterson servierte. Direkt *nachdem* ich Karen Ransome eine Portion gegeben hatte.

James sah mich mit schräg gelegtem Kopf an. Seufzend warf er eine Handvoll geschnittener Pilze in den Wok.

Er konnte jetzt alles haben: Karens Vermögen. Marys Liebe.

Wenn man es so betrachtete, war es passend, daß er die Nacht damit verbracht hatte, mir zu helfen und mich zu trösten. Es paßte auch, daß er seine Frau nicht gewarnt hatte, auf Anzeichen von Pilzvergiftung zu achten, und daß er nicht zu Hause gewesen war, um die Symptome zu erkennen und sie eilig ins Krankenhaus zu bringen.

Ich sah James zu, wie er in einen Schrank griff und zwei Teller und zwei Weingläser herausholte. Er reichte mir die Gläser. In den letzten acht Jahren hatten wir das oft gemacht. Ich hatte den kleinen Ecktisch in der Küche vielleicht hundertmal gedeckt. Vielleicht hundertmal hatten wir über einem Pfannengericht, Bagels oder einer Currysuppe Museumsangelegenheiten besprochen, während Karen im Obergeschoß ihren Rausch ausschlief.

Ich holte Platzdeckchen aus einen Geschirrschrank, zog eine Flasche Chardonnay aus dem Weinregal und nahm Eßstäbchen aus der Schublade. Mein Rücken war James zugewandt. Ich hatte Angst – in Schrecken versetzt durch den Verdacht, der mir plötzlich gekommen war.

Er tischte zwei dampfende Suppenteller mit dem Pfannengericht auf. Einen davon stellte er auf meinen gewohnten Platz. »In dem da ist keine Austersoße«, sagte er. »Ich weiß, daß du das Zeug nicht magst.«

Ich wußte, wieviel Knollenblätterpilz nötig war, um zwei Menschen umzubringen. Wenn ich einen Fehler gemacht hatte, das wußte ich, war nur ein Pilz darunter gewesen, derjenige mit der verfärbten Hautscheide. Wenn ich einen Fehler gemacht hatte, das wußte ich, wäre jetzt nur ein Mensch tot und nicht zwei.

Ich griff nach meinen Eßstäbchen und schaute auf meinen Teller. Um ein Bett aus Pilzen, Kalamares und Gemüsen brutzelte Sesamöl.

Ich entfaltete meine Serviette, während James den Wein entkorkte.

Ich sah mich im Raum um. Die Wandvertäfelung war aus goldfarbenem Eichenholz, die Wände waren mit einer sattgrünen Tapete bezogen und der Boden in glänzendem Terrakotta gekachelt. Durch die Fenster an der Sitzecke konnte man auf einen Karpfenteich schauen, der von Weiden umstanden war. Ich erinnerte mich an Don Herlihys Worte: »Ich wollte, ich hätte eine reiche Frau.«

Und plötzlich war ich mir sicher: Ich hatte in meiner Rauschvision nicht den Geist von Robin Peterson gesehen. Ich hatte nicht die Wahrheit gesehen. Ich hatte meine eigene Angst gesehen. Meinen schlimmsten Alptraum.

Ich hatte den falschen Pilz nicht gepflückt. Selbst wenn ich es getan hätte, dann wäre mir *irgend etwas*, irgend etwas Seltsames an dem häutigen Stiel aufgefallen, als ich die Pilze später noch einmal überprüfte.

Es war nicht mein Fehler. Für einen Augenblick entstellte die Erleichterung meine Vision, wie ein Film, der in einem Projektor schmilzt.

Dann richtete ich meinen Blick auf James.

James. Er hatte Karen beim Essen der Waldchampignons beobachtet. Sie hatte schon wieder getrunken und die Kinder vernachlässigt. So ganz anders als Mary Clardy.

Er würde Karen später zu Hause Knollenblätterpilze servieren. Er würde sie endlich loswerden; er würde seine Kinder von ihrer unzureichenden Fürsorge befreien, ohne ihnen ihr großes Haus wegzunehmen. Und es würde wie ein Unfall aussehen. Ein unbeabsichtigter Fehler. Besonders, wenn noch jemand anderes auf der Pilzausstellung krank wurde.

Nachdem Karen das Museum verlassen hatte, gab mir James den Hut eines Pilzes, damit ich ihn aufschnitt und servierte. Einen Knollenblätterpilz aus der Ausstellung des Museums. Er wußte wohl nicht, daß so ein kleines Stück tödlich sein konnte. Zwei Kubikzentimeter – das hätte nur ein Pilzexperte gewußt.

Jetzt sagte James: »Iß, solange es heiß ist, Lucy. Essen wirkt tröstlich.« Er schaufelte sein Essen hinein, als hätte er Trost bitter nötig.

Aber es ging ihm besser als mir. Er hatte ein großes Haus, zwei liebe Kinder und jemanden, der ihn liebte. Und was hatte ich?

Ich hatte immer geglaubt, zwei Freunde zu haben; vielleicht nicht viel mehr, aber zwei beste Freude.

Don Herlihy, und der zog weg.

Und James Ransome. Wie viele Kanuausflüge hatten wir miteinander unternommen? Wie viele Ausstellungen hatten wir gemeinsam aufgebaut?

Ich hatte geglaubt, James liege etwas an mir. Wie konnte er meinen Ruf – mein *Leben* – zerstören, nur damit seine Lebensumstände sich zu seinem Vorteil veränderten?

Ich stocherte in meinem Teller.

Selbst wenn ich den Leuten davon erzählte, würde mir niemand glauben. Sie würden es für eine gemeine Ausrede halten, eine billige Lüge, einen Versuch, sich reinzuwaschen. Und ich konnte sowieso nichts beweisen. Und auch wenn ich tatsächlich vorhätte, James' Kinder zu Vollwaisen zu machen, ich konnte gar nichts beweisen.

Zwei beste Freunde. Ich dachte an Don Herlihy, der voller Nervosität an meiner Tür gestanden hatte, mit dem Rezept des Krankenhauses in seiner Hemdtasche. Nach Jahren gemeinsamen Studiums, gemeinsamer Arbeit, vertraute er mir nicht. Er liebte mich nicht.

Und James. Ich hatte ihn für meinen Freund gehalten, als er

letzte Nacht bei mir geblieben war. Aber er hatte mein Leben zerstört.

Was immer ich in Zukunft auch sagte oder tat, meine berufliche Laufbahn war ruiniert. Niemand würde glauben, daß es nicht mein Fehler gewesen war. Wenn ich nicht einmal Don Herlihy überzeugen konnte, wie konnte ich dann einen Haufen fremder Leute überzeugen?

Man würde mich nie wieder für eine ›Expertin‹ halten; ich würde jemand sein, der in seiner Überheblichkeit ständig leugnete, was doch jeder wußte: daß Pilze gefürchtet und gemieden werden sollten, ganz egal, wer sie zubereitet hatte.

James saß jetzt über seinen Teller gebeugt und aß nicht. Seine Augenlider sahen mitleiderregend geschwollen und rot aus.

Ich war überrascht, daß ich nicht mehr Wut verspürte. Vielleicht war ich zu traurig. Vielleicht konnte ich es nicht ertragen, auch noch meinen letzten Freund zu verlieren.

Ich versuchte einige Scheiben von den Pilzen. Sie waren ausgezeichnet gewürzt. (Mary konnte sich glücklich schätzen.)

Irgendwo im Obergeschoß vereinigten sich die Stimmen der Kinder mit Marys Stimme zu einem hymnischen Gesang. James legte seine Hände über die Augen.

Nein, es würde mir nichts helfen, wenn ich James beschuldigte. Beweise benötigten Vertrauen in mein Urteil. Niemand würde mir glauben; und niemand würde mir jemals wieder vertrauen. Ich würde nie wieder meinen Lebensunterhalt als Pilzexpertin verdienen können. Ich würde eine ordentliche Stelle annehmen müssen. In irgendeiner Hölle aus Beton arbeiten.

So konnte ich nicht leben. Es war ganz einfach: So konnte ich nicht leben.

Heute hatte ich mit Soma experimentiert, etwas, von dem ich nie gedacht hätte, daß ich es je tun würde. Heute abend würde ich wieder experimentieren. Ich würde nach Hause gehen und Knollenblätterpilze essen. Ich würde erfahren, ob sie wirklich köstlich schmeckten.

# Die Leiche im Schrank

Mary Higgins-Clark

Wenn Alvirah Meehan an jenem Augustabend gewußt hätte, was sie in ihrer neuen Luxuswohnung in Central Park South erwartete, wäre sie niemals aus dem Flugzeug ausgestiegen. Doch diesmal gab ihr die bewährte innere Stimme auch nicht das leiseste Alarmsignal.

Auch wenn sie und Willy nach dem Lotteriegewinn das Reisefieber gepackt hatte, kehrte Alvirah immer gern nach New York zurück. Die Wolkenkratzer, deren Umrisse sich gegen die Wolken abhoben, und die Lichter der Brücke, die den East River überspannte, boten einen herzerwärmenden Anblick.

Willy tätschelte ihre Hand, und Alvirah drehte sich liebevoll lächelnd zu ihm um. Er sieht einfach fabelhaft aus in der neuen blauen Leinenjacke, die genau zu seiner Augenfarbe paßt, dachte sie. Mit diesen Augen und dem dichten weißen Haarschopf konnte Willy ohne weiteres als Doppelgänger von Tip O'Neill passieren.

Alvirah strich das rotbraune Haar glatt, das Dale in London kürzlich getönt und gestylt hatte. Als Dale hörte, daß Alvirah sechzig war, rang er nach Luft. »Sie machen Witze«, stammelte er.

An ihrem Revers funkelte die rosettenförmige Anstecknadel mit dem eingebauten Mikrofon. Damit zeichnete Alvirah Gespräche auf, die sie für ihre Arbeit im *New York Globe* gebrauchen konnte. »Diese Reise war wundervoll«, bemerkte sie, »aber kein Erlebnis, über das ich schreiben könnte. Die Story, wie die Queen zum Tee im Stafford Court Hotel erschien und die Katze des Direktors auf ihre Corgis losging, mußte ja schon als Knüller herhalten.«

»Ich bin richtig froh, daß wir 'nen hübschen, ruhigen Urlaub hatten«, entgegnete Willy. »Von der Sorte, wo du unbedingt Verbrechen aufklären mußt und dabei beinahe abgemurkst wirst, kann ich nicht mehr viel verkraften.«

Die Stewardeß von British Airways kontrollierte auf ihrem Rundgang durch die Erster-Klasse-Kabine, ob sich die Passagiere angeschnallt hatten. »Ich hab' mich wirklich gern mit Ihnen unterhalten«, erklärte sie. Willy hatte erzählt, daß er Klempner und Alvirah Putzfrau gewesen waren, bevor sie in der Lotterie vierzig Millionen gewannen. »Meine Güte«, sagte sie jetzt zu Alvirah, »ich kann's einfach nicht glauben, daß Sie mal Reinemachefrau waren.«

Erfreulich bald nach der Landung saßen sie in einem Taxi, ihr Gepäck, ein exklusives Set von Vuitton, stapelte sich im Kofferraum. New York war heiß, schwül und stickig, wie immer im August. Das Taxi glich einer Sauna, und Alvirah sehnte den Augenblick herbei, in dem sie die neue Wohnung in Central Park South betreten konnte, wo es natürlich herrlich kühl war. Ihre alte Dreizimmerwohnung in Flushing wollten sie beibehalten, immerhin hatten sie dort dreißig Jahre gelebt, bevor der Lotteriegewinn alles veränderte. Man könne ja nie wissen, argumentierte Willy, ob New York nicht eines Tages pleite gehen und den Gewinnern mitteilen würde, sie sollten die restlichen Schecks in den Wind schreiben. Für den Fall der Fälle behielten sie die Wohnung bei und einen Notgroschen in der Citizens of Flushing Bank.

Als das Taxi vor dem Wohnhaus hielt, öffnete ihnen der Pförtner in Rot und Gold mit wuchtigem schwarzen Pelzhut, die Tür. »Sie müssen ja zerfließen«, meinte Alvirah. »Man fragt sich, wozu die Sie so ausstaffieren, bevor sie mit den Renovierungen fertig sind.«

Das Gebäude wurde einer kompletten Instandsetzung unterzogen. Als sie die Wohnung im Frühjahr kauften, hatte ihnen der Immobilienmakler versichert, die Renovierung wäre innerhalb von Wochen abgeschlossen. Die Gerüste in der Halle widerlegten diesen ungezügelten Optimismus eindeutig.

Vor den Fahrstühlen trafen sie auf ein Ehepaar, einen hochgewachsenen Fünfziger und eine schlanke Frau im weißseidenen Abendkostüm; sie macht ein Gesicht wie jemand, dem beim Öffnen des Kühlschranks der Geruch nach faulen Eiern in die Nase steigt, fand Alvirah. Die beiden kenne ich doch, dachte sie und begann ihr phänomenales Gedächtnis zu durchforschen. Er war Carleton Rumson, der legendäre Broadway-Produzent, und sie seine Frau Victoria, eine ehemalige Schauspielerin, vor dreißig Jahren Zweite bei der Wahl zur Miss America.

»Mr. Rumson!« Mit einem Lächeln, das ihre etwas vorspringende, scharfe Kinnpartie weicher machte, streckte sie ihm die Hand entgegen. »Ich bin Alvirah Meehan. Wir haben uns in Cypress Point Spa in Pebble Beach kennengelernt. Was für eine nette Überraschung! Das ist mein Mann Willy. Wohnen Sie hier?«

Rumson lächelte dünn. »Wir unterhalten eine Zweizimmerwohnung für den Bedarfsfall.« Er nickte Willy zu, stellte dann widerwillig seine Frau vor. Die Fahrstuhltür öffnete sich, als Victoria Rumson sie mit einem Lidzucken zur Kenntnis nahm.

Kalt wie 'ne Hundeschnauze, dachte Alvirah, während sie das makellose, wenngleich hochmütige Profil registrierte, das hellblonde, zu einem straffen Nackenknoten gesteckte Haar. Die langjährige Lektüre von *People, US, National Enquirer* und Klatschspalten hatte Alvirah zur unerschöpflichen Informationsquelle über die Reichen und Berühmten programmiert.

Sie hielten gerade im vierunddreißigsten Stock, als Alvirah intime Details zu Rumson einfielen. Er war als Casanova berühmt. Das Geschick, mit dem seine Frau seine Eskapaden übersah, hatte ihr den Spitznamen »einäugige Vicky« eingetragen.

»Mr. Rumson«, begann Alvirah, »Willys Neffe, Brian McCormack, ist ein fabelhafter Dramatiker. Er hat gerade sein zweites Stück fertig. Ich würde es Ihnen zu gern zu lesen geben.«

Rumson blickte verärgert drein. »Mein Büro steht im Telefonbuch«, sagte er.

»Brians erstes Stück läuft zur Zeit Off-Broadway.« Alvirah ließ nicht locker. »Ein Kritiker hat geschrieben, er wär 'n junger Neil Simon.«

»Komm schon Schatz«, drängte Willy. »Du hältst die Leute auf.«

Plötzlich schmolz die eisige Starre in Victoria Rumsons Gesicht dahin. »Darling«, sagte sie, »ich hab schon von Brian McCormack gehört. Warum liest du das Stück denn nicht hier? Wenn du dir's ins Büro schicken läßt, geht's doch bloß unter.«

»Das ist wirklich nett von Ihnen, Victoria«, entgegnete Alvirah herzlich. »Morgen kriegen Sie's.«

Auf dem Weg vom Fahrstuhl zur Wohnung fragte Willy: »Meinst du nicht, Schätzchen, daß du 'n bißchen zu stark auf die Tube gedrückt hast?«

»Keine Spur«, erwiderte Alvirah. »Wer nicht wagt, der nicht gewinnt. Wenn ich Brian bei seiner Karriere helfen kann, ist mir jedes Mittel recht.«

Ihre Wohnung bot einen umfassenden Blick auf den Central Park. Beim Hereinkommen dachte Alvirah jedesmal daran, daß sie noch vor nicht allzu langer Zeit das Haus von Mrs. Chester Lollop in Little Neck, bei der sie jeden Donnerstag putzte, für ein Schlößchen gehalten hatte. Die letzten paar Jahre hatten ihr erst richtig die Augen geöffnet!

Sie hatten die Wohnung komplett möbliert von einem Börsenmakler erworben, der wegen irgendwelcher Manipulationen unter Anklage stand. Er hatte sie gerade von einem Designer einrichten lassen, dem absoluten Hit in Manhattan, wie er ihnen versicherte. Insgeheim bezwei-

felte Alvirah das mittlerweile ernsthaft. Wohnzimmer, Eßzimmer und Küche waren ganz in Weiß gehalten. Es gab
niedrige weiße Sofas, aus denen sie sich hochwuchten
mußte, dicke weiße Teppiche, auf denen der kleinste Fleck
zu sehen war, weiße Tische und Schränke und Marmor
und Geräte.

An der Terrassentür klebte ein großes gedrucktes Schild.
*Eine Gebäudeinspektion hat ergeben, daß diese Wohnung zu den*
*wenigen gehört, bei denen an Geländer sowie Einfassung der*
*Terrasse bedenkliche Konstruktionsmängel festgestellt wurden.*
*Ihre Terrasse kann ohne jedes Risiko normal genutzt werden,*
*doch vermeiden Sie es, sich auf das Geländer zu stützen oder dies*
*anderen zu gestatten. Die Reparaturarbeiten werden so schnell*
*wie möglich ausgeführt.*

Alvirah zuckte die Achseln. »So schlau bin ich ja nun von
allein, mich auf kein Geländer zu stützen, Risiko hin oder
her.«

Willy lächelte verzagt. Er litt unter einer heillosen Höhenangst und hatte die Terrasse noch nie betreten. Beim Kauf
der Wohnung hatte er erklärt: »Du magst 'ne Terrasse. Ich
hab' gern festen Boden unter den Füßen.«

Willy ging in die Küche, um den Kessel aufzusetzen. Alvirah öffnete die Terrassentür und trat hinaus. Die schwüle
Luft schlug ihr glühend heiß ins Gesicht, doch das machte
ihr nichts aus. Es hatte seinen besonderen Reiz, da drau
ßen zu stehen, über den Park hinweg auf die festlich leuchtenden geschmückten Bäume um die *Tavern on the Green*
zu schauen, die endlose Kette der Autoscheinwerfer, die
Pferdekutschen im Hintergrund.

Wie gut, daß wir wieder daheim sind, dachte sie abermals,
als sie hineinging und das Wohnzimmer inspizierte, mit
sachkundigem Blick den Wirkungsgrad des wöchentlichen Reinigungsdienstes einschätzte, der am Vortag fällig
gewesen wäre. Zu ihrem Erstaunen entdeckte sie auf der
Glasplatte des Couchtisches überall Fingerspuren. Automatisch griff sie nach einem Taschentuch und rubbelte sie
weg. Dann stellte sie fest, daß neben der Terrassentür die

Vorhangschlaufe verschwunden war. Hoffentlich ist sie nicht im Staubsauger gelandet, dachte sie. Wenigstens war *ich* eine gute Putzfrau. Sie erinnerte sich an die Worte der Stewardeß im Flugzeug.

»He, Alvirah«, rief Willy. »Hat Brian 'ne Nachricht hinterlassen? Sieht so aus, als hätte er jemanden erwartet.«

Brian, Willys Neffe, war das einzige Kind seiner älteren Schwester, Madelaine. Von Willys sieben Schwestern waren sechs ins Kloster gegangen. Madelaine hatte als Vierzigerin geheiratet und in den Wechseljahren noch ein Baby zur Welt gebracht, Brian, inzwischen sechsundzwanzig. Er war in Nebraska aufgewachsen, hatte für eine dortige Repertoirebühne Stücke geschrieben und war nach New York gekommen, als Madelaine vor zwei Jahren starb. Brian mit seinem mageren, empfindsamen Gesicht, dem widerspenstigen rotblonden Haar und dem scheuen Lächeln weckte in Alvirah all ihre unverbrauchten mütterlichen Instinkte. »Mehr könnte ich ihn auch nicht lieben, wenn ich ihn neun Monate unter dem Herzen getragen hätte«, sagte sie oft zu Willy.

Als sie im Juni nach England abflogen, hatte Brian gerade den ersten Entwurf für sein neues Stück fertig und hatte ihr Angebot, ihm den Wohnungsschlüssel zu überlassen, mit Freuden akzeptiert. »Dort schreibt sich's viel leichter als hier in meiner Bude«, bemerkte er dankbar. Er wohnte in einem Mietshaus ohne Fahrstuhl, mit lauter geräuschvollen Familien als Nachbarn.

Alvirah ging in die Küche, blickte sich um. Zwei Champagnergläser und eine Flasche Champagner in einem Weinkühler standen auf einem silbernen Tablett. Der Champagner, ein Geschenk des Maklers, der den Wohnungskauf gehandhabt hatte, kostete fünfhundert Dollar je Flasche und gehörte zu den Lieblingssorten der Queen, wie er mehrfach betonte.

Willy wirkte beunruhigt. »Das ist doch dieses sündteure Gesöff, stimmt's? An so was geht Brian nicht ran, ausgeschlossen. Da ist irgendwas nicht koscher.« Alvirah wollte ihn beschwichtigen, unterließ es dann doch. Irgend etwas stimmte nicht, und ihr Riecher sagte ihr, daß sich Ärger zusammenbraute.

Die Türglocke läutete. Ein reumütiger Gepäckträger brachte ihre Koffer. »Entschuldigung, daß es so lange gedauert hat, Mr. Meehan. Seit die Umbauten im Gange sind, benutzen so viele Bewohner den Lastenaufzug, daß die Angestellten Schlange stehen müssen.« Auf Willys Bitte brachte er das Gepäck ins Schlafzimmer, verabschiedete sich dann lächelnd, die Fünfdollarnote in der geschlossenen Hand.

Willy und Alvirah saßen in der Küche bei einer Kanne Tee. Willy starrte unverwandt auf den Champagner. »Ich ruf' mal bei Brian an«, entschied er.

»Der wird noch im Theater sein«, meinte Alvirah, schloß die Augen und konzentrierte sich und gab ihm die Nummer der Kasse.

Willy wählte, lauschte, legte dann auf. »Da läuft eine Tonbanddurchsage«, erklärte er. »Brians Stück ist abgesetzt. Sie geben bekannt, wie man die Rückerstattung für die Billetts kriegt.«

»Der arme Junge«, flüsterte Alvirah. »Versuch's mal in seiner Wohnung.«

»Nur der Anrufbeantworter«, verkündete er gleich darauf. »Ich hinterlasse ihm 'ne Nachricht.«

Alvirah merkte plötzlich, wie erschöpft sie war. Beim Abräumen machte sie sich klar, daß es fünf Uhr früh, englischer Zeit, war, sie also ein Recht darauf hatte, ihre sämtlichen Knochen schmerzhaft zu spüren. Sie stellte die Teetassen in den Geschirrspüler, zögerte, spülte dann die unbenutzten Champagnergläser aus und deponierte sie ebenfalls in der Maschine. Ihre Freundin, die Baronin Min von Schreiber – ihr gehörte Cypress Point Spa, wohin Alvirah sich nach dem Lotteriegewinn zwecks gründlicher Regeneration begeben hatte –, pflegte ihr einzuschärfen, daß man teure Weine nicht stehend aufbewahren dürfe. Mit einem feuchten Schwamm rieb sie die ungeöffnete

Flasche kräftig ab, ebenso das silberne Tablett und den Weinkühler und verstaute alles. Sie löschte das Licht und ging ins Schlafzimmer.

Willy hatte angefangen auszupacken. Alvirah mochte das Schlafzimmer, das für den Börsenmakler, einen Junggesellen, eingerichtet worden war: ein überbreites Bett, ein dreiteiliger Toilettentisch, geräumige Nachttische, auf denen man Bücher, Lesebrillen und Salben für Alvirahs rheumatische Knie unterbringen konnte, und bequeme Sessel am Fenster. Das Dekor jedoch bestärkte sie in der Überzeugung, daß der Designer seine Berufung zum Trendsetter prägenden Kindheitseindrücken in der Arktis verdanken mußte. Weiße Bettdecke. Weiße Vorhänge. Weißer Teppich.

Der Gepäckträger hatte Alvirahs Kleidersack auf dem Bett deponiert. Sie öffnete ihn und begann die Kostüme und Kleider herauszunehmen. Baronin von Schreiber flehte sie ständig an, ja nicht allein einkaufen zu gehen. »Du bist das geborene Opfer für Verkäuferinnen, die Anweisung haben, die Fehlgriffe des Einkäufers loszuschlagen, Alvirah«, argumentierte Min. »Sie wittern dein Kommen, während du noch im Fahrstuhl bist. Ich bin oft genug in New York. Du besuchst Cypress Point Spa mehrmals im Jahr. Ich werde mit dir einkaufen gehen.«

Alvirah fragte sich, ob Min wohl das Schottenkostüm in Orange und Pink gutheißen würde, von dem die Verkäuferin bei Harrod's so geschwärmt hatte. Mit Sicherheit nicht ...

Die Arme voller Kleider, öffnete sie die Tür zum Wandschrank, blickte nach unten und stieß einen Schrei aus. Auf dem Teppichboden, zwischen Alvirahs aufgereihten Maßschuhen, Größe 42, extra weit, lag die Leiche einer schlanken jungen Frau: starrende grüne Augen, von blonden Locken umrahmtes Gesicht, Zunge ein wenig herausgestreckt und um den Hals die fehlende Vorhangschlaufe.

»Großer Gott!« ächzte Alvirah, als ihr die Kleider aus den Armen fielen.

»Was ist denn los, Schatz?« erkundigte sich Willy, der zu ihr eilte. »Ach, du lieber Himmel«, flüsterte er. »Wer zum Teufel ist das?«

»Es ist . . . Es ist . . . du weißt schon. Die Schauspielerin. Die Hauptdarstellerin in Brians Stück. Von der er so begeistert ist.« Alvirah kniff die Augen zu, erleichtert, nicht in das starre, wächserne Gesicht der Leiche zu ihren Füßen sehen zu müssen. »Fiona ist das. Fiona Winters.«

Willy führte Alvirah sicher zu der niedrigen Couch im Wohnzimmer, auf der sie immer glaubte, ihre Knie müßten sich gleich ins Kinn bohren. Als er die Nummer 911 wählte, zwang sie sich, klar zu denken. Man brauchte keine Leuchte zu sein, um zu wissen, daß diese Sache sehr übel für Brian aussehen könnte, ich muß also mein Gedächtnis anstrengen, mich möglichst an alles erinnern, was ich von dem Mädchen weiß. Sie war so gemein zu Brian. Hatten sie Streit?

Willy durchquerte das Zimmer, setzte sich neben sie, ergriff ihre Hand. »Es kommt alles in Ordnung, Schatz«, tröstete er sie. »Die Polizei ist in ein paar Minuten hier.«

»Ruf noch mal bei Brian an«, meinte Alvirah.

»Gute Idee.« Willy wählte rasch die Nummer. »Bloß wieder das verdammte Ding. Ich hinterlasse noch 'ne Nachricht. Ruh dich 'n bißchen aus.«

Alvirah nickte, schloß die Augen und konzentrierte sich sofort auf den Abend im vergangenen April, als Brians Stück Premiere hatte.

Das Theater war gerappelt voll. Brian verschaffte ihnen Plätze in der ersten Reihe, Mitte, und Alvirah trug ihr neues Kleid, schwarz und silbern, mit Ziermünzen benäht. Das Stück, *Gratwanderungen*, spielte in Nebraska und handelte von einem Familientreffen. Fiona Winters spielte die Vertreterin der Schickeria, die ihre unbedarfte angeheiratete Verwandtschaft unsäglich anödet, und das sehr glaubhaft, wie Alvirah zugeben mußte. Die Darstellerin der zweiten Hauptrolle gefiel ihr wesentlich besser. Emmy Laker hatte leuchtend rotes Haar, blaue Augen und lieferte mit einer Mischung aus Komik und Nachdenklichkeit eine perfekte Charakterstudie.

Die Darsteller erhielten stehende Ovationen, und Alvirah platzte fast vor Stolz, als der Ruf nach dem Autor ertönte und Brian auf die Bühne kam. Ihm wurde ein Blumenstrauß überreicht, er beugte sich über die Rampe und gab ihn weiter an Alvirah, die zu weinen begann.

Die Premierenfeier fand im Obergeschoß von Gallagher's Steak House statt. Brian plazierte Alvirah und Fiona Winters neben sich. Willy und Emmy Laker saßen gegenüber. Alvirah brauchte nicht lange, um die Lage zu peilen. Brian wachte über Fiona Winters wie ein liebeskranker Volldiot. Sie strafte ihn mit Verachtung und ließ die anderen wissen, daß sie aus allerbesten Kreisen stammte: »Die Familie war entsetzt, als ich nach Foxcroft beschloß, zum Theater zu gehen.« Dann eröffnete sie Willy und Brian, die sich gerade an einer gemischten Bratenplatte, einer Spezialität des Hauses, delektierten, daß sie zur Risikogrupe der vom Herzinfarkt Bedrohten gehörten. Sie selber esse kein Fleisch.

Die hat jeden von uns in die Pfanne gehauen, erinnerte sich Alvirah. Mich fragte sie, ob ich die Putzarbeit vermisse. Dann erklärte sie mir, daß Brian unbedingt lernen müsse, sich anzuziehen, sie wundere sich, daß wir mit unserem Einkommen ihm da nicht unter die Arme griffen. Und als diese reizende Emmy Laker meinte, Brian habe über wichtigere Dinge nachzudenken als über seine Garderobe, fuhr sie ihr heftig über den Mund.

Auf dem Heimweg war sie sich mit Willy völlig einig, daß Brian noch viel lernen müsse, wenn er nicht merkte, was für eine miese Type Fiona war. »Ich hätt's gern, wenn er mit Emmy Laker zusammen wär'«, hatte Willy verkündet. »Wenn er den Verstand, den er mitbekommen hat, benutzen würde, dann wüßte er, daß sie ganz versessen auf ihn ist. Und daß Fiona kein unbeschriebenes Blatt ist. Sie muß gut und gern acht Jahre älter sein als er.«

Es läutete Sturm. Du lieber Himmel, dachte Alvirah, wenn ich doch nur eine Chance hätte, mit Brian zu reden.

119

Die nächsten Stunden verstrichen, blieben irgendwie nebelhaft. Als ihr Kopf etwas klarer wurde, merkte Alvirah, daß sie die verschiedenen Sparten von Gesetzeshütern, die in der Wohnung herumwimmelten, sehr wohl auseinanderzuhalten vermochte. Da waren zunächst die Polizisten in Uniform. Dann Kriminalbeamte, Fotografen, Leichenbeschauer. Sie und Willy saßen stumm nebeneinander und beobachteten alles.

Ihre Aussagen hatten die ersten beiden Polizisten aufgenommen. Um drei Uhr früh öffnete sich die Schlafzimmertür. »Schau nicht hin, Schatz«, sagte Willy. Doch Alvirah konnte den Blick nicht von der Tragbahre wenden, die zwei Männer mit düsterem Gesicht herausbrachten. Wenigstens war der Körper von Fiona Winters zugedeckt. Ruhe in Frieden, betete Alvirah, als sie das zerzauste blonde Haar und die hervorstehenden Lippen wiedersah. Sie war kein angenehmer Mensch, dachte sie, aber den Tod hat sie bestimmt nicht verdient.

Jemand ließ sich ihnen gegenüber nieder, ein langbeiniger Vierziger, der sich als Detective Rooney vorstellte. »Ich habe Ihre Artikel im *Globe* gelesen, Mrs. Meehan, und zwar mit dem größten Vergnügen«, sagte er zu Alvirah.

Willy lächelte verständnisvoll, doch Alvirah ließ sich nicht hinters Licht führen. Sie wußte, daß Rooney ihr Honig ums Mauls schmierte, um ihr Vertrauen zu gewinnen. Sie suchte fieberhaft nach Möglichkeiten, Brian zu schützen. Automatisch schaltete sie das Mikrofon in der rosettenförmigen Anstecknadel ein. So konnte sie später alles Gesagte noch einmal durchgehen.

Rooney zog seine Notizen zu Rate. »Wie Sie zuvor ausgesagt haben, sind Sie gerade erst von einem Auslandsurlaub zurückgekehrt und gegen zweiundzwanzig Uhr hier eingetroffen. Kurz darauf fanden Sie das Opfer, Fiona Winters. Sie erkannten Miss Winters, weil sie in dem Stück Ihres Neffen, Brian McCormack, die Hauptrolle spielte.«

Alvirah nickte. Sie merkte, daß Willy etwas sagen wollte, und legte ihm warnend die Hand auf den Arm. »Das ist richtig.«

»Soviel ich verstanden habe, sind Sie Miss Winters nur einmal persönlich begegnet«, fuhr Rooney fort. »Wie erklären Sie es sich, daß Sie in Ihrem Wandschrank ihr Ende fand?«

»Keine Ahnung«, entgegnete Alvirah.

»Wer hatte einen Schlüssel zu dieser Wohnung?«

Wieder spitzte Willy den Mund. Diesmal kniff ihn Alvirah in den Arm. »Schlüssel zu dieser Wohnung«, wiederholte sie nachdenklich. »Lassen Sie mich überlegen. Der Reinigungsdienst Eins-Zwei-Drei hat einen. Nein, eigentlich nicht direkt. Die holen sich einen beim Portier und geben ihn dort wieder ab, wenn sie fertig sind. Meine Freundin Maude hat einen Schlüssel. Sie kam am Muttertag übers Wochenende in die Stadt, weil sie mit ihrem Sohn und seiner Frau ins Theater gehen wollte. Die beiden haben 'ne Katze, und Maude ist allergisch gegen Katzen, da hat sie auf unserer Couch geschlafen. Dann hat Willys Schwester, Schwester Patricia, 'nen Schlüssel. Und dann . . .«

»Hat Ihr Neffe Brian McCormack einen Schlüssel, Mrs. Meehan?« unterbrach Rooney.

Alvirah biß sich auf die Lippen.

»Brian McCormack hat einen Schlüssel.« Diesmal sprach Rooney mit leicht erhobener Stimme. »Dem Portier zufolge hat er diese Wohnung während Ihrer Abwesenheit häufig benutzt. Übrigens liegt der Zeitpunkt des Todes nach Schätzung des Leichenbeschauers gestern zwischen elf und fünfzehn Uhr, wobei eine exakte Festlegung vor der Autopsie natürlich unmöglich ist.« Sein Ton wurde nachdenklich. »Zu erfahren, wo Brian McCormack in dieser Zeit war, dürfte aufschlußreich sein.«

Sie wurden informiert, daß sie nicht in der Wohnung bleiben könnten, bevor die Spurensuche Fingerabdrücke und sonstige Hinweise sichergestellt hätte. »Es ist alles so, wie Sie es vorgefunden haben?« fragte Rooney.

»Außer . . .«, begann Willy.

»Außer, daß wir eine Kanne Tee aufgebrüht haben«, fiel ihm Alvirah ins Wort. Von den Gläsern und dem Champagner kann ich ihnen immer noch erzählen, aber zurücknehmen kann ich nichts, dachte sie. Dieser Kriminalbeamte wird herausfinden, daß Brian verrückt nach Fiona war, und es als im Affekt begangenes Verbrechen einstufen. In diese Theorie mußte sich dann alles einfügen.

Rooney klappte seinen Notizblock zu. »Wie ich höre, stellt die Verwaltung eine möblierte Wohnung zur Verfügung, in der Sie übernachten können.«

Fünfzehn Minuten später lag Alvirah im Bett und kuschelte sich dankbar an den bereits eingedösten Willy. Bei aller Müdigkeit war es gar nicht so einfach, sich in einem fremden Bett zu entspannen. Das Ganze könnte sehr übel für Brian aussehen, dachte sie. Es muß eine Erklärung geben. Brian hätte sich niemals an einer Flasche Champagner zu fünfhundert Dollar vergriffen und Fiona Winters bestimmt nicht umgebracht. Aber wie hat sie in meinem Wandschrank ihr Ende gefunden?

Trotz der kurzen Nacht waren Alvirah und Willy um sieben wieder auf den Beinen. Der Schock, den sie beide erlitten hatten, ebbte ab, und nun setzten die Sorgen um Brian ein. »Kein Grund zur Aufregung«, meinte Alvirah ohne innere Überzeugung. »Wenn wir mit ihm sprechen, wird sich alles aufklären, da bin ich sicher. Mal sehen, ob wir wieder in unsere Wohnung reinkönnen.«

Sie zogen sich rasch an und eilten nach draußen. Carleton Rumson stand an den Fahrstühlen. Seine sonst rosige Gesichtsfarbe war fahl; dunkle Augensäcke machten ihn zehn Jahre älter. Wieder schaltete Alvirah automatisch das Mikrofon in ihrer Anstecknadel ein.

»Haben Sie schon von dem gräßlichen Mord in unserer Wohnung gehört, Mr. Rumson?« erkundigte sie sich.

Er drückte heftig auf den Fahstuhlknopf. »Ja, allerdings. Freunde im Haus haben uns angerufen. Schrecklich für die junge Dame, schrecklich auch für Sie.«

Der Lift kam. Als sie drin waren, sagte Rumson: »Mrs. Meehan, meine Frau hat mich noch mal an das Stück Ihres Neffen erinnert. Wir fliegen morgen früh nach Mexiko. Ich würde es furchtbar gern heute lesen.«

Alvirah fiel das Kinn herunter. »Oh, das ist wirklich fabelhaft von Ihrer Frau, daß sie deswegen so hinter Ihnen her ist. Wir schicken's Ihnen bestimmt rauf.«

Als sie und Willy auf ihrer Etage ausstiegen, sagte sie: »Das könnte für Brian der große Durchbruch sein. Vorausgesetzt, daß . . .« Sie hielt abrupt inne.

Vor ihrer Wohnungstür hielt ein Polizist Wache. Drinnen hatte die Spurensuche ihrerseits überall Spuren hinterlassen. Und gegenüber von Rooney saß Brian, verwirrt, hilflos. Er sprang auf. »Tut mit leid, Tante Alvirah. Das ist ja schrecklich für euch.«

Für Alvirah sah er wie ein Zehnjähriger aus. Sein T-Shirt und die Khakihose waren zerknittert; bei einer Flucht aus einem brennenden Gebäude hätte er auch nicht schlimmer aussehen können.

Alvirah strich ihm das rotblonde Haar aus der Stirn, während Willy seine Hand ergriff. »Bist du okay?« fragte er.

Brian lächelte gequält. »Ich denke schon.«

Rooney unterbrach: »Mr. McCormack ist eben gekommen, und ich wollte ihn davon in Kenntnis setzen, daß er im Fall Fiona Winters als tatverdächtig gilt und das Recht auf einen Anwalt hat.«

»Soll das ein Witz sein?« fragte Brian ungläubig.

»Ich mache keine Witze, mein Wort darauf.« Rooney zog ein Blatt aus der Brusttasche, las Brian seine Rechte vor und gab es ihm dann. »Lassen Sie mich bitte wissen, ob Sie das in allen Punkten verstanden haben.« Mit einem Blick auf Alvirah und Willy sagte er: »Unsere Leute sind fertig. Sie können jetzt in der Wohnung bleiben. Mr. McCormacks Aussage nehme ich im Präsidium auf.«

»Du sagst kein Wort, Brian, bis wir dir einen Anwalt besorgt haben«, befahl Willy.

Brian schüttelte den Kopf. »Ich habe nichts zu verbergen, Onkel Willy. Ich brauche keinen Anwalt.«

Alvirah gab Brian einen Kuß. »Sobald du's hinter dir hast, kommst du gleich wieder her.«

Der Zustand der Wohnung gab ihr einiges zu tun. Sie schickte Willy mit einer langen Einkaufsliste los, schärfte ihm ein, den Lastenaufzug zu benutzen und so den Reportern zu entwischen.

Während sie sich mit Staubsauger, Schrubber, Mop und Staubtuch betätigte, realisierte sie mit wachsender Furcht, daß Polizisten die obligate Rechtsbelehrung, den Miranda Act, nur dann verlesen, wenn sie einen wohlbegründeten Tatverdacht haben.

Am schwersten fiel es ihr, den Teppichboden im Wandschrank zu saugen. Sie meinte, die weit aufgerissenen Augen von Fiona Winters wieder emporstarren zu sehen. Das brachte sie auf einen Gedanken. Wenn Fiona von jemandem erwürgt worden war, der sich von hinten angeschlichen hatte, dann wäre sie nicht auf dem Rücken liegend, mit nach oben gewandtem Gesicht gefunden worden.

Alvirah stellte den Staubsauger ab. Sie dachte über die Fingerabdrücke auf dem Couchtisch nach. Wenn Fiona Winters auf der Couch gesessen, sich vielleicht etwas vorgebeugt hatte, während ihr Mörder auf der Rückseite stand, ihr die Vorhangschlaufe um den Hals legte und dann zudrehte, wäre da ihre Hand nicht automatisch zurückgezogen worden und hätte die Fingerabdrücke auf der Glasplatte hinterlassen? »Du lieber Himmel«, flüsterte Alvirah, »ich wette, ich hab' Beweismittel vernichtet.«

Als sie ihre Anstecknadel am Revers befestigte, läutete das Telefon. Baronin Min von Schreiber rief von Cypress Point Spa in Pebble Beach, Kalifornien, an, nachdem sie die Nachrichten gehört hatte. »Was hat sich diese gräßliche Person bloß dabei gedacht, sich ausgerechnet in deinem Wandschrank umbringen zu lassen?« fragte Min.

»Glaub mir, Min, ich bin ihr nur einmal begegnet, als wir

uns Brians Stück angesehen haben. Brian wird jetzt eben bei der Polizei vernommen. Ich bin krank vor Angst. Sie halten ihn für den Täter.«

»Du irrst dich, Alvirah. Du hast Fiona Winters hier bei uns getroffen.«

»Ausgeschlossen«, widersprach Alvirah energisch. »Die war so 'ne Nervensäge, die kann man gar nicht vergessen!«

Pause. »Ich überlege gerade. Du hast recht. Sie war zu einer anderen Zeit hier und hat mit ihrem Begleiter das Wochenende im Bungalow verbracht. Die beiden haben sich sogar die Mahlzeiten dort servieren lassen. Sie hat alles versucht, diesen Produzenten zu ködern. Ein dicker Fisch – Carleton Rumson. Du erinnerst dich doch an ihn, Alvirah? Du hast ihn einmal kennengelernt, als er allein hier war.«

Als Carleton Rumson mittags zurückkam, umlagerten ihn die Reporter und bestürmten ihn mit Fragen.

»Ja, Miss Winters hat in mehreren meiner Produktionen mitgewirkt. Nein, ich hatte keine Ahnung, daß sie sich im Hause aufhielt. Wenn Sie mich jetzt entschuldigen wollen, ich muß . . .«

Es gelang ihm, sich einen Weg durch die Menge zu bahnen. Hatte er tags zuvor etwas in dieser Wohnung angefaßt? Fingerabdrücke hinterlassen? Bei diesem Gedanken durchrieselte es ihn eiskalt.

Alvirah durchquerte das Wohnzimmer und trat auf die Terrasse. Die Luftfeuchtigkeit näherte sich dem Sättigungsgrad. Im Park regte sich kein Blatt. Trotzdem seufzte Alvirah befriedigt auf. Wie kann jemand, der in New York geboren ist, es lange woanders aushalten, fragte sie sich.

Willy brachte vom Einkaufen auch die Zeitungen mit. Eine Schlagzeile lautete *Mord in Central Park South;* eine andere *Lotteriegewinnerin findet Leiche.*

Alvirah las die Schauerberichte genau. »Ich hab' nicht geschrien und bin auch nicht in Ohnmacht gefallen«, spottete sie. »Wo haben die denn diese Schnapsidee her?«

»Laut *Post* hast du gerade die sagenhaft neue Garderobe aufgehängt, die du dir in London zugelegt hast«, sagte Willy.

»Von wegen sagenhafte neue Garderobe! Das einzige teure Stück, das ich gekauft habe, war das Schottenkostüm in Orange und Pink – und da weiß ich schon jetzt, Min schafft's, daß ich's verschenke.«

Es gab Artikel über die Vorgeschichte von Fiona Winters: der Bruch mit ihrer noblen Familie als sie zur Bühne ging. Ihre zwiespältige Karriere. Sie hatte einen Tony gewonnen, galt aber als extrem schwierig in der Zusammenarbeit, was sie eine Reihe von Traumrollen gekostet hatte. Ihr Zerwürfnis mit dem Dramatiker Brian McCormack, als sie abrupt aus seinem Stück *Gratwanderungen* ausstieg, das daraufhin abgesetzt werden mußte.

»Das Motiv«, bemerkte Alvirah tonlos. »Ab morgen wird der Fall in den Zeitungen verhandelt und Brian dann schuldig gesprochen.

Um halb eins kam Brian zurück. Nach einem Blick in sein aschfahles Gesicht befahl Alvirah, er solle sich hinsetzen. »Ich mache dir eine Kanne Tee und einen Hamburger«, erklärte sie. »Du siehst aus, als ob du jeden Augenblick umkippst.«

»Ich denke, ein Schluck Scotch wäre besser für ihn«, meinte Willy.

Brian brachte ein mattes Lächeln zustande. »Ich glaube, du hast recht, Onkel Willy.« Bei Hamburger und Fritten berichtete er, wie alles verlaufen war. »Ich habe nicht erwartet, daß sie mich wieder gehen lassen, das schwör' ich euch. Die sind felsenfest davon überzeugt, daß ich sie umgebracht habe.«

»Ist's dir recht, wenn ich mein Mikrofon einschalte?« fragte Alvirah. Sie machte sich an der Anstecknadel zu schaffen. »So, jetzt sagst du uns genau, was du ihnen erzählt hast.«

Brian runzelte die Stirn. »Eine Menge über meine persönliche Beziehung zu Fiona. Ich hatte die Nase voll von ihr und ihrem ganzen Gehabe und war dabei, mich in Emmy zu verlieben. Ich habe ihnen erzählt, daß es mir den Rest gegeben hat, wie sie ihre Rolle hinschmiß und die Aufführung platzen ließ.«

»Aber wie ist sie denn in meinen Wandschrank gekommen?« fragte Alvirah. »Du mußt sie doch in die Wohnung reingelassen haben.«

»Stimmt. Ich hab' viel hier gearbeitet. Ihr solltet zurückkommen, und da hab' ich vorgestern mein Zeug weggebracht. Gestern rief dann Fiona an, sie wär wieder in New York und würde gleich mal bei mir vorbeischauen. Aus Versehen habe ich meine Notizen für die Endfassung samt dem Korrekturexemplar hier zurückgelassen. Ich sagte ihr, es wäre Zeitverschwendung, ich wolle mir gerade hier meine Notizen holen, mich dann den ganzen Tag an die Schreibmaschine setzen und die Tür nicht aufmachen. Wie ich herkam, fand ich sie unten in der Halle vor. Ich wollte keine Szene und nahm sie mit nach oben.«

»Was wollte sie denn?« erkundigten sich Alvirah und Willy.

»Nichts Besonderes. Bloß die Hauptrolle in *Nächte in Nebraska.*«

»Nachdem sie im ersten Stück alles hingeschmissen hat!«

»Sie hat die Schau ihres Lebens abgezogen. Mich angefleht, ihr zu verzeihen. Sie wäre ein Vollidiot gewesen. Mit ihrer Rolle im Film wurde im Schneideraum kurzer Prozeß gemacht, und die schlechte Presse über den Theaterskandal hatte ihr geschadet. Sie wollte wissen, ob *Nächte in Nebraska* schon fertig wäre. Ich bin auch nur ein Mensch. Hab' damit angegeben, gesagt, es würde wohl 'ne Weile dauern, den geeigneten Produzenten zu finden, aber wenn ich den hätte, würde es ein Bombenerfolg.«

»Hatte sie's mal gelesen?« fragte Alvirah.

Brian betrachtete die Teeblätter in seiner Teetasse. »Zum Wahrsagen taugen die nicht viel«, meinte er. »Sie wußte, worum sich's handelt und daß 'ne tolle weibliche Hauptrolle drin ist.«

»Und die hast du ihr bestimmt nicht versprochen?« bohrte Alvirah.

Brian schüttelte den Kopf. »Tante Alvirah, ich weiß, sie hat mich zum Narren gehalten, aber daß sie mir solchen Schwachsinn zutraut, das konnte ich einfach nicht glauben. Sie bat mich, ein Abkommen zu treffen. Sie hätte Verbindung zu einem der wichtigsten Produzenten am Broadway. Wenn sie's ihm geben könnte und er's nähme, dann wollte sie die Diane spielen – die Beth, meine ich.«

»Wer ist das?« fragte Willy.

»Die weibliche Hauptrolle. Vergangene Nacht habe ich den Namen in der Endfassung geändert. Ich sagte Fiona, sie mache wohl Witze, aber wenn sie das zuwege brächte, würde ich's mir vielleicht überlegen. Dann habe ich meine Notizen zusammengepackt und versucht, sie rauszukomplimentieren. Sie hätte 'nen Vorsprechtermin im Lincoln Center und würde gern 'ne Stunde hierbleiben, sagte sie. Sie würde sich auch nicht von der Stelle rühren. Schließlich fand ich, es wäre wahrscheinlich gar nichts dabei, wenn ich sie da lasse und mich an die Arbeit machen kann. Gesehen habe ich sie zum letztenmal gegen zwölf, und da saß sie dort auf der Couch.«

»Wußte sie, daß du eine Kopie des neuen Stücks hier hattest?« fragte Alvirah.

»Klar. Ich hab's aus der Schreibtischschublade genommen, als ich die Notizen holte.« Er zeigte in Richtung Diele.

»Es liegt jetzt in der Schublade dort.«

Alvirah stand auf, eilte in die Diele und öffnete die Schublade. Sie war leer, wie sie erwartet hatte.

Emmy Laker hockte regungslos in dem riesigen Clubsessel in ihrer Atelierwohnung auf der West Side. Seitdem sie in den Siebenuhrnachrichten von Fionas Tod erfahren hatte, versuchte sie Brian zu erreichen. War er verhaftet worden? Verzweifelt starrte sie auf das Gepäck in der Zimmerecke. Fionas Gepäck.

Tags zuvor hatte es um halb neun Uhr morgens geläutet. Als sie die Tür aufmachte, rauschte Fiona herein. »Wie kannst du's nur aushalten in einem Haus ohne Fahrstuhl zu wohnen?« fragte sie. »Zum Glück war gerade ein Botenjunge auf Tour und hat mir das Zeug raufgetragen.« Sie stellte ihre Koffer ab und griff zur Zigarette. »Ich bin mit der Frühmaschine gekommen. War 'ne Kateridee, den Job zu akzeptieren. Ich hab' dem Regisseur die Meinung gegeigt, und er hat mich gefeuert. Hab' versucht, Brian zu erreichen. Hast du 'ne Ahnung, wo er steckt?«

Bei der Erinnerung wallte Wut auf in Emmy. »Ich habe sie gehaßt«, sagte sie laut. Sie sah Fiona so deutlich vor sich, als wäre sie noch im Zimmer, ihr zerzaustes blondes Haar, der hauteng einteilige Hosenanzug, der die makellose Figur voll zur Geltung brachte, die Katzenaugen, frech und anmaßend.

Sie war fest davon überzeugt, daß sie wieder in Brians Leben treten konnte, auch wenn sie ihn noch so schlecht behandelt hatte, dachte Emmy, und erinnerte sich an all die Monate, in denen sie beim Anblick von Brian mit Fiona Höllenqualen ausgestanden hatte. Wäre es wieder dazu gekommen? Tags zuvor hatte sie es für denkbar gehalten.

Fiona rief ununterbrochen bei Brian an, bis sie ihn endlich erreichte. Als sie den Hörer auflegte, sagte sie: »Hast du was dagegen, wenn ich meine Koffer hierlasse? Er ist auf dem Weg zum Traumschloß der Putzfrau. Ich werd' ihn abfangen.« Dann zuckte sie die Achseln. »Er ist so 'n verdammter Spießer, dabei sind erstaunlich viele Leute an der Westküste über ihn im Bilde. Ich muß schon sagen, nach allem, was ich über *Nächte in Nebraska* gehört habe, sind da sämtliche Voraussetzungen für 'nen richtigen Knüller drin – und ich hab' vor, die Hauptrolle zu spielen.«

Emmy erhob sich. Ihr Körper war steif und schmerzte. Die uralte Klimaanlage ratterte und keuchte, aber trotzdem war es heiß und feucht im Zimmer. Eine kalte Dusche und eine Tasse Kaffee, dachte sie. Vielleicht bekomme ich dann einen klaren Kopf. Sie wollte Brian sehen. Sie wollte ihn in die Arme schließen. Es tut mir kein bißchen leid, daß Fiona tot ist, gestand sie sich ein, aber wie kannst du erwarten, Brian, daß du ungestraft davonkommst?

Sie hatte sich gerade ein T-Shirt zum Baumwollrock übergestreift und ihr langes, leuchtend rotes Haar zu einem Nackenknoten gedreht, als es an der Haustür klingelte. Über die Sprechanlage teilte der Kriminalbeamte Rooney mit, er sei unterwegs nach oben.

»Allmählich ergibt das Sinn«, sagte Alvirah. »Hast du irgend etwas ausgelassen, Brian? Zum Beispiel, ob du die Flasche Champagner, Hausmarke der Queen, gestern in den silbernen Weinkühler gestellt hast?«

Brian war konsterniert. »Warum sollte ich das tun?«

»Das hab' ich ja auch nicht angenommen. Meine Güte, so 'ne unglaubliche Geschichte. Fiona hat nicht hier rumgelungert, weil sie zum Vorsprechen mußte. Ich gehe jede Wette ein, daß sie Carleton Rumson angerufen und hergebeten hat. Deshalb standen die Gläser und der Champagner hier. Sie gab ihm das Manuskript, und dann sind sie sich in die Haare geraten, wer weiß, warum. Ich hab' nämlich meine kleinen grauen Zellen mobilisiert. Fahr jetzt nach Hause, Brian, und hol die Endfassung von deinem Stück. Ich hab' mit Carleton Rumson, dem Produzenten, darüber gesprochen, er möchte sich's heute ansehen.«

»Carleton Rumson!« rief Brian. »Der ist doch am Broadway die Nummer eins und am schwersten zu erreichen. Du mußt zaubern können!«

»Ich erzähle dir das später. Er verreist mit seiner Frau, deshalb laß uns das Eisen schmieden, solange es heiß ist.«

Brian schaute zum Telefon hinüber. »Ich müßte Emmy anrufen. Sie hat das mit Fiona inzwischen bestimmt erfahren.« Er wählte die Nummer, wartete, sagte dann enttäuscht: »Sie ist anscheinend nicht zu Hause.«

Emmy war sicher, daß der Anruf von Brian kam, machte aber keine Anstalten, den Hörer abzunehmen. Der magere Mann mit dem finsteren Gesicht ihr gegenüber hatte sie gerade gebeten, genau zu schildern, was sie am Vortag getan hatte. Emmy wählte ihre Worte sorgfältig. »Ich bin vormittags gegen elf zum Jogging gegangen. Gegen halb zwei bin ich zurückgekommen und den Rest des Tages zu Hause geblieben.«

»Allein?«

»Ja.«

»Haben Sie Fiona Winters gestern gesehen?«

Emmys Blick glitt in die Ecke, wo die Koffer gestapelt waren. »Ich . . .« Sie hielt inne.

»Miss Laker, ich muß Sie wohl darauf aufmerksam machen, daß es zu Ihrem Vorteil ist, wenn Sie ganz wahrheitsgemäß antworten.« Rooney zog seine Aufzeichnungen zu Rate. »Fiona Winters kam mit einer Maschine aus Los Angeles, die etwa um sieben Uhr dreißig landete. Sie nahm sich ein Taxi und fuhr hierher. Ein Botenjunge, der sie erkannte, half ihr mit dem Gepäck. Sie erzählte ihm, daß Sie sich nicht gerade freuen würden, sie zu sehen, weil Sie hinter ihrem Freund her seien. Als Miss Winters ging, folgten Sie ihr. Ein Pförtner vom Central Park South hat Sie erkannt. Sie saßen auf einer Bank gegenüber, beobachteten das Haus annähernd zwei Stunden lang und betraten es dann durch den Lieferanteneingang, den die Maler abgesichert und offengelassen hatten.« Rooney beugte sich vor. Sein Ton wurde vertraulich. »Sie fuhren nach oben zu der Wohnung der Meehans, stimmt's? War Miss Winters schon tot?«

Emmy starrte ihre Hände an. Brian neckte sie immer damit, daß sie so klein wären. »Aber kräftig«, lachte er, wenn sie miteinander rangen. Brian. Was sie auch sagte, sie würde ihm schaden. Sie blickte Rooney an. »Ich möchte mit einem Anwalt sprechen.«

Rooney stand auf. »Das ist selbstverständlich Ihr gutes Recht. Ich möchte Sie jedoch daran erinnern, daß Sie sich mitschuldig machen können, wenn Brian McCormack seine ehemalige Geliebte tatsächlich ermordet hat und Sie Beweise zurückhalten. Und damit tun Sie ihm keinen Gefallen, das versichere ich Ihnen.«

Als Brian in seine Wohnung kam, fand er eine Nachricht von Emmy auf dem Anrufbeantworter vor. »Ruf mich an, Brian. Bitte.« Mit fliegenden Fingern wählte er ihre Nummer.

»Hallo«, flüsterte sie.

»Emmy, was ist los? Ich hab's schon mal versucht, aber da warst du nicht zu Hause.«

»Ich war hier. Ein Kriminalbeamter hat mich besucht. Ich muß dich unbedingt sehen, Brian.«

»Nimm dir ein Taxi und komm in die Wohnung meiner Tante. Ich bin auf dem Weg dorthin.«

»Ich möchte allein mit dir reden. Es geht um Fiona. Sie war gestern hier bei mir. Ich bin ihr gefolgt.«

Brian schnürte es die Kehle zu. »Kein Wort mehr am Telefon.«

Um vier Uhr nachmittags läutete es stürmisch. Alvirah sprang auf. »Brian hat seinen Schlüssel vergessen«, erklärte sie Willy. »Ich hab' ihn auf dem Tisch in der Diele gesehen.«

Doch vor der Tür stand Carleton Rumson. »Mrs. Meehan, bitte entschuldigen Sie die Störung.« Damit trat er ein. »Ich erwähnte einem meiner Assistenten gegenüber, daß ich mir das Stück Ihres Neffen mal anschauen will. Er hat offenbar den Erstling gesehen und sehr gut gefunden.« Rumson ließ sich im Wohnzimmer nieder, trommelte nervös auf der Glasplatte des Couchtisches herum.

»Kann ich Ihnen etwas zu trinken anbieten?« erkundigte sich Willy. »Vielleicht ein Bier?«

»Aber Willy«, tadelte ihn Alvirah. »Ich bin sicher, Mr. Rumson trinkt nur erstklassigen Champagner. Hab' ich wohl in *People* gelesen.«

»Stimmt genau, aber nicht jetzt, vielen Dank.« Rumsons Miene war durchaus freundlich, doch Alvirah registrierte das heftige Pulsieren an seiner Kehle. »Wo kann ich Ihren Neffen erreichen?«

»Er muß jeden Augenblick hier sein. Ich rufe Sie dann sofort an.«

»Ich lese sehr schnell. Wenn Sie mir das Manuskript heraufschicken würden, könnten er und ich uns ungefähr eine Stunde später zusammensetzen.«

Nachdem Rumson sich verabschiedet hatte, fragte Alvirah: »Was meinst du, Willy?«

»Daß er für 'nen Starproduzenten ein ziemliches Nervenbündel ist. Ich kann Leute nicht ausstehen, die auf Tischen rumtrommeln. Macht mich ganz kribbelig.«

»Ihn hat's kribbelig gemacht, daß er hier nicht zum Zug gekommen ist.« Alvirah lächelte geheimnisvoll.

Eine knappe Minute später klingelte es abermals. Alvirah eilte zur Tür. Emmy Laker, rote Haarsträhnen hatten sich aus dem Nackenknoten gelöst, eine riesige Sonnenbrille verdeckte das halbe Gesicht, das T-Shirt klebte an ihrem schlanken Oberkörper.

»Der Mann, der eben gegangen ist . . .« stammelte Emmy. »Wer war das?«

»Carleton Rumson, der Produzent«, erwiderte Alvirah rasch. »Wieso?«

»Weil . . .« Emmy nahm die Brille ab, sie hatte ganz verschwollene Augen.

Alvirah legte ihr beide Hände auf die Schultern. »Was ist los, Emmy?«

»Ich weiß nicht, was ich tun soll«, sagte Emmy. »Ich weiß wirklich nicht, was ich tun soll.«


Carleton Rumson kehrte in seine Wohnung zurück, Schweißperlen auf der Stirn. Diese Alvirah Meehan war kein Dummkopf. Der Seitenhieb mit dem Champagner war keine Höflichkeitsfloskel. Wieviel ahnte sie?

Victoria stand auf der Terrasse, die Hände locker auf das

Geländer gelegt. »Zum Donnerwetter, hast du die Anschläge nicht gelesen, die überall kleben?« fragte er. »Ein kräftiger Stoß, und das Geländer ist futsch.«

Victoria trug weiße Hosen und einen weißen Pullover. Ein wahrer Jammer, daß irgend jemand einmal in einer Modekolumne geschrieben hatte, eine hellblonde Schönheit wie Victoria Rumson sollte nie etwas anderes als Weiß tragen, dachte er mißmutig. Victoria hatte diesen Rat wörtlich genommen.

Sie entgegnete ruhig: »Das kenne ich, immer wenn dich etwas aus dem Gleichgewicht bringt, wirst du mir gegenüber ausfallend. Wußtest du, daß Fiona Winter sich hier im Haus aufgehalten hat? Vielleicht auf deine Bitte hin.«

»Vic, ich habe Fiona seit fast zwei Jahren nicht mehr gesehen. Wenn du mir nicht glaubst, ist das eben Pech.«

»Solange du sie nicht gestern gesehen hast, Darling. Wie ich höre, stellt die Polizei eine Menge Fragen. Dabei wird unweigerlich herauskommen, daß ihr beide, sie und du, 'ne Story abgegeben habt, wie's die Journalisten nennen. Bist du Brian McCormack auf der Spur geblieben? Ich hab' da wieder mal den gewissen Riecher.«

Rumson räusperte sich. »Diese Alvirah Meehan will McCormack veranlassen, mir das Stück zu bringen. Sobald ich's gelesen habe, gehe ich runter und treffe ihn.«

»Laß es mich auch lesen. Dann könnte ich mitkommen. Ich würde brennend gern sehen, wie eine Putzfrau eingerichtet ist.« Sie hakte ihren Mann unter. »Mein armer Darling. Warum bist du so nervös?«

Als Brian, sein Stück unter dem Arm, in die Wohnung stürzte, lag Emmy auf der Couch. Alvirah machte die Tür hinter ihm zu und beobachtete, wie er sich neben Emmy hinkniete und sie in die Arme schloß. »Ich geh' nach hinten und laß euch ungestört reden.«

Willy war im Schlafzimmer und breitete Kleidungsstücke aus. »Welche Jacke, Schatz?« Er hielt zwei Sportsakkos hoch.

Alvirah runzelte die Stirn. »Du möchtest nett aussehen, wenn Pete seine Pensionierung feiert, aber es soll nicht angeberisch wirken. Zieh die blaue Jacke an und dazu das weiße Sporthemd.«

»Ich laß dich trotzdem ungern allein heute abend«, protestierte Willy.

»Du darfst bei Petes Dinner nicht fehlen«, erklärte Alvirah bestimmt. »Und wenn's zu sehr rundgeht, Willy, dann mußt du mir versprechen, daß du nicht nach Hause fährst, sondern in der alten Wohnung übernachtest. Du weißt doch, wie du loslegen kannst, wenn du mit den Brüdern zusammen bist.«

Willy lächelte verdattert. »Du meinst, wenn ich ›Danny Boy‹ öfter als zweimal singe, ist das 'n Alarmzeichen.«

»Genau.«

»Schatz, ich bin so kaputt von der Reise und dem Schreck letzte Nacht, daß ich ebensogern bei Pete ein paar Bierchen kippen und dann heimkommen würde.«

»Das wäre unfreundlich. Pete ist auf unserer Party zum Lotteriegewinn bis zum Morgen geblieben, als der Verkehr auf der Schnellstraße schon voll im Gange war. Jetzt müssen wir mit den jungen Leuten reden.«

Im Wohnzimmer saßen Emmy und Brian Hand in Hand nebeneinander. »Habt ihr zwei schon alles geklärt?« erkundigte sich Alvirah.

»Nicht direkt«, sagte Brian. »Als Emmy es ablehnte, Rooneys Fragen zu beantworten, hat er ihr offenbar heftig zugesetzt.«

Alvirah schaltete ihr Mikrofon ein. »Ich muß alles wissen, was er von Ihnen gewollt hat.«

Emmy berichtete zögernd. Ihre Stimme wurde ruhiger, und ihre Sicherheit kehrte zurück, als sie sagte: »Man wird dich anklagen, Brian. Er will mich dazu bringen, Dinge zu äußern, die dir schaden.«

»Du meinst, du beschützt mich.« Brian machte ein erstauntes Gesicht. »Das ist nicht notwendig. Ich habe nichts getan. Ich dachte . . .«

»Du dachtest, Emmy sitzt in der Klemme«, ergänzte Alvirah. Sie ließ sich mit Willy auf der gegenüberliegenden Seite der Couch nieder und musterte die beiden. Ihr wurde klar, daß Brian und Emmy direkt vor der Stelle saßen, wo die Tischplatte mit Fingerabdrücken übersät gewesen war. Der Vorhang befand sich etwas mehr rechts. Wer immer auf der Couch saß, hatte die Schlaufe genau im Blickfeld gehabt. »Ich werde euch beiden jetzt etwas erzählen«, verkündete sie. »Jeder von euch denkt, der andere könnte vielleicht was damit zu tun haben – und ihr irrt euch beide. Hast du irgend etwas verschwiegen über deine gestrige Begegnung mit Fiona Winters, Brian?«

»Nicht das geringste«, erwiderte er.

»Gut. Jetzt sind Sie dran, Emmy.«

Emmy ging zum Fenster hinüber. »Ich mag diese Aussicht.« Sie wandte sich zu Alvirah und Willy. »Als Fiona gestern meine Wohnung verließ, um sich mit Brian zu treffen, habe ich wohl etwas durchgedreht. Er ist ja so auf sie fixiert gewesen. Fiona gehört – gehörte zu den Frauen, die nur mit dem Finger zu schnippen brauchen. Ich hatte Angst, daß Brian wieder mit ihr anbändelt.«

»Niemals . . .«, protestierte Brian.

»Du hältst den Mund«, kommandierte Alvirah.

»Ich habe lange auf der Parkbank gesessen«, fuhr Emmy fort. »Ich sah Brian weggehen. Als Fiona nicht runterkam, dachte ich zuerst, vielleicht hat Brian ihr gesagt, sie solle warten. Endlich entschloß ich mich zur Auseinandersetzung mit ihr. Ich fuhr mit dem Lastenaufzug nach oben, weil ich von niemandem gesehen werden wollte. Ich läutete an der Wohnungstür, wartete, läutete noch mal und ging dann.«

»Das ist alles?« fragte Brian. »Warum hattest du Angst, das Rooney zu erzählen?«

»Weil sie dachte, als sie von Fionas Tod erfuhr, daß du sie da bereits umgebracht hattest und sie deshalb nicht mehr aufmachen konnte.« Alvirah beugte sich vor.

»Warum haben Sie sich vorhin nach Carleton Rumson erkundigt, Emmy? Sie haben ihn gestern gesehen, stimmt's?«

»Als ich den Korridor entlanglief, ging er vor mir zum Personenaufzug. Er kam mir bekannt vor, erkannt habe ich ihn aber erst, als ich ihn eben wiedersah.«

Alvirah stand auf. »Ich denke, wir sollten Mr. Rumson anrufen und ihn bitten, herunterzukommen, und ich denke, wir sollten Rooney ebenfalls telefonisch herbitten. Aber zuerst gibst du Willy dein Stück, Brian, damit er's den Rumsons raufbringt. Mal überlegen. Jetzt ist's kurz vor fünf. Rumson soll anrufen, wenn er's gelesen hat und es zurückbringen kann, sag ihm das bitte, Willy.«

Der Summer der Sprechanlage ertönte. Willy meldete sich. »Rooney ist unten. Er sucht dich, Brian.«

Rooney gab sich kalt und unpersönlich. »Mr. McCormack, ich muß Sie bittenn, mich zwecks weiterer Vernehmung aufs Revier zu begleiten. Über Ihre Rechte sind Sie informiert worden. Ich wiederhole, daß alles, was Sie sagen, gegen Sie verwendet werden kann.«

»Er wird nirgendwohin gehen«, erklärte Alvirah energisch. »Ich hab' Ihnen allerhand mitzuteilen, Mr. Rooney.«

Zwei Stunden später, kurz vor sieben, rief Carleton Rumson an. Alvirah und Willy hatten Rooney von dem Champagner und den Gläsern, von den Fingerabdrücken auf dem Couchtisch und von Emmys Begegnung mit Carleton Rumson berichtet, aber nichts davon machte sonderlichen Eindruck, wie Alvirah feststellte. Er sperrte sich gegen alles, was nicht zu seiner Theorie über Brian paßt, dachte sie.

Ein paar Minuten darauf sah Alvirah zu ihrem Erstaunen beide Rumsons hereinkommen. Victoria Rumson lächelte herzlich. Als sie mit Brian bekannt gemacht wurde, ergriff sie seine Hände und sagte: »Sie sind ein junger Neil Simon. Ich habe Ihr Stück gelesen. Gratuliere.«

Als Rooney vorgestellt wurde, verfärbte sich Carleton Rumsons Gesicht aschgrau. Er wandte sich stammelnd an

Brian: »Tut mir furchtbar leid, daß ich ausgerechnet jetzt störe. Ich mach's ganz kurz. Ihr Stück ist großartig. Ich möchte eine Option darauf. Bitte veranlassen Sie Ihren Agenten, daß er sich morgen mit meinem Büro in Verbindung setzt.«

Victoria Rumson stand an der Terrassentür. »Sie waren so gescheit, die Aussicht nicht zu verdecken«, lobte sie Alvirah. »Mein Dekorateur hat auf Gardinen und Vorhängen bestanden und damit das Panorama auf Postkartengröße reduziert.«

Kein Zweifel, sie hat auf Charme geschaltet, dachte Alvirah.

»Wir sollten wohl alle besser Platz nehmen«, schlug Rooney vor. Und dann: »Mr. Rumson, Sie kannten Fiona Winters.«

Sie habe Rooney vielleicht doch unterschätzt, vermutete Alvirah. Er beugte sich vor, in seinem Gesicht spiegelte sich gespannte Aufmerksamkeit.

»Miss Winters hat vor ein paar Jahren in mehreren meiner Produktionen mitgewirkt«, erklärte Rumson.

Er saß auf einer Couch neben seiner Frau. Alvirah bemerkte, daß er nervös zu ihr herüberblickte.

»Was vor Jahren war, interessiert mich nicht«, erklärte Rooney. »Mich interessiert, was gestern passiert ist. Haben Sie sie gesehen?«

»Nein.« Für Alvirah hörte sich das gezwungen an; Rumson befand sich in der Defensive . . .

»Hat sie Sie aus dieser Wohnung angerufen?« fragte sie.

»Ich stelle hier die Fragen, Mrs. Meehan, wenn Sie nichts dagegen haben.«

»Reden Sie nicht in dem Ton mit meiner Frau«, ereiferte sich Willy.

»Ich meinte ja bloß, wenn sie von hier aus telefoniert hat, gibt's davon 'ne Aufzeichnung, und da wollte ich vermeiden, daß Mr. Rumson durch 'ne Lüge ins Gedränge kommt.«

Victoria Rumson tätschelte den Arm ihres Mannes.

»Ich glaube, du willst meine Gefühle schonen, Darling. Falls diese unmögliche Person dich wieder belästigt hat, nimm bitte keine Rücksicht auf mich und sag genau, was sie von dir wollte.«

Vor ihren Augen schien Rumson sichtbar zu altern. Als er zu sprechen begann, klang seine Stimme matt, erschöpft. »Wie ich Ihnen bereits sagte, hat Fiona Winters in mehreren meiner Produktionen gespielt. Sie . . .«

»Sie hatte auch eine persönliche Beziehung mit Ihnen«, warf Alvirah ein. »Sie haben sie häufig mitgebracht nach Cypress Point Spa.«

»Ich habe seit mehreren Jahren nichts mit Fiona Winters zu tun gehabt. Ja, sie hat gestern gegen Mittag angerufen. Sie hatte ein Stück an der Hand, das sie mir zu lesen geben wollte. Es erfüllte sämtliche Voraussetzungen für einen Kassenschlager, versicherte sie mir, und sie wolle die Hauptrolle spielen. Ich erwartete ein Ferngespräch aus Europa und willigte ein, sie in etwa einer Stunde hier unten aufzusuchen.«

»Das bedeutet, sie hat angerufen, nachdem Brian gegangen war«, triumphierte Alvirah. »Deshalb standen die Gläser und der Champagner bereit. Sie waren für Sie bestimmt.«

»Sind Sie in diese Wohnung gekommen, Mr. Rumson?« fragte Rooney.

Wieder zögerte Rumson.

»Ist schon in Ordnung, Darling«, redete ihm Victoria Rumson sanft zu.

Ohne Rooney dabei anzublicken, verkündete Alvirah: »Emmy hat Sie hier auf dem Korridor kurz nach eins gesehen.«

Rumson sprang auf. »Mrs. Meehan, ich verbitte mir alle weiteren Anspielungen! Ich befürchtete, Fiona würde mich nicht in Ruhe lassen, wenn ich nicht reinen Tisch machte. Also kam ich her und klingelte. Es rührte sich nichts. Die Tür war nicht richtig zu, ich stieß sie auf und rief nach ihr. Wenn ich schon mal da war, wollte ich's auch hinter mich bringen.«

»Haben Sie die Wohnung betreten?« fragte Rooney.

»Ja. Ich durchquerte dieses Zimmer, steckte den Kopf in die Küche und warf einen Blick ins Schlafzimmer. Sie war nirgends zu sehen. Ich hoffte, sie hätte sich das mit dem Treffen anders überlegt, und war erleichtert, das kann ich Ihnen versichern. Als ich dann heute früh die Nachrichten hörte, hatte ich nur einen Gedanken – vielleicht lag ihre Leiche in dem Wandschrank, während ich unten war, und dann würde ich ins Kreuzfeuer geraten.« Und an seine Frau gewandt: »Im Kreuzfeuer stehe ich ja wohl schon, aber ich schwöre, das ist die Wahrheit.«

Victoria berührte seine Hand. »Ausgeschlossen, daß man dich da hineinzieht. Wie konnte diese unverschämte Person nur auf die Idee kommen, sie würde die Hauptrolle in *Nächte in Nebraska* spielen.« Victoria wandte sich an Emmy. »Jemand in Ihrem Alter sollte die Diane spielen.«

»Wird sie auch«, erklärte Brian. »Ich hab's ihr bloß noch nicht gesagt.«

Rooney klappte seinen Notizblock zu. »Mr. Rumson, ich muß Sie bitten, mich ins Präsidium zu begleiten. Von Ihnen, Miss Laker, hätte ich ebenfalls gern eine komplette Aussage. Mit Ihnen, Mr. McCormack, müssen wir uns nochmals unterhalten, und ich rate Ihnen dringend, sich einen Anwalt zu nehmen.«

»Einen Augenblick bitte«, sage Alvirah ungehalten. »Ich kann feststellen, daß Sie Mr. Rumson mehr Glauben schenken als Brian.« Da geht die Option auf das Stück flöten, aber das ist wichtiger, dachte sie. »Sie meinen damit, daß Brian möglicherweise aufbrechen wollte, sich dann entschloß, zurückzukommen und Fiona zu sagen, sie solle verschwinden und sie schließlich umgebracht hat. Ich erkläre Ihnen jetzt, wie's meiner Meinung nach gelaufen ist. Rumson tauchte hier auf und kriegte Krach mit Fiona. Er erwürgte sie, war aber schlau genug, das Manuskript mitzunehmen, das sie ihm zeigte.«

»Das ist von A bis Z falsch«, konterte Rumson gereizt.

»Ich wünsche hier keine weiteren Erörterungen«, ordnete

Rooney an. »Miss Laker, Mr. Rumson, Mr. McCormack, unten wartet ein Wagen.«

Als sich die Tür hinter ihnen schloß, nahm Willy Alvirah in die Arme. »Schätzchen, ich laß die Party bei Pete sausen. Du bist fix und fertig und darfst nicht allein bleiben.«

Alvirah drückte ihn an sich. »Nein, kommt gar nicht in Frage. Ich habe alles aufgezeichnet. Ich muß das Band abhören, und das mache ich besser allein. Du amüsierst dich inzwischen gut.«

»Ich weiß schon – wenn ich ›Danny Boy‹ öfter als zweimal singe, soll ich in der alten Bude übernachten.«

Die Wohnung erschien unheimlich still, nachdem Willy gegangen war. Alvirah entschied sich für ein warmes Bad, das würde ihren steifen Körper lockern und den Kopf klar machen.

Danach zog sie ihr Lieblingsnachthemd an und Willys gestreiften Bademantel. Sie stellte den teuren Kassettenrecorder, den ihr der Chefredakteur vom *New York Globe* gekauft hatte, auf den Eßzimmertisch, nahm die winzige Kassette aus der Rosette, legte sie ein und drückte auf die Rücklauftaste. Für den Fall, daß sie ihre Gedanken laut artikulieren wollte, schob sie eine neue Kassette hinten in die Brosche, die sie am Bademantel befestigte. Sie saß da, hörte sich ihre Gespräche mit Brian an, mit Rooney, mit Emmy, mit den Rumsons.

Was war es, das sie an Carleton Rumson so heftig irritierte? Systematisch ließ sie die erste Begegnung mit den Rumsons Revue passieren. An jenem Abend war er ganz schön frostig, aber als wir am nächsten Morgen mit ihm zusammenprallten, hatte sich sein Ton gründlich verändert, er erinnerte mich sogar, daß er das neue Stück gleich lesen wollte. Brians Worte fielen ihr ein, daß niemand an Carleton Rumson herankommen könne.

Das ist's, dachte sie. Er wußte bereits, wie gut das Stück ist. Er konnte nicht zugeben, daß er es schon gelesen hatte. Abwarten, bis ich Rooney davon überzeugt habe . . .

Das Telefon läutete. Verdutzt eilte Alvirah an den Apparat. Emmy. »Mrs. Meehan«, flüsterte sie, »sie vernehmen Brian und Mr. Rumson immer noch, aber ich weiß, sie halten Brian für schuldig.«

»Ich hab' gerade alles ausgetüftelt«, jubelte Alvirah. »Wie gut konnten Sie Carleton Rumson gestern im Flur sehen?«

»Recht gut.«

»Dann konnten Sie doch auch sehen, daß er das Manuskript bei sich trug, stimmt's? Ich meine, wenn er die Wahrheit gesagt hat, daß er nur runtergegangen ist, um Fiona die Leviten zu lesen, dann hätte er das Manuskript garantiert nicht mitgenommen. Aber wenn sie sich darüber unterhalten haben und er darin gelesen hat, bevor er sie umbrachte, dann hätte er's eingesackt. Emmy, ich glaub', ich hab' den Fall gelöst.«

Emmys Stimme war kaum vernehmbar. »Mrs. Meehan, ich schwöre, Carleton Rumson hat nichts bei sich getragen, als ich ihn sah. Was ist, wenn mir Rooney nun diese Frage stellt? Mit einer wahrheitsgemäßen Antwort würde ich doch Brian schaden.«

»Sie müssen die Wahrheit sagen«, erwiderte Alvirah bekümmert. »Keine Sorge, mein Gehirn arbeitet immer noch auf Hochtouren.« Sie legte auf, schaltete den Kassettenrecorder wieder ein und begann die Bänder nochmals abzuspielen. Sie hörte ihre Gespräche mit Brian mehrfach ab. Er hatte ihr doch etwas erzählt, das ihr anscheinend entgangen war ...

Schließlich stand sie auf, weil sie fand, daß ein wenig frische Luft nicht schaden könnte. Frisch ist die New Yorker Luft ja nun nicht gerade, dachte sie, als sie die Terrassentür öffnete und hinaustrat. Diesmal ging sie geradewegs zur Brüstung und legte die Finger auf das Geländer. Wenn Willy hier wäre, würde er 'nen Koller kriegen, dachte sie, aber ich werde mich nicht aufstützen. Der Blick über den Park hat nur so etwas Beruhigendes. Ich glaube, der Tag, an dem Mama als Sechzehnjährige eine Schlittenfahrt durch den Park gemacht hat, zählte zu ihren schönsten Erinnerungen. Immer wieder hat sie davon gesprochen. Ihre Freundin Beth hatte sich das zum Geburtstag gewünscht.

Beth!

Beth!

Das ist es, dachte Alvirah. Wieder hörte sie Brian sagen, Fiona Winters wolle die Rolle der Diane spielen. Dann verbesserte er sich – ich meine, die Beth. Willy erkundigte sich, wer das sei, und Brian antwortete, so hieße die weibliche Hauptdarstellerin in seinem neuen Stück, er habe den Namen in der Endfassung geändert. Alvirah schaltete ihr Mikrofon ein und räusperte sich. Sie sollte das Ganze lieber festhalten. Dann könnte sie auf ihre unmittelbare Reaktion zurückgreifen, wenn sie den Artikel für den *Globe* schrieb. »Es war nicht Rumson, der Fiona Winters umbrachte«, sagte sie kategorisch. »Es war seine Frau, die ›einäugige Vicky‹. Sie war es, die Rumson drängte, das Stück zu lesen. Sie war es, die sagte, Emmy sollte die Diane spielen. Sie wußte nicht, daß Brian den Namen geändert hatte. Sie muß mitgehört haben, als Fiona ihren Mann anrief. Sie kam, während er auf seine Gespräche aus Europa wartete. Sie wollte nicht, daß Fiona sich abermals an Rumson heranmachte, brachte sie um, nahm dann das Manuskript an sich. Sie hat die Kopie gelesen, nicht die Endfassung.«

»Wie überaus scharfsinnig, Mrs. Meehan.«

Die Stimme erklang unmittelbar hinter ihr. Alvirah spürte kräftige Hände in ihrem Kreuz. Sie versuchte sich umzudrehen und fühlte, wie ihr Körper gegen Brüstung und Geländer gedrückt wurde. Wie ist Victoria Rumson hier hereingekommen, überlegte sie, dann fiel ihr blitzartig ein, daß Brians Schlüssel auf dem Tisch gelegen hatte. Mit voller Kraft versuchte sie, sich auf ihre Angreiferin zu werfen, doch da traf sie ein Schlag seitlich am Hals und betäubte sie. Sie wurde herumgewirbelt und sackte am Geländer zusammen. Aus weiter Ferne nahm sie ein knirschendes, splitterndes Geräusch wahr und Willys Schreckensrufe.

Willy war nicht so lange geblieben, um auch nur einen Refrain von »Danny Boy« zu singen. Nach dem Dinner, ein paar Gläsern Bier und der Gratulationscour bei Pete hatte ihn eine innere Stimme gedrängt, nach Hause zu gehen. Als er die Wohnung betrat und die kämpfenden Gestalten an der Terrassenbrüstung sah, erstarrte er vor Entsetzen. Unter lauten Rufen nach Alvirah stürzte er durch das Zimmer.

»Komm rein, Schatz«, flehte er, »Komm zurück.« Dann wurde ihm klar, was die andere Frau tat. Er betrat die Terrasse, sah, wie sich ein Mauerteil löste und niederfiel, so daß neben Alvirah jetzt eine gähnende Lücke klaffte. Willy ging den zweiten Schritt darauf zu und kippte um.

Beth! Diane! Während der ganzen Taxifahrt vom Polizeirevier nach Central Park South balancierte Emmy auf der Sitzkante. Sie hatte dort gewartet, bis ihre Aussage getippt vorlag, in verzweifelter Angst um Brian; sie erinnerte sich, wie er sie angeschaut hatte, als er Victoria Rumson erzählte, daß sie die Hauptrolle in seinem neuen Stück spielen würde. An der Diane liegt mir nichts, wenn nur mit Brian alles in Ordnung ist, dachte sie. Nicht Diane, sondern Beth. Brian hatte den Namen geändert. Dann hörte sie Victoria Rumson sagen: »Sie sollten die Rolle der Diane spielen.« Damit paßte alles ins Bild. Victoria Rumson, von rasender Eifersucht erfüllt, Victoria, die ihren Mann vor ein paar Jahren beinahe an Fiona verloren hätte ...

Emmy war aufgesprungen und aus dem Revier davongestürzt. Sie mußte mit Alvirah sprechen, bevor sie ein Wort zu den Polizisten sagte. Sie hörte einen Polizisten hinter sich herrufen, reagierte jedoch nicht, als sie dem Taxi winkte.

In Central Park South angekommen, raste sie zum Fahrstuhl. Als sie den Flur entlangging, hörte sie Willy schreien. Die Tür war offen. Sie sah Willy die Terrasse betreten und umfallen. Sie sah die Silhouetten von zwei Frauen und erkannte, was sich da abspielte.

Wie ein geölter Blitz raste Emmy auf die Terrasse. Sie fand

sich Alvirah gegenüber, die über dem Abgrund hing. Ihre rechte Hand umklammerte den noch vorhandenen Teil des Geländers. Victoria Rumson schlug mit beiden Fäusten auf diese Hand ein.

Emmy packte Victorias Arme und drehte sie ihr auf dem Rücken zusammen. Victorias wütendes Wehgeschrei übertönte das Krachen, mit dem die Terrassenmauer auf die Straße stürzte. Emmy stieß sie beiseite und konnte die Kordel von Alvirahs Bademantel packen. Alvirah schwankte. Ihre Pantoffeln rutschten nach hinten weg. Ihr Körper schwebte 34 Etagen über dem Gehsteig. Mit äußerster Kraftanstrengung zerrte Emmy sie zurück, und sie fielen zusammen auf den bewußtlos daliegenden Willy.

Alvirah und Willy schliefen bis Mittag. Als sie endlich aufwachten, bestand Willy darauf, daß Alvirah liegenblieb. Er ging in die Küche, kam nach fünfzehn Minuten zurück mit einem Krug Orangensaft, einer Kanne Tee und einem Teller Toast. Nach der zweiten Tasse Tee war Alvirahs gewohnter Optimismus zurückgekehrt. »Junge, Junge, war das ein Segen, daß Rooney gleich nach Emmy reingeplatzt kam und sich Victoria Rumson geschnappt hat, bevor sie fliehen konnte. Und weißt du, was ich denke, Willy?«

»Ich weiß nie, was ich denken soll, Schatz«, seufzte Willy.

»Einer der Gründe, weshalb Carleton Rumson nie 'ne Scheidung verlangt hat, ist das Geld – er wollte keine Vermögensteilung. Wenn die einäugige Vicky im Kittchen sitzt, braucht er sich darüber keine Gedanken mehr zu machen. Und ich gehe jede Wette ein, daß er Brians Stück trotzdem herausbringt.«

Nach kurzer Pause fuhr Alvirah fort: »Und noch was, Willy. Ich möchte, daß du mit Brian sprichst und ihm sagst, er soll diese reizende Emmy lieber heiraten, bevor sie ihm ein anderer wegschnappt.« Sie strahlte. »Ich hab' auch genau das richtige Hochzeitsgeschenk für die beiden, jede Menge weißer Möbel.«

Es klingelte. Willy schlüpfte mit einiger Mühe in seinen

Morgenmantel und eilte zur Tür. Als er aufmachte, kamen Brian und Emmy hereinspaziert. Nach einem Blick in ihre freudestrahlenden Gesichter und auf die fest ineinander verschlungenen Hände meinte Willy: »Ich hoffe nur, daß Weiß eure Lieblingsfarbe ist.«

# Der Tod in der Thermosflasche

Hansjörg Martin

Sie waren die ganze Nacht gefahren und erreichten Kofelseeheim kurz nach sieben, als die Frau des Gemischtwarenhändlers Emberger gerade die Ladentür aufschloß, das
erste Zeitungsbündel ächzend auf den Tresen hob und
aufschnürte. Nebenan fegte vor dem Gasthof ›Erzherzog
Franz‹ ein untersetztes Mädchen das Steinpflaster. Der
Kittel, den es trug, sah sehr neu aus, und das leuchtende
Kornblumenblau des noch steifen Leinens bildete einen
heftigen Kontrast zum Rot der Mädchenhaut und zum fast
weißen Blond des Haares.
Theo Bennewitz bremste, ließ den Wagen rechts ranrollen
und schaltete die Zündung aus. »Wir sollten hier versuchen, Frühstück zu kriegen«, meinte er. »Ich weiß nicht,
Tilde, wie lange es noch dauert, bis wir oben auf der Alm
sind. Die haben was vom Hof im Tal gleich hinter Kofelseeheim geschrieben, wo wir das Auto stehenlassen können – aber wie das dann weitergeht . . .«
»Ich frage mal«, sagte Mathilde Bennewitz und drehte das
Fenster an ihrer Seite herunter.
Es kam aber niemand, den sie hätte fragen können. Steiri-
sche Kleinstadtluft wehte zum offenen Fenster herein und
vertrieb den sauerstoffarmen Mief aus Müdigkeit und viel
zu vielen Zigaretten, deren Reste sich in den Aschenbe-
chern am Armaturenbrett krümmten. Es roch nun nach
frischem Brot, Kaffee, Kuhstall, Wiese, Seife, Misthaufen
und – wie überall in der zivilisierten Welt – ein bißchen
nach Benzin, dem Protoplasma des sogenannten Fortschritts der Menschheit.

Theo streckte sich. Seine Schultern schmerzten. Sie hatten sich zwar abgelöst unterwegs, aber er war doch den weitaus größten Teil der elfhundert Kilometer gefahren, weil sie es auch auf der Autobahn nicht wagte, den Wagen voll auszufahren. Wenn der Tacho über hundertzwanzig stieg, klammerte sie sich so ängstlich ans Lenkrad, daß er nervös wurde. Er war es gewöhnt, lange Strecken zu fahren, aber die Serpentinenkurbelei der letzten anderthalb Stunden, seit sie die Autobahn verlassen hatten, war ihm doch in die Oberarmmuskeln gegangen.

»Gibt's bei Ihnen ein Frühstück?« rief Mathilde schließlich quer über die Straße dem blau-rot-blonden Mädchen zu.

»Haa?« fragte das Mädchen zurück, stützte sich auf den Besen und ließ nach dem langen A seiner Frage den Mund offen.

»Frühstück!« wiederholte Mathilde. »Ob wir schon Frühstück kriegen können!«

Das Mädchen drehte sich wortlos um, lehnte den Besen gegen die weißgetünchte Wand und verschwand mit klappernden Holzschuhen über die drei ausgetretenen Sandsteinstufen ins dämmrige Innere des Hauses. Ihr langgezogener Ruf »Cheeefin!«, der auf die Straße drang wie ein Hilfeschrei, ließ erkennen, daß Mathildes Frühstücksfrage etwas in Gang gesetzt hatte.

Sie warteten schweigend. Theo griff nach der Zigarettenschachtel, ließ sie dann aber doch ungeöffnet. Mathilde zog sich vor dem Spiegel der heruntergeklappten Sonnenblende die Lippen nach. Sie fröstelte.

Die Frau des Gemischtwarenhändlers Emberger brachte eine Zeitung aus dem Laden und befestigte sie an einem Drahtgestell neben der Tür. Die Schlagzeile schrie in drei Zentimeter großen Buchstaben:

MORD AUS LANGEWEILE

Theo Bennewitz konnte es vom Auto aus quer über die ganze Straße lesen. Langeweile – das können sie bei mir nicht schreiben, dachte er; Langeweile bestimmt nicht . . . Überdruß vielleicht. Nee, das trifft's auch nicht ganz. Widerwillen, ja – das wär's schon eher . . . Aber warum zerbrech ich mir den Kopf, zum Teufel? Es wird ja gar nicht zu so 'ner Schlagzeile kommen. Es kann ja gar nicht dazu kommen, weil niemand Tildes Tod als Mord . . .

»Da ist die Wirtin«, sagte Mathilde.

Eine dicke Frau stand im Gasthaustürrahmen und winkte ihnen zu. Sie trug eine knallbunt-großgeblümte Kittelschürze. Ihr überdimensionaler Busen, von doppeltfaustgroßen Sonnenblumen überspannt, wackelte, als sie winkte. Das sah aus, als nickten die Sonnenblumenblüten im Wind.

Theo gab sich einen Ruck. »Ja, dann woll'n wir mal!« sagte er und stieg aus. Seine Rückenwirbel schienen zu knarren, als er sich aufrichtete, und ein kleiner roter kreisender Schwindelanfall zwang ihn für Sekunden, die Augen zu schließen und sich am Autodach festzuhalten.

Mathilde sah es. »Ist dir nicht gut?« fragte sie. Es klang eher neugierig als besorgt.

»Doch, doch!« Er nickte vorsichtig. »Alles okay. Bißchen flau – weiter nichts. Ich bin hungrig . . . Mach bitte drüben die Verriegelung runter und das Fenster zu, ja?«

»Hier? Glaubst du, hier geht uns jemand ans Auto? Am hellichten Tag?«

»Peter Kirschmann haben sie mitten im Wald den ganzen Wagen ausgeräumt. Und er hat hundert Schritt entfernt nichts gehört.«

»Wer weiß, womit er beschäftigt war – im Wald!«

»Mit Fotografieren – irgendwie ausgefallenen Pflanzen. Er ist schließlich Botaniker, ja?«

»Na ja, im Wald . . . Aber hier – direkt vorm Gasthof? Das ist ja wohl lächerlich!«

Sie hatte jetzt den spitzen Streitton in der Stimme, den er haßte und fürchtete. Es war ein ganz winziger Ton, eigentlich nur eine minimale Überhöhung der i-Laute, aber unerträglich für ihn, zumal er wußte, daß dieser Ton meist den Beginn endloser Zänkerei ankündigte.

»Ich finde es nicht lächerlich«, sagte er betont milde und leise, »aber laß nur, ich schließe schon ab. Hast du deine Handtasche?«

Der Märtyrer!, dachte sie; der nachgiebige Klügere ... Er schließt schon ab. Er duldet und leidet und bringt alles wieder in Ordnung, was seine blöde, böse Frau verpatzt. Er ist ja der Überlegene, der Mann, der supergescheite, tolerante, nachsichtige ... »Natürlich hab ich meine Handtasche!« sagte sie und ging auf den Gasthof zu.

Und ob ich meine Handtasche habe! dachte sie. Da ist doch meine Chance drin, meine Hoffnung auf Freiheit, meine Zukunft, mein neues Leben, wenn seines ausgelöscht sein wird – morgen, übermorgen ...

»Guten Morgen«, sagte sie zur großgeblümten Wirtin, »wie schön, daß Sie uns schon ein Frühstück machen wollen!«

»Ja, freilich«, sagte die Dicke. »Was hätten's denn gern? Auch einen Aufschnitt und Eier?«

Hotel- und Gasthof-Frühstücke sind – zumal in den deutschsprachigen Landen – reine Glückssache. Dieses hier, im ›Erzherzog Franz‹ in Kofelseeheim am Fuße der Laurentiuswand mit den Siebenzinnen – dieses Frühstück war ein Glücks*fall*.

Der Kaffee war wirklich vorzüglich. Die goldgelbe, feste Butter schmeckte richtig nach Butter. Die Eier waren nestfrisch und genau auf den Härte- oder Weichheitsgrad gekocht, den Frühstückseier haben müssen. Es gab vier Sorten Wurst und schwarzroten, geräucherten Schinken, mit Tau-Perlen benetzten Käse, Honig und selbstgemachte Himbeermarmelade, Weißbrot, Schwarzbrot, duftende Hörnchen und knusprige Brötchen ... phantastisch.

Theo Bennewitz, der gern gut aß – im Gegensatz zu Mathilde, die angesichts der schönsten Dinge an Kalorien denken zu müssen glaubte –, Theo vergaß über den Schalen und Tellern, über dem Gekochten und Geräucherten, über dem Gewürzten und Süßen Mathildes spitze i-Töne und genoß die guten Gaben der großgeblümten Wirtin.

Die stand, als Theo und Mathilde Bennewitz fertig waren, mit untergeschlagenen Armen, auf denen ihr pompöser Busen ruhte, am Tischrand und fragte, ob es denn alles recht und reichlich gewesen sei.

Theo nickte, noch kauend.

»Wollen Sie hier in der Gegend Ferien machen?« fragte die Dicke.

»Ja, auf der Birnbacher Alm«, sagte Mathilde und bemühte sich, den Widerwillen zu verbergen, den ihr das rote Gesicht, die schweißglänzende Stirn und die fettigen Lippen ihres noch immer geräusch- und genußvoll kauenden Gatten einflößten.

»Ah, beim Leutner Joseph«, sagte die Wirtin. »Wollen's denn etwa auch in die Wand?«

»Ja, natürlich, aber sicher!« sagte Theo Bennewitz, nachdem er sich den Mund abgewischt und die Stirn getrocknet hatte. »Deshalb sind wir ja hergekommen. Deshalb vor allem, jedenfalls. Wegen der Berge . . .«

»Klettern Sie denn beide?« wollte die Wirtin wissen.

»Ja. Wir machen alle Touren miteinander. Seit gut zwölf Jahren schon, nicht, Tilde?« Er tätschelte über den Tisch hinweg seiner Frau den Arm und setzte in Gedanken hinzu: Das ist das einzige, was wir noch miteinander machen . . .

Und Mathilde, die sich seine Tätschelei nicht erklären konnte, dachte: . . . und dieses Jahr zum letztenmal! Dazu lächelte sie.

»Aber hier in Kofelseeheim sind Sie noch nicht gewesen – oder?« fragte die Wirtin weiter. Sie freute sich über die Möglichkeit zum Schwatzen und beschloß im stillen, dem netten Ehepaar aus der Stadt das Frühstück billig zu berechnen. Es war noch früh im Jahr – Mai –, und die Saison hatte noch nicht begonnen. Später, wenn die Fremden erst in Scharen kamen, würde sie selten Zeit haben, sich mit ihnen zu unterhalten. Bei sechsundzwanzig Betten, und dem Mittagstisch, und der Mann im Betrieb nicht zu gebrauchen, weil er ein Grobian war und die Gäste anpöbelte, wenn er zu tief in die Flasche ... Ach ja. Und sie schwatzte so gern, schon um mal was anderes zu hören als Dorfklatsch und Kuhglocken.

»Nein, hier sind wir noch nicht gewesen«, sagte Mathilde. »Aber die Laurentiuswand mit den Siebenzinnen ist ja berühmt«, fügte Theo hinzu.

»Ja«, sagte die Wirtin. »Aber leicht ist sie nicht. Mein eigener Schwager, der jüngste Bruder von meinem Mann, der Anton, den hat's erwischt droben in der Wand. Steinschlag ... Der Anton, das war auch so ein Spinneter. Immer allein im Fels! Sie haben ihn erst nach zwei Monaten gefunden ...« Sie bekreuzigte sich.

»Na ja – das kommt vor«, sagte Theo, dem ein Gruseln über den Rücken kroch. »So schwere Touren, da geht man eben nicht allein. Ich hab's nur einmal versucht. Früher, als ganz junger Bursch. Drüben in den westlichen Urner Alpen, Schweiz, wissen Sie ... da bin ich fast vierzehn Stunden im Tellistock herumgestiegen. Und dann kam Nebel und Schnee ... Mörderisch, sag ich Ihnen!«

Er erschrak bei dem Wort ›mörderisch‹ so, daß er sich verschluckte und husten mußte und nicht merkte, daß auch seine Frau erschrocken zwinkerte.

Die Wirtin nickte eifrig und beflissen, wodurch aus ihrem Doppelkinn ein Vierfachkinn wurde. »Ja – die Berge!« sagte sie. »Ich kann's ja nicht verstehn, daß die Leut immerzu da hinaufwollen – und schon gar nicht, daß sie dann nicht die bequemen Wege naufsteigen, sondern extra die unbequemen und lebensgefährlichen ... Was mein zweiter Bub ist, der Ferdl, den hat's auch schon erwischt. In jeder freien Minute steigt der da oben umanand. Da kannst nix machen, sagt mein Mann.« Sie seufzte tief.

»Nein, da kann man nichts machen«, bestätigte Theo Bennewitz. »Es ist eine Leidenschaft, gewissermaßen. Aber nehmen Sie's nicht so schwer, Frau Wirtin. Wenn Ihr Sohn ein Motorradrennfahrer wäre oder ein Düsenjägerpilot oder so was – das wär noch viel gefährlicher. Schau'n Sie uns an – wir haben schon über hundert Gipfel gemacht, meine Frau und ich. Ganz schwere darunter, die Westwand vom Bauernpredigtstuhl im Wilden Kaiser und die Dachl-Nordwand im Gesäuse . . . Und uns ist nichts passiert, seh'n Sie!«

Er fügte diesmal nicht ›Unberufen, toi, toi, toi!‹ hinzu, wie er es sonst immmer tat, doch das fiel Mathilde nicht auf, weil sie mit ihren Gedanken woanders war . . .

Dachl-Nordwand hatte er gesagt . . . Seltsam. Seit Jahren hatten sie nicht mehr über jene Tour gesprochen. Das war die große, aufregende Besteigung gewesen, bei der sie sich kennengelernt hatten. Ihre, Mathildes, erste große Bergtour überhaupt . . . Daß er jetzt und hier davon sprach!

Mathilde Cornehls hatte damals schon seit zwei Tagen mit ihrer Freundin Edeltraud Buchstaller, die eine erfahrene Bergsteigerin war, auf der Haindlkarhütte auf besseres Wetter gewartet, um in die Dachl-Nordwand gehen zu können. Es regnete, und der Berg trug eine tiefsitzende dichte Wolkenmütze. Sie hatten sich die Zeit mit Spaziergängen rund um die Hütte vertrieben, waren am Nachmittag des zweiten Tages, als es gar nicht aufklaren wollte, noch mal hinunter nach Gstatterboden im Ennstal gegangen, um ihren Proviant aufzufüllen und sich in einer kleinen Konditorei bei Sachertorte und Kaffee mit Schlagobers über die Touristen lustig zu machen, die im Nieselregen ihre geschniegelten Lodencapes gelangweilt oder trübselig an den Reiseandenkenläden entlangtrugen oder die Gaststätten und Cafés füllten, nörgelten und in zwei Wochen alten Illustrierten blätterten.

Als der Regen aufgehört hatte, waren die Freundinnen aufgebrochen und hatten sich auf den Weg zur Hütte gemacht. Sie hatten nicht allzuviel zu tragen gehabt, doch nach der ersten Dreiviertelstunde bergan, etwa auf der Hälfte der Strecke, hatten sie dann doch ihre Päckchen und Tüten abgelegt und sich für eine kurze Rast auf bemoste Steine gesetzt, die den gewundenen Pfad säumten.

Da war plötzlich ein dicklicher, mittelgroßer Mann in den Dreißigern um die Wegbiegung gekommen, schwitzend, mit rotem Gesicht und einem so riesigen Rucksack, als trüge er seine gesamte Habe den Berg hinan. Er war stehengeblieben, hatte schweratmend so was wie einen Gruß gebrummt und gefragt, ob sie auch zur Haindlkarhütte hinauf wollten und wie weit das wohl noch wäre.

Als sie bejaht und erklärt hatten, daß es bei zügigem Zuschreiten noch mal etwa eine Dreiviertelstunde sei, hatte er wortlos nach den zwei schwereren ihrer Pakete gegriffen – Brot und Konserven –, hatte sich mit Schwung oben auf den quergebundenen Schlafsack gehoben und verkündet, er werde ihnen tragen helfen – auf fünf oder zehn Kilo komme es ihm nun auch nicht mehr an, und das sei ein gutes Training für die großen Dinge, die er vorhabe. Sie hatten protestieren wollen, aber der Mann hatte nur gelacht und war weitergestiegen, so daß ihnen nichts anderes übriggeblieben war, als ihre restlichen paar Tüten und kleinen Päckchen einzusammeln und ihm zu folgen. Mathilde erinnerte sich noch genau der faltigen Grimassen, die sein lederner Kniehosenboden gezogen hatte, als der Fremde vor ihnen herstapfte.

Das war ihre erste Begegnung mit Theo Bennewitz gewesen.

In der Hütte hatten sie ihn an jenem Spätnachmittag nur kurz gesehen. Er war sehr zeitig schlafen gegangen, weil er am anderen Morgen früh los wollte. Die beiden Mädchen hatten auf ihren Strohsäcken noch bis zum Einschlafen über den komischen Kavalier gekichert.

Der nächste Tag war dann weniger lustig verlaufen.

Das erste Ärgernis war erbsensuppendicker Nebel gewesen, der sich auch im Laufe des Vormittags nicht lichten wollte und damit alle Ausflugs-, Wander- oder gar Kletterpläne zunichte gemacht hatte. In der Hütte war es eng geworden. Die Schlafräume und Kammern waren bis auf den letzten Strohsack belegt, und in der Gaststube hatten auf den Bänken, auf denen sonst vier Leute saßen, sechs Platz finden müssen. Trotzdem war die Stimmung gut gewesen. Ein Wiener, der eine Gitarre dabei hatte, war mit seinem Instrument und seinen Liedern zum Mittelpunkt der Gesellschaft geworden. Er sang sich die Kehle heiser und schrammelte sich die Fingerspitzen wund. Wenn es nur vier Quadratmeter freien Raum in der niedrigen Stube gegeben hätte, wäre wohl sogar getanzt worden.

Am Fenster neben dem Durchgang zur Küche hatten die beiden Freundinnen einen Platz ergattert. Am gleichen Tisch gegenüber war es dem Dicken vom Tage zuvor gelungen, einen Stuhl zu erobern. Er war ganz offensichtlich glücklich, in ihrer Nähe sitzen zu können, denn er hatte sie den ganzen Vormittag nicht aus den Augen gelassen, während er schweigend dagesessen und aus seiner faustgroßen Pfeife dicke, aber gutriechende Wolken ausgestoßen hatte.

Es war nur nicht ganz klargeworden, ob er Mathilde oder Edeltraud meinte.

Das zweite, viel ärgerlichere Ereignis jenes Tages hatte sich am Nachmittag angekündigt, als der dichte Nebel einem steten, vorhangähnlichen Regen gewichen war.

Mathildes Freundin war zunehmend stiller geworden, hatte mit schiefem Lächeln den Wein abgelehnt, den Theo Bennewitz spendiert und ihr angeboten hatte, und war dann plötzlich blaß und schmal, mit tiefen Ringen unter den Augen, in einen Schüttelfrost gefallen, der Mathilde und alle Umsitzenden erschreckte.

Die Hüttenwirtin hatte zwar gemeint, das sei nur eine Sommergrippe, so was komme öfter mal vor und vergehe mit Tee und Wadenwickeln ganz schnell wieder – aber an Bergsteigen sei ganz gewiß in den nächsten vier, fünf Tagen nicht zu denken. Sie hatte die Kranke in einer Extrakammer untergebracht und sich derbgütig um sie gekümmert.

Am nächsten Morgen war der Himmel blitzblaublank gewesen, und innerhalb einer Stunde nach Sonnenaufgang die Hütte nahezu menschenleer. Außer einer Familie mit Kindern hatten nur noch Mathilde Cornehls und Theo Bennewitz in der Gaststube gesessen und gefrühstückt, alle anderen waren schon unterwegs gewesen.

»Wollten Sie nicht aufs Dachl?« hatte sie ihn gefragt.

»Ja, das schon . . . Aber wenn ich weiß, daß Sie hier dann allein herumsitzen müssen, da vergeht mir die Laune . . .«

Er hatte das so gesagt, daß Mathilde ihn von diesem Augenblick an geliebt hatte. Und daß man schwere Touren nicht am ersten Tag nach starken Regenfällen macht, hatte sie damals noch nicht gewußt.

Als sie nun, zwölf Jahre später, wieder an all das dachte, kam es ihr vor, als sei sie damals nicht ganz richtig im Kopf gewesen. Jetzt und hier, in der Gaststube des ›Erzherzog Franz‹ in Kofelseeheim, nachdem Theo der Wirtin vom Dachl erzählt und damit ihre Erinnerungskette ausgelöst hatte – jetzt und hier, in ihrer Handtasche das Mittel, mit dessen Hilfe sie sich von diesem Mann befreien wollte –, jetzt und hier konnte sie nicht glauben, was damals geschehen war.

Was, zum Teufel, hatte sie dazu gebracht, sich in den Mann zu verlieben?

Seine Kletterkünste konnten es kaum gewesen sein, denn damit war es nicht so weit her. Aber das hatte sie nicht gemerkt, als es ihm gelungen war, sie zu überreden, mit ihm die Tour zu machen, die sie eigentlich mit der Freundin hatte machen wollen.

Sie hatte seine Unsicherheit und Unerfahrenheit nicht gemerkt, weil sie selbst unsicher und unerfahren gewesen war. Sie hatte sich ihm anvertraut und von ihm den Hof machen lassen, weil es ihr Spaß machte, hofiert zu werden . . . Vielleicht auch, weil es ein Triumph über die Freundin war, ein kleiner Ätsch-*mich*-meint-er-Sieg über die hübschere, erfolgreichere Freundin.

Nicht zuletzt hatte wohl auch ihre mit den Jahren wachsende, nie zugegebene, aber immer vorhandene Angst, ein übriggebliebenes Mädchen zu werden, eine Rolle gepielt. Denn sie hatte mit ihren 28 Jahren bis dahin kein Glück gehabt, obschon sie nicht häßlich, aber zu ängstlich und aus Angst zu abweisend gewesen war.

Kurz und gut: Mathilde Cornehls war am nächsten Morgen, versehen mit dem – leicht spöttischen – Segen der kranken Freundin hinter Theo Bennewitz in die schwierige Dachl-Nordwand gestiegen.

Sie hatte sich am Nachmittag, als sie nach langen Stunden kräftezehrender, atemberaubender, schwindelerregender, lebensgefährlicher Kletterei glücklich den Gipfel erreicht hatten, von ihm küssen lassen und hatte ihn wiedergeküßt – nicht nur so aus Gipfelbezwinger-Euphorie, sondern mit durchaus anderem Beigeschmack. Sie war todmüde, mit schmerzenden Beinmuskeln, aber eigenartig glücklich, weitere dreieinhalb Stunden später in der Hütte an seiner Seite auf dem Strohsack eingeschlafen. Er war für den Austausch von Zärtlichkeiten wohl zu erschöpft gewesen, hatte ihr nur behutsam-schüchtern unter der Wolldecke die Brust ein bißchen gestreichelt und »Gute Nacht, Liebste!« gebrummt. Drei Tage darauf, die Freundin durfte schon aufstehen, aber noch nicht spazierengehen, hatte Theo sie zwischen den Latschenkiefern rechts vom Wege nach Gstatterboden verführt – soweit man das, was geschah, bei ihrem bereitwilligen Entgegenkommen als ›Verführung‹ bezeichnen darf. Es war umständlich, unbequem, kompliziert und ziemlich enttäuschend abgelaufen, zumal Theo auch auf diesem Gebiet unsicher und unerfahren war. Aber Mathilde hatte das alles wundervoll und außerordentlich aufregend und himmlisch und berauschend schön gefunden – was sie zwar heute nicht mehr verstehen, aber auch nicht leugnen konnte.

Sie hatte zwei Monate später ›Ja!‹ gesagt, als Theo Bennewitz sie gefragt hatte, ob sie seine Frau werden wolle. Sie hatte ihn danach noch zweimal für ein Wochenende getroffen, ehe sie heirateten.

Und sie hatte schließlich zwei Jahre gebraucht, bis ihr klargeworden war, daß sie ihn nicht liebte.

Wenn es nur erloschene Liebe wäre, Gleichgültigkeit, Entfremdung ... Das wäre ja vielleicht zu ertragen gewesen. Darüber hilft die Gewohnheit unter Umständen hinweg ... doch es war im Laufe der Jahre Widerwillen, Abscheu, schließlich blanker Haß geworden. Sie konnte diesen dicken Menschen mit dem ewigen Lächeln, das kein Lächeln war, nicht mehr sehen. Sie konnte ihn nicht mehr riechen. Sie konnte ihn nicht mehr ertragen. Sie kannte seine Sprüche, seine Witze, seine Reaktionen so genau, wie man eine hundertmal gehörte Schallplatte kennt. Sie wußte im voraus, was er zu einer Radiomeldung sagen, wie er einen Bekannten beurteilen, welche Krawatte er zu welchem Anzug umbinden würde – und sie fürchtete sich vor der Zeit, in der er nicht mehr geschäftlich unterwegs, sondern von morgens bis abends, von abends bis morgens zu Hause sein würde, wie vor einer schlaflosen Nacht.

Es wäre ihr zwar gewiß nicht recht gewesen, einen Filou zum Mann zu haben, einen Spieler, Abenteurer, Schürzenjäger – aber dieser Langweiler, dieser stets zufriedene, selbstzufriedene, selbstgerechte Mann ohne Ehrgeiz ging ihr von Jahr zu Jahr heftiger auf die Nerven.

Und nun war es soweit, daß sie ihn ermorden wollte, um endlich dem Höllenleben an seiner Seite ein Ende zu bereiten.

»Tja«, sagte Theo Bennewitz, »nun haben wir aber lange genug gegessen, Frau Wirtin! Ihr Frühstück war wirklich erstklassig, schönen Dank ... Was bin ich Ihnen schuldig?«

»Fünfzig Schilling«, sagte die Dicke.

Geradezu geschenkt! Theo beeilte sich zu bezahlen, bedankte sich noch einmal und stand auf. Mathilde erhob sich ebenfalls.

»Ach ja – noch was!« sagte Theo und machte seinen Gürtel ein Loch weiter, weil er ihn drückte. »Wie kommen wir zu dem Hof im Tal, bei dem man das Auto stehenlassen kann, wenn man zur Birnbacher Alm hinauf will?«

»Das ist der Leutner-Hof«, sagte die Wirtin, »der Hof vom Xaver ... Der Xaver will ja partout nicht aufs Altenteil, trotz seiner Zweiundachtzig. Drum hat er auch dem Joseph die Almhütte eingerichtet ... Ja, also zum Leutner-Hof. Da müssen Sie hinter der Metzgerei rechts die schmale Straße hinein. Ein Schild hat's da nicht. Aber es ist gar nicht zu verfehlen – gleich rechts hinter der Metzgerei! Und dann am Friedhof vorbei immer gradaus. Dann gabelt die Straße, und da müssen Sie links halten – links am Waldrand entlang. Da sehen Sie den Hof auch bald. Es ist der letzte vom Dorf. Die Straße hört auf gleich dahinter.«

»Schönen Dank!« sagte Theo, gab der Dicken die Hand und wandte sich zur Tür. »Komm, Liebling!« forderte er Mathilde auf, ihm zu folgen.

Liebling? dachte sie verblüfft. Das hat er noch nie gesagt ... Und dann war sie noch erstaunter, als er ihr beim Überqueren der Straße den Arm um die Hüfte legte.

Falls die Wirtin übermorgen erfährt, daß Mathilde ums Leben gekommen ist, dachte Theo, wird sie sicher allen Leuten erzählen, wie wir noch über die Gefahren des Bergsteigens miteinander geredet haben. Und sie wird seufzen und sagen, daß es so traurig ist, wenn eine so glückliche Ehe so schrecklich enden muß, bloß weil die Menschen immer auf die Berge hinauf müssen ... Er hielt Mathilde die Wagentür auf und half ihr fürsorglich beim Einsteigen. Dann stieg er selber ein, winkte der Dicken, die ihnen von der Gasthaustür aus nachschaute, noch einmal zu und startete.

»Ach ja ...« seufzte die Wirtin, schüttelte beim Gedanken an ihre eigene Ehe den Kopf und watschelte in die Küche.

Mathilde und Theo fuhren den beschriebenen Weg hinter der Metzgerei rechts ab. Am Friedhof mußte Theo Gas wegnehmen und dicht an der Mauer entlang Schritt fahren, weil ihnen eine Langholzfuhre entgegengerumpelt kam. Ohne es zu ahnen, hatten beide Eheleute die gleichen Gedanken:

Daran hab ich ja überhaupt noch nicht gedacht! Was soll denn mit ihm/ihr werden, wenn er/sie tot geborgen ist aus der Wand? Muß ich seine/ihre Leiche nach Hause überführen lassen? Wie geht so was? Oder kann man auch als Protestant hier auf dem katholischen Friedhof begraben werden? Warum eigentlich nicht? Es wird sicher viel billiger, wenn ich ihn/sie gleich hier beerdigen lasse. Und ich kann ja immer und zu jedem, der fragt, sagen: Theo/Mathilde hat es so gewünscht; er/sie wollte in den geliebten Bergen zur letzten Ruhe ...

»Woran denkst du?« fragte Mathilde plötzlich.

»Woran ich ... Also, eigentlich an gar nichts«, stammelte Theo erschrocken. »Warum?«

»Du hast so gelächelt«, sagte sie. »So ganz anders als sonst!«

»Ach? Gelächelt?« fragte er. »Na ja, sicher. Ich freu mich halt auf den Urlaub.«

Sie erreichten den Hof kurze Zeit später. Als sie das Auto unter einer von mehreren mächtigen Kastanien neben einem guten Dutzend anderer Wagen parkten und ausstiegen, kam aus dem Wohnhaus ein alter Mann. Er kam mit eigenartig ruckhaften Bewegungen auf sie zu, so, als hingen seine Beine und Arme an unsichtbaren Fäden und würden von irgendwoher gelenkt.

Er war unsäglich mager. Sein Kopf unter dem zerknautschten, speckigen Filzhut war nur noch ein mit dünnem, dunkelbraunem Leder überzogener Schädel. Aber die hellblauen Augen in ihren tiefen Höhlen, über die buschige Brauen wie Vogelkrallen zipfelten, strahlten eine so ungeheure Energie aus, daß die Ankommenden den Eindruck hatten, das ganze knochig-wackelige Klappergestell von Mann würde von diesen Augen zusammen- und in Betrieb gehalten.

»Guten Tag«, sagte Theo Bennewitz. »Wir wollen zur Birnbacher Alm hinauf. Wir haben uns angemeldet droben. Für drei Wochen. Bennewitz, mein Name.«

Der Alte nickte ruckartig und nuschelte Unverständliches,

da seine zerklüfteten Lippen vor einem zahnlosen Mund flatterten. Dann reichte er Mathilde und Theo die Hand, die sich wie Holz anfühlte, und wies mit ausgestrecktem dürrem Arm nach links zu einer breiten Scheune.

Jetzt erst sahen sie, daß sich vom offenen Gipfel der Scheune aus Drahtseile den Berg hinauf über die Tannenwipfel schwangen.

»Ein Lift?« rief Theo. »Wie schön! Das hab ich ja gar nicht gewußt. Da brauchen wir nicht hinaufzulaufen, wie?«

Aber der Alte schüttelte den Schädel, bewegte abwehrend die knochige Hand und zischelte, speichelte, quackerte drauflos, ohne die geringste Chance, verstanden zu werden.

Schließlich, nach kurzer Ratlosigkeit, fragte Theo: »Ist das ein Lift? Eine Seilbahn?«

»Hawraschah«, blubberte der Alte, und da er dazu nickte, schloß Theo, daß dies ›Ja!‹ heißen solle.

»Führt diese Seilbahn hinauf zur Birnbacher Alm?« fragte er weiter.

»Hawraschah«, machte der Alte.

»Also kann man doch hinauffahren!«

»Fleibelifleiflei ...« sprudelte der Mann, schüttelte erneut den Kopf und wackelte wieder mit den hölzernen Händen vor Theos Gesicht herum.

»Ist sie kaputt?« fragte Theo jetzt, und es war ihm anzumerken, daß er die Geduld zu verlieren begann.

»Fleibeilibleilei ...« gurgelte der Alte verneinend.

Theo hob hilflos die Schultern und guckte seine Frau an. »Verstehst du, was los ist?« fragte er.

Der Alte ließ seine strahlenden Augen von ihm zu ihr und wieder zurückwandern. Er stand da mit hängenden Armen und wartete auf irgendwas.

Mathilde schwieg und machte ihr hochmütiges Gesicht, das Theo nicht ausstehen konnte. *Tu doch was!* stand in dem Gesicht. *Nun zeig doch endlich mal, daß du ein Mann bist ...*

Sie hatte dieses Gesicht in den vergangenen Jahren häufig aufgesetzt. Bei vielen Gelegenheiten hatte sie ihm nur mit dieser Miene zu verstehen gegeben, was sie von ihm hielt. Einmal war es ihm besonders an die Nieren gegangen. Da hatte er, anläßlich des zwanzigsten Jahrestags seiner Zugehörigkeit zur Firma Köhler & Co. (Öle und Fette) seinen Chef und zwei Kollegen aus dem Vertrieb eingeladen. Mit Damen.

Es sollte ein festlicher Abend werden, und er hatte, als sie alle eingetroffen waren, Schwierigkeiten mit der Sektflasche gehabt. Es war ihm nicht gelungen, die verdammte Pulle aufzukriegen, um den Gästen einen Schluck zur Begrüßung einzuschenken. Der idiotische Drahtring um den Korken brach ab und saß fest wie angeschweißt.

Alle hatten erwartungsvoll um ihn herum gestanden, als er sich, immer zappeliger und nervöser werdend, mit dem tückischen Dings gequält, den Handteller blutig gerissen und schließlich kapituliert hatte, erschöpft, mit verrutschter Krawatte, den Tränen nahe.

Siggelschmidt, der eine Kollege, war ihm endlich zu Hilfe gekommen, und sie hatten zu zweit mittels einer Flachzange und unter verlegenem Gelächter die Sektflasche so entkorkt, daß mehr als die Hälfte des Inhalts auf Teppich und Parkett geschäumt – aber immerhin noch in jedes Glas ein guter Schluck gelangt war.

Damals hatte Mathilde auch dieses Hochmuts-Gesicht gemacht. Und alle hatten darin gelesen, wie sie ihn verachtete ... Vielleicht war das der Augenblick gewesen, wo er zum erstenmal daran gedacht hatte, sie umzubringen.

Aus dem Bauernhaus kam jetzt zum Glück ein dralles Mädchen in schmutzigen Jeans und Gummistiefeln, fragte den Alten irgendwas, das Theo und Mathilde wieder nicht verstehen konnten und sagte dann in langsamem, mühseligem Hochdeutsch:

»Sie können Ihr Gepäck, bittschön, in die Kiste vom Lift

laden. Nur Personen dürfen nicht hinein. Das hat der Gendarm verboten, wegen der Sicherheit.«

»Wie lange läuft man denn hinauf?« fragte Mathilde.

»Drei Stunden, wenn Sie zugeh'n«, sagte das Mädchen, warf einen Blick auf das Schuhwerk der beiden und meinte: »Aber es wär schon gut, wenn Sie sich festere Schuh anziehen möchten. Es ist weiter oben ziemlich steinig.«

»Danke schön!« sagte Mathilde.

Sie luden ihre Siebensachen aus dem Wagen. Das Mädchen half ihnen, von dem blubbernden Alten unterstützt, Koffer und Rucksäcke zur Scheune zu bringen. Dort wechselten sie, von aufgescheuchten Hühnern umgackert, ihre Schuhe; Theo gab der Drallen ein Trinkgeld, das sie mit »Vergelt's Gott!« und einem mißlungenen Knicks quittierte – und dann machten sie sich auf den Weg.

Bei Gebirglern gehen die Uhren anders. Sie haben auch andere Entfernungsmaße. Wenn da einer »Drei Stunden!« sagt, sind es meist vier oder gar noch mehr. Und wenn einer meint: »Auf der XY-Alm sind Sie schnell droben!« – dann keucht der Flachländer fluchend einen halben Tag und glaubt unterwegs verzweifelt, sich verhört oder verstiegen zu haben.

Mathilde und Theo Bennewitz fluchten nicht. Wenigstens nicht laut. Aber der Anstieg fiel ihnen doch sehr viel schwerer, als frühere ähnliche Anstiege. Das mochte wohl daran liegen, daß ihnen außer der Anstrengung der durchfahrenen Nacht auch der Entschluß in den Gliedern steckte, sich des Partners baldmöglichst zu entledigen.

Ich muß es so einzurichten versuchen, dachte Mathilde zum Beispiel unterwegs, daß die Männer der Bergwacht ihn möglichst schnell finden und bergen. Denn wenn er länger liegt – und wenn, was ich nicht weiß und auch nicht erfragen konnte, wenn das Zyankali vielleicht eine konservierende Wirkung hat, und er ist also nicht, wie üblich, verwest . . . oder nicht von Krähen, Dohlen, Füchsen oder anderen Tieren angefressen, weil die das Gift möglicherweise wittern … Wenn das eintritt, dann könnten die Leute stutzig werden; es wird eine Obduktion geben … Aber wie soll ich das hinkriegen, daß er so abstürzt, nachdem er den Gifttee getrunken hat, daß sie ihn schnell finden?

Theos Aufstieg zur Birnbacher Alm wurde von einem anderen Problem gehemmt: Das Wichtigste ist, daß sie keinen Verdacht schöpft, überlegte er. Am besten wird sein, ich lasse sie bis zum ersten Biwakplatz voranklettern. Da liegt der Linksquergang und die tiefe Scharte mit dem Schluchtüberhang schon hinter uns. Das ist die untere Steinschlagstrecke – und ich werde sie ein paarmal auf die Gefahr aufmerksam machen, dann wird sie nicht mißtrauisch sein, wenn wir oben in die zweite Gefahrenstrecke im Kamin einsteigen und wenn ich dann vorangehe … Denn der Stein muß sie sofort treffen, wenn ich über die Gratkante bin und sie noch im Kamin ist. Das ist am glaubwürdigsten. Dort ist es auch am wahrscheinlichsten, daß mir das Seil durch die Hände läuft, wenn sie plötzlich stürzt … Und dann kommt's nur noch darauf an, daß ich überzeugend verzweifelt bin, ganz und gar der verstörte, hilflose Mann, der eben seine Frau auf so entsetzliche Weise verloren hat … Das krieg ich schon hin. Das wird schon klappen … Es muß einfach klappen!

Sie brauchten mit ihrem Gedankenballast über vier Stunden, bis sie die Birnbacher Alm erreichten. Doch sie bekamen, da die Seilbahnkiste mit ihrem Gepäck ihre Ankunft ja avisiert hatte, noch Mittagessen, obschon es schon auf vierzehn Uhr ging. Die Suppe war zwar nicht mehr ganz warm, doch das Schnitzel briet die Almwirtin frisch. Und der Topfenstrudel zum Nachtisch war auch noch heiß und knusprig.

Die Alm war überhaupt, das spürten sie sofort, gut geführt. Die jungen Leutners hatten ein altes Käsehaus mit halbmeterdicken Natursteinmauern zum Gästehaus umgebaut und in den zehn Zimmern sogar Heizung und Duschen installiert.

Das Zimmer, das dem Ehepaar Bennewitz angewiesen wurde, war hell möbliert und groß und roch gut nach dem Holz der Kieferntäfelung. Es besaß einen breiten Balkon nach Südosten. Über dem weiten, welligen Almboden, der in der Sonne lag, ragte die düstere Laurentiuswand mit den Siebenzinnen in den klaren Himmel, und Theo stand, während Mathilde duschte, lange mit seinem Feldstecher draußen und sah sich das klotzige Massiv an.

»Wie sieht es aus?« Mathilde war im Bademantel hinter ihn getreten.

»Großartig«, sagte er, »aber nicht ganz einfach. Die Wand erinnert mich sehr an die Nordostwand der Kingspitze vor drei Jahren, weißt du noch? Als wir den bösen Wetterumschlag hatten und elf Stunden auf dem Drei-Quadratmeter-Vorsprung im Seil gehockt haben ...«

»Ich weiß«, sagte sie. »Aber das lag nicht am Berg, sondern am Wetter, damals.«

»Ja. Die Route hier ist nur im letzten Drittel schwierig, hab ich gelesen. Und auch da sind schon 'ne Menge Haken im Fels.«

»Wann wollen wir's machen?«

»Bald, wenn das Wetter hält ...« Er sah zum Himmel. »Sieht allerdings nicht gut aus. Federwolken ... Morgen wird's noch halten, denk ich.«

»Dann morgen schon?« fragte sie leise.

»Ja, von mir aus ... Warum nicht? Wir könnten nachher die Rucksäcke packen, zeitig zu Abend essen und früh schlafen gehen und morgen halb vier los. Die Sonne geht kurz nach vier auf; bis zum Einstieg sind es anderthalb Stunden. Zum Gipfel, heißt es, braucht man etwa acht, neun Stunden, und für den Abstieg über das Ostkar, an der Pacheralm und Kühlocken vorbei noch mal ungefähr vier. Das wären ...« Er rechnete, »rund vierzehn Stunden – mit der Rastzeit fünfzehn. Wir könnten gegen sieben am Abend wieder hier sein.«

»Schöner voller Tag«, bemerkte sie.

»Ja . . . Du hast recht«, überlegte er. »Eigentlich Blödsinn, gleich am ersten Tag so 'ne Tour.«

»Hab ich schon mal schlappgemacht?« fragte sie kühl.

»Nein«, sagte er. »Das meine ich auch nicht. Aber –«

»Wir können ja umkehren, wenn wir merken, daß wir's nicht schaffen.«

»Umkehren dürfte schwierig sein. Wenn wir einmal über dem zweiten Biwak in der Wand sind, müssen wir rauf, denk ich. Aber gut – wie du willst, Tilde!«

»Ich will wohl«, sagte sie.

»Gut. Dann sage ich nachher der Wirtin Bescheid.«

»Aber sie braucht unsretwegen nicht so früh aufzustehen«, meinte sie. »Den Tee kann ich hier mit dem Tauchsieder aufbrühen, und die Brote machen wir uns heute abend fertig und packen sie gut ein.«

»Ja«, sagte er. »Alsdann. Ich geh jetzt auch erst mal unter die Dusche.«

Mathilde zog sich an, während Theo unter der Brause prustete. Dann räumte sie das Zimmer auf und strich die Betten glatt, die vom Kofferauspacken kraus geworden waren.

Es ist ja ganz gut, daß wir diesmal zufällig ein Doppelzimmer haben, dachte sie, denn sie wußte ja nicht, daß ihr Mann das bei seiner Anmeldung betont gewünscht hatte. Und daß wir nicht getrennt schlafen wie sonst. So macht's einen viel besseren Eindruck . . . Eigentlich komisch, daß Theo auf einmal so aufmerksam ist: legt mir den Arm um die Hüfte, hilft mir ins Auto, sagt ›Liebling‹ – so höflich, beinahe zärtlich, als wären wir jungverheiratet . . . Komisch. Er wird ja wohl . . . Schreck laß nach – er wird ja wohl hoffentlich durch das Doppelzimmer nicht auf die Idee kommen, mich heute abend hier . . . Um Himmels willen, nein! Die liebende Gattin muß ich aber trotzdem spielen nachher beim Essen. Und wenn er schon plötzlich aufmerksam und höflich ist und wenn ich – aus optischen Gründen, aber das kann er nicht ahnen – auch auf liebende

Gattin mache, dann könnte er ja nachher beim Schlafengehen den entsetzlichen Einfall haben und mich ... Hilfe, nur das nicht!

Seit Jahren ist mir das erspart geblieben. Wann war es zuletzt? Silvester vor ... Ja – vor vier Jahren. Wir waren beide ziemlich angetrunken, aber mich hat seine Hast, seine Grobheit, seine Brutalität so ernüchtert, so abgestoßen, daß ich ihm gesagt habe, wie widerwärtig ich ihn finde. Das war böse. Aber ich konnte diese schnelle, egoistische Art nicht aushalten ... Seitdem hat er es nicht wieder versucht, Gott sei Dank. Aber wir haben seitdem auch noch nicht wieder in einem Zimmer geschlafen ... Und er ist seitdem auch nicht mehr so aufmerksam-höflich, ja beinahe zärtlich gewesen wie heute unten im Dorf.

Sehr sonderbar.

Auf alle Fälle, bei dem Gedanken an die Möglichkeit, an die Gefahr einer Umarmung von Theo lief es ihr kalt über den Rücken. Sie trat auf den besonnten Balkon hinaus und betrachtete lange und nachdenklich die gewaltige, drohend wirkende Wand.

Als Theo Bennewitz der Almwirtin Bescheid sagte, daß er mit seiner Frau am nächsten Morgen in die Laurentiuswand wolle, sah sie ihn erstaunt an:

»Gleich am ersten Tag? Das sollten Sie sich aber überlegen, Herr Bennewitz! Die Wand ist schwer, und Sie kommen grad erst von unten. Ohne daß Sie sich ein bisserl eingewöhnt haben, gleich eine so große Tour ... Ich weiß nicht!«

»Wir sind ja alte Berghasen«, sagte Theo. »Das Wetter sieht so aus, als wollte es umschlagen, deshalb. Wenn es morgen noch gut ist ... Und bis zum ersten Biwakplatz oder notfalls auch noch vor dem zweiten können wir immer noch umkehren, hab ich mir sagen lassen.«

»So genau kenn ich mich nicht aus, da fragen Sie besser meinen Mann, der ist bis vor zwei Jahren jeden Sommer ein Dutzendmal und noch häufiger hinaufgestiegen.«

Theo stutzte. »Und warum jetzt nicht mehr?«

»Es graust ihn«, sagte die Wirtin leise.

»Es . . . es graust ihn?«

»Ja . . . Lassen Sie sich's mal erzählen. Aber vielleicht erst, wenn Sie wieder heil herunter sind – sonst verlieren Sie die Lust!«

Natürlich fragte Theo Bennewitz den Leutner Joseph noch am selben Abend nach dem Essen, was das denn für ein grausliches Erlebnis sei, das ihn davon abhalte, in die Laurentiuswand zu steigen.

Der Wirt, ein drahtiger Dreißiger, dunkelbraun gebrannt und mit verblüffend weißen Zähnen zwischen den Lippen – der Wirt also zögerte zwar zunächst, doch Theo schenkte ihm vom Rotwein ein, den sie sich bestellt hatten, und bot ihm eine seiner guten Zigarren an.

»Was kann denn da schon passiert sein, Herr Leutner«, sagte er lächelnd. »Haben Sie sich verstiegen? Oder ist Ihnen der Berggeist erschienen und hat ›Huh!‹ gemacht, weil Sie ein Edelweiß pflücken wollten oder ein Adlernest ausnehmen? Nun kommen Sie schon, machen Sie's nicht so spannend!«

»Es gibt keine Edelweiß in der Wand«, sagte Joseph Leutner ernst, »und auch keine Adlernester. Aber mit dem Geist, da treffen Sie's fast . . .« Er trank langsam, in kleinen Schlücken.

»Es war im September vor zwei Jahren«, begann er. »Wir hatten ein paar Tage richtig schlechtes Wetter gehabt, Nebel und Regen und oben an der Baumgrenze schon Schnee. Nur mehr wenig Gäste waren heroben. Ich bin, als es klar wurde, allein los an einem Vormittag, nur mit kleiner Ausrüstung – paar Haken, ein Seil und Brot und Käse –, denn ich wollte nicht hinauf zum Gipfel, sondern nur ein Teilstück der Route neu markieren, weil der kleine Kamin vor der ersten Verschneidung durch einen Bergrutsch voller Geröll lag und kaum mehr zu begehen war. Der Stein ist unsicher dort und brüchig. Man kann auch heute dort nicht weiter. Zuerst ging's ganz gut, bis auf einen schweren Quergang von dreißig Metern. Da bin ich ins Schwitzen gekommen. Aber dann hatte ich eine schräge Rinne, die ziemlich leicht zu klettern war. In einer Stunde hab ich sie geschafft; dann ist da ein Überhang gewesen. Direkt links drunter eine kleine Höhle, vielleicht vierzig Meter entfernt, schräg über mir, ich konnte sie schon gut sehen. Auf einmal ist ganz plötzlich Nebel eingefallen ... Sie kennen das sicher, wenn Sie viel geklettert sind. Das geht im Handumdrehen. Auf einmal ist alles ringsum grau und düster, und der Fels ist sofort naß und glitschig ... Ich hab mich ins Seil gesetzt und gewartet. Manchmal geht's ja schnell vorüber, wenn der Wind aufkommt – aber manchmal hält sich's tagelang. Ich hab geflucht. Das soll man nicht am Berg. Ich hätt nicht fluchen dürfen ...

Vier Stunden hab ich gewartet. Kalt war's. Zu regnen hat's angefangen. Zurück hab ich auch nicht mehr können. Dann hab ich versucht, zu der Höhle zu kommen. Fast eine halbe Stunde hab ich gebraucht für die paar Meter unter dem Überhang. Dunkel ist es auch schon geworden. Schließlich hab ich die Höhle erreicht. Eigentlich war's mehr ein Loch in der Wand, kaum zwei Meter tief und so niedrig, daß es grad zum Hocken gereicht hat. Aber trocken ist's gewesen, das Loch, und so breit, daß ich mich ausstrecken hab können. Ich hab erst einmal Brotzeit gemacht nach der Schinderei, Brot und Käse. Dann hab ich zwei Haken eingeschlagen, um mich mit dem Seil zu sichern und nicht im Schlaf abzustürzen – falls ich überhaupt einschlief ... schlafen konnte ... Zum Abstieg war's auf alle Fälle zu spät, selbst wenn der Nebel aufgerissen wäre. Ja, und dann, als ich alles für die unfreiwillige Übernachtung fertig hatte, die mir bevorstand, wie ich mich grad gefreut hab, daß ich wenigstens im Trocknen war, da wollte ich mir eine Pfeife anzünden. Und da –«

Joseph Leutner brach ab. Seine Faust, die geballt auf der Tischplatte neben dem Weinglas lag, war so verkrampft, daß die Knöchel hell aus der dunklen Haut hervortraten.

Theo schluckte ratlos und wagte nichts zu sagen. Mathilde bereute schon, daß sie den Wirt gedrängt hatten, zu erzählen. Aber dann siegte ihre Neugier:

»Und da . . .?« fragte sie leise.

»Und da, wie ich das Streichholz angerissen hab«, fuhr Joseph Leutner mit rauher Stimme fort, »hab ich die Hand gesehen. Über mir. Die Hand und den Totenkopf . . .«

»Mein Gott!« stöhnte Mathilde und legte die Fingerspitzen der Linken an die geöffneten Lippen.

»Direkt über mir«, sagte Leutner, »nur einen Meter entfernt, hat mich der Schädel angegrinst . . . Kopfüber, versteh'n Sie, als ob er von oben über die Felskante schaut und seh'n will, wer da in der Höhle sitzt.«

»Aber das ist ja – das ist ja fürchterlich!« wisperte Mathilde.

»Ein . . . Ein Totenkopf?« fragte Theo heiser.

»Ich hab mir die Finger verbrannt am Streichholz«, sagte der Wirt, »und dann ist's lang gegangen, bis ich mich halbwegs von dem Schreck erholt hatte. Einbildung, hab ich mir gesagt; der Nebel . . .

Aber ich hab mich nicht getraut, ein zweites Streichholz anzumachen. Ich hab da im Dunkeln gesessen und geschlottert . . . Schließlich hab ich mich dann zusammengenommen und mich einen Feigling geschimpft und noch mal ein Streichholz angezündet . . . Der Kopf hat noch grad so von oben über die Kante geschaut, und die knöcherne Hand ist am Rand des Höhleneingangs gehangen, und von den Fingerspitzen ist der Regen abgetropft . . . Ich hab das Streichholz weggeschmissen und im Finstern gehockt und geschlottert, und gebetet hab ich auch . . . Sie, das hilft Ihnen gar nichts, wenn Sie sich sagen, nimm dich zusammen, verdammt noch mal, das war irgend so ein armer Hund, der abgestürzt ist . . . Zwischendurch bin ich auch mal eingeschlafen und hab wirres Zeug geträumt – bis es anfing, hell zu werden. Der Nebel hatte sich verzogen und der Schädel hing als klumpige Silhouette vor der Höhle und die Hand sah gar nicht mehr so aus, als ob sie nach mir greifen wollte . . .«

Er schwieg. Kleine Schweißperlen glitzerten auf seiner Stirn. Die Zigarre, die Theo ihm gegeben hatte, war ausgegangen.

»Schauerlich!« Theo versuchte nicht sehr erfolgreich, seiner Stimme einen forschen Ton zu geben. »Und . . . Und was war das nun für ein . . . für ein Totenkopf?«

Joseph Leutner trank, saugte an der kalten Zigarre, zündete sie neu an und erzählte weiter:

»Als es ganz hell geworden war, bin ich vorsichtig hingekrochen. Ich hab immer noch gezittert, ehrlich – aber das war auch die Kälte und die Müdigkeit und die Nerven, verstehen Sie . . . Und dann hab ich gesehen, daß der da hing, mit der Hüfte in einer Spalte eingeklemmt, ganz fest zwischen den Steinen und so im Fels, daß man ihn weder von oben noch von unten hängen sehen konnte. Er war schon fast wie ein Skelett, leere Augenhöhlen, Knochen und verwitterte Kleidungsfetzen. Nur die Lederteile schienen ihn noch zusammenzuhalten, der Gürtel und die Hose und die Schuhe. Bei Tageslicht hat's nur noch halb so greislig ausgeschaut, aber noch greislig genug. Ich bin abgestiegen so schnell ich konnte und hab die Bergwacht angerufen. Die haben ihn dann geholt . . . Er war im Jahr zuvor abgestürzt. Im Frühjahr. Ich hab mich noch an ihn erinnert. Ein Alleingänger, wissen Sie. Er war von hier aus los, hat aber keinem Menschen gesagt, wo er hin wollte. Als dann die Vermißtenmeldung kam, haben wir zwar gesucht, aber wir wußten ja nicht, wo wir suchen mußten – und dort, wo er hing, hätte ihn sowieso keiner gefunden. So was kommt ja vor, daß einer jahrelang liegt oder gar nicht wiedergefunden wird . . . Ja, so war das. – Ich vergeß die Nacht mein Lebtag nicht, und manchmal träum ich noch davon . . .«

»Das kann ich mir denken«, sagte Mathilde.

»Und Sie sind seitdem nicht wieder in die Wand gegangen?« fragte Theo.

»Nein«, sagte Joseph Leutner. »Und keine zehn Pferde kriegen mich da wieder hin . . . Hoffentlich hab ich Ihnen den Spaß an der Tour morgen nicht verdorben.«

»Aber nicht doch«, beschwichtigte Theo. »Machen Sie sich keine Gedanken. Wir gehen morgen hinauf, wenn das Wetter gut ist, nicht wahr, Tildchen?«

»Von mir aus sicher«, sagte Mathilde. »Es begegnen einem ja nur selten Tote am Berg – wie?«

Ihr Lächeln fiel schief aus, weil sie über ihren eigenen Satz erschrocken war.

Theo lachte um so lauter. Zu laut für ein echtes Lachen.

Es war noch nicht dunkel, als Theo und Mathilde Bennewitz schlafen gingen – oder richtiger: zu Bett gingen. Denn von Schlafen war weder bei ihr noch bei ihm in dieser Nacht so recht die Rede, obschon sie beide sehr müde waren.

Sie lagen wach, ohne daß einer es vom anderen wußte, aber auch ohne es voneinander zu merken, denn sie hatten ja beide keine Übung mehr, nebeneinander zu schlafen.

Theo hatte zum Glück und zur großen Erleichterung Mathildes nicht die Idee gehabt, zärtlich zu werden. Die Aufmerksamkeit, die er noch in der Gaststube an den Tag gelegt hatte, war erloschen wie eine Kerze im Wind, als sie allein waren. Das hatte Mathilde irritiert, aber sie hatte nicht länger darüber nachgedacht, als sie im Bett lag und mit brennenden Augen gegen das allmählich dunkler werdende Fensterviereck starrte.

Ihrer beider Gedanken liefen ähnliche Wege, kreisten um die gleichen Fragen. Das waren für sie keine neuen Fragen. Sie hatten sie schon hundertmal und öfter gedacht. Aber hier und jetzt, vor dem entscheidenden Tag, dachten sie noch intensiver darüber nach.

Sie dachten beide, ob der geplante Mord, die geplante Befreiung vom unerträglich gewordenen Partner unumgänglich, ob sie nicht vielleicht doch zu vermeiden, ob nicht doch eine normale Scheidung ein Ausweg sei . . .

Aber der Gedanke an das Gerede der Leute, an das Haus, das beide liebten und dem anderen nicht gönnten, an die schmutzige Wäsche, die dann gewaschen, an all das Vermögensrechtliche, das dann geregelt werden mußte, bestärkte sie im längst gefaßten Beschluß: Ja, es war entschieden einfacher, verwitwet zu sein als geschieden ... Oder? Immer neue Fragen. Hundert Fragen, auf die es keine simple Antwort gab. Hundert Gründe, die eine Scheidung unmöglich erscheinen ließen. Und dazu der aufgestaute Haß, die lange, große Wut aus all den vergangenen Jahren ...

Sie hat mich gedemütigt und gequält, wo sie nur konnte, dachte Theo.

Er hat keinen Funken Interesse an mir und liebt nur sich selbst, dachte Mathilde.

Und beide dachten: Ohne sie/ihn wäre mein Leben anders, besser, schöner verlaufen ...

Irgendwann schliefen sie dann beide doch noch ein, und sie schliefen so tief, daß sie lange Sekunden brauchten, um beim Rattern des Weckers zu sich zu kommen.

Theo stand als erster auf, zog die Leinenvorhänge zur Seite und öffnete die Balkontür. »Mojn«, sagte er. »Schönes Wetter!«

»Ja ...« Mathilde rieb sich schlaftrunken die Augen. »Wird es halten?«

»Ich denke schon.«

Er begann, sich zu rasieren. Sie stand neben ihm am Waschbecken und drückte sich den nassen, kalten Waschlappen ins Gesicht. Beide vermieden es, einander anzusehen. Als er sich angezogen hatte, holte er die Plastiktüte mit dem vorbereiteten Proviant vom Balkon. »Es ist kühl draußen«, sagte er.

»Ja«, sagte sie, »Ende Mai ...« Sie hantierte mit dem Tauchsieder. »Ach du Schreck!« rief sie plötzlich, »ich hab die falschen Teebeutel eingepackt zu Hause – statt des schwarzen habe ich aus Versehen Pfefferminztee genommen ... So was Dummes! Macht dir's was aus? Sonst geh ich und wecke die Wirtin und bitte sie, uns –«

»Nein«, sagte er. »Das macht mir nichts aus.«

Sie verkniff sich ein Triumphlächeln. Es lief alles genauso, wie sie es geplant hatte. Der Pfefferminztee, den sie bewußt gewählt hatte, konnte den Bittermandelgeruch der Blausäure besser übertönen als schwarzer Tee.

Sie hatte lange gesucht und viel gelesen, bis sie auf Blausäure gestoßen war. Es war das Gift, das sie am leichtesten selbst hatte herstellen können, ohne sich durch den Einkauf besonderer Zutaten verdächtig zu machen. Und sie hatte es mit großer Sorgfalt hergestellt . . . Nicht viel, nur einen Teelöffel voll. Aber das würde genügen.

Wenn ihre Informationen richtig waren, und daran zweifelte sie nicht, mußte Theo schon nach dem ersten Schluck Tee so heftige Krämpfe und Lähmungserscheinungen kriegen, daß er – notfalls mit sanfter Nachhilfe – unausweichlich abstürzen mußte.

Nachdem sie als Frühstück jeder nur einen großen Becher Orangensaft mit Schmelzflocken zu sich genommen hatten, brachen sie auf.

Theo trug den großen Rucksack mit warmer Kleidung für den Fall eines Wettersturzes, Schlafsäcke für den einer planwidrigen Übernachtung, Steigeisen nur sicherheitshalber, weil um diese Jahreszeit im großen Kar beim Abstieg auf der Ostseite noch mit Schnee, möglicherweise bretthartem Harsch zu rechnen war – zwei Seile, Kletterschuhe, Hammer, Haken und all das, was der Mensch so braucht, wenn er höchst überflüssigerweise zur vertikalen Fortbewegung übergeht. Mathildes Rucksack war kleiner; er enthielt nur den Proviant und zwei Thermosflaschen mit Pfefferminztee. Die eine, die harmlose Flasche, hatte einen hellblauen Verschluß, die andere, nur knapp zu einem Fünftel gefüllte, sinnigerweise einen schwarzen. Die Flasche mit dem schwarzen Verschluß und Schraubbecher wollte sie sofort nach Theos Tod in eine Felsspalte werfen – aber in eine andere als die, in die er möglicherweise gestürzt war.

Es war ein sehr schöner Morgen.

Die aufgehende Sonne sandte goldglitzernde Strahlenstreifen über die Almwiesen, auf denen sternblütiger Steinbrech neben Alpengrasnelken, Berghahnenfuß, Aurikel und Enzian blühte. Unter ihnen im Wald waberten noch Nebelbänke, doch vor und über ihnen war der Himmel von einem sanften, kühlen Ostwind blankgefegt.

Der Weg war leicht zu gehen. Sie kamen gut voran und standen zur vorausberechneten Zeit vor dem markierten Eingang in die Laurentiuswand. Bis dahin waren sie schweigend hintereinander hergegangen. Jetzt standen sie nebeneinander und blickten an der zerklüfteten, mächtigen Wand hinauf, die, streckenweise fast senkrecht, nahezu achthundert Meter in den seidig-weißblauen Himmel ragte.

»Bis zum ersten Biwakplatz sind es ungefähr dreihundert Meter«, sagte Theo. »Das soll eine verhältnismäßig einfache Strecke sein. Schöne Freikletterei, abgesehen von einer kurzen Schlucht, bei der vor Steinschlag gewarnt wird, und einem Quergang nach links am Ende der tiefen Scharte, die man von hier aus sehen kann.«

Sie folgte mit den Augen seiner ausgestreckten Hand und nickte. »Ja, sehe ich«, sagte sie.

»Willst du erst mal vorgehen?« fragte er. »Bis dahin ist wahrscheinlich auch wenig Arbeit mit Haken. Die stecken reichlich, glaub ich. Wenn's danach zu hämmern gibt, geh ich voran. Einverstanden?«

»Einverstanden«, sagte Mathilde, verknotete das Doppelseilende, das sie sich um Leib und Schulter geschlungen hatte, und nahm die ersten schroffen Stufen in Angriff. Theo folgte.

Sie stiegen zügig aufwärts, umgingen ein Geröllfeld, zogen die Kletterschuhe an, als es steiler wurde, und sicherten sich da, wo es nötig war, mit Seil und Haken.

Vor der Schlucht warnte Theo: »Paß auf, wohin du trittst! Der Fels sieht hier brüchig aus.«

Als sie nach fast drei Stunden die Nische mit der waagerechten Plattform erreicht hatten, die als Biwakplatz bezeichnet war und auch Reste von früheren Rasten zeigte, legten sie eine Rast ein. Der Blick von hier aus hinab in die dunstigen Täler und hinauf und hinüber zu dem gegenüberliegenden Bergmassiv war grandios.

»Das ging ja ganz gut«, meinte Theo, nahm den Rucksack ab, unter dem sein Hemd schweißnaß war, setzte sich und zog die Schnürsenkel seiner Schuhe fest.

»Ja«, sagte Mathilde. »Willst du was essen?«

»Ja, bitte«, sagte er. »Vor allem was trinken.«

Mathilde überlegte. Nein, hier geht es nicht, dachte sie. Die Plattform ist zu groß. Er stirbt hier oben und stürzt nicht ab. Stoßen ist hier zu riskant – da reißt er mich noch mit hinunter . . . Sie nahm die Flasche mit dem hellblauen Verschluß und goß ihm einen Becher voll.

»Schmeckt ganz gut, Pfefferminztee«, sagte er kauend. »Das sollte man sich merken für die Zukunft.«

»Ja«, sagte sie.

»Ißt du nichts?« fragte er.

»Ich bin nicht hungrig.«

»Aber wir brauchen sicher noch mal gut zwei Stunden bis zur nächsten Rastmöglichkeit«, gab er zu bedenken.

Sie schüttelte den Kopf, trank nur einen Schluck Tee und packte den Proviant wieder ein, als er fertig war. Dann setzten sie ihren Aufstieg fort.

Theo ging jetzt voran. Er mußte hier und da neue Mauerhaken einschlagen oder locker gewordene Haken festklopfen. Es war ein kurzer, aber schwieriger Pendelgang zu bewältigen, der sie viel Zeit kostete, und dann kamen sie in den Kamin, der hinauf zum zweiten Biwakplatz führte.

Hier lag stellenweise noch Schnee in den tieferen Spalten. Die Wand war naß, und es war schwierig, sichere Griffe zu finden. Sie kamen nur langsam voran; Theo konnte hier nicht mehr mit dem Rucksack klettern, und Mathilde mußte das schwere Gepäck nach jeder Seillänge am zweiten Seil hochziehen und sichern, ehe sie weitersteigen konnten. Sie brauchten über eine Stunde für die vierzig Meter. Zweimal polterten unter Theos Schuhen Steinbrocken in den Abgrund. Mathilde kam jedoch nicht in Gefahr, da sie sich seitlich unterhalb ihrem Mann hielt.

Kurz vor dem Ausstieg – nur noch zwei Meter trennten ihn von der oberen Kante – sagte Theo: »Bleib eben da, wo du jetzt bist, Tilde; ich will erst mal sehen, ob die Kante stabil ist. Dann leg ich das Seil oben fest und zieh dich rauf.«

»Ja«, sagte sie, nichts Böses ahnend, und stemmte sich mit gespreizten Beinen mit dem Rücken gegen den Fels. Sie sah zu ihm hinauf und wartete.

Theo kletterte weiter.

Er war bis auf Griffnähe an der Kante, öffnete vorzeitig den Knoten des Seiles, weil Mathilde, die ihn sicherte, ein paar Zentimeter zu tief stand, und wollte sich hinaufziehen. Da brach sein Griff aus, sein Fuß rutschte ab, er hing an einem Arm im Leeren, suchte einen neuen Halt, geriet ins Pendeln . . .

»Aaaaah!« schrie Theo gellend und stürzte, immer noch schreiend, knapp an der entsetzten Mathilde vorbei in die Tiefe. Das Seil, das er nur noch lose um den Leib gelegt hatte, schnellte hoch und traf sie wie ein Peitschenhieb . . . Dann war alles vorüber . . . Nur das vielfache Echo des gräßlichen Schreis hallte noch nach.

Wie betäubt kletterte Mathilde die paar Meter hinauf, ohne sich umzusehen. Sie erreichte den schmalen Biwakplatz, brach dort zusammen und blieb ohnmächtig liegen.


»Hast du das gehört eben?« fragte Anton Merkl seinen Gefährten Petrus Schaffner.

»Ja – da hat einer geschrien . . .«

»Aber ganz in der Nähe muß das gewesen sein!«

Sie horchten.

Nichts.

»Das muß da links gewesen sein, beim andern Aufstieg zum Kamin«, sagte Schaffner.

»Gema nachschaun!« sagte Merkl.

Sie hatten, auf einer anderen Route kommend, gerade den

letzten, langen Anstieg über den Grat beginnen wollen, der von oberhalb des Kamins zum Gipfel führte. Bisher hatten sie geglaubt, heute allein in der Wand zu sein, denn es war nichts zu sehen und zu hören gewesen. Und nun dieser Schrei ...

Sie ließen die Rucksäcke am Fuß des Grates liegen und erreichten nach einer Viertelstunde den zweiten Biwakplatz oberhalb des Kamins.

»Da liegt einer«, sagte Merkl.

»Oschtia Madonna!« sagte Schaffner, der Südtiroler.

Sie stiegen hinab zu der Felsplatte, so schnell sie konnten.

»Es ist eine Frau«, sagte Merkl.

»Ist sie tot?« fragte Schaffner.

Merkl fühlte der besinnungslosen Mathilde den Puls. »Nein – sie lebt noch.«

»Aber die war's nicht, die geschrien hat«, sagte Schaffner. »Ich mein, das war ein Mann.« Er sah sich suchend um, da er aber nichts entdecken konnte, wandte er sich wieder der Ohnmächtigen zu. »Mach ihr die Jacke auf am Hals, und die Bluse«, sagte er zu Anton Merkl, »und dreh sie auf die Seite!«

»Ich?« fragte Merkl.

»No ja – warum nicht? Genierst dich etwa?«

»Man müßte ihr einen Schnaps einflößen, oder die Schläfe mit Kölnisch Wasser reiben«, sagte Merkl, während Schaffner Mathilde mit unsicheren Fingern ungeschickt den Reißverschluß des Anoraks aufzog und den Blusenkragen aufknöpfte.

»Hast du einen Schnaps dabei – oder ein Kölnisches Wasser?« fragte er ärgerlich.

»Oben am Grat hab ich einen Enzian«, sagte Merkl.

»Ich schau mal in ihrem Rucksack nach«, sagte Schaffner. Er öffnete Mathildes Rucksack. »Da ist was zum Trinken«, sagte er befriedigt und holte eine Thermosflasche heraus.

»Komm, gib's ihr«, sagte Merkl. »Ich halt ihr den Kopf hoch ...«

Petrus Schaffner nickte. Er schob behutsam Mathildes Lippen auseinander und drückte ihr sacht den Unterkiefer herab, so daß sich die Zähne öffneten. Merkl stützte den Kopf der Bewußtlosen.

Schaffner schnupperte an der Flasche, deren Verschluß er abgeschraubt hatte. »Riecht süß«, sagte er. »Greislig . . . Irgend so ein Likör. Wie Marzipan . . .« Er goß den schwarzen Becher voll und ließ die Flüssigkeit vorsichtig in Mathildes Mund rinnen.

Mathilde schluckte.

# Hals

Roald Dahl

Als vor etwa acht Jahren der alte Sir William Turton starb
und sein Sohn Basil nicht nur den Titel, sondern auch die
*Turton Press* erbte, wurden, wie ich mich erinnere, in der
Fleet Street zahlreiche Wetten abgeschlossen, wie lange es
dauern würde, bis eine hübsche junge Frau den kleinen
Burschen überzeugt hätte, daß sie sich um ihn kümmern
müsse. Um ihn und sein Geld, heißt das.

Basil – nunmehr Sir Basil Turton – mochte damals vierzig
Jahre zählen. Er war Junggeselle, ein Mann von sanfter,
schlichter Wesensart, der sich bis dahin nur für seine
Sammlung moderner Gemälde und Skulpturen interessiert hatte. Nie war sein Seelenfrieden durch ein Frau gestört worden; kein Skandal und kein Gerede hatten je seinen Namen befleckt. Nun aber, da er die Herrschaft über
ein großes Zeitungsimperium angetreten hatte, mußte er
das stille väterliche Landhaus verlassen und nach London
übersiedeln.

Natürlich scharten sich die Geier sofort um ihn, und nicht
nur die Fleet Street, sondern fast die ganze Stadt sah gespannt zu, wie sie ihm nachstellten. Sie gingen dabei langsam vor, sehr langsam und sehr bedächtig, so daß ich statt
von Geiern vielleicht lieber von einem Haufen gelenkiger
Krebse sprechen sollte, die unter Wasser nach einem Stück
Pferdefleisch greifen.

Aber zur allgemeinen Überraschung wußte der kleine
Kerl allen Eroberungsversuchen geschickt zu entgehen,
und so zog sich die Jagd über den Frühling und Frühsommer jenes Jahres hin. Obgleich Sir Basil nicht zu meinen

Bekannten gehörte, so daß für mich kein Anlaß bestand, ihm freundschaftliche Gefühle entgegenzubringen, ergriff ich unwillkürlich für ihn, meinen Geschlechtsgenossen, Partei und triumphierte jedesmal, wenn es ihm gelang, mit heiler Haut davonzukommen.

Dann, etwa Anfang August – anscheinend auf irgendein weibliches Geheimsignal hin –, schlossen die Mädchen untereinander eine Art Waffenstillstand und fuhren in die Ferien, um auszuruhen, neue Kräfte zu sammeln und Pläne für den Abschuß im Winter zu schmieden. Das war ein Fehler, denn genau in diesem Augenblick kam vom Kontinent ein bezauberndes Geschöpf herüber: Natalia Soundso, von der noch nie jemand gehört hatte, tauchte in London auf, nahm Sir Basil fest an der Hand und schleifte ihn, der sich gewissermaßen in Trance befand, zum Standesamt in der Caxton Hall, bevor irgend jemand, am wenigsten der Bräutigam selbst, begriffen hatte, was eigentlich geschah.

Sie können sich vorstellen, daß die Londoner Damen entrüstet waren, und natürlich zögerten sie keinen Augenblick, allerlei saftigen Klatsch über die frischgebackene Lady Turton (»diese unverschämte Wilddiebin«) zu verbreiten. Aber damit brauchen wir uns nicht aufzuhalten. Wir können getrost die nächsten sechs Jahre überspringen, und uns einer Begebenheit zuwenden, die sich vor genau einer Woche ereignete, als ich das Vergnügen hatte, Ihrer Ladyschaft zum erstenmal zu begegnen. Wie Sie sich denken können, leitet sie mittlerweile nicht nur die gesamte *Turton Press*, sondern hat sich dadurch auch eine beträchtliche politische Machtstellung erworben. Gewiß, das ist auch schon anderen Frauen gelungen, aber Lady Turtons Fall ist insofern ungewöhnlich, als sie Ausländerin ist und niemand recht zu wissen scheint, aus welchem Lande sie stammt – aus Jugoslawien, Bulgarien oder Rußland.

Am letzten Donnerstag also war ich bei Londoner Freunden zu einer kleinen Abendgesellschaft geladen. Als wir vor dem Dinner im Salon standen, einen Martini tranken und über die Atombombe und Mr. Bevan sprachen, steckte das Mädchen den Kopf herein, um den letzten Gast anzukündigen.

»Lady Turton«, meldete sie.

Niemand hörte auf zu reden; dazu waren wir alle zu gut erzogen. Keine Köpfe fuhren herum. Nur unsere Blicke gingen zur Tür und warteten auf ihr Erscheinen.

Sie trat ein, groß und schlank, in einem rotgoldenen glitzernden Kleid, und ging schnell, mit lächelndem Mund und ausgestreckten Händen auf die Gastgeberin zu.

»Mildred, guten Abend!«

»Meine liebe Lady Turton! Wie reizend!«

Ich glaube, jetzt hörten wir tatsächlich auf zu reden und fuhren herum. Wir starrten sie an und warteten ganz bescheiden darauf, ihr vorgestellt zu werden, als wäre sie die Königin oder ein berühmter Filmstar. Sie hatte schwarzes Haar und eines jener blassen, ovalen, unschuldigen Gesichter, wie man sie bei den Madonnen flämischer Maler des fünfzehnten Jahrhunderts findet. Ja, sie hätte von Memling oder van Eyck gemalt sein können. Jedenfalls war das mein erster Eindruck. Später, als ich an die Reihe kam, sie zu begrüßen, stellte ich fest, daß ihr Gesicht – bis auf die Konturen und die Farbgebung – keineswegs das einer Madonna war. Ganz im Gegenteil.

So hatte sie beispielsweise sehr merkwürdige Nasenflügel, die überaus stark geschwungen waren und dabei so gebläht, wie ich es nie zuvor gesehen hatte. Die Nase bekam dadurch etwas Witterndes, Schnaubendes, das irgendwie an ein wildes Tier erinnerte – an einen Mustang.

Und ihre Augen waren, aus der Nähe betrachtet, nicht groß und rund, wie die Madonnenmaler sie malten, sondern länglich und schmal, halb lächelnd, halb mürrisch und ein wenig ordinär, so daß sie fast etwas verworfen wirkte. Überdies sah sie einen nie offen an. Der Blick kam langsam von der Seite, mit einer eigenartig gleitenden Bewegung, die mich beunruhigte. Ich versuchte, die Farbe ihrer Augen zu ergründen, hielt sie für hellgrau, war mir aber nicht sicher.

Dann wurde sie zu anderen Gästen geführt, um deren Bekanntschaft zu machen. Ich blickte ihr nach. Offensichtlich war sie sich ihres Erfolges bewußt und genoß es, von diesen Londonern umschmeichelt zu werden. ›Schaut mich an‹, schien sie zu sagen, ›ich bin erst vor wenigen Jahren hergekommen, aber schon jetzt bin ich reicher und mächtiger als irgendeiner von euch.‹ In ihrem Gang lag etwas Triumphierendes.

Ein paar Minuten später begaben wir uns ins Speisezimmer, und zu meiner Überraschung saß ich zur Rechten Ihrer Ladyschaft. Vermutlich hatte unsere Gastgeberin das so arrangiert, weil sie mir Gelegenheit geben wollte, Material für die Gesellschaftsspalte zu sammeln, die ich jeden Tag für eine Abendzeitung schreibe. Ich machte mich auf eine anregende Unterhaltung gefaßt. Aber die berühmte Dame beachtete mich überhaupt nicht; sie sprach ausschließlich mit ihrem Nachbarn zur Linken, dem Gastgeber. Erst gegen Ende der Mahlzeit – ich war gerade mit meinem Eis fertig – wandte sie sich plötzlich um, streckte die Hand aus, nahm meine Tischkarte und las den Namen. Dann richtete sie ihren Blick mit jener eigenartig gleitenden Bewegung der Augen auf mich. Ich lächelte und deutete eine Verbeugung an. Ohne mein Lächeln zu erwidern, begann sie mit einer seltsam plätschernden Stimme Fragen auf mich abzufeuern, ziemlich persönliche Fragen – Beruf, Alter, Familie und dergleichen –, die ich beantwortete, so gut ich konnte.

Bei diesem Verhör erfuhr sie unter anderem von meinem Interesse für Malerei und Bildhauerkunst.

»Dann sollten Sie uns einmal auf dem Land besuchen und sich die Sammlung meines Mannes ansehen.« Sie sagte das nur als Gesprächsfloskel, aber ich kann es mir nicht erlauben, eine solche Chance ungenutzt zu lassen.

»Ich wüßte nicht, was ich lieber täte, Lady Turton. Sehr freundlich von Ihnen. Wann darf ich kommen?«

Ihr Kopf fuhr hoch. Sie zögerte, runzelte die Stirn, zuckte die Achseln. »Ach, das ist mir gleich. Irgendwann.«

»Wir wär's mit diesem Wochenende? Würde Ihnen das passen?« Der Blick ihrer länglichen, schmalen Augen heftete sich für eine Sekunde auf mein Gesicht und glitt dann weiter. »Warum nicht? Wenn Sie wollen ... Mir ist es gleich.«

So packte ich denn am nächsten Sonnabendnachmittag meinen Koffer und fuhr im Wagen nach Wooton. Vielleicht sind Sie der Meinung, ich hätte die Einladung ein wenig forciert – nun ja, anders wäre ich nie dazu gekommen. Und mir lag nicht nur aus beruflichen Gründen sehr viel daran, das Haus zu besichtigen. Bekanntlich zählt Wooton zu den wirklich bedeutenden Steinhäusern der frühen englischen Renaissance. Wie seine Gegenstücke, Longleat, Wollaton und Montacute wurde es in der zweiten Hälfte des sechzehnten Jahrhunderts erbaut, als die großen Herren zum erstenmal auf die festen Burgen verzichten und sich behagliche Wohnsitze schaffen konnten. Damals hat eine neue Schule von Architekten, unter ihnen John Thorpe und die Smithsons, in ganz England wahre Wunderwerke erstehen lassen. Wooton liegt südlich von Oxford in der Nähe eines Städtchens namens Princes Risborough. Als ich in das Portal einbog, verdunkelte sich bereits der Himmel, und der frühe Winterabend brach an.

Ich fuhr jetzt sehr langsam und versuchte, soviel wie möglich von dem Park zu beiden Seiten des Weges zu sehen. Besonders interessierten mich die berühmten Figurenbäume, von denen ich schon viel gehört hatte. Und ich muß sagen, es war wirklich ein eindrucksvoller Anblick. Überall standen kräftige Eiben, die so beschnitten und zurechtgestutzt waren, daß sie seltsame Formen und Figuren bildeten: Hühner, Tauben, Flaschen, Stiefel, Lehnstühle, Burgen, Eierbecher, Laternen, alte Frauen mit bauschigen Röcken, hohe Säulen, einige von einer Kugel gekrönt, andere von großen, runden Dächern oder Pilzhüten. In der Dämmerung hatte sich das Grün in Schwarz verwandelt, so daß die Bäume wie dunkle, glatte Skulpturen wirkten. An einer Stelle sah ich eine Rasenfläche mit riesigen Schachfiguren, jede eine lebende Eibe, wunderbar gestaltet. Ich hielt den Wagen an und stieg aus. Die Figuren waren doppelt so groß wie ich. Ein vollständiges Schachspiel. Die Könige, die Damen, die Läufer, Springer, Türme und Bauern – alle standen sie da, als sollte die Partie gleich eröffnet werden.

Hinter der nächsten Wegbiegung erblickte ich das große graue Haus, dessen Vorhof von einer hohen Balustrade umgeben war und zu beiden Seiten von säulenverzierten Pavillons flankiert wurde. Auf den Pfeilern der Balustrade erhoben sich Obelisken – der italienische Einfluß auf den Tudor-Geschmack. Eine mindestens dreißig Meter breite Freitreppe führte zum Haus hinauf.

In der Mitte des Vorhofs stand, wie ich zu meinem Entsetzen sah, ein Brunnenbecken mit einer großen Statue von Epstein. Zweifellos ein wunderbares Stück, aber in dieser Umgebung einigermaßen fehl am Platze. Als ich die Treppe hinaufstieg und mich noch einmal umschaute, entdeckte ich, daß auch auf den kleinen Rasenplätzen und Terrassen ringsum moderne Statuen und seltsam geformte Skulpturen standen. Ich glaubte einen Gaudier Breska, einen Brancusi, einen Saint-Gaudens, einen Henry Moore und noch einen Epstein zu erkennen.

Die Tür wurde von einem jungen Diener geöffnet, der mich in ein Schlafzimmer im ersten Stock führte. Ihre Ladyschaft, erklärte er, habe sich zu einer Ruhepause zurückgezogen, und die übrigen Gäste seien ihrem Beispiel gefolgt, aber alle würden sich in etwa einer Stunde, zum Dinner gekleidet, im großen Salon einfinden.

Mein Beruf zwingt mich, viele Wochenendbesuche zu machen. Ich verbringe wohl fünfzig Sonnabende und Sonntage im Jahr in den Häusern anderer Leute und habe daher eine feine Witterung für ungewohnte Atmosphären. Schon wenn ich ein Haus betrete, kann ich förmlich riechen, ob alles in Ordnung ist. Das Haus, in dem ich mich jetzt befand, gefiel mir gar nicht, denn in der Luft lag ein Hauch jenes trockenen Geruchs, der nichts Gutes verheißt. Ich spürte ihn sogar, als ich mit Behagen mein warmes Bad in einer riesigen Marmorwanne genoß, und ich konnte nur hoffen, daß bis Montag nichts Unerfreuliches geschehen würde.

Kaum zehn Minuten später geschah etwas – wenn es auch eher überraschend als unerfreulich war. Ich saß auf dem Bett und zog mir die Socken an, als sich die Tür leise öffnete und ein schwarzbefrackter, schiefschultriger alter Gnom mit schleichenden Schritten hereinkam. Er sagte, er sei der Butler, heiße Jelks und erlaube sich die Frage, ob ich mich wohl fühlte und alles hätte, was ich brauchte.

Ich beruhigte ihn über diesen Punkt. Er versicherte, daß er sich nach Kräften bemühen werde, mir das Wochenende so angenehm wie möglich zu machen. Ich dankte ihm und wartete, daß er ginge. Er zögerte, dann bat er mit einer Stimme, die vor Salbung triefte, um die Erlaubnis, eine recht heikle Sache zur Sprache zu bringen. Ich forderte ihn auf, loszuschießen.

Um ganz offen zu sein, sagte er, es handle sich um das Trinkgeld. Das sei eine Angelegenheit, die ihm ernste Sorgen bereite.

Ach? Und wieso?

Nun, wenn ich es wirklich wissen wolle, ihm gefalle der Gedanke nicht, daß seine Gäste sich verpflichtet fühlen könnten, ihm beim Verlassen des Hauses ein Trinkgeld zu geben – wie es ja allgemein üblich sei. Er empfinde dieses Verfahren als erniedrigend, sowohl für den, der das Trinkgeld gebe, als auch für den, der es erhalte. Außerdem sei ihm durchaus klar, daß Gäste wie ich – er bitte höflichst, ihm diese Offenheit zu verzeihen – mitunter in eine peinliche Lage gerieten, weil sie sich anstandshalber verpflichtet fühlten, mehr zu geben, als sie sich eigentlich leisten könnten.

Er machte eine Pause, und zwei kleine, verschlagene Augen suchten in meinem Gesicht nach einem Zeichen der Zustimmung. Ich murmelte, daß er das meine Sorge sein lassen sollte.

O nein, erwiderte er rasch, er hoffe aufrichtig, daß ich mich bereit erklären würde, ihm kein Trinkgeld zu geben.

»Nun«, sagte ich, »darüber brauchen wir uns doch jetzt noch nicht aufzuregen. Das findet sich alles, wenn es soweit ist.«

»Nein, Sir!« rief er. »Bitte, ich muß darauf bestehen.«

Ich gab also nach.

Er dankte mir. Dann trat er schlurfend, zwei, drei Schritte näher, neigte den Kopf zur Seite, faltete die Hände über der Brust wie ein Priester und zuckte, als wollte er sich entschuldigen, kaum merklich die Achseln. Die kleinen, scharfen Augen sahen mich unverwandt an, während ich – die eine Socke am Fuß, die andere in der Hand – zu erraten suchte, was nun kommen würde.

Alles, worum er bitte, sagte er leise, so leise jetzt, daß seine Stimme wie Musik klang, die schwach aus einer großen Konzerthalle auf die Straße dringt, alles, worum er bitte, sei dies: Ich möge ihm statt des Trinkgelds dreiunddreißigeindrittel Prozent meines auf Wooton erzielten Spielgewinns überlassen. Wenn ich verlöre, brauchte ich ihm nichts zu geben.

Das kam alles so leise, so sanft und so plötzlich heraus, daß ich nicht einmal überrascht war. »Wird hier viel Karten gespielt, Jelks?«

»Ja, Sir. Sehr viel.«

»Finden Sie dreiunddreißigeindrittel nicht ein bißchen happig?«

»Keineswegs, Sir.«

»Wie wär's mit zehn Prozent?«

»Nein, Sir, darauf kann ich mich nicht einlassen.«

Er betrachtete die Fingernägel seiner linken Hand und runzelte die Stirn.

»Na, dann fünfzehn. In Ordnung?«

»Dreiunddreißigeindrittel, Sir! Das ist nur recht und billig. Denn sehen Sie, Sir, ich weiß ja nicht einmal, ob Sie ein guter Spieler sind. Ohne persönlich werden zu wollen – ich setze auf ein Pferd, das ich noch nie habe laufen sehen.«

Zweifellos werden Sie jetzt denken, daß ich gar nicht erst hätte anfangen dürfen, mit dem Butler zu feilschen, und vielleicht haben Sie recht. Aber als liberal gesinnter Mensch bemühe ich mich immer, Angehörigen der unteren Klassen freundlich entgegenzukommen. Außerdem mußte ich bei näherer Überlegung zugeben, daß dies ein faires Angebot war und daß kein Sportsmann das Recht hatte, es abzulehnen.

»Also gut, Jelks. Wie Sie wollen.«

»Danke, Sir.« Er steuerte auf die Tür zu, schob sich langsam seitwärts vor wie ein Krebs. Wieder zögerte er, eine Hand auf dem Türknopf. »Wenn Sie gestatten, Sir ... Dürfte ich Ihnen einen kleinen Rat geben?«

»Na?«

»Es ist nur, daß Ihre Ladyschaft dazu neigt, zu hoch zu reizen.«

Nun, *das* ging wirklich zu weit. Ich war so verdutzt, daß ich meine Socke fallen ließ. Gewiß, es ist nichts dabei, wenn man wegen des Trinkgelds mit dem Butler ein kleines sportliches Abkommen trifft, aber wenn er mit Ratschlägen anfängt, wie man der Gastgeberin am besten das Geld abnehmen kann, dann ist es zweifellos Zeit, ihn in die Schranken zu weisen.

»Danke, Jelks, das genügt.«

»Sie verstehen mich hoffentlich nicht falsch, Sir. Ich meine nur, daß Sie bestimmt gegen Ihre Ladyschaft spielen. Sie hat immer Major Haddock als Partner.«

»Major Haddock? Major Jack Haddock?«

»Ja, Sir.«

Ich bemerkte, daß Jelks leicht die Nase rümpfte, als er von diesem Mann sprach. Und noch weniger schien er von Lady Turton zu halten. Jedesmal wenn er ›Ihre Ladyschaft‹ sagte, verzog er den Mund, als sauge er an einer Zitrone, und seine Stimme hatte einen leicht spöttischen Klang.

»Entschuldigen Sie mich jetzt bitte, Sir. *Ihre Ladyschaft* wird um sieben Uhr herunterkommen. Ebenso *Major Haddock* und die anderen.« Er schlüpfte aus der Tür und ließ den schwachen Geruch irgendeines Einreibemittels zurück, der die Atmosphäre keineswegs verbesserte.

Kurz nach sieben betrat ich den großen Salon. Lady Turton, schön wie immer, erhob sich, als sie mich sah.

»Ich wußte nicht mehr genau, wann Sie kommen würden«, sagte sie mit ihrer eigentümlich wiegenden Stimme. »Wie war doch gleich Ihr Name?«

»Ich fürchte, ich habe Sie beim Wort genommen, Lady Turton. Hoffentlich ist es Ihnen recht.«

»Warum nicht?« erwiderte sie. »Das Haus hat siebenundvierzig Schlafzimmer. Dies ist mein Mann.«

Ein kleiner Mann tauchte hinter ihrem Rücken auf und begrüßte mich mit den Worten: »Wissen Sie, ich freue mich wirklich, daß Sie kommen konnten.« Er hatte ein sehr gewinnendes Lächeln, und als er mir die Hand gab, spürte ich in dem Druck seiner Finger sofort etwas Freundschaftliches.

»Und Carmen La Rosa«, sagte Lady Turton.

Das war eine kräftig gebaute Frau, die aussah, als hätte sie etwas mit Pferden zu tun. Sie nickte mir zu, verzichtete aber darauf, meine bereits ausgestreckte Hand zu ergreifen, so daß ich gezwungen war, die Bewegung in ein Naseputzen umzuwandeln.

»Sind Sie erkältet?« fragte sie. »Das tut mir leid.«

Miss Carmen La Rosa mißfiel mir.

»Und dies ist Jack Haddock.«

Ich kannte den Mann, wenn auch nur flüchtig. Er war Direktor in einigen Unternehmen (was immer das bedeuten mochte) und ein bekanntes Mitglied der Gesellschaft. Ich hatte ihn ein paarmal in meiner Spalte erwähnt, aber er war mir nie sympathisch gewesen. Wahrscheinlich lag das vor allem daran, daß mir Leute, die ihre militärischen Titel mit ins Privatleben hinübernehmen, immer verdächtig sind – besonders Majore und Obersten. Wie er da stand, in seinem Smoking, mit dem vollblütigen, animalischen Gesicht, den schwarzen Augenbrauen und den blendendweißen Zähnen, sah er so gut aus, daß es fast indezent wirkte. Er hatte die Angewohnheit, beim Lächeln die Oberlippe zu heben und die Zähne zu entblößen, und er lächelte jetzt, als er mir seine behaarte braune Hand reichte.

»Ich hoffe, Sie sagen etwas Nettes über uns in Ihrer Spalte.«

»Das möchte ich ihm raten«, meinte Lady Turton, »sonst sage ich nämlich etwas Unangenehmes über ihn auf meiner ersten Seite.«

Ich lachte, aber alle drei, Lady Turton, Major Haddock und Carmen La Rosa hatten sich bereits abgewandt und nahmen wieder auf dem Sofa Platz. Jelks brachte mir einen Drink, und Sir Basil zog mich zu einem ruhigen Gespräch in den Hintergrund des Salons. Lady Turton rief alle Augenblicke nach ihrem Mann, damit er irgend etwas für sie hole – noch einen Martini, eine Zigarette, einen Aschenbecher, ein Taschentuch –, aber wenn er sich dann halb aus seinem Sessel erhoben hatte, war ihm Jelks schon zuvorgekommen und versorgte Lady Turton mit dem Gewünschten.

Es war klar, daß Jelks seinen Herrn liebte, und ebenso klar, daß er die Frau haßte. Sooft er etwas für sie tat, stieß er verächtlich ein wenig Luft durch die Nase und preßte die Lippen zusammen, so daß sie aussahen wie das Hinterteil eines Puters.

Beim Dinner saß Lady Turton zwischen ihren beiden Freunden, Haddock und Miss La Rosa. Durch dieses unkonventionelle Arrangement hatten Sir Basil und ich Gelegenheit, unser interessantes Gespräch über Bilder und Skulpturen fortzusetzen. Natürlich hatte ich inzwischen begriffen, daß der Major in Ihre Ladyschaft verliebt war. Und ich hatte das Gefühl – so ungern ich diesen Verdacht äußere –, daß die La Rosa demselben Vogel nachjagte.

Das alles schien der Gastgeberin sehr zu behagen. Aber

ihrem Mann behagte es gar nicht. Ich stellte fest, daß er sich, während wir uns unterhielten, unablässig der Vorgänge am anderen Ende des Tisches bewußt war. Seine Gedanken schweiften des öfteren von unserem Thema ab, er unterbrach sich mitten im Satz, und sein Blick ruhte sekundenlang mit einem geradezu rührenden Ausdruck auf der schönen Frau mit dem schwarzen Haar und den eigenartig geblähten Nasenflügeln. Es konnte ihm nicht entgangen sein, wie aufgekratzt sie war, wie sie beim Sprechen gestikulierte und dabei mehrmals die Hand auf den Arm des Majors legte und wie fordernd die andere Frau, diejenige, die möglicherweise etwas mit Pferden zu tun hatte, immer wieder rief: »Nata-*li*-a! Nata-*li*-a, hör doch mal zu!«

»Morgen«, sagte ich, »müssen Sie mir die Skulpturen zeigen, die Sie im Garten stehen haben.«

»Natürlich«, murmelte er. »Mit Vergnügen.« Er schaute dabei zu seiner Frau hinüber, und der flehende Blick seiner Augen war herzzerreißend. Dieser Mann hatte ein so weiches, liebevolles Gemüt, daß selbst jetzt kein Zorn in ihm war, nichts, was eine Explosion hätte auslösen können.

Nach dem Essen wurde ich sofort an den Kartentisch befohlen, um mit Miss Carmen La Rosa gegen Major Haddock und Lady Turton zu spielen. Sir Basil setzte sich mit einem Buch auf das Sofa.

Das Spiel verlief durchaus normal; es brachte keinerlei Überraschungen und war ziemlich langweilig. Aber Jelks fiel mir auf die Nerven. Den ganzen Abend lungerte er um uns herum, leerte die Aschenbecher, erkundigte sich, was wir zu trinken wünschten, und schaute uns in die Karten. Er war offenbar kurzsichtig, und ich bezweifle, daß er viel von dem mitbekam, was vor sich ging. Wie Sie wissen oder vielleicht auch nicht wissen, darf ein Butler in England niemals eine Brille tragen – übrigens auch keinen Schnurrbart. Das ist eine unverbrüchliche goldene Regel und obendrein eine sehr vernünftige, obgleich mir nicht ganz klar ist, was eigentlich dahintersteckt. Vermutlich würde er mit Bart zu sehr wie ein Gentleman und mit Brille zu sehr wie ein Amerikaner aussehen, und wohin sollte das führen, frage ich Sie. Nun, jedenfalls machte Jelks mich ziemlich nervös, genau wie Lady Turton, die dauernd wegen irgendeiner Zeitungssache ans Telefon gerufen wurde.

Um elf Uhr blickte sie von ihren Karten auf und sagte: »Basil, du solltest jetzt schlafen gehen.«

»Ja, mein Liebes, vielleicht hast du recht.« Er klappte das Buch zu, erhob sich und blieb ein Weilchen am Tisch stehen, um uns zuzuschauen. »Alles in Ordnung mit dem Spiel?« fragte er.

Da die anderen nicht antworteten, sagte ich: »Es ist ein schönes Spiel.«

»Das freut mich. Und Jelks wird sich um Sie kümmern und Ihnen bringen, was Sie brauchen.«

»Jelks kann auch schlafen gehen«, entschied Lady Turton. Ich hörte, wie Major Haddock neben mir durch die Nase atmete, wie die Karten, eine nach der andern, leise auf den Tisch klatschten und wie Jelks' Füße über den Teppich auf uns zuschlurrten.

»Wäre es Ihnen nicht lieber, wenn ich aufbliebe, M'lady?«

»Nein. Gehen Sie zu Bett. Du auch, Basil.«

»Ja, mein Liebes. Gute Nacht. Gute Nacht, alle miteinander.«

Jelks öffnete seinem Herrn die Tür und verließ hinter ihm das Zimmer.

Sobald wir den nächsten Robber beendet hatten, erklärte ich, daß auch ich mich zurückziehen wolle.

»Bitte sehr«, sagte Lady Turton. »Gute Nacht.«

Ich ging in mein Zimmer, schloß die Tür ab, nahm eine Tablette und legte mich schlafen.

Am nächsten Morgen stand ich gegen zehn Uhr auf. Als ich im Frühstückszimmer erschien, war Sir Basil schon da und wurde gerade von Jelks mit gegrillten Nieren, Speck und gebratenen Tomaten versorgt. Er freute sich, mich zu sehen und fragte, ob ich Lust hätte, ihn gleich nach dem

Frühstück auf einem langen Spaziergang durch den Garten zu begleiten. Ich versicherte ihm, daß ich mir nichts Besseres wünschen könne.

Eine halbe Stunde später brachen wir auf. Sie glauben gar nicht, wie erleichtert ich war, aus diesem Haus heraus an die frische Luft zu kommen. Es war einer jener warmen, leuchtenden Tage, die gelegentlich mitten im Winter auf eine Regennacht folgen, mit strahlendem Sonnenschein und ohne Wind. Die kahlen Bäume sahen herrlich aus in dem goldenen Licht. Das Wasser tropfte noch von den Ästen, und die Pfützen auf den Wegen funkelten wie Diamanten. Am Himmel standen zarte Wölkchen.

»Was für ein herrlicher Tag!«

»Ja, ganz herrlich, nicht wahr?«

Das war ungefähr alles, was wir während des Spaziergangs sprachen; mehr war nicht nötig. Sir Basil führte mich zu den großen Schachfiguren; dann zeigte er mir die anderen kunstvoll gestutzten Bäume, die Gartenhäuschen mit dem schönen Schnitzwerk, die Teiche, die Brunnen, das Labyrinth, in dem man sich nur im Sommer verirren konnte, wenn die Hecken belaubt waren. Auch die Blumenbeete besichtigten wir, die künstlichen Grotten, die Gewächshäuser mit ihren Weinstöcken und Pfirsichbäumen. Und natürlich die Skulpturen. Die meisten zeitgenössischen Bildhauer waren hier mit Werken aus Bronze, Granit, Kalkstein und Holz vertreten. Obgleich es ein Genuß war, diese Schöpfungen in der Sonne warm aufleuchten zu sehen, schienen sie mir nach wie vor ein bißchen fehl am Platze in diesem weitläufigen, nach strengen Regeln angelegten Park.

»Wollen wir uns nicht ein Weilchen ausruhen?« schlug Sir Basil vor, nachdem wir länger als eine Stunde umhergewandert waren. Wir setzten uns auf eine weiße Bank in der Nähe eines mit Wasserlilien bedeckten Teiches voller Karpfen und Goldfische und zündeten uns eine Zigarette an. Unsere Bank befand sich auf einer Anhöhe, ziemlich weit vom Haus entfernt, so daß wir den Garten vor uns liegen sahen wie eine Zeichnung aus einem alten Buch über Gartenarchitektur. Die Hecken, Rasenflächen, Terrassen und Brunnen bildeten ein hübsches Muster aus Vierecken und Kreisen.

»Mein Vater hat Wooton gekauft, kurz bevor ich geboren wurde«, sagte Sir Basil. »Ich habe immer hier gelebt und kenne jedes Fleckchen. Ich liebe den Garten von Tag zu Tag mehr.«

»Im Sommer ist es hier bestimmt wunderbar.«

»O ja. Sie müssen uns einmal im Mai oder Juni besuchen. Versprechen Sie mir das?«

»Natürlich«, sagte ich. »Mit dem größten Vergnügen.«

Während ich sprach, beobachtete ich eine rotgekleidete Frau, die sich in der Ferne zwischen den Blumenbeeten bewegte. Ich sah, wie sie mit wiegendem Gang einen Rasenplatz überquerte; dann wandte sie sich nach links und schritt an einer hohen Eibenhecke vorbei, bis sie zu einem zweiten, kleineren Rasen kam, der kreisrund war und in dessen Mitte eine Skulptur aufragte.

»Der Garten ist jünger als das Haus«, sagte Sir Basil. »Er wurde im frühen achtzehnten Jahrhundert von einem Franzosen namens Beaumont angelegt – demselben, der den Garten von Levens in Westmoreland gestaltet hat. Zweihundertfünfzig Leute haben mindestens ein Jahr lang daran gearbeitet.«

Ein Mann hatte sich jetzt zu der Frau im roten Kleid gesellt. Sie standen, etwa einen Meter voneinander entfernt, genau im Mittelpunkt des Gartenpanoramas auf diesem runden Rasenstück, anscheinend in ein Gespräch vertieft. Der Mann hielt irgend etwas Schwarzes in der Hand.

»Wenn es Sie interessiert, zeige ich Ihnen nachher die Rechnungen, die Beaumont dem alten Herzog eingereicht hat.«

»Ja, die würde ich sehr gern sehen. Sicherlich sind sie hochinteressant.«

»Er hat seinen Arbeitern einen Shilling pro Tag gezahlt, und sie arbeiteten zehn Stunden.«

In dem klaren Sonnenlicht war es nicht schwer, die Bewegungen und Gesten der beiden Gestalten auf dem Rasen zu verfolgen. Sie hatten sich jetzt der Skulptur zugewandt, zeigten darauf und lachten. Offenbar machten sie Witze über ihre Form. Ich erkannte, daß es sich um einen Henry Moore handelte, ein in Holz gearbeitetes Werk von einmaliger Schönheit, schlank, glatt mit zwei oder drei Löchern und einigen seltsamen Vorsprüngen, die an Gliedmaßen erinnerten.

»Als Beaumont die Eiben für die Schachfiguren und die anderen Sachen pflanzte, wußte er, daß mindestens hundert Jahre vergehen würden, bevor sie sich in Form schneiden ließen. So viel Geduld bringen wir bei unseren Planungen nicht mehr auf, was?«

»Nein«, bestätigte ich. »Ganz gewiß nicht.«

Das schwarze Ding in der Hand des Mannes war eine Kamera. Er trat jetzt ein paar Schritte zurück und fotografierte die Frau neben dem Henry Moore. Sie nahm die verschiedensten Posen ein, die alle albern waren und komisch wirken sollten. Einmal legte sie die Arme um einen der Vorsprünge und schmiegte sich an ihn, dann wieder kletterte sie auf die Skulptur, setzte sich im Damensitz darauf und ergriff imaginäre Zügel. Die hohe Eibenhecke hinter den beiden trennte sie von dem Haus und dem vorderen Teil des Gartens. Nur von unserer Anhöhe aus waren sie deutlich zu sehen. Sie hatten allen Grund, sich unbeobachtet zu glauben, und selbst wenn sie zufällig in unsere Richtung geblickt hätten – das heißt gegen die Sonne –, so wären ihnen wohl kaum die beiden kleinen Gestalten aufgefallen, die regungslos auf der Bank am Teich saßen.

»Wissen Sie, ich liebe diese Eiben«, sagte Sir Basil. »Ihre Farbe ist gerade in einem Garten so überaus wohltuend für das Auge. Und im Sommer dämpft sie das grelle Sonnenlicht, so daß man die Bäume überhaupt erst richtig bewundern kann. Haben Sie die vielen Schattierungen von Grün an den Flächen und Facetten der gestutzten Bäume bemerkt?«

»Ja, ein herrlicher Anblick, nicht wahr?«

Der Mann schien jetzt der Frau irgend etwas zu erklären. Er deutete auf den Henry Moore, und die Art, wie sie den Kopf zurückwarfen, verriet mir, daß sie wieder lachten. Der Mann stand noch immer mit ausgestrecktem Zeigefinger da, und nun lief die Frau zur Rückseite der Holzskulptur, bückte sich und schob den Kopf durch eines der Löcher. Die Plastik war etwa so groß wie, sagen wir, ein kleines Pferd, aber wesentlich schmaler. Von unserer Bank aus konnte ich beide Seiten sehen – die linke mit dem Körper der Frau, die rechte mit dem durchgestreckten Kopf. Es erinnerte an diese Scherzaufnahmen in Seebädern, wo man den Kopf durch ein Loch im Brett steckt und als dicke Dame fotografiert wird. Der Mann hob jetzt die Kamera ans Auge.

»Und noch etwas gefällt mir an den Eiben«, fuhr Sir Basil fort. »Im Frühsommer, wenn die Zweige ausschlagen . . .« Hier verstummte er plötzlich, reckte den Oberkörper und beugte sich ein wenig vor. Ich spürte, wie er förmlich erstarrte.

»Ja«, sagte ich, »wenn die Zweige ausschlagen . . .?«

Die Aufnahme war fertig, aber die Frau zog den Kopf nicht zurück. Ich sah, wie der Mann beide Hände (mit der Kamera) auf den Rücken legte und auf sie zuging. Dann bückte er sich, brachte sein Gesicht ganz nah an das ihre heran und blieb so stehen. Ich nehme an, daß er ihr ein paar Küsse gab oder dergleichen. In der tiefen Stille glaubte ich das Klingen eines Frauenlachens zu hören, das von weit her durch den sonnenhellen Garten zu uns drang.

»Wollen wir nicht zurückgehen?« fragte ich.

»Zurück?«

»Ja. Wir könnten dann vor dem Essen noch einen Martini trinken.«

»Einen Martini? Ja, das werden wir tun.« Aber er rührte sich nicht. Er saß still, war mir gleichsam entrückt und starrte wie gebannt auf die beiden Gestalten. Ich starrte sie ebenfalls an. Es war mir unmöglich, den Blick abzuwenden; ich *mußte* einfach hinsehen. Das, was sich dort in der Ferne abspielte, schien ein gefährliches kleines Ballett zu sein: Man kannte die Musik und die Tänzer, aber nicht den Handlungsverlauf, nicht die Choreographie. Man wußte nicht, was als nächstes geschehen würde, man war fasziniert und *mußte* einfach hinsehen.

»Gaudier Breska«, sagte ich. »Was glauben Sie, wie weit er es gebracht hätte, wenn er nicht so früh gestorben wäre?«

»Wer?«

»Gaudier Breska.«

»Ja«, murmelte er. »Allerdings.«

Plötzlich fiel mir etwas Seltsames auf. Die Frau hatte den Kopf noch immer nicht zurückgezogen, aber sie schob jetzt ihren Körper in langsamen Windungen hin und her. Der Mann stand einen Schritt von ihr entfernt und sah sie an. Er schien irgendwie beunruhigt zu sein; der gesenkte Kopf und die angespannte Körperhaltung deuteten darauf hin, daß er nicht mehr lachte. Nach einer Weile legte er die Kamera auf den Boden, näherte sich der Frau und nahm ihren Kopf in die Hände. Und auf einmal war es eher wie ein Puppenspiel als ein Ballett – winzige hölzerne Marionetten, die winzige hölzerne Bewegungen machten, verrückt und unwirklich, auf einer weit entfernten, von der Sonne beleuchteten Bühne.

Wir saßen auf der weißen Bank und sahen schweigend zu, wie der Marionettenmann an dem Kopf der Frau herumhantierte. Er tat es sanft, daran war nicht zu zweifeln, sanft und vorsichtig. Von Zeit zu Zeit trat er zurück, um nachzudenken; mehrmals hockte er sich nieder, um die Lage aus einem anderen Blickwinkel zu begutachten. Immer wenn er die Frau allein ließ, begann sie von neuem, sich hin und her zu winden, und zwar auf eine seltsame Art, die mich an einen Hund erinnerte, der zum erstenmal ein Halsband trägt.

»Sie ist eingeklemmt«, sagte Sir Basil.

Nun ging der Mann auf die andere Seite der Holzskulptur,

dorthin, wo sich der Körper der Frau befand. Er bückte sich und versuchte, irgend etwas mit ihrem Hals zu machen. Dann, als hätte er plötzlich die Geduld verloren, zerrte er zwei-, dreimal heftig an dem Hals, und diesmal drang die Stimme der Frau, schrill vor Zorn oder Schmerz, klar und deutlich durch das Sonnenlicht zu uns.

Aus den Augenwinkeln sah ich, daß Sir Basil ruhig nickte. »Als Junge bin ich einmal mit der Hand in einem Glas Konfitüre steckengeblieben«, sagte er. »Bekam sie nicht wieder heraus.«

Der Mann war ein paar Schritte zurückgetreten und stand nun da, die Hände in die Hüften gestemmt, den Kopf hoch erhoben. Ich hatte den Eindruck, daß er ärgerlich und gereizt war. Die Frau schien aus ihrer unbequemen Stellung heraus mit ihm zu sprechen oder ihn vielmehr anzuschreien, und wenn sich auch ihr Körper nur winden konnte, so waren doch die Beine frei, mit denen sie wild auf den Boden stampfte.

»Ich habe das Glas mit dem Hammer zerschlagen und meiner Mutter erzählt, ich hätte es aus Versehen vom Regal gestoßen.« Sir Basil wirkte jetzt völlig entspannt, kein bißchen nervös, obgleich er mit merkwürdig tonloser Stimme sprach. »Vielleicht sollten wir hinuntergehen und sehen, ob wir helfen können.«

»Das wäre wohl das beste.«

Aber er rührte sich nicht. Er nahm eine Zigarette heraus, zündete sie an und legte das abgebrannte Streichholz sorgfältig in die Schachtel zurück.

»Ach, entschuldigen Sie«, sagte er. »Möchten Sie auch eine?«

»Danke, ich glaube, ja.«

Er machte aus dem Anbieten und Anzünden der Zigarette eine umständliche kleine Zeremonie, und wieder legte er das abgebrannte Streichholz sorgfältig in die Schachtel zurück. Dann standen wir auf und gingen langsam den grasigen Abhang hinunter.

Für die beiden war es natürlich eine ziemliche Überraschung, als wir durch den Torbogen in der Eibenhecke auf sie zutraten.

»Was ist denn hier los?« fragte Sir Basil. Er sprach sanft, aber es war eine gefährliche Sanftmut, die seine Frau sicherlich noch nie bei ihm erlebt hatte.

»Sie hat den Kopf durch das Loch gesteckt und kriegt ihn nicht wieder raus«, erklärte Major Haddock. »War ein Jux, wissen Sie.«

»Ein was?«

»Basil!« schrie Lady Turton. »Stell dich nicht so dumm an! Tu etwas, ja?« Sie konnte sich zwar nicht viel bewegen, aber reden konnte sie noch.

»Wird wohl nichts anderes übrigbleiben, als dieses Holzding aufzubrechen«, sagte der Major. An seinem grauen Schnurrbart haftete ein wenig Rot, und das genügte, sein männliches Aussehen zu zerstören – wie der überflüssige Farbtupfen, der ein vollkommenes Gemälde ruiniert. Er wirkte nur noch komisch.

»Aufbrechen? Den Henry Moore aufbrechen?«

»Mein lieber Sir Basil, es gibt keine andere Möglichkeit, Ihre Gattin zu befreien. Gott weiß, wie sie es fertiggebracht hat, sich da hineinzuquetschen, aber heraus kommt sie nicht von selbst, soviel steht fest. Die Ohren sind im Weg.«

»Ach Gott«, seufzte Sir Basil. »Das ist ja schrecklich. Mein schöner Henry Moore.«

Hier begann Lady Turton ihren Mann in höchst unangenehmer Weise zu beschimpfen, und vermutlich hätte sie nicht so bald damit aufgehört, wäre nicht plötzlich Jelks aus dem Schatten aufgetaucht. Er kam über den Rasen geschlurft und stellte sich wortlos in respektvoller Entfernung neben Sir Basil auf, als erwarte er seine Befehle. Die schwarze Kleidung des Butlers paßte ganz und gar nicht zu diesem sonnigen Morgen. Mit seinem runzligen, rosigweißen Gesicht und den weißen Händen sah er wie ein Maulwurf aus, der sein ganzes Leben unter er Erde verbracht hat.

»Kann ich etwas tun, Sir Basil?« fragte er gleichmütig. Er

hatte zwar seine Stimme in der Gewalt, nicht aber sein Mienenspiel. Als er Lady Turton ansah, funkelte es triumphierend in seinen Augen auf.

»Ja, Jelks. Holen Sie mir eine Säge oder so etwas, damit ich ein Stück Holz herausschneiden kann.«

»Soll ich nicht jemand von den Leuten rufen, Sir Basil? William ist ein guter Zimmermann.«

»Nein, das mache ich selbst. Holen Sie nur das Werkzeug – und beeilen Sie sich.«

Während sie auf Jelks warteten, ging ich ein wenig umher, weil ich nicht mehr mit anhören konnte, was Lady Turton zu ihrem Mann sagte. Aber ich war zeitig genug zurück, um den Butler kommen zu sehen. Ihm voran eilte Miss Carmen La Rosa, die sofort auf die Gastgeberin zustürzte.

»Nata-*li*-a! Meine liebe Nata-*li*-a! Was hat man mit dir gemacht?«

»Ach, halt den Mund«, fauchte die Gastgeberin. »Und geh aus dem Weg, ja?«

Sir Basil stand jetzt neben dem Kopf seiner Frau und blickte dem Butler entgegen. Jelks trottete langsam auf ihn zu, in der einen Hand eine Säge, in der anderen eine Axt. Etwa einen Meter vor der Skulptur blieb er stehen und streckte die beiden Werkzeuge aus, damit sein Herr zwischen ihnen wählen konnte. Zwei, drei Sekunden des Schweigens und Abwartens folgten, und als ich auf Jelks blickte, sah ich, wie sich die Hand mit der Axt um den Bruchteil eines Zentimeters näher an Sir Basil heranschob. Eine kaum merkliche Bewegung, ein winziges Vorschieben der Hand, langsam und verstohlen, nur ein kleines Angebot, ein kleines überredendes Angebot, das von einem nur angedeuteten Heben der Augenbrauen begleitet wurde.

Ich bin mir nicht sicher, ob Sir Basil es sah, aber er zögerte. Wieder schob sich die Hand mit der Axt um den Bruchteil eines Zentimeters vor. Das Ganze erinnerte stark an jenen Kartentrick, bei dem der Mann sagt: ›Ziehen Sie, welche Sie wollen‹ – und dann wählt man unweigerlich die Karte, die er einem zugedacht hat. Sir Basil wählte die Axt. Wie im Traum streckte er die Hand danach aus und nahm sie von Jelks in Empfang. Dann, als er den Griff umklammerte, schien er zu begreifen, was von ihm verlangt wurde, und es kam Leben in ihn.

Für mich war das wie der schreckliche Moment, in dem man ein Kind auf die Straße laufen sieht und ein Auto rast heran, und man kann nur die Augen schließen und warten, bis das Krachen einem verrät, daß es geschehen ist. Diese Sekunde des Wartens, in der gelbe und rote Punkte vor einem schwarzen Hintergrund tanzen, wird zu einer langen, intensiv erlebten Zeit. Vielleicht stellt sich nachher heraus, daß niemand getötet oder verletzt worden ist. Aber davon wird einem nicht besser im Magen, denn ob so oder so – man hat *alles* gesehen.

Ich jedenfalls sah dies hier so genau wie nur möglich, und ich kehrte erst in die Wirklichkeit zurück, als ich Sir Basils Stimme, noch leiser als sonst, mit sanftem Protest den Butler zur Ordnung rufen hörte.

»Jelks«, sagte er, und ich öffnete die Augen. Da stand er, unverändert und ruhig und freundlich, mit der Axt in der Hand. Auch Lady Turtons Kopf war noch an seinem Platz, das heißt, er steckte in dem Loch. Aber ihr Gesicht war aschgrau geworden, der Mund klappte auf und zu, und sie gab gurgelnde Laute von sich.

»Ich bitte Sie, Jelks«, sagte Sir Basil, »wo haben Sie Ihre Gedanken? Das Ding ist doch viel zu gefährlich. Geben Sie mir die Säge.« Und als er das Werkzeug auswechselte, bemerkte ich, daß auf seinen Wangen zwei warme rote Flecke erschienen und darüber, rund um die Augenwinkel, die winzigen Fältchen eines Lächelns.

# Der Bleistift*

Raymond Chandler

## 1

Er war ein leicht dicklicher Mann mit einem unehrlichen
Lächeln, das ihm die Mundwinkel einen halben Zoll aus-
einanderzog und die dicken Lippen unter den öden
Augen spannte. Für einen zum Fett neigenden Mann hatte
er einen langsamen Gang. Die meisten fetten Menschen
sind flink und leicht auf den Füßen. Er trug einen grauen
Fischgrätanzug und einen handgemalten Schlips, auf dem
ein Teil eines tauchenden Mädchens sichtbar war. Sein
Hemd war sauber, was mich tröstete, und seine braunen
Mokassin-Schuhe, die zu seinem Anzug genauso schlecht
paßten wie der Schlips, glänzten frischgeputzt.
Er glitt seitlich an mir vorbei, als ich ihm die Tür zwischen
dem Wartezimmer und meiner Denkerklause aufhielt.
Drinnen angekommen warf er einen raschen Blick in die
Runde. Ich hätte ihn als mittleren Rabauken eingestuft,
zweite Garnitur, wenn man mich gefragt hätte. Das traf
den Nagel diesmal sogar auf den Kopf. Wenn er eine Pistole bei sich trug, dann höchstens in der Hose. Seine Jacke
saß zu eng, als daß sie die Bauschung eines Halfters unter
dem Arm hätte verbergen können.

* Dies ist, nach zwanzig Jahren Geschichten um Marlowe, die erste
Short story über ihn, und sie wurde speziell für England geschrieben.
Ich habe mich immer hartnäckig geweigert, Short stories zu schreiben, weil ich meine, daß mein eigentliches Element Romane sind,
habe mich aber dann doch zu dieser hier überreden lassen, weil
Leute, die ich sehr schätze, sie offensichtlich von mir wünschten, und
weil ich auch immer schon etwas über die Technik der Syndikats-
Morde schreiben wollte.
1959                                        Raymond Chandler

Er setzte sich vorsichtig, und ich hockte mich ihm gegenüber hin, und dann sahen wir einander an. In seinem Gesicht lag eine fuchsartige Spannung. Er schwitzte ein bißchen. Der Ausdruck auf seinem Gesicht sollte interessiert sein, doch nicht allzu vertraulich. Ich griff nach einer Pfeife und nach dem ledernen Humidor, in dem ich meinen Pearce-Tabak aufbewahrte. Ich schob ihm Zigaretten hinüber.

»Ich rauche nicht.« Er hatte eine rostige Stimme. Sie gefiel mir nicht besser als seine Kleidung oder sein Gesicht. Während ich die Pfeife stopfte, griff er in seine Jacke, stöberte in einer Tasche herum, brachte einen Geldschein ans Licht, betrachtete ihn kurz und warf ihn vor mir auf den Tisch. Es war ein hübscher Schein. Eintausend Dollar.

»Schon mal jemandem das Leben gerettet?«

»Hin und wieder, vielleicht.«

»Retten Sie meins.«

»Was ist los?«

»Ich habe gehört, Sie sind ehrlich zu Ihren Kunden, Marlowe.«

»Deswegen bleibe ich auch arm.«

»Ich habe noch zwei Freunde. Werden Sie der dritte, und Sie sind aus allen Schulden raus. Sie kriegen fünf Riesen, wenn Sie mir aus der Bredouille helfen.«

»Aus welcher?«

»Sie sind ja verdammt gesprächig heute morgen. Keinen Schimmer, wer ich bin?«

»Nö.«

»Wohl noch nie im Osten gewesen, was?«

»Durchaus schon – bloß nicht in Ihren Kreisen.«

»Was für Kreise sollten das denn sein?«

Ich bekam's satt. »Also entweder hören Sie jetzt auf, den Geheimniskrämer zu spielen, oder Sie klemmen sich Ihren Riesen da wieder und verflüchtigen sich.«

»Ich bin Ikky Rosenstein. Und ich werde mich in der Tat verflüchtigen, und zwar gründlich, wenn Ihnen nicht was dagegen einfällt. Raten Sie mal.«

»Ich habe schon genug geraten. Jetzt reden Sie, und zwar
ein bißchen plötzlich. Ich hab nicht den ganzen Tag Zeit,
um Ihnen zuzusehen, wie Sie's mir mit der Pipette ein-
tröpfeln.«

»Ich bin aus der Organisation ausgetreten. Die Leute an
der Spitze haben dafür kein Verständnis. Für sie stellt sich
das so dar, als hätte man entweder Informationen, von denen man sich einbildet, daß man Geschäfte damit machen
könnte, oder man wollte sich selbständig machen, oder
man hätte den Mumm verloren. Was mich betrifft, ich
habe den Mumm verloren. Mir steht's bis hier.« Er berührte seinen Adamsapfel mit dem Zeigefinger einer ausgestreckten Hand. »Ich hab schlimme Sachen gemacht.
Leute eingeschüchtert und geschädigt. Aber ich hab nie
einen umgebracht. Das ist nichts für die Organisation. Damit ist man ein Abweichler. Also haben sie den Bleistift genommen und einen Strich gemacht. Quer durch meinen
Namen. Man hat's mir gesteckt. Die Leute, die das erledigen sollen, sind schon unterwegs. Ich hab einen schlim-
men Fehler gemacht. Ich hab versucht, mich in Vegas ein-
zuigeln. Hatte mir gedacht, daß sie nie auf den Gedanken
kommen würden, man könnte sich ihre eigene Hochburg
zum Versteck wählen. Sind mir aber draufgekommen.
Was ich da gemacht hatte, hatten auch andere vor mir
schon gemacht, bloß wußte ich das nicht. Als ich die Maschine nach L.A. nahm, muß jemand mit drin gewesen
sein. Sie wissen, wo ich wohne.«

»Ziehn Sie um.«

»Nützt jetzt nichts mehr. Ich werde beschattet.«

Ich wußte, er hatte recht. »Warum hat man Sie denn nicht
längst schon erledigt?«

»Die machen das anders. Immer nur mit Spezialisten. Wissen Sie nicht, wie das läuft?«

»Mehr oder weniger schon. Ein Bursche mit einer hübschen Eisenwarenhandlung in Buffalo. Ein Bursche mit
einem kleinen Milchladen in K.C. Immer eine solide Fas-
sade. Sie melden sich in New York oder irgendwo weit

weg. Wenn sie das Flugzeug nach Westen besteigen, oder wo sie sonst hin müssen, haben sie Pistolen in den Aktentaschen. Sie sind stille Leute und gut gekleidet, und sie sitzen nicht nebeneinander. Könnten Rechtsanwälte sein oder Steuerfahnder – alles, was gute Manieren hat und nicht auffällt. Alle möglichen Leute tragen Aktentaschen. Sogar Frauen.«

»Stimmt verdammt genau. Und wenn sie landen, werden sie auf meine Spur gesetzt, aber nicht gleich vom Flugplatz aus. Da haben sie ihre genauen Methoden. Wenn ich zur Polizei gehe, erfährt's todsicher jemand. Die Mafia sitzt mit ein paar Leuten direkt im Stadtrat, soviel ich weiß. Ist alles schon vorgekommen. Die Bullen werden mir vierundzwanzig Stunden geben, die Stadt zu verlassen. Zwecklos. Mexiko? Schlimmer als hier. Kanada? Besser, aber noch lange nicht gut. Auch da haben sie ihre Verbindungen.«

»Australien?«

»Kriege keinen Paß. Ich bin vor fünfundzwanzig Jahren eingewandert – illegal. Man kann mich nicht ausweisen, es sei denn, man weist mir ein Verbrechen nach. Daß so was nicht passiert, dafür wird die Organisation schon sorgen. Angenommen, ich würde eingebuchtet. Dann bin ich in vierundzwanzig Stunden auf Kaution wieder draußen. Und draußen wartet ein Wagen meiner reizenden Freunde, um mich nach Hause zu bringen – bloß daß ich da nie mehr ankomme.«

Ich hatte meine Pfeife angezündet und gut in Gang gebracht. Ich blickte stirnrunzelnd auf den Tausenderschein nieder. Ich konnte ihn wirklich gut gebrauchen. Mein Konto bewegte sich auf einer Höhe, daß es den Gehsteig küssen konnte, ohne sich zu bücken.

»Hören wir mal auf, uns anzualbern«, sagte ich. »Angenommen – bloß angenommen –, mir fiele was ein, wie Sie hier rauskommen können. Was würden Sie dann als nächstes machen?«

»Ich kenne eine Stadt – wenn ich da hinkommen könnte,

ohne daß sich mir einer anhängt, wär's gut. Ich würde meinen Wagen hierlassen und einen Mietwagen nehmen. Den würde ich kurz vor der County-Grenze wieder abliefern und mir einen gebrauchten kaufen. Auf halber Strecke würde ich den wieder gegen einen neuen eintauschen, letztes Modell, einen Ladenhüter. Ist jetzt grad die günstigste Jahreszeit dafür. Guter Rabatt, weil die neuen Modelle bald rauskommen. Nicht um Geld zu sparen – nur um weniger aufzufallen. Die Stadt, wo ich hin will, ist ganz proper und keineswegs klein, aber noch ziemlich sauber.«

»So, so«, sagte ich. »Wichita, nach allem, was ich zuletzt gehört habe. Kann aber inzwischen anders geworden sein.«

Er sah mich mit finsterem Stirnrunzeln an. »Spielen Sie ruhig den Schlauberger, Marlowe, aber verdammt noch mal, treiben Sie's nicht zu weit!«

»Ich treibe's so weit, wie's mir paßt. Versuchen Sie bloß nicht, mir Vorschriften zu machen. Wenn ich diese Sache übernehme, gibt's keine Vorschriften. Ich übernehme sie für diesen Riesen hier und kriege den Rest, wenn's geklappt hat. Und versuchen Sie nicht, mich reinzulegen. Ich könnte sonst was durchsickern lassen. Wenn ich auf der Strecke bleibe dabei, setzen Sie eine rote Rose auf mein Grab. Ich mag keine Schnittblumen. Ich seh die Dinger gern wachsen. Aber ich riskier's jedenfalls mal, weil Sie ein so reizender Mensch sind. Wann kommt die Maschine an?«

»Irgendwann heute. Vermutlich so um halb sechs am Nachmittag. Von New York sind's neun Stunden.«

»Die Kerls können auch über San Diego kommen und umsteigen oder über San Francisco. Von Dago und Frisco fliegen massenhaft Maschinen ein. Ich brauche einen Helfer.«

»Gottverdammt noch mal, Marlowe – – –«

»Immer mit der Ruhe. Ich kenne ein Mädchen. Tochter eines Polizeichefs, dem seine Ehrlichkeit den Hals gebrochen hat. Sie würde auch auf der Folter keinen Mucks von sich geben.«

»Sie haben kein Recht, sie in Gefahr zu bringen«, sagte Ikky wütend.

Ich war so baff, daß mir das Kinn bis halb zur Taille runterhing. Ich klappte es langsam wieder hoch und schluckte.

»Guter Gott, der Mann hat ein Herz.«

»Frauen sind nicht geschaffen für so harte Sachen«, sagte er unwillig.

Ich nahm den Tausender vom Tisch und schnippte dagegen. »Tut mir leid. Quittung ist nicht drin«, sagte ich. »Das Risiko, daß mein Name in Ihrer Tasche steckt, kann ich nicht eingehen. Und zu harten Sachen wird's gar nicht kommen, wenn ich Glück habe. Darin wären die Kerls mir sonst weit überlegen. Es gibt nur eine Möglichkeit, die Sache zu schaffen. Jetzt geben Sie mir mal Ihre Adresse und alles, was Ihnen sonst einfällt, Namen, Beschreibungen von sämtlichen Killern, die Sie je im Fleische erblickt haben.«

Er tat es. Er war ein ziemlich guter Beobachter. Der Haken war nur, daß die Organisation ebenfalls wußte, wen und was er alles gesehen hatte. Die Killer würden Fremde für ihn sein.

Er stand schweigend auf und streckte die Hand aus. Ich mußte sie schütteln, aber was er da über Frauen gesagt hatte, machte es mir leichter. Seine Hand war feucht. Meine wär's auch gewesen an seiner Stelle. Er nickte und ging schweigend hinaus.

2

Es war eine stille Straße in Bay City, falls es überhaupt noch stille Straßen gibt in dieser Beatnik-Generation, wo man keine Mahlzeit mehr zu Ende bringen kann, ohne daß irgendein männlicher oder weiblicher Schnulzensänger einem was von einer Sorte Liebe vorrülpst, die so altmodisch ist wie eine Turnüre, oder irgendeine Hammondorgel dem Gast in die Suppe jazzt.

Das kleine einstöckige Haus war so sauber und adrett wie ein frisches Kinderlätzchen. Der Rasen davor war mit

Liebe gemäht und sehr grün. Die glatte Asphaltzufahrt war frei von den Ölflecken abgestellter Wagen, und die Hecke, die sie säumte, sah aus, als käme jeden Tag der Friseur zu ihr.

Die weiße Tür hatte einen Klopfer mit einem Tigerkopf, ein Fensterchen, um unerwünschte Besucher zum Teufel zu schicken, und eine Vorrichtung, die es ermöglichte, von drinnen mit jemandem draußen zu reden, ohne auch nur das kleine Fenster öffnen zu müssen. Ich hätte eine Hypothek auf mein linkes Bein aufgenommen, wenn ich in so einem Haus hätte wohnen können. Ich glaube nicht, daß ich's je so weit bringe.

Die Klingel drinnen schellte, und nach einer Weile öffnete *sie* die Tür, in hellblauem Sporthemd und weißen Shorts, die kurz genug waren, um einen erfreulichen Anblick zu bieten. Sie hatte graublaue Augen, dunkelrotes Haar und schöngeformte Gesichtsknochen. In den graublauen Augen lag gewöhnlich eine Spur von Bitterkeit. Sie konnte nicht vergessen, daß das Leben ihres Vaters durch die Machenschaften eines Spielschiff-Gangsters zerstört worden war und daß auch ihre Mutter darüber gestorben war. Ein wenig unterdrücken konnte sie die Bitterkeit, wenn sie für die Illustrierten kitschige Love-Stories schrieb, aber das war nicht ihr Leben. Sie hatte in Wirklichkeit gar kein Leben. Sie führte ein Dasein ohne viel Kummer und hatte genug Öl-Geld, um gesichert über die Runden zu kommen. Aber in schwierigen Situationen reagierte sie so kühl und einfallsreich wie ein guter Polizist. Sie hieß Anne Riordan.

Sie trat auf die Seite, und ich ging ziemlich dicht an ihr vorbei. Aber ich habe auch Vorschriften, die ich mir selber mache. Sie schloß die Tür und machte es sich auf einem Sofa bequem und ließ das übliche Zigarettenzeremoniell ablaufen, und endlich hatte ich einmal ein Mädchen vor mir, das Mumm genug besaß, sich die Zigarette selber anzuzünden.

Ich blieb stehen und sah mich um. Es hatte sich einiges verändert, aber nicht viel.

»Ich brauche deine Hilfe«, sagte ich.

»Sonst bekäme ich dich wohl auch überhaupt nicht mehr zu sehen.«

»Ich habe einen Klienten, der Gangster gewesen ist, Stunkmacher für die Organisation, das Syndikat, die große Bruderschaft – nenn's wie du willst. Du weißt verdammt gut, daß es sie gibt und daß sie so reich ist wie Rockefeller. Man kann sie nicht erledigen, weil es nicht genug Leute gibt, die das wollen, besonders unter den Rechtsanwälten, die für sie arbeiten und eine Million dabei verdienen im Jahr, und in den Anwaltskammern, denen der Schutz ihrer Mitglieder offensichtlich wichtiger ist als der ihres Vaterlandes.«

»Mein Gott, kandidierst du etwa irgendwo für ein öffentliches Amt? Ich hab dich noch nie so hochprozentig reden hören.«

Sie bewegte die Beine, nicht direkt provozierend – dazu war sie nicht der Typ –, aber doch so, daß es mir einigermaßen schwerfiel, nicht den Faden zu verlieren.

»Hör auf, mit deinen Beinen rumzufuchteln«, sagte ich.

»Oder zieh dir wenigstens lange Hosen an.«

»Verdammt noch mal, Marlowe. Kannst du nicht mal an was anderes denken?«

»Ich will's versuchen. Ich hab nur den Gedanken gern, daß ich wenigstens *ein* hübsches und bezauberndes weibliches Wesen kenne, das keine plumpen runden Hacken hat.« Ich schluckte und fuhr fort. »Der Mann heißt Ikky Rosenstein. Er macht von außen nicht viel her und hat auch innerlich nichts, was mir gefiele – außer einem. Er wurde wütend, als ich sagte, ich brauchte ein Mädchen als Helferin. Er sagte, Frauen wären nicht geschaffen für so harte Sachen. Deswegen habe ich den Job übernommen. Einem echten Gangster bedeutet eine Frau nicht mehr als ein Sack Mehl. Er benutzt sie in der üblichen Weise, aber wenn's ihm ratsam erscheint, sich ihrer zu entledigen, tut er's ohne auch nur einen zweiten Gedanken daran zu verschwenden.«

»Bis jetzt hast du mir bloß lauter feierlichen Quatsch erzählt. Vielleicht brauchst du eine Tasse Kaffee oder einen Drink.«

»Du bist lieb, aber morgens trinke ich nicht – mit wenigen Ausnahmen, von denen dies keine ist. Ikky hat den Strich gekriegt.«

»Und was heißt das nun wieder?«

»Man hat eine Liste. Man nimmt einen Bleistift und macht einen Strich durch einen Namen. Der Bursche, dem der Name gehört, ist dann so gut wie tot. Die Organisation hat ihre Gründe. Die macht das nicht aus Daffke. Aus Daffke macht die überhaupt nichts. Das gehört einfach zur Buchhaltung.«

»Was in aller Welt kann ich dagegen machen? Ja ich möchte sogar mal fragen – was kannst *du* dagegen machen?«

»Einen Versuch. Und was du machen kannst, ist mir helfen, sie bei Ankunft auf dem Flughafen zu identifizieren und aufzupassen, wo sie hingehen – die Killer, denen der Job übertragen worden ist.«

»Ja, sicher, aber wie willst *du* dann was machen?«

»Ich hab dir schon gesagt, ich will's versuchen. Wenn sie eine Nachtmaschine genommen haben, sind sie bereits da. Wenn sie mit einer Morgenmaschine abgeflogen sind, können sie nicht vor fünf oder so hier sein. Massenhaft Zeit also, um alles vorzubereiten. Du weiß ja, wie die Leute etwa aussehen werden.«

»Aber klar. Ich treffe mich täglich mit Killern. Ich bitte sie auf einen Whisky sauer herein und serviere ihnen Kaviar auf heißem Toast.« Sie grinste. Während sie noch grinste, tat ich vier lange Schritte über den lohbraun gemusterten Teppich und zog sie hoch und gab ihr einen Kuß auf den Mund. Sie wehrte sich nicht, aber sie zuckte auch nicht gerade zittrig am ganzen Leib. Ich ging zurück und setzte mich wieder hin.

»Sie werden aussehen wie jemand, der ein stilles, gutgehendes Geschäft betreibt oder einen soliden Beruf ausübt.

Sie werden unauffällig gekleidet sein und ausgesucht höflich – wenn sie das wollen. Sie werden Aktentaschen tragen mit Pistolen drin, die so oft den Besitzer gewechselt
haben, daß man ihre Herkunft kaum noch ermitteln kann.
Wenn der Job erledigt ist, werden sie die Pistolen wegwer-
fen. Sie werden vermutlich Revolver verwenden, aber es
können auch automatische Waffen sein. Schalldämpfer
werden sie nicht benutzen, weil Schalldämpfer oft Lade-
hemmungen verursachen und das Gewicht ein exaktes
Schießen erschwert. Sie werden im Flugzeug nicht nebeneinander sitzen, aber beim Verlassen vielleicht so tun, als
wären sie alte Bekannte und hätten sich während des
Flugs nur einfach nicht bemerkt. Dann schütteln sie sich
vielleicht mit entsprechendem Lächeln die Hände und
ziehn los und steigen in dasselbe Taxi. Ich denke, sie werden zuerst in einem Hotel absteigen. Aber ganz bald schon
werden sie irgendwohin umziehen, von wo aus sie beobachten können, was Ikky so alles unternimmt, und sich
mit seinen Lebensgewohnheiten vertraut machen. Sie
werden nicht die mindeste Eile haben, solange Ikky bleibt,
wo er ist. Macht er plötzlich Anstalten zu verschwinden,
so zeigt ihnen das, daß er einen Tip bekommen hat. Er hat
noch zwei Freunde – sagt er.«
»Werden sie ihn von dem Zimmer oder Apartment auf der
anderen Straßenseite aus erschießen – mal angenommen,
sie kriegen da eins?«
»Nein. Sie werden ihn aus drei Schritt Abstand erschießen.
Sie werden auf einmal hinter ihm gehen und sagen:
›Hallo, Ikky.‹ Dann wird er entweder erstarren oder sich
umdrehen. Sie werden ihn mit Blei vollpumpen, ihre Waffen fallen lassen und in den Wagen springen, der auf sie
wartet. Dann werden sie sich an den Schrittmacher anhän-
gen und vom Schauplatz verschwinden.«
»Wer wird den Schrittmacher fahren?«
»Irgendein gutsituierter und unbescholtener Bürger, der
noch nie vor Gericht gestanden hat. Er wird seinen eigenen Wagen fahren. Er wird ihnen den Weg bahnen und,

wenn's sein muß, ganz zufällig eine Karambolage herbeiführen, notfalls sogar mit einem Polizeiwagen. Das wird
ihm dann ganz schrecklich leid tun, und er wird sich sein
ganzes echtseidenes Hemd vollweinen. Und die Killer
werden über alle Berge sein.«

»Gütiger Himmel«, sagte Anne. »Wie kannst du dein Leben nur ertragen! Wenn du die Sache auffliegen läßt, werden sie die Killer zu dir schicken.«

»Glaube ich nicht. Einen ehrlichen Burschen legen sie
nicht um. Sie werden den Killern die Schuld geben. Du
mußt bedenken, daß die Gangster an der Spitze Geschäftsleute sind. Sie wollen Geld machen, jede Menge Geld.
Richtig rabiat werden sie nur, wenn sie zu der Ansicht
kommen, sie müßten sich jemanden vom Halse schaffen,
und darauf sind sie gar nicht scharf. Bei so was besteht immer die Möglichkeit, daß es schiefläuft. Eine winzige
Möglichkeit allerdings bloß. Bandenmorde dieser Art sind
noch nie aufgeklärt worden, weder hier noch sonstwo,
höchstens zwei- oder dreimal. Lepke Buchalter kam auf
den elektrischen Stuhl. Erinnerst du dich an Anastasia?
Ein großes Tier und jede Menge hart. Zu groß, zu hart.
Bleistift.«

Sie schauderte ein bißchen. »Ich glaube, jetzt brauche ich
selber was zu trinken.«

Ich grinste sie an. »Da bist du in der richtigen Stimmung,
Schatz. Ich werde selber langsam schwach.«

Sie brachte uns zwei Scotch-Highballs. Als wir tranken,
sagte ich: »Wenn du sie ausmachen kannst oder doch
meinst, sie entdeckt zu haben, dann folgst du ihnen –
wenn du's ohne Risiko tun kannst. Sonst nicht. Wenn's ein
Hotel ist, wo sie hinfahren – und zehn zu eins wird's ein
Hotel sein –, dann schreib dich selber ein und ruf mich so
lange an, bis du mich erwischt hast.«

Sie kannte meine Büronummer, und ich war immer noch
an der Yukka Avenue. Aber das wußte sie.

»Du bist doch wirklich ein ganz verfluchter Kerl«, sagte
sie. »Frauen tun alles für dich, was du willst. Wie kommt

das bloß, daß ich mit achtundzwanzig Jahren immer noch Jungfrau bin?«

»Ein paar von deiner Art muß es geben. Warum heiratest du denn nicht?«

»Wen denn? Irgendeinen zynischen Herzensbrecher, der nichts mehr hat als seine Technik? Ich kenne überhaupt keine richtig netten Männer – außer dir. Bloß weiße Zähne und ein kitschiges Lächeln können mich nicht mehr umschmeißen.«

Ich ging hinüber und zog sie auf die Füße. Ich küßte sie lange und hart. »Ich bin ehrlich«, flüsterte ich fast. »Das ist immerhin etwas. Aber ich bin schon zu verbraucht und verdorben für ein Mädchen wie dich. Ich hab an dich gedacht, ich hab dich gewollt, aber wenn ich in deine lieben klaren Augen sehe, dann weiß ich, daß ich die Finger von dir lassen muß.«

»Nimm mich«, sagte sie leise. »Ich hab auch meine Träume.«

»Ich könnte's nicht. Es ist nicht das erstemal, daß es mir passiert. Ich habe zu viele Frauen gehabt, um noch eine wie dich zu verdienen. Wir müssen einem Mann das Leben retten. Ich gehe jetzt.«

Sie stand auf und sah mir nach, mit ernstem Gesicht.

Die Frauen, die man kriegt, und die Frauen, die man nicht kriegt – sie leben in verschiedenen Welten. Ich verachte weder die eine noch die andere. Ich lebe selber in beiden.


### 3

Auf dem International Airport von Los Angeles kommt man an die Maschinen nicht heran, es sei denn, man fliegt selber mit einer ab. Man sieht sie landen, wenn man zufällig an der richtigen Stelle steht, aber um die Passagiere zu Gesicht zu bekommen, muß man hinter einer Barriere warten. Die Gebäudeanlage des Flughafens macht die Sache auch nicht gerade leichter. Sie hat eine Ausdehnung von hier bis zum nächsten Frühstück, und wenn man zu Fuß vom TWA-Ausgang zum amerikanischen will, kann man sich Schwielen laufen.

Ich schrieb mir die Ankunftszeiten von den Tafeln ab und stöberte herum wie ein Hund, dem entfallen ist, wo er seinen Knochen vergraben hat. Maschinen flogen ein, Maschinen hoben ab, Gepäckträger schleppten Koffer, Passagiere schwitzten und hetzten vorbei, Kinder wimmerten, und der Lautsprecher überdröhnte alle anderen Geräusche.

Ich kam ein paarmal an Anne vorüber. Sie nahm keine Notiz von mir.

Um 5.45 mußten sie angekommen sein. Anne verschwand. Ich gab ihr eine halbe Stunde, bloß für den Fall, daß sie irgendeinen anderen Grund gehabt hatte, sich unsichtbar zu machen. Nein. Sie war echt nicht mehr da. Ich ging hinaus zu meinem Wagen und fuhr im dichten Verkehr ein paar lange Meilen nach Hollywood und zu meinem Büro. Ich trank einen Schluck und hockte mich hin. Um 6.45 klingelte das Telefon.

»Also ich glaube, ich hab sie«, sagte sie. »Beverly-Western Hotel. Zimmer 410. Namen konnte ich nicht ergattern. Du weißt ja, die Leute in der Rezeption lassen heutzutage keine Meldescheine mehr rumliegen. Und groß Fragen stellen wollte ich nicht. Aber ich bin mit ihnen im Fahrstuhl nach oben gefahren und hab mir ihr Zimmer gemerkt. Bin einfach an ihnen vorbeigegangen, als der Page den Schlüssel in die Tür steckte, dann zu Fuß in den Zwischenstock und von da mit dem Fahrstuhl wieder nach unten, mit einem Haufen Weiber aus der Teestube. Ein Zimmer hab ich mir gar nicht extra genommen.«

»Wie sahen sie aus?«

»Sie kamen zusammen durch die Sperre, aber reden hab ich sie nicht gehört. Beide hatten Aktentaschen, beide trugen unauffällige Anzüge, nichts Protziges. Weiße Hemden, gestärkt, der eine einen blauen Schlips, der andere einen schwarzen mit grauen Streifen. Schwarze Schuhe.

Zwei Geschäftsleute von der Ostküste. Könnten auch Verleger sein, Anwälte, Ärzte, Werbemanager irgendeiner Firma – nein, das letzte streich mal wieder; dafür machten sie nicht genug von sich her. Kein Mensch würde ihnen einen zweiten Blick gönnen.«

»Gönn ihnen einen. Die Gesichter.«

»Beide mittelbraune Haare, der eine ein bißchen dunkler als der andere. Glatte Gesichter, ziemlich ausdruckslos. Einer hatte graue Augen; der mit dem helleren Haar hatte blaue. Die Augen waren interessant. Sehr schnell beweglich, sehr wachsam, alles registrierend, was in ihre Nähe kam. Daß man ihnen das anmerkte, könnte ein Fehler gewesen sein. Sie hätten sich ein bißchen in ihre unmittelbaren Pläne vertiefen oder sich für Kalifornien interessieren sollen. Statt dessen beschäftigten sie sich offenbar intensiv mit den Gesichtern. Ist ganz gut, daß ich sie ausgemacht habe und nicht du. Du siehst zwar nicht wie ein Bulle aus, aber du siehst auch nicht wie ein Mann aus, der kein Bulle ist. Du bist irgendwie gezeichnet.«

»Pfui. Ich bin ein verdammt gutaussehender Herzensbrecher.«

»Ihre Gesichtszüge waren absolut Fließband. Keiner von ihnen sah wie ein Italiener aus. Beide holten sich einen Flugkoffer ab. Der eine Koffer war grau und hatte zwei senkrechte rotweiße Streifen, etwa sechs oder sieben Zoll von den Kanten entfernt; der andere hatte ein blauweißes Tartanmuster. Ich wußte gar nicht, daß es so einen Tartan gibt.«

»Gibt es, aber den Namen dafür hab ich auch vergessen.«

»Ich dachte, du wüßtest alles.«

»Bloß fast alles. Fahr jetzt mal schön nach Hause.«

»Krieg ich was zu essen und vielleicht einen Kuß?«

»Später, und wenn du nicht auf der Hut bist, kriegst du womöglich mehr, als du möchtest.«

»Ein Mädchenschänder, was? Ich werde eine Pistole einstecken. Übernimmst du jetzt und folgst ihnen?«

»Wenn sie die richtigen sind, werden sie mir folgen. Ich

hab mir schon ein Apartment genommen, auf der Straßen-
seite gegenüber von Ikky. Der Block an der Poynter und die
beiden rechts und links davon bestehen praktisch nur aus
miesen Apartmenthäusern, etwa sechsen pro Block. Ich
gehe jede Wette ein, daß der Nuttenanteil sehr hoch ist.«
»Der ist heutzutage überall hoch.«
»Bis dann, Anne. Ich meld mich wieder.«
»Wenn du Hilfe brauchst.«
Sie legte auf. Ich legte auf. Sie bereitete mir ein bißchen
Kopfzerbrechen. Sie war zu klug, um so hübsch zu sein.
Vielleicht sind ja alle hübschen Frauen auch klug. Ich läu-
tete bei Ikky an. Er war außer Haus. Ich genehmigte mir
einen Schluck aus der Büroflasche, rauchte eine halbe
Stunde lang vor mich hin und rief dann wieder an. Diesmal
bekam ich ihn an die Strippe.
Ich teilte ihm mit, wie die Dinge zur Zeit standen, und
sagte, ich hoffte, daß Anne die richtigen Männer erwischt
hätte. Ich erzählte ihm auch von dem Apartment, das ich
genommen hatte.
»Kriege ich Spesen?« fragte ich.
»Fünf Riesen sollten das bißchen mit decken.«
»Wenn ich sie mir verdiene und sie auch kriege. Ich hab gehört, Sie hätten eine Viertelmillion«, sagte ich und riet nur
so wild in die Gegend.
»Könnte schon sein, mein Freund; bloß wie komme ich
dran? Die Leute an der Spitze wissen, wo sie ist. Sie wird
eine ganze Weile auf Eis liegen müssen.«
Ich sagte, das ginge schon in Ordnung. Ich hätte selber eine
ganze Weile auf Eis gelegen. Natürlich rechnete ich nicht
damit, die vier Tausender zu bekommen, selbst wenn ich
den Job glücklich über die Bühne brachte. Männer wie Ikky
Rosenstein waren imstande, ihrer eigenen Mutter die
Goldkronen aus dem Mund zu klauen. Ein bißchen Gutes
schien ja irgendwo in ihm zu stecken – aber das entschei-
dende Wort dabei war eben das ›bißchen‹.
Ich brachte die nächste halbe Stunde über dem Versuch zu,
mir einen Plan auszudenken. Mir wollte nichts einfallen,

was auch nur einigermaßen erfolgversprechend aussah. Mittlerweile war es fast acht Uhr, und ich brauchte dringend etwas in den Magen. Ich konnte mir eigentlich nicht denken, daß die Kerls noch heute abend wieder umziehen würden. Erst morgen früh würden sie an Ikkys Wohnung vorbeifahren und die Gegend dort ein bißchen erkunden.

Ich stand grad im Begriff, das Büro zu verlassen, als der Summer an der Tür meines Wartezimmers ertönte. Ich öffnete die Verbindungstür. Ein kleiner Mann mit verkniffenem Gesicht stand mitten im Raum und wippte auf den Absätzen, die Hände hinter dem Rücken. Er lächelte mich an, aber besonders gut geriet ihm das nicht. Er kam auf mich zu.

»Sind Sie Marlowe?«

»Wer sonst? Was kann ich für Sie tun?«

Er war ganz nah jetzt. Er brachte blitzschnell die rechte Hand herum, mit der Pistole darin. Er stieß mir die Pistole in den Magen.

»Sie lassen die Finger von Ikky Rosenstein«, sagte er mit einer Stimme, die zu seinem Gesicht paßte, »oder Sie kriegen den Bauch voll Blei.«

## 4

Er war ein Amateur. Wenn er vier Fuß Abstand gehalten hätte, wäre er gar nicht schlecht dran gewesen. Ich hob die Hand und nahm die Zigarette aus dem Mund und hielt sie ganz achtlos.

»Was hat Sie auf den Einfall gebracht, ich kenne einen Ikky Rosenstein?«

Er lachte auf, in leicht schrillem Ton, und drückte mir seine Pistole noch tiefer in den Magen.

»Das möchten Sie wohl gern wissen, was?« Der billige Hohn, der leere Triumph eines Machtgefühls, das sich einstellt, sobald eine kleine Hand eine große Waffe hält.

»Wäre nur fair, mir das zu erzählen.«

Als sein Mund aufging, um irgendeinen neuen Quatsch abzulassen, ließ ich die Zigarette fallen und schlug zu. Ich kann ziemlich fix sein, wenn ich muß. Es gibt zwar Jungens, die noch fixer sind, aber die bohren einem nicht die Pistole in den Magen. Ich bekam meinen Daumen hinter den Abzug und meine Hand über seine. Ich rammte ihm mein Knie in die Leistengegend. Er kippte wimmernd nach vorn. Ich drehte ihm den Arm nach rechts und hatte seine Waffe. Ich hakte einen Absatz hinter seinen Absatz, und er lag am Boden. Er lag da, blinzelnd vor Überraschung und Schmerz, die Knie ein wenig gegen den Magen angezogen. Ich griff nieder und grapschte mir seine linke Hand und riß ihn auf die Füße. Ich hatte sechs Zoll und vierzig Pfund mehr als er. Sie hätten einen größeren, besser trainierten Boten schicken sollen.

»Gehn wir mal in meine Denkerklause«, sagte ich. »Wir halten einen kleinen Schwatz und Sie kriegen was zu trinken, damit Sie wieder zu Kräften kommen. Nächstesmal gehn Sie nicht so nah an einen Kandidaten heran, daß er Ihre Ballerhand erwischen kann. Ich seh nur rasch noch nach, ob Sie vielleicht noch mehr Eisenwaren bei sich haben.«

Er hatte nicht. Ich schob ihn durch die Tür und in einen Sessel. Sein Atem ging nicht mehr ganz so rasselnd. Er grapschte sich ein Taschentuch heraus und wischte sich das Gesicht.

»Nächstesmal«, sagte er zwischen den Zähnen. »Nächstesmal.«

»Seien Sie nicht zu optimistisch. Die Rolle steht Ihnen nicht.«

Ich goß ihm einen Scotch ein, in einen Pappbecher, stellte ihn vor ihn hin. Ich klappte seine 38er auseinander und ließ die Patronen in die Schreibtischschublade plumpsen. Ich klickte die Kammer wieder zu und legte die Waffe hin.

»Sie kriegen sie, wenn Sie gehen – falls Sie gehen.«

»Das ist eine dreckige Kampfmethode«, sagte er, immer noch keuchend.

»Sicher. Einen Mann einfach abzuknallen, ist viel sauberer. Also, wie sind Sie hergekommen?«

»Lecken Sie sich doch selbst.«

»Seien Sie kein Vollidiot. Ich habe Freunde. Nicht viele, aber ein paar denn doch. Ich kann Sie wegen bewaffneten Überfalls rankriegen, und was dann passiert, das wissen Sie ja wohl. Sie kämen auf Habeascorpus oder auf Kaution wieder frei, und das wäre das letzte, was man von Ihnen gehört hätte. Ihre Chefs sind allergisch gegen Versager. Also, wer hat Sie geschickt – und woher wußten Sie die Adresse?«

»Ikky ist beschattet worden«, sagte er mürrisch. »Er ist ein Dummkopf. Ich bin ihm mühelos bis hierher gefolgt. Wieso mußte er einen Privatdetektiv aufsuchen? Gewisse Leute wollen das wissen.«

»Weiter.«

»Ach scheren Sie sich doch zum Teufel.«

»Wenn ich's mir recht überlege, brauche ich Sie gar nicht wegen bewaffneten Überfalles ranzukriegen. Ich kann's gleich hier an Ort und Stelle aus Ihnen rausquetschen.«

Ich stand aus dem Sessel auf, und er streckte eine flache Hand aus.

»Wenn Sie mich fertigmachen, kriegen Sie von zwei richtig harten Burschen Besuch. Dasselbe passiert, wenn ich mich nicht zurückmelde. Sie haben überhaupt keine echten Trümpfe in der Hand. Es sieht bloß so aus«, sagte er.

»Und Sie haben überhaupt nichts zu erzählen. Wenn dieser Ikky mich besuchen gekommen ist, dann wissen Sie jedenfalls nicht, aus welchem Grund – und ob ich angenommen habe. Wenn er ein Gangster ist, dann ist er nicht mein Typ als Klient.«

»Er ist zu Ihnen gegangen, damit Sie versuchen, seine Haut zu retten.«

»Vor wem denn?«

»Ich bin keine Plaudertasche.«

»Machen Sie nur so weiter. Ihr Mundwerk scheint ganz gut zu funktionieren. Und richten Sie Ihren Leutchen aus, sobald ich mich vor einen Lumpen stelle, wäre ich erledigt.«

Man muß von Zeit zu Zeit ein bißchen flunkern in meinem Beruf. Ich flunkerte ein bißchen. »Was hat Ikky denn angestellt, daß er sich so unbeliebt gemacht hat? Oder können Sie mir auch das nicht sagen, ohne eine Plaudertasche zu werden?«

»Sie bilden sich wohl wunders was ein, was Sie wären«, höhnte er und rieb sich die Stelle, wo ich ihm das Knie hingepflanzt hatte. »In meiner Mannschaft wären Sie nicht mal in der Reserve.«

Ich lachte ihm ins Gesicht. Dann grapschte ich mir sein rechtes Handgelenk und drehte es ihm auf den Rücken. Er fing an zu zetern. Ich langte ihm mit der Linken in die Jacke und zog eine Brieftasche heraus. Dann ließ ich ihn los. Er griff nach seiner Pistole auf dem Schreibtisch, und ich hieb ihm den Oberarm mit einem harten Schlag in Stücke. Er sank in den Kundensessel zurück und grunzte.

»Sie kriegen Ihre Pistole«, erklärte ich ihm. »Wenn ich sie Ihnen gebe. Jetzt seien Sie aber brav, sonst muß ich Ihnen spaßeshalber mal einen etwas derberen Puff geben.«

In der Brieftasche steckte ein Führerschein, ausgestellt auf den Namen Charles Hickon. Das nützte mir überhaupt nichts. Lumpen von diesem Typ haben immer banale Pseudonyme. Vermutlich wurde er einfach Tiny gerufen oder Slim oder Marbles oder einfach bloß ›du da‹. Ich warf ihm die Brieftasche wieder zu. Sie fiel zu Boden. Er konnte sie nicht einmal auffangen.

»Teufel noch eins«, sagte ich, »die müssen Sparmaßnahmen eingeführt haben, daß sie so was wie Sie nicht mehr bloß zum Kippensammeln schicken.«

»Lecken Sie sich doch selbst.«

»Na schön, Bursche. Hauen Sie ab, und gehn Sie wieder spielen. Hier ist Ihre Kanone.«

Er nahm sie, schob sie sich umständlich in den Hosenbund, stand auf, warf mir den dreckigsten Blick zu, den er auf Lager hatte, und schlenderte zur Tür, so nonchalant

wie eine Nutte mit einer neuen Nerzstola. An der Tür
drehte er sich um und versuchte, einen stahlharten Blick
zustande zu bringen.

»Halten Sie die Ohren steif, Angeber, und reden Sie nicht
zuviel Blech. Das kriegt leicht Beulen.«

Mit dieser blendenden Probe seiner Schlagfertigkeit öffnete er die Tür und entschwebte.

Nach einem Weilchen schloß ich meine andere Tür ab,
schaltete den Summer aus, machte das Büro dunkel und
ging. Niemand begegnete mir, der aussah, als wollte er
mir das Leben nehmen. Ich fuhr zu mir nach Hause,
packte einen Koffer, fuhr zu einer Tankstelle, wo man
mich fest ins Herz geschlossen hatte, stellte meinen Wagen
dort ab und mietete mir einen Chevrolet. Mit dem fuhr ich
zur Poynter Street, verstaute meinen Koffer in dem schäbigen Apartment, das ich am frühen Nachmittag bezogen
hatte, und ging zu Victor zum Abendessen. Es war neun
Uhr, zu spät, um noch nach Bay City zu fahren und Anne
zum Essen zu holen. Sie hatte sich bestimmt schon längst
selber etwas gekocht.

Ich bestellte einen doppelten Gibson mit frischen Limonen
und trank und hatte einen Kohldampf wie ein Schuljunge.

5

Auf dem Rückweg zur Poynter Street machte ich alle möglichen Manöver, bog immer wieder ab, fuhr im Kreis um
die Blocks und hielt an, eine Pistole auf dem Sitz neben
mir. Soweit ich's übersehen konnte, versuchte mir niemand zu folgen.

Ich hielt an einer Tankstelle am Sunset und tätigte zwei
Anrufe von der Zelle aus. Ich erwischte Bernie Ohls grad
noch, als er auf dem Sprung war, nach Hause zu gehen.

»Hier ist Marlowe, Bernie. Wir haben uns schon jahrelang
nicht mehr gekabbelt. Ich fange an, mich einsam zu fühlen.«

»Dann heiraten Sie doch. Ich bin jetzt Chef der Ermittlungsstelle im Sheriffsamt. Habe interimistisch den Dienstgrad eines Captains, bis ich das Examen bestehe. Ich spreche kaum noch mit Privatdetektiven.«

»Machen Sie mal eine leutselige Ausnahme. Ich könnte Hilfe brauchen. Ich habe einen kitzligen Job vor mir, bei dem ich leicht ins Gras beißen kann.«

»Und da erwarten Sie von mir, daß ich dem natürlichen Gang der Dinge in den Weg trete?«

»Kommen Sie mal auf den Teppich, Bernie. Ganz so übel bin ich doch gar nicht gewesen. Ich versuche, einen ehemaligen Gangster vor seinen Henkern zu retten.«

»Je mehr von denen sich gegenseitig ummähen, desto wohler wird mir.«

»Tja. Wenn ich Sie anrufe, kommen Sie wie der Blitz oder schicken Sie ein paar gute Jungs. Sie werden ja Zeit gehabt haben, ihnen was beizubringen.«

Wir tauschten noch ein paar milde Beleidigungen und legten auf. Ich wählte Ikky Rosensteins Nummer. Seine ziemlich unangenehme Stimme sagte: »Okay, reden Sie.«

»Marlowe. Halten Sie sich bereit, gegen Mitternacht auszuziehen. Wir haben Ihre beiden Freunde entdeckt, sie sind im Beverly-Western abgestiegen. Heute abend werden sie wohl kaum noch in Ihrer Straße auftauchen. Denken Sie dran, die beiden wissen nicht, daß Sie einen Tip gekriegt haben.«

»Klingt riskant.«

»Guter Gott, als Sonntagsschulausflug war's auch nicht gedacht. Sie sind unvorsichtig gewesen, Ikky. Man ist Ihnen gefolgt, als Sie zu mir ins Büro kamen. Das beschneidet die Zeit, die uns noch bleibt.«

Er war einen Moment lang still. Ich hörte ihn atmen. »Wer?« fragte er dann.

»Irgendein kleiner Ganeff, der mir eine Pistole in den Bauch gerammt hat, so daß ich mir die Mühe machen mußte, sie ihm wegzunehmen. Daß sie mir einen Anfänger von der Sorte geschickt haben, kann ich mir nur so erklären, daß ich im Fall des Falles nicht zuviel aus ihm rauskriegen sollte – wenn ich's nicht schon wußte.«

»Es wird noch ungemütlich für Sie werden, Freund.«

»Wann würde's das nicht? Ich werde gegen Mitternacht bei Ihnen vorbeikommen. Halten Sie sich bereit. Wo steht Ihr Wagen?«

»Draußen vorm Haus.«

»Stellen Sie ihn in einer Seitenstraße ab und schließen Sie auffällig und umständlich dran herum. Wo ist der Hintereingang von Ihrem Laden?«

»Auf der Rückseite. Wo soll er sonst wohl sein? Auf der Gasse.«

»Lassen Sie dort Ihren Koffer oder was Sie sonst an Gepäck haben. Wir gehen zusammen raus und zu Ihrem Wagen. Dann fahren wir in die Gasse und holen das Zeug.«

»Wenn mir das aber jemand stiehlt?«

»Tja. Wenn Sie nun aber jemand umlegt? Was gefällt Ihnen denn besser?«

»Okay«, grunzte er. »Ich warte. Aber wir gehen ein großes Risiko ein.«

»Das tun Rennfahrer auch. Lassen sie's deswegen bleiben? Es gibt nur eine einzige Möglichkeit, und die heißt: So schnell wie möglich weg. Machen Sie gegen zehn das Licht aus und bringen Sie das Bett durcheinander. Es wäre auch gut, wenn Sie einen Teil Ihres Gepäcks zurückließen. Sähe dann nicht so geplant aus.«

Er grunzte ein zweites ›Okay‹, und ich legte auf. Die Telefonzelle war von außen gut beleuchtet. Das sind sie gewöhnlich, an Tankstellen. Ich sah mich ausführlich um, während ich in den Landkarten und Stadtplänen herumklaubte, die sie drinnen als Werbematerial ausgelegt hatten. Ich sah nichts, was mich hätte beunruhigen müssen. Ich nahm mir eine Karte von San Diego, nur so aus Jux eigentlich, und stieg in meinen Mietwagen.

An der Poynter parkte ich um die Ecke und ging in mein schäbiges Apartment im ersten Stock hinauf und setzte mich im Dunkeln ans Fenster, um zu beobachten. Ich sah

nichts, was mich hätte beunruhigen müssen. Zwei mittel-
klassige Hürchen kamen aus Ikkys Apartmenthaus und
wurden von einem nagelneuen Wagen aufgenommen.
Ein Mann, der etwa Ikkys Größe und Figur hatte, ging ins
Haus hinein. Verschiedene Leute kamen und gingen. Die
Straße war ziemlich still. Seit es den Hollywood Freeway
gibt, benutzt kein Mensch mehr die kleineren Straßen, es
sei denn, er wohnt in der Gegend.

Es war eine schöne Herbstnacht – so schön jedenfalls, wie
Herbstnächte noch werden können im ruinierten Klima
von Los Angeles –, klar, aber nicht einmal frisch. Ich weiß
nicht, was mit dem Wetter passiert ist in unserer übervöl-
kerten Stadt, aber es ist nicht mehr das Wetter, das ich sei-
nerzeit kennenlernte, als ich herkam.

Die Zeit bis Mitternacht wurde mir lang. Ich konnte niemanden entdecken, der irgendwo auf der Lauer lag, und
keine zwei unauffällig gekleideten Männer wurden vor
einem der sechs Apartmenthäuser sichtbar, die zur Aus-
wahl standen. Ich war ziemlich sicher, daß sie's in meinem
zuerst versuchen würden, wenn sie kamen, und wenn
Anne die richtigen ausgemacht hatte, und wenn überhaupt jemand gekommen war, und wenn die Botschaft,
die ich dem kleinen Ganeff mitgegeben hatte, mir bei seinen Chefs etwas genützt hatte, und wenn und wenn. Trotz
der hundert Möglichkeiten, daß Anne sich geirrt haben
konnte, hatte ich das sichere Gefühl, daß alles richtig gelaufen war. Die Killer hatten keinen Grund, besonders
ängstlich oder vorsichtig zu sein, wenn sie nicht wußten,
daß Ikky gewarnt worden war. Keinen Grund außer
einem. Er war in mein Büro gegangen und auf dem Weg
dorthin beschattet worden. Aber es ließ sich auch denken,
daß die Organisation, mit all ihrem überheblichen Macht-
gefühl, einfach nur gelacht hatte bei dem Gedanken, er
könnte einen Tip bekommen und bei mir Hilfe gesucht haben. Ich war so klein, daß sie mich wahrscheinlich kaum
wahrnehmen konnten.

Um Mitternacht verließ ich das Apartment, schlenderte

zwei Blocks weit, um zu beobachten, ob ich einen Schatten hatte, überquerte die Straße und ging in Ikkys Unterschlupf. Es gab keine verschlossene Tür und auch keinen Fahrstuhl. Ich stieg die Treppe hinauf zum zweiten Stock und sah mich nach seinem Apartment um. Ich klopfte leicht an die Tür. Er öffnete mit einer Pistole in der Hand. Vermutlich hatte er ein ängstliches Gesicht.

Neben der Tür standen zwei Koffer, ein weiterer stand hinten an der Wand. Ich ging hinüber und hob ihn auf. Er war schwer genug. Ich öffnete ihn. Er war unverschlossen. »Sie brauchen sich keine Sorgen zu machen«, sagte er. »Es ist alles drin, was man für drei, vier Nächte brauchen würde, und nichts außer ein paar Kleidungsstücken, die ich mir praktisch in jedem Laden von der Stange holen kann.«

Ich griff nach einem der beiden anderen Koffer. »Deponieren wir die hier am Hinterausgang.«

»Wir können auch gleich selber zur Gasse raus.«

»Wir gehen durch den Vordereingang. Bloß für den Fall, daß wir beschattet werden – obwohl ich das nicht glaube –, benehmen wir uns wie zwei Burschen, die einen kleinen Spaziergang machen. Bloß eins noch. Behalten Sie die Hände in den Taschen und die Kanone in der rechten Hand. Wenn jemand Sie von hinten mit Ihrem Namen anruft, drehn Sie sich blitzschnell um und schießen. Denn das tut nur jemand, der Ihnen ans Leben will. Ich mach's genauso.«

»Ich habe Angst«, sagte er mit seiner rostigen Stimme.

»Ich ebenfalls, wenn Ihnen das was hilft. Aber wir müssen hindurch. Wenn Sie von irgendwem angehauen werden, sind's vermutlich zwei, und sie haben Pistolen in der Hand. Halten Sie sich nicht damit auf, erst noch groß Fragen zu stellen. In Worten würden Sie keine Antwort bekommen. Falls es sich bloß um meinen kleinen Freund handelt, werden wir ihn abkühlen und hinter die Tür packen. Alles kapiert?«

Er nickte, leckte sich die Lippen. Wir trugen die Koffer

nach unten und stellten sie draußen vor die Hintertür. Wir blickten die Gasse entlang. Kein Mensch, und nur ein kleines Stück bis zur Seitenstraße. Wir gingen wieder hinein und durch die Halle nach vorn. Wir traten auf die Poynter Street hinaus, mit der ganzen Gelassenheit einer Hausfrau, die loszieht, um ihrem Mann zum Geburtstag einen Schlips zu kaufen.

Nirgends regte sich jemand. Die Straße war leer. Wir gingen um die Ecke zu Ikkys Mietwagen. Er schloß ihn auf. Ich ging mit ihm zurück, um die Koffer zu holen. Noch immer regte sich nichts. Wir stellten die Koffer in den Wagen und starteten und fuhren zur nächsten Straße vor.

Eine Verkehrsampel außer Betrieb, ein Stoppschild oder zwei, die Zufahrt zum Freeway. Selbst jetzt um Mitternacht herrschte hier dichter Verkehr. Kalifornien ist randvoll von Leuten, die dauernd irgendwohin müssen und es schrecklich eilig damit haben. Wenn man nicht mindestens mit hundertzwanzig Sachen fährt, überholt einen jeder. Tut man's aber, muß man dauernd den Rückspiegel im Auge behalten, ob einem auch keine Verkehrskontrolle folgt. Es ist das reinste Rattenrennen.

Ikky fuhr ruhige hundert. Wir erreichten die Kreuzung mit der Route 66 und bogen auf diese ein. Bis dahin nichts. Ich fuhr noch bis Pomona mit ihm weiter.

»Das ist jetzt weit genug für mich«, sagte ich. »Ich nehme mir einen Bus zurück, wenn es einen gibt, oder gehe in ein Motel. Fahren Sie zu einer Tankstelle, daß ich mich nach einer Bushaltestelle erkundigen kann. Sie müßte eigentlich nah am Freeway liegen. Fahren wir erst mal in die Innenstadt rein.«

Das tat er, hielt in der Mitte eines Blocks. Er zog seine Brieftasche heraus und hielt mir vier Tausend-Dollar-Scheine hin.

»Ich habe eigentlich nicht das Gefühl, daß ich das alles verdient habe. Es war zu leicht.«

Er lachte, mit einer Art schiefer Belustigung auf seinem teigigen Gesicht. »Seien Sie kein Idiot. Ich hab's geschafft.

Sie wußten ja gar nicht, auf was Sie sich da eingelassen hatten. Und was noch schwerer wiegt – für Sie fängt das Schlamassel erst an. Die Organisation hat Augen und Ohren überall. Vielleicht bin ich sicher, wenn ich mich verdammt in acht nehme. Vielleicht bin ich auch längst nicht so sicher, wie ich glaube. Sie jedenfalls haben getan, um was ich Sie bat. Nehmen Sie also auch das Geld. Ich hab's dicke.«

Ich nahm es und steckte es weg. Er fuhr zu einer Tankstelle mit Nachtdienst, und wir bekamen erklärt, wo die Bushaltestelle lag.

»Um zwei Uhr fünfundzwanzig fährt ein Überland-Greyhound«, sagte der Tankwart, nachdem er auf einem Fahrplan nachgesehen hatte. »Der wird Sie mitnehmen, wenn noch Platz ist.«

Ikky fuhr zu der Haltestelle. Wir schüttelten uns die Hand, und er jagte die Straße hinunter auf den Freeway zu. Ich sah auf die Armbanduhr, stellte fest, daß ein Schnapsladen in der Nähe noch offen hatte, und kaufte mir eine Pintflasche Scotch. Dann suchte ich mir eine Bar und bestellte einen Doppelten mit Wasser.

Für mich finge das Schlamassel erst an, hatte Ikky gesagt. Er hatte ja so recht.

Ich stieg am Busbahnhof Hollywood aus, grapschte mir ein Taxi und fuhr zu meinem Büro. Ich bat den Fahrer, ein paar Augenblicke zu warten. Um diese Nachtzeit tat er das gerne. Der farbige Nachtportier ließ mich ins Haus.

»Sie arbeiten ja noch sehr spät, Mr. Marlowe. Aber bei Ihnen ist das ja fast die Regel, nicht wahr?«

»Das bringt der Beruf so mit sich«, sagte ich. »Danke, Jasper.«

Oben in meinem Büro tastete ich auf dem Boden nach Post und fand nichts als ein längliches schmales Päckchen, Eilzustellung, Poststempel Glendale.

Es enthielt nichts als einen neuen, frischgespitzten Bleistift, das Todeszeichen der Gangster.

## 6

Ich nahm das nicht allzu ernst. Wenn sie wirklich was mit einem vorhaben, dann schicken sie einem das nicht. Ich nahm es als eine scharfe Warnung, die Finger von der Sache zu lassen. Vielleicht hatten sie Anstalten getroffen, mich zusammenschlagen zu lassen. Von ihrem Standpunkt aus mußte das eine ganz gute Züchtigung sein. ›Wenn wir den Bleistift nehmen und jemanden ausstreichen, dann ist jeder, der ihm zu helfen versucht, reif für eine Abreibung.‹ Das konnte der Inhalt der Botschaft sein. Ich überlegte, ob ich nach Hause gehen sollte, zur Yukka Avenue. Zu einsam. Ich überlegte, ob ich zu Anne gehen sollte, nach Bay City. Noch schlimmer. Wenn sie dahinterkamen, daß Anne mit beteiligt war, würden richtige Lumpen sich keinen Augenblick bedenken, sie zu vergewaltigen und dann noch durchzuprügeln.

Blieb mir nur die Bude an der Poynter Street. Wahrscheinlich der sicherste Unterschlupf im Moment. Ich ging wieder nach unten, zu dem wartenden Taxi, und ließ mich in die Nähe des sogenannten Apartmenthauses fahren. Die letzten drei Blocks ging ich zu Fuß. Ich ging nach oben, zog mich aus und hatte einen schlechten Schlaf. Nichts belästigte mich außer einer gebrochenen Sprungfeder. Die belästigte meinen Rücken. Ich lag bis drei Uhr 30 dreißig und beschäftigte meine sämtlichen, sonst gar nicht umimposanten Gehirnzellen damit, die Situation zu überdenken. Ich schlief mit einer Pistole unter dem Kopfkissen ein, was ein schlechter Aufbewahrungsort ist, wenn man ein Kissen hat, so dick und so weich wie die Filzunterlage einer Schreibmaschine. Die Pistole störte mich, also überführte ich sie in meine rechte Hand. Langjährige Erfahrung hatte mich gelehrt, daß sie selbst im Schlaf dort am besten aufgehoben war.

Ich wachte bei strahlendem Sonnenschein auf. Ich fühlte mich wie ein Stück vergammeltes Fleisch. Ich quälte mich ins Badezimmer und nahm eine kalte Dusche und rieb mich mit einem Handtuch ab, so fadenscheinig, daß man es, wenn man es seitlich hielt, gar nicht mehr sehen konnte. Wirklich ein großartiges Apartement. Es fehlte eigentlich nur noch eine Chippendale-Einrichtung, dann hätte es sich in jedem Slum-Viertel sehen lassen können.

Zu essen war nichts da, und wenn ich wegging, konnte der nichts verpassende Marlowe vielleicht doch etwas verpassen. Ich hatte noch die Pintflasche Whisky. Ich betrachtete sie und roch daran, aber zum Frühstück, auf leeren Magen, konnte ich sie nicht gebrauchen, selbst wenn es mir gelungen wäre, meinen Magen, der irgendwo unter der Decke hing, wieder auf den Teppich zu bringen. Ich sah in den Schränken nach, bloß für den Fall, daß ein früherer Bewohner bei hastigem Auszug vielleicht eine Brotkruste dagelassen hatte. Nichts. Sie hätte mir auch sowieso wohl kaum geschmeckt, selbst mit einem Schuß Whisky obendrauf. Also setzte ich mich ans Fenster. Als ich da eine Stunde gehockt hatte, war ich soweit, notfalls einen Pagen anzuknabbern.

Ich zog mich an und ging um die Ecke zu meinem Mietwagen und fuhr zu einer Fressalienbude. Die Kellnerin war ebenfalls düsterer Laune. Sie wischte mit einem Lappen vor mir die Theke und fegte mir die Krümel des letzten Kunden in den Schoß.

»Hören Sie mal, Herzchen«, sagte ich, »seien Sie nicht so spendabel. Heben Sie sich die Krümel für einen verregneten Tag auf. Ich will nichts weiter als zwei Eier – drei Minuten, nicht mehr –, eine Scheibe von Ihrem berühmten Betontoast, ein großes Glas Tomatensaft mit einem Schuß Lea und Perrins, ein strahlend glückliches Lächeln, und schenken Sie ja niemandem sonst Kaffee ein. Ich brauche wahrscheinlich alles, was da ist, für mich.«

»Ich hab einen Schnupfen«, sagte sie. »Drangsalieren Sie mich nicht. Ich könnte Ihnen sonst eins in die Fresse geben.«

»Kommen Sie, vertragen wir uns. Ich hab auch eine schlimme Nacht hinter mir.«

Sie schenkte mir ein halbes Lächeln und zwängte sich seitlich durch die Schwingtür. Das brachte ihre Kurven, die recht namhaft waren, ja geradezu auslandend, deutlicher zur Geltung. Aber ich bekam die Eier so, wie ich sie mochte. Der Toast war mit geschmolzener Butter bepinselt, die ihre Blütezeit schon hinter sich hatte.

»Lea und Perrins gibt's nicht«, sagte sie und setzte mir den Tomatensaft hin. »Wie wär's mit ein bißchen Tabasco? Das Arsen ist uns leider auch ausgegangen.«

Ich nahm zwei Tropfen Tabasco, schlang die Eier hinunter, trank zwei Tassen Kaffee und wollte den Toast als Trinkgeld liegenlassen, wurde dann aber weich und legte statt dessen einen Vierteldollar hin. Das heiterte sie nun wirklich auf. Es war ein Lokal, wo man einen Dime gab oder gar nichts. Meistens gar nichts.

An der Poynter hatte sich nichts verändert. Ich trat wieder an mein Fenster und setzte mich. Gegen acht Uhr dreißig kam der Mann, den ich in das Apartmenthaus gegenüber hatte gehen sehen – der Mann, der die gleiche Größe und Figur wie Ikky hatte –, mit einer kleinen Aktentasche wieder heraus und wandte sich nach Osten. Zwei Männer stiegen aus einem dunkelblauen Sedan. Sie waren von gleicher Größe und sehr unauffällig gekleidet und hatten weiche, tief in die Stirn gezogene Hüte auf. Beide rissen einen Revolver heraus.

»He, Ikky!« rief der eine.

Der Mann drehte sich um. »Mach's gut, Ikky«, sagte der andere Mann. Schüsse krachten zwischen den Häusern. Der Mann sackte zusammen und blieb regungslos liegen. Die beiden Männer stürzten auf ihren Wagen zu und rasten nach Westen davon. Einen halben Block weiter sah ich einen Caddy ausbiegen und sich vor sie setzen.

In Null Komma nichts waren sie alle verschwunden.

Es war hübsche, rasche, saubere Arbeit gewesen. Nur an einem hatte es gefehlt: sie hatten sich nicht genug Zeit für die Vorbereitung genommen.

Sie hatten den falschen Mann erschossen.

## 7

Ich war fast so schnell draußen wie die beiden Killer. Um den toten Mann hatte sich eine kleine Gruppe gebildet. Ich brauchte ihn nicht erst zu betrachten, um zu wissen, daß er tot war – die Jungs waren Profis. Wo er drüben lag, auf dem Gehsteig, konnte ich ihn von meiner Seite aus nicht erkennen; Leute waren im Weg. Aber ich wußte auch so, wie er aussah, und in der Ferne hörte ich bereits Sirenen. Es hätte durchaus die Routine-Streife vom Sunset sein können, aber sie war es nicht. Also hatte jemand telefoniert. Es war zu früh noch, als daß die Bullen bloß zum Lunch unterwegs sein konnten.

Ich schlenderte mit meinem Koffer zur Ecke vor und schmiß ihn in den Mietwagen und machte, daß ich wegkam. Die Gegend war nicht mehr nach meinem Geschmack. Ich konnte mir die Fragen schon ausmalen.

›Nun sagen Sie mal, was hatten Sie denn da zu suchen, Marlowe? Sie sind doch nicht plötzlich wohnungslos geworden, oder?‹

›Ich war von einem ehemaligen Gangster engagiert, der Ärger mit der Organisation hatte. Sie hatte Killer auf ihn angesetzt.‹

›Nun erzählen Sie uns bloß nicht, er wollte anständig werden!‹

›Weiß ich nicht. Aber sein Geld kam mir ganz gelegen.‹

›Viel getan haben Sie aber nicht grad, um es sich zu verdienen, oder?‹

›Ich hab ihn gestern nacht weggebracht. Wo er jetzt ist, weiß ich nicht. Ich will's auch gar nicht wissen.‹

›Sie haben ihn weggebracht?‹

›Wie ich sagte.‹

›Ja-ah – nur daß er jetzt mit mehrfachen Schußwunden in der Leichenhalle liegt. Denken Sie sich mal was Besseres aus. Oder es landet noch jemand in der Leichenhalle.‹

Und so weiter. Polizeidialog. Wie aus einem alten Schuhkarton. Was die Kerls sagen, ist albern, und was sie fragen, ist albern. Sie bohren nur immer weiter in einem herum, bis man derartig erledigt ist, daß man auf irgendeiner Kleinigkeit ausrutscht. Dann lächeln sie glücklich und reiben sich die Hände und sagen: ›Sehn Sie, da haben Sie jetzt nicht aufgepaßt, stimmt's? Fangen wir noch mal von vorne an.‹

Je weniger ich davon abbekam, desto besser. Ich parkte auf meinem gewohnten Plätzchen und ging ins Büro hinauf. Es war randvoll von nichts als muffiger Luft. Jedesmal, wenn ich das öde Lokal betrat, überkam mich neue Müdigkeit. Warum zum Teufel hatte ich mir bloß nicht vor zehn Jahren einen Job bei einer Behörde besorgt? Oder besser noch vor fünfzehn Jahren. Ich hatte Grips genug, um im Fernkurs eine juristische Prüfung zu schaffen. Das Land wimmelt von Anwälten, die ohne Lehrbuch keine noch so simple Klageschrift zustande brächten.

So setzte ich mich denn in meinen Bürosessel und sah scheel und mißgünstig an mir entlang. Nach einer Weile fiel mir der Bleistift ein. Ich traf bestimmte Vorkehrungen mit einer 45er, einem Kaliber, das ich nie mit mir rumschleppe – zuviel Gewicht. Ich wählte das Sheriffsamt und fragte nach Bernie Ohls. Ich bekam ihn an die Strippe. Seine Stimme klang sauer.

»Marlowe. Ich stecke in der Klemme – echt in der Klemme.«

»Wieso erzählen Sie mir das?« knurrte er. »Daran müssen Sie sich doch allmählich gewöhnt haben.«

»An diese Art Klemme kann man sich nicht gewöhnen. Ich würde ganz gern mal rüberkommen und ein bißchen erzählen.«

»Haben Sie immer noch dasselbe Büro?«

»Dasselbige.«

»Muß sowieso in die Gegend. Ich komme mal einen Sprung rauf.«

Er legte auf. Ich öffnete zwei Fenster. Die sanfte Brise wehte den Geruch von Kaffee und abgestandenem Fett aus Joes Wirtschaft nebenan herüber. Ich haßte diesen Geruch, ich haßte mich selbst, ich haßte überhaupt alles.

Ohls hielt sich gar nicht erst mit meinem eleganten Wartezimmer auf. Er pochte an die Mitteltür, und ich ließ ihn ein. Er steuerte finster auf den Klientensessel zu.

»Okay. Schießen Sie los.«

»Schon mal von einem Typ namens Ikky Rosenstein gehört?«

»Warum sollte ich? Steht er in der Kartei?«

»Ein ehemaliger Gangster, der sich bei der Bande unbeliebt gemacht hatte. Sie nahmen einen Bleistift und strichen seinen Namen durch und schickten per Flugzeug die üblichen zwei harten Burschen. Er bekam einen Tip und engagierte mich, ihm wegzuhelfen.«

»Hübsche saubere Arbeit.«

»Lassen Sie das jetzt mal, Bernie.« Ich zündete mir eine Zigarette an und blies ihm Rauch ins Gesicht. Zur Vergeltung begann er an einer Zigarette zu kauen. Er steckte sich nie eine an, aber er zerfetzte sie dafür buchstäblich, bis nichts mehr übrig war.

»Schauen Sie«, fuhr ich fort. »Mal angenommen, der Mann will ehrlich werden. Oder meinetwegen auch nicht. Jedenfalls hat er ein Recht auf sein Leben, solange er niemanden getötet hat. Und das hätte er nicht, sagt er.«

»Und Sie glauben dem Lumpen das aufs Wort, was? Wann fangen Sie an, in der Sonntagsschule zu unterrichten?«

»Ich habe ihm weder geglaubt noch nicht geglaubt. Ich hab nur einfach angenommen. Es gab keinen Grund, das nicht zu tun. Eine Bekannte von mir und ich haben dann gestern die ankommenden Maschinen beobachtet. Sie konnte die beiden Jungs ausmachen und ist ihnen zu einem Hotel gefolgt. Sie war sicher, die Richtigen erwischt zu haben. Sie sahen ganz danach aus, bis runter zu den schwarzen Schuhen. Sie verließen getrennt das Flugzeug und taten dann wie alte Bekannte, die sich während des Flugs nur nicht bemerkt hatten. Dieses Mädchen –«

»Hat sie auch einen Namen?«

»Nur für Sie.«

»Einverstanden – wenn sie nichts angestellt hat.«

»Sie heißt Anne Riordan. Wohnt in Bay City. Ihr Vater war mal Polizeichef dort. Und nun sagen Sie nicht, daß er deswegen schon ein Lump gewesen wäre, weil er das nämlich nicht wahr.«

»Hm, hm. Lassen Sie mal den Rest hören. Und machen Sie ein bißchen Tempo.«

»Ich nahm mir ein Apartment gegenüber Ikky. Die Killer waren noch in ihrem Hotel. Um Mitternacht holte ich Ikky raus und fuhr mit ihm bis Pomona. Er ist dann in seinem Mietwagen weitergefahren, und ich bin per Greyhound zurück. Ich ging in das Apartment an der Poynter Street, direkt gegenüber von seiner Klitsche.«

»Warum – wenn er doch schon weg war?«

Ich zog die mittlere Schreibtischschublade auf und nahm den schönen spitzen Bleistift heraus. Ich schrieb meinen Namen auf ein Stück Papier und strich ihn dann mit dem Bleistift durch.

»Weil jemand mir das hier geschickt hat. Ich glaube zwar nicht, daß sie mich direkt umlegen wollen, aber wahrscheinlich haben sie den Plan, mir eine gehörige Abreibung zu verpassen und mir damit einen Wink zu geben, keine Faxen mehr zu machen.«

»Die haben also gewußt, daß Sie mit drinstecken?«

»Ikky wurde auf seinem Weg zu mir von einem kleinen Ganeff beschattet, der dann später vorbeikam und mir eine Kanone auf den Magen setzte. Ich hab ihn ein bißchen gebeutelt, mußte ihn aber gehen lassen. Nachdem das passiert war, hielt ich die Poynter Street für sicherer. Ich wohne ein bißchen einsam.«

»Langsam komme ich mit«, sagte Bernie Ohls. »Ich höre auch manchmal die Meldungen. Haben sie also den Falschen abgeknallt.«

»Dieselbe Größe, dieselbe Figur, dieselbe allgemeine Erscheinung. Ich hab's mit angesehen. Ob es die beiden Burschen aus dem Beverly-Western waren, könnte ich allerdings nicht sagen. Ich hab sie selber nie gesehen. Es waren einfach zwei Männer in dunklen Anzügen und mit tief in die Stirn gezogenen Hüten. Sie sprangen in einen blauen Pontiac-Sedan, etwa zwei Jahre alt, und brausten ab, mit einem großen Caddy als Schrittmacher vor sich.«

Bernie stand auf und starrte mich eine ganze Weile an. »Ich glaube nicht, daß man sich jetzt noch mit Ihnen befassen wird«, sagte er. »Sie haben den Falschen erwischt. Die Bande wird sich ein Weilchen sehr still verhalten. Wissen Sie was? Unsere Stadt hier wird allmählich fast so lausig wie New York, Brooklyn und Chicago. Am Ende wird sie noch richtig korrupt.«

»Dazu ist sie allerdings auf dem besten Wege.«

»Sie haben mir nichts erzählt, was mir einen Grund zum Eingreifen gäbe, Phil. Ich werde mal mit den Jungs von der städtischen Mordkommission reden. Daß Sie mit Ärger rechnen müssen, glaube ich nicht. Aber Sie haben die Schießerei mit angesehen. Da wird man von Ihnen Einzelheiten hören wollen.«

»Ich könnte niemanden identifizieren, Bernie. Ich kannte auch den Mann nicht, der erschossen worden ist. Wieso wußten *Sie* denn, daß es der Falsche war?«

»Haben Sie mir doch selber gesagt, Sie Idiot.«

»Ich dachte, die Jungs von der Städtischen hätten ihn vielleicht identifiziert.«

»Wenn sie das hätten, würden sie's mir kaum verraten. Außerdem sind sie noch nicht mal dazu gekommen, frühstükken zu gehen. Der Mann ist für sie bis jetzt bloß ein Toter in der Leichenhalle, bis der Erkennungsdienst mit irgendwas überkommt. Aber sie werden mit Ihnen reden wollen, Phil. Sie sind richtig verliebt in ihre Tonbandgeräte.«

Er ging hinaus, und die Tür witschte hinter ihm zu. Ich saß da und überlegte, ob ich nicht total bescheuert gewesen war, ihm das alles zu erzählen. Oder mich überhaupt mit Ikkys Sorgen zu befassen. Fünftausend grüne Scheinchen sagten nein. Aber selbst die konnten sich irren.

Jemand donnerte an meine Tür. Es war eine Uniform, die mir ein Telegramm hinhielt. Ich quittierte und riß es auf.

Es lautete: »Unterwegs nach Flagstaff. Mirador Motel. Bin wahrscheinlich entdeckt worden. Schnell kommen.«
Ich riß das Papier in kleine Stücke und verbrannte sie in meinem großen Aschenbecher.

## 8

Ich rief Anne Riordan an.
»Eine ganz komische Sache ist passiert«, sagte ich und erzählte ihr von der ganz komischen Sache.
»Das mit dem Bleistift gefällt mir nicht«, sagte sie. »Und daß der falsche Mann umgebracht worden ist, gefällt mir ebenfalls nicht. Vermutlich irgendein armer Buchhalter in einer miesen kleinen Firma – sonst hätte er wohl kaum in der Gegend da gewohnt. Du hättest von vornherein die Finger davon lassen sollen, Phil.«
»Ikky hatte ein Leben. Da, wo er hin will, wird er vielleicht anständig. Er kann den Namen wechseln. Geld muß er ja wohl haben, sonst hätte er mir nicht soviel gezahlt.«
»Ich sagte schon, mir gefällt das mit dem Bleistift nicht. Komm lieber ein Weilchen hier zu mir raus. Die Post kannst du dir ja nachschicken lassen – wenn du überhaupt Post kriegst. Du mußt ja jetzt auch nicht gleich wieder arbeiten. Und L. A. wimmelt nur so von Privatdetektiven.«
»Du verstehst gar nicht, worum es geht. Ich bin noch nicht durch mit dem Job. Die Plattfüße von der Mordkommission müssen wissen, wo ich stecke, und wenn die's wissen, dann wissen es auch sämtliche Gerichtssaal-Schmöcke. Die Bullen könnten sogar auf die Idee kommen, mich zum Verdächtigen zu machen. Keiner, der die Schießerei mit angesehen hat, wird eine Beschreibung abgeben, mit der man was anfangen kann. Unsere lieben Mit-Amerikaner sind zu gewitzigt, um als Zeugen in einem Bandenmord aufzutreten.«
»Na schön, kluger Mann. Aber mein Angebot bleibt bestehen.«

Im Außenzimmer ertönte der Summer. Ich sagte Anne, daß ich auflegen müßte. Ich öffnete die Verbindungstür, und ein gutgekleideter – ich möchte fast sagen, elegant gekleideter – mittelältlicher Mann stand vor mir, sechs Schritt von der Tür entfernt. Er hatte ein angenehm unehrliches Lächeln auf dem Gesicht. Er trug einen weißen Stetson und eine jener schmalen Krawatten, die durch eine Schmuckschnalle laufen. Sein cremefarbener Flanellanzug war außerordentlich gut geschnitten.

Er zündete sich mit einem goldenen Feuerzeug eine Zigarette an und sah mich über die Rauchwolke hinweg an.

»Mr. Marlowe?«

Ich nickte.

»Ich bin Foster Grimes aus Las Vegas. Ich habe das Ranco Esperanza an der South Fifth. Wie ich hörte, hatten Sie ein bißchen mit einem Mann namens Ikky Rosenstein zu tun.«

»Wollen Sie nicht reinkommen?«

Er schlenderte an mir vorbei ins Büro. Sein Äußeres sagte mir nichts. Ein wohlhabender Mann, dem es Spaß machte oder geschäftlich opportun erschien, wenn man ihm den Westen ansah. In Palm Springs, in der Wintersaison, sieht man solche Leute zu Dutzenden. Sein Akzent sagte mir, daß er aus dem Osten stammte, aber nicht aus New England. New York oder Baltimore vielleicht. Long Island, die Berkshires – nein, zu weit von der Stadt.

Ich wies mit einem Handgelenksschlenker auf den Klientensessel und setzte mich selber in meinen betagten Drehquietscher. Ich wartete.

»Wo ist Ikky jetzt, falls Sie das wissen?«

»Ich weiß es nicht, Mr. Grimes.«

»Wieso haben Sie sich eigentlich mit ihm eingelassen?«

»Geldgier.«

»Ein verdammt guter Grund«, lächelte er. »Und wie weit ist die Sache gegangen?«

»Ich habe ihm geholfen, aus der Stadt zu kommen. Ich sage Ihnen das, obwohl ich keine Ahnung habe, wer zum Teufel Sie sind, weil ich's bereits auch einem alten Freund-

Feind von mir erzählt habe, einem leitenden Mann im She-riffsamt.«

»Was ist denn ein Freund-Feind?«

»Die Leute von der Polente sind nicht grad erpicht drauf, mich den ganzen Tag zu streicheln und zu küssen, aber ich kenne ihn nun schon seit Jahren, und wir sind so gut be-freundet, wie ein Privatstern das mit einem Bullen sein kann.«

»Ich habe Ihnen schon gesagt, wer ich bin. Wir haben in Vegas eine einzigartige Situation. Praktisch gehört uns die ganze Stadt, mit Ausnahme eines lausigen Zeitungsredak-teurs, der uns und unseren Freunden dauernd den Buckel runterrutscht. Wir lassen ihn aber am Leben, weil das viel besser für uns aussieht, als wenn wir ihn wegputzen. So was ist heute keine gute Geschäftspraxis mehr.«

»Wie bei Ikky Rosenstein.«

»Bei dem dreht sich's nicht um ein ordinäres Wegputzen. Bei dem dreht sich's um eine Hinrichtung. Ikky ist aus der Reihe getanzt.«

»Und deswegen mußten Ihre Revolverhelden den Fal-schen abknallen. Sie hätten sich ruhig ein bißchen umtun können vorher, um sich zu vergewissern.«

»Das hätten sie auch getan, wenn Sie Ihre Nase gelassen hätten, wo sie hingehört. Die beiden haben übereilt gehan-delt. Wir schätzen das nicht. Wir wünschen kühle Tüchtig-keit.«

»Und wer ist dieses großkotzige ›wir‹, von dem Sie dau-ernd reden?«

»Nun werden Sie mal nicht kindisch, Marlowe.«

»Okay. Nehmen wir an, ich wüßte es.«

»Wir wünschen folgendes.« Er griff in die Tasche und zog einen losen Geldschein heraus. Er legte ihn vor sich auf den Schreibtisch. »Finden Sie Ikky, und richten Sie ihm aus, er soll zurückkommen und sich nach der Decke strek-ken, dann ist alles okay. Nachdem ein unschuldiger Pas-sant umgekommen ist, wünschen wir keinen weiteren Är-ger und keine zusätzliche Publizität. So einfach ist das. Sie kriegen jetzt diesen hier« – er nickte auf den Geldschein nieder. Es war ein Riese. Wahrscheinlich der kleinste Schein, den solche Leute bei sich hatten. »Und einen weiteren, wenn Sie Ikky finden und ihm die Botschaft übermitteln. Wenn er Sperenzchen macht – Vorhang runter.«

»Mal angenommen, ich sage, Sie sollen Ihren gottverdammten Riesen da nehmen und sich die Nase putzen damit?«

»Das wäre unklug.« Er schnellte einen Colt Woodsman heraus, mit einem kurzen Schalldämpfer auf dem Lauf. So ein Colt Woodsman verträgt den, ohne Ladehemmung zu bekommen. Der Mann war schnell auch, schnell und geschmeidig. Der liebenswürdige Ausdruck auf seinem Gesicht änderte sich dabei nicht.

»Ich hab Las Vegas nie verlassen«, sagte er ruhig. »Das kann ich beweisen. Sie hängen tot in Ihrem Bürosessel, und kein Mensch weiß irgendwas. Bloß wieder mal ein Privatdetektiv, der sich verkalkuliert hatte. Legen Sie die Hände auf den Tisch und denken Sie ein bißchen nach. Übrigens bin ich ein glänzender Schütze, selbst mit diesem verdammten Schalldämpfer.«

»Bloß um auf der gesellschaftlichen Skala noch ein bißchen tiefer zu sinken, Mr. Grimes, lege ich meine Hände auf keinen Tisch. Aber erklären Sie mir das hier mal.«

Ich flippte ihm den schöngespitzten Bleistift hinüber. Er grapschte ihn sich, nachdem er schnell die Pistole in die linke Hand genommen hatte – blitzschnell. Er hielt den Bleistift in die Höhe, so daß er ihn betrachten konnte, ohne die Augen von mir zu wenden.

Ich sagte: »Kam per Eilboten. Ohne weitere Botschaft, ohne Absender. Bloß der Bleistift. Meinen Sie, ich hätte noch nie was von dem Bleistift gehört, Mr. Grimes?«

Er runzelte die Stirn und warf den Bleistift hin. Noch ehe er seinen langen schlanken Colt wieder in die rechte Hand hatte nehmen können, hatte ich meine unter dem Schreibtisch, packte den Kolben der 45er und legte den Finger fest auf den Abzug.

»Schauen Sie unter den Tisch, Mr. Grimes. Sie werden dort eine 45er erblicken, in einem Halfter mit offener Spitze. Sie ist dort fest angebracht und zeigt direkt auf Ihren Bauch. Selbst wenn Sie mich mitten ins Herz träfen, würde meine Hand noch genügend zucken, um die 45er losgehen zu lassen. Und Ihr Bauch wäre in Fetzen, und Sie würden in hohem Bogen aus dem Stuhl da fliegen. Ein 45er Geschoß kann einen sechs Fuß weit zurückreißen. Selbst beim Film haben sie das endlich gelernt.«

»Sieht wie eine mexikanische Verteidigung aus«, sagte er ruhig. Er steckte seinen Colt wieder ein. Er grinste. »Hübsche glatte Arbeit, Marlowe. Wir könnten Sie gebrauchen. Aber bei Ihnen würde das zu lange dauern, und wir haben keine Zeit. Finden Sie Ikky, und seien Sie kein Dummkopf. Er wird schon auf die Vernunft hören. Er wird doch nicht wirklich für den Rest seines Lebens auf der Flucht sein wollen. Irgendwann würden wir ihn ja doch erwischen.«

»Sagen Sie mir mal noch etwas, Mr. Grimes. Wieso sind Sie auf mich gekommen? Mal abgesehen von Ikky – was habe ich denn angestellt, um mich bei Ihnen so unbeliebt zu machen?«

Ohne sich zu bewegen, dachte er einen Moment nach oder tat jedenfalls so. »Der Fall Larsen. Sie haben mitgeholfen, daß einer unserer Jungs in die Gaskammer kam. So was vergessen wir nicht. Wir hatten Sie eigentlich als Sündenbock für Ikky vorgesehen. Sie werden immer irgendwo der Sündenbock sein, wenn Sie das Spielchen nicht nach unseren Regeln spielen. Irgendwas wird Sie erwischen, wenn Sie am wenigsten damit rechnen.«

»Ein Mann in meinem Beruf ist immer der Sündenbock und der Dumme, Mr. Grimes. Nehmen Sie Ihren Riesen da und verschwinden Sie unauffällig. Vielleicht entschließe ich mich, nach Ihren Regeln zu spielen, aber ich muß erst noch darüber nachdenken. Was den Fall Larsen betrifft, so haben die Bullen die ganze Arbeit getan. Ich wußte nur zufällig, wo er war. Ich kann mir gar nicht vorstellen, daß Sie ihn so schrecklich vermissen.«

»Wir mögen keine Einmischung.« Er stand auf. Er steckte den Tausender beiläufig wieder in die Tasche. Während er das tat, ließ ich die 45er los und riß meine fünfzöllige 38er Smith & Wesson heraus.

Er streifte sie mit einem verächtlichen Blick. »Ich werde in Vegas sein, Marlowe. Tatsächlich habe ich Vegas nie verlassen. Sie können mich im Esperanza erreichen. Nein, Larsen persönlich interessiert uns einen Dreck. Bloß ein Revolvermann wie andere auch. Die kriegt man im Dutzend. Aber *nicht* egal ist es uns, wenn ein billiger Privatschnüffler einen von uns reinlegt.«

Er nickte und ging zur Bürotür hinaus.

Ich brütete ein bißchen vor mich hin. Ich wußte, daß Ikky nicht in die Organisation zurückkehren würde. Er würde ihnen nicht genug trauen, selbst wenn er die Chance bekam. Aber es gab jetzt noch einen anderen Grund. Ich rief Anne Riordan wieder an.

»Ich fahre los, um nach Ikky zu sehen. Ich muß einfach. Wenn ich dich in spätestens drei Tagen nicht angerufen habe, setz dich mit Bernie Ohls in Verbindung. Ich fahre nach Flagstaff, Arizona. Ikky sagt ja, daß er dort ist.«

»Du bist hoffnungslos«, klagte sie. »Das ist doch eine Falle!«

»Ein Mr. Grimes aus Vegas hat mich besucht, mit einer Schalldämpferkanone. Ich habe ihn nach Punkten geschlagen, aber soviel Glück kann ich nicht immer haben. Wenn ich Ikky finde und Grimes einen Tip gebe, wird die Bande mich in Ruhe lassen.«

»Du willst einen Menschen zum Tode verurteilen?« Ihre Stimme war scharf und ungläubig.

»Nein. Er würde längst über alle Berge sein, wenn ich's meldete. Er muß mit dem Flugzeug nach Montreal, sich dort gefälschte Papiere kaufen – Montreal ist fast so verkommen wie wir hier es sind – und dann mit dem Flugzeug nach Europa. Da ist er vielleicht einigermaßen sicher. Aber die Organisation hat einen langen Arm, und Ikky dürfte ein verdammt ödes Leben vor sich haben, wenn er am Leben bleibt. Aber er hat keine Wahl. Entweder verkriecht er sich – oder er kriegt den Bleistift.«

»Sehr schlau von dir, Schatz. Und was ist mit dem Bleistift, den *du* gekriegt hast?«

»Wenn's ihnen ernst gewesen wäre, hätten sie ihn nicht geschickt. Bloß ein bißchen Bangemacherei.«

»Und du hast natürlich gar keine Bange, du großer starker Mann.«

»Ich habe sogar richtig Angst. Aber ich lasse mich nicht von ihr lähmen. Mach's gut. Nimm dir keinen Liebhaber, bis ich zurückkomme.«

»Ach geh doch zum Teufel, Marlowe!«

Sie legte mir ins Gesicht hinein auf. Worauf ich mir selber ins Gesicht hinein auflegte.

Im richtigen Moment das Falsche zu sagen, ist eine meiner Spezialitäten.

Ich verdrückte mich aus der Stadt, bevor die Jungs von der Mordkommission Wind von mir bekamen. Sie würden eine ganze Weile brauchen, um die Spur zu mir zu finden. Und Bernie Ohls hätte einem städtischen Kollegen nicht einmal einen alten Papiersack geschenkt. Das Sheriffsamt und die Stadtpolizei vertragen sie etwa so gut wie zwei Kater an einem Gartenzaun.

9

Ich kam gegen Abend in Phoenix an und stieg in einem Motel am Stadtrand ab. In Phoenix war es verdammt heiß. Das Motel hatte einen Speisesaal, und so speiste ich zu Abend. Ich ließ mir an der Kasse ein paar Vierteldollar und Dimes geben, schloß mich in eine Telefonzelle ein und fing an, das Mirador in Flagstaff anzurufen. Das war bisher der Gipfel meiner Albernheit. Ikky konnte sich unter jedem nur denkbaren Namen eingetragen haben, von Cohen bis Cordileone, von Watson bis Woichehovski. Ich rief trotzdem an und bekam nichts als ein Lächeln, soweit man ein Lächeln übers Telefon bekommen kann. Also fragte ich nach einem Zimmer für die folgende Nacht. Völlig aussichtslos, falls nicht jemand noch unerwartet auszöge, aber man würde mich für den Fall einer Abbestellung vormerken. Flagstaff lag zu nah am Grand Canyon. Ikky mußte vorbestellt haben. Das war etwas, was mir zu denken gab.

Ich kaufte mir einen Krimi und las ihn. Ich stellte meinen Wecker auf halb sieben. Der Krimi jagte mir eine solche Angst ein, daß ich zwei Pistolen unter mein Kissen schob. Er handelte von einem Burschen, der sich mit dem Gangsterboss von Milwaukee anlegte und alle fünfzehn Minuten verprügelt wurde. Ich malte mir aus, wie sein Kopf und Gesicht aussehen mußte: bloß noch ein Stück Knochen, an dem ein Fetzen Haut hing. Aber im nächsten Kapitel war er wieder so fidel wie ein Wiesenstärling. Dann fragte ich mich, wieso ich diesen Abfall eigentlich las, wo ich doch die ›Brüder Karamasow‹ hätte auswendig lernen können. Da mir keine plausible Antwort einfiel, drehte ich das Licht aus und schlief ein. Um halb sieben rasierte ich mich und duschte und frühstückte und brach nach Flagstaff auf. Ich kam dort zur Lunchzeit an, und da saß Ikky im Restaurant und verzehrte eine Gebirgsforelle. Ich nahm ihm gegenüber Platz. Er schien überrascht, mich zu sehen.

Ich bestellte mir ebenfalls Gebirgsforelle und aß sie von außen nach innen, was die richtige Art ist. Wenn man sie entgrätet, verdirbt man sie ein bißchen.

»Was gibt's?« fragte er mich mit vollem Mund. Ein empfindsamer Esser.

»Schon die Zeitungen gelesen?«

»Bloß die Sportseite.«

»Gehn wir mal auf Ihr Zimmer und reden wir drüber. Es steht noch mehr drin.«

Wir zahlten und gingen dann zu einem hübschen Doppelzimmer. Die Motels werden allmählich so gut, daß eine Menge Hotels dagegen direkt billig aussehen. Wir setzten uns und zündeten uns Zigaretten an.

»Die beiden Killer sind zu früh aufgestanden und zur

Poynter Street rübergefahren. Sie parkten vor Ihrem Apartmenthaus. Sie hatten keine ausreichend genauen Anweisungen bekommen. Sie erschossen einen Burschen, der Ihnen ein bißchen ähnlich sah.«

»Das ist ja ein toller Witz«, grinste er. »Aber die Bullen werden dahinterkommen, und dann kommt auch die Organisation dahinter. Für mich bleibt also alles beim alten.«

»Sie müssen denken, ich bin behämmert«, sagte ich. »Und das bin ich auch.«

»Ich denke vielmehr, daß Sie erstklassige Arbeit geleistet haben, Marlowe. Was soll denn daran behämmert sein?«

»Was für Arbeit habe ich denn geleistet?«

»Sie haben mir ganz schön elegant aus der Patsche geholfen.«

»War irgendwas dabei, was Sie nicht selber hätten machen können?«

»Bei einigem Glück – nein. Aber es ist immer schön, einen Helfer zu haben.«

»Sie meinen einen Trottel.«

Sein Gesicht entspannte sich. Und seine rostige Stimme knurrte. »Ich komme wohl nicht mehr ganz mit. Und geben Sie mir mal was von den fünf Riesen wieder, ja? Ich bin doch knapper bei Kasse als ich dachte.«

»Die gebe ich Ihnen wieder, wenn Sie einen Kolibri in einem Salzstreuer finden.«

»Nicht solche Töne, mein Lieber«, seufzte er fast, und eine Pistole sprang ihm in die Hand. Ich brauchte meine nicht springen zu lassen. Ich hielt sie bereits in meiner Seitentasche gepackt.

»Daß ich ein solcher Dussel war, hätte mir eigentlich nicht passieren dürfen«, sagte ich. »Stecken Sie doch Ihren albernen Ballermann weg. Der zahlt nicht mehr aus als ein Spielautomat in Vegas.«

»Falsch. Die Spielautomaten werfen oft ganz schöne Gewinne aus. Sonst gäb's keine Kunden mehr.«

»Oft ist gut. Aber jetzt hören Sie mal, und hören Sie gut zu.«

Er grinste. Sein Zahnarzt hatte es schon lange aufgegeben, noch auf ihn zu warten.

»Die Situation hatte einen gewissen Anreiz für mich«, fuhr ich fort, so liebenswürdig wie Milo Vance in einem Van-Dyne-Roman und nur erheblich heller im Kopf. »Erstens war die Frage: Ließ es sich überhaupt schaffen? Zweitens: Wenn es sich schaffen ließ – wo landete dann ich? Aber je näher ich an die Sache ranging, desto deutlicher sah ich die kleinen Sprünge und Risse im Bild. Warum waren Sie eigentlich zu mir gekommen? So naiv ist die Organisation doch nicht. Warum sollen sie mir einen so miesen kleinen Ganeff schicken wie diesen Charles Hickon oder wie er sich sonst an Donnerstagen nennt? Warum ließ ein alter Routinier wie Sie sich ausgerechnet bei einem so gefährlichen Treffen beschatten?«

»Sie hauen mich um, Marlowe. Sie sind so helle, daß ich Sie noch im Dunkeln finden könnte. Und Sie sind so blöd, daß Ihnen nicht mal eine rot-weiß-blaue Giraffe auffallen würde. Ich wette, Sie haben einfach in Ihrer öden Denkerklause gehockt und mit den fünf Riesen gespielt wie eine Katze mit einer Tüte Katzenminze. Ich wette, Sie haben die Scheinchen sogar abgeküßt.«

»Nicht nachdem Sie sie in den Pfoten gehabt hatten. Weitere Frage: Warum bekam ich den Bleistift zugeschickt? Eine gefährliche Drohung. Das untermauerte nur den Rest. Aber wie ich Ihrem Revuehelden aus Vegas schon gesagt habe: So was schickt die Bande einem nicht, wenn sie's wirklich ernst meint: Übrigens hatte er ebenfalls eine Kanone. Einen Woodsman 22 mit Schalldämpfer. Ich mußte ihn veranlassen, sie wieder wegzustecken. Das verdarb ihm nicht einmal die Laune. Er fing an, mit Tausendern zu wedeln, um wiederum mich zu veranlassen, Sie ausfindig zu machen und ihm dann zu sagen, wo Sie stekken. Ein gutgekleideter, nett wirkender Strohmann für ein Pack dreckiger Ratten. Die Women's Christian Temperance Assosiation und ein paar schmierige Politiker haben ihnen das Geld gegeben, mit dem sie groß werden konnten, und sie haben gelernt, wie man damit umgeht und mehr draus macht. Jetzt sind sie praktisch nicht mehr aufzuhalten. Aber sie sind immer noch ein Pack dreckiger Ratten. Und sie sind immer da, wo sie keinen Fehler machen können. Das ist unmenschlich. Jeder Mensch hat das Recht auf ein paar Fehler. Nur die Ratten nicht. Die müssen immer vollkommen sein. Sonst würden sie Leuten wie Ihnen aufsitzen.«

»Ich weiß zum Teufel überhaupt nicht mehr, wovon Sie reden. Ich weiß bloß, daß es mir allmählich langt.«

»Na schön, dann gestatten Sie, daß ich's Ihnen übersetze. Irgendein armes Würstchen aus dem Osten bekommt es mit den unteren Stabsteilen einer Bande zu tun. Sie wissen, was ein Stabsteil ist, Ikky?«

»Ich bin in der Army gewesen«, höhnte er.

»Er steigt auf in der Bande, aber er ist noch nicht ganz verkommen. Er ist noch nicht verkommen genug. Also versucht er wieder auszusteigen. Er geht hier in den Westen und sucht sich irgendeinen billigen Job und ändert seinen Namen und lebt still und ruhig in einem billigen Apartmenthaus. Aber die Bande hat jetzt an vielen Orten ihre Agenten. Einer davon läuft ihm zufällig über den Weg und erkennt ihn wieder. Das kann ein Rauschgifthändler sein, der Strohmann eines Buchmachers, ein Strichmädchen, sogar ein Bulle, der auf der Gehaltsliste steht. Also sagen die Bosse der Bande, oder nennen wir sie die Organisation, durch ihren Zigarrenrauch: ›So was kann Ikky mit uns nicht machen. Ist zwar nur eine kleine Sache, weil Ikky selber nur klein ist. Aber sie ärgert uns. Ist schlecht für die Disziplin. Nehmt mal zwei Jungs und laßt ihn durchstreichen.‹ Aber was für Jungs nehmen sie dazu? Zwei, über die sie sich ebenfalls ärgern. Sind schon zu lange dabei. Könnten einen Fehler machen oder kalte Füße kriegen. Vielleicht haben sie auch Spaß bekommen am Töten. Ist ebenfalls schlecht. Macht leichtsinnig. Am besten sind Leute, denen es weder so oder so was ausmacht. Und so werden denn die Jungs, die sie dazu nehmen, ebenfalls

gleich mit abgeschrieben, ohne daß sie das ahnen natürlich. Aber nun wäre es doch ganz hübsch, wenn man
gleich noch einen Burschen mit reinreiten könnte, über
den man sich ebenfalls geärgert hat, weil er mal einen Ganeff namens Larsen zur Strecke gebracht hat. Einer dieser
belanglosen kleinen Scherze, die der Organisation soviel
Spaß machen. ›Seht mal, Jungs, wir haben sogar Zeit, mit
einem Privatschnüffler ein bißchen Fusseln zu spielen. Je-
sus noch eins, wir können praktisch alles. Wir könnten sogar auf dem Daumen lutschen.‹ Und so schicken sie denn
noch eine Niete ins Rennen.«
»Die Torri-Brüder sind keine Nieten. Das sind richtig
harte Jungs. Sie haben's ja bewiesen – selbst wenn ihnen
ein Fehler unterlaufen ist.«
»Nix Fehler, von wegen. Sie haben Ikky Rosenstein erwischt. Und Sie waren die ganze Zeit bloß ein Bauchred-
ner. Jetzt sind Sie festgenommen, wegen Mordes. Sie sind
sogar noch schlimmer dran. Die Organisation wird Sie per
Habeascorpus aus dem Bau holen und einfach umpusten.
Sie haben Ihren Zweck erfüllt und es nicht geschafft, mich
zum Sündenbock zu machen.«
Sein Finger spannte sich um den Abzug. Ich schoß ihm die
Pistole aus der Hand. Die Pistole in meiner Rocktasche
war zwar klein, aber auf die Entfernung genau. Und ich
hatte heut einen Tag, wo ich's selber sehr genau nahm.
Er gab ein schwaches Stöhnen von sich und saugte an seiner Hand. Ich ging hinüber und gab ihm einen harten Tritt
vor die Brust. Nettigkeit gegenüber Killern gehört nicht zu
meinem Repertoire. Er kippte nach hinten und zur Seite
und taumelte vier oder fünf Schritte. Ich hob seine Pistole
auf und hielt ihn damit in Schach, während ich alle Stellen
– nicht bloß Taschen oder Halfter – abtastete, wo ein Mann
eine zweite Waffe stecken haben konnte. Er war sauber –
in dieser Hinsicht jedenfalls.
»Was wollen Sie mit mir machen?« winselte er. »Ich habe
Sie bezahlt. Sie sind aus dem Schneider. Ich habe Sie verdammt gut bezahlt.«

»Wir haben beide unsere Probleme. Ihrs ist, am Leben zu bleiben.« Ich zog ein Paar Handschellen aus der Tasche, rang ihm die Hände auf den Rücken und ließ die Handschellen zuschnappen. Seine eine Hand blutete. Ich verband sie ihm mit einem Ziertaschentuch. Dann ging ich zum Telefon.

Flagstaff war groß genug, um eine eigene Polizei zu haben. Vielleicht hatte sogar der Staatsanwalt hier ein Büro. Wir waren in Arizona, einem armen Staat, relativ. Konnte sein, daß hier sogar die Bullen ehrlich waren.

10

Ich mußte noch ein paar Tage in der Gegend bleiben, aber ich hatte nichts dagegen, solange ich Forellen bekam, die in acht- oder neuntausend Fuß Höhe gefangen worden waren. Ich rief Anne an und Bernie Ohls. Ich rief den Fernsprechauftragsdienst an. Der Oberstaatsanwalt von Arizona war ein junger Mann mit energischem Gesicht, und der Polizeichef hier war der größte Klotz von einem Kerl, den ich je gesehen hatte.

Ich fuhr rechtzeitig nach L. A. zurück und führte Anne ins Romanoff aus, zum Abendessen mit Champagner.

»Zweierlei kann ich noch nicht so recht verstehen«, sagte sie über ihrem dritten Glas Sprudel. »Warum haben sie dich mit hineingezogen – und warum haben sie den falschen Ikky Rosenstein aufgebaut? Sie hätten doch auch einfach die beiden Killer ihre Arbeit tun lassen können.«

»Das kann ich dir wirklich auch nicht sagen. Vielleicht fühlen sich die großen Bosse so sicher, daß sie Sinn für Humor entwickeln. Vielleicht auch war dieser Larsen, der in die Gaskammer kam, doch wichtiger, als es den Anschein hatte. Von den wirklich großen Gangstern sind nur drei oder vier auf den elektrischen Stuhl gekommen oder an den Strick oder in die Gaskammer. Und in den Lebenslänglich-Staaten wie Michigan sitzt auch keiner auf ewig ein, soviel ich weiß. Wenn Larsen größer war, als wir alle dachten, könnte es sein, daß sie meinen Namen auf die Warteliste gesetzt hatten.«

»Aber warum haben sie dann so lange gewartet?« fragte sie mich. »Das hätten sie doch viel schneller haben können.«

»Sie können sich's leisten, zu warten. Wer kann ihnen denn schon was anhaben – Kefauver etwa? Er hat sein Bestes getan, aber merkst du vielleicht, daß sich irgendwas an der Spitze geändert hätte – mal von den Änderungen abgesehen, die sie selber vornehmen?«

»Costello?«

»Steuerhinterziehung – wie bei Capone. Capone hat vielleicht ein paar hundert Menschen umgebracht, und einige sogar selber, höchstpersönlich. Aber um ihn zu fassen, brauchte man die Jungs von der Steuerfahndung. Ein solcher Fehler dürfte der Organisation nicht häufig mehr unterlaufen.«

»Also eins mag ich an dir ganz besonders – von deinem ungeheuren persönlichen Charme einmal abgesehen: daß du dir immer, wenn du keine Antwort mehr weißt, sofort eine ausdenken kannst.«

»Das Geld liegt mir im Magen«, sagte ich. »Fünf Riesen aus denen ihrer dreckigen Kasse. Was soll ich bloß machen damit?«

»Du mußt doch nicht lebenslang ein Dummkopf bleiben. Du hast es dir redlich verdient und dein Leben dafür riskiert. Du kannst dir zum Beispiel Pfandbriefe kaufen. Dadurch wird's sauber. Und wenn du mich fragst, dann gehört das sogar mit zur Komödie.«

»Nenn *du* jetzt mal *mir* einen guten Grund, weshalb sie das Ganze inszeniert haben.«

»Du hast eben einen größeren Ruf, als dir klar ist. Und wie wäre es nun, wenn bloß der falsche Ikky der Regisseur gewesen wäre? Er macht doch ganz den Eindruck, als wäre er einer von diesen superschlauen Typen, die nichts einfach und direkt machen können.«

»Die Organisation wird ihn drankriegen, weil er auf eigene Faust gehandelt hat – wenn du recht hast.«
»Falls das nicht schon der Staatsanwalt besorgt. Und was dann aus ihm wird, ist mir so schnurzegal wie nur was. Noch ein bißchen Champagner, bitte.«

## 11

Sie lieferten ›Ikky‹ aus, und er brach im Verhör zusammen und nannte die Namen der beiden Killer – nachdem ich sie bereits genannt hatte, die Torri-Brüder. Aber die waren unauffindbar. Kamen nie wieder nach Hause zurück. Und das Delikt der Verschwörung kann man einem einzelnen Mann nicht gut nachweisen. Das Gericht konnte ihn nicht einmal wegen Beihilfe nach der Tat drankriegen. Es ließ sich nicht beweisen, daß er von der Ermordung des echten Ikky überhaupt Kenntnis gehabt hatte.
So wäre denn nur die Möglichkeit geblieben, ihm irgendeine alberne Kleinigkeit anzuhängen, aber sie hatten einen besseren Einfall. Sie überließen ihn seinen Freunden. Sie ließen ihn frei.
Wo er jetzt ist? Meine Ahnung sagt mir – nirgends mehr.
Anne Riordan war froh, daß alles vorüber und ich in Sicherheit war. Sicherheit – das ist ein Wort, das man in meinem Beruf nicht gebraucht.

# Achillesferse

Ruth Rendell

Die Stadtmauern boten nach der einen Seite Aussicht auf die blaue Adria, nach der anderen auf ein Meer von Dächern aus verwitterten Tonziegeln und auf steinerne Katarakte von Straßen, die zur Kathedrale und zur Stradun Placa hin abfielen. Es war sehr heiß auf den Mauern, die Sonne stechend, die Luft trocken und klar. Zwischen den rotbraunen Dächern und den verschlungenen Wällen und Treppen schimmerten andere Farben, das Purpur der Bougainvillea, das Himmelblau der Bleiwurz und die Stichflamme der gelbroten Trompetenblume.

»Herrlich«, sagte Dora Wexford. »Atemberaubend. Bist du jetzt nicht froh, daß ich dich hergelockt habe?«

»Ihr Dunkelhäutigen habt gut reden«, brummte ihr Mann. »Mir kommt meine Nase schon vor wie ein gebratenes Ei.«

»Gehen wir an der nächsten Treppe runter, dann kannst du dir bei einem Glas Bier noch mal Sonnencreme drauftun.«

Es war Mittag, Samstag, der achtzehnte Juni. Die Hitze des Tages hatte die Jugoslawen, nicht aber die Touristen von den Mauern ferngehalten. Deutsche mit Kameras gingen vorbei oder blieben staunend stehen: »Wunderschön!« Lebhafte Italiener schwatzten, unbeeindruckt von der hochsommerlichen Hitze. Doch manche der Gesprächsfetzen, die Wexford erreichten, waren ihm nicht nur unverständlich, er ahnte nicht einmal, um welche Sprache es sich handelte. Um so überraschender war es dann, Englisch zu hören.

»Geh mir nicht auf die Nerven damit, Iris!«

Zuerst konnte er den Sprecher nicht sehen. Aber als sie jetzt aus der engen Gasse heraustraten und auf einen der breiten, vorspingenden Plätze kamen, die das Mauerwerk bildete, sahen sie sich dem Engländer fast gegenüber. Ein großer, gutaussehender junger Mann, der im äußersten Winkel des Platzes stand, bei ihm war eine dunkelhaarige Frau. Mit dem Rücken zu Wexford stehend, blickte sie hinaus auf das Meer. Ihrer Kleidung nach sah es aus, als hätte sie sich im Süden Frankreichs heimischer gefühlt als auf den Mauern von Dubrovnik. Sie trug ein jadegrünes Oberteil mit Halsträger, das ihren tiefgebräunten Rücken und die Taille frei ließ, und einen wadenlangen, grünblauen Seidenrock mit Monden in Flamingorosa. Auch ihre Sandalen waren rosa, hochhackig und an den Beinen hochgeschnürt. Das Auffallendste an ihr war vielleicht aber ihr Haar. Rabenschwarz und sehr kurz, war es im Nacken zu drei spitzen V zugeschnitten.

Sie mußte ihrem Begleiter geantwortet haben, wenn auch Wexford die Worte nicht gehört hatte. Denn jetzt stampfte sie, ohne sich umzudrehen, mit dem Fuß auf, und der Mann sagte: »Wie willst du denn bloß dahin, Iris, wenn wir keinen finden, der uns rüberbringt? Man kann da nirgends landen. Ich wünschte bei Gott, du würdest endlich aufhören.«

Dora faßte ihren Mann am Arm und zog ihn weiter. Er konnte ihre Gedanken lesen: Man lauscht nicht, wenn andere sich streiten.

»Du bist so neugierig, Liebling«, sagte sie an der Treppe, als sie außer Hörweite waren. »Das kommt wohl davon, wenn man Polizist ist.«

Wexford lachte. »Es freut mich, daß du den wahren Grund erfaßt hast. Jede andere Frau würde ihrem Mann vorwerfen, er hätte sich nur nach dem Mädchen umgedreht.«

»Sie war aber wirklich schön, nicht?« sagte Dora wehmütig im Gefühl ihres eigenen Alters. »Ihr Gesicht konnten wir ja zwar nicht sehen, aber sag doch selbst, die Figur war vollkommen.«

»Bis auf die Beine. Schade, daß sie nicht so klug ist, Hosen zu tragen.«

»Och, Reg, was war denn mit ihren Beinen? Und so schön braun war sie. Wenn ich so ein Mädchen sehe, komme ich mir wie eine richtige alte Tante vor.«

»Red nicht so albern«, sagte Wexford ärgerlich. »Du siehst gut aus.« Er meinte es ehrlich. Er war stolz auf seine aparte Frau: die für eine Endfünfzigerin so jung und elegant aussah in ihrem marineblauen Rock und der weißen Bluse, mit ihrem schon nach zwei Tagen Urlaub goldbraunen Teint. »Und eins will ich dir sagen«, setzte er hinzu. »In jedem Wettbewerb um die schönsten Fesseln schlägst du sie haushoch.«

Dora lächelte ihn an, getröstet. Sie setzten sich an den Tisch eines Straßencafés in den Schatten, wo ein milder kühler Wind wehte. Genügend Zeit noch für ein Bier und einen Orangensaft, dann wartete schon das Wassertaxi, um sie die Küste hinunter zurück nach Mirna zu bringen.

Im Serbokroatischen bedeutet *mirna* friedlich. Und genauso empfand Wexford den Ferienort nach einem zermürbenden Winter und tristen Frühling in Kingsmarkham, nach den kleinen Vergehen und schweren Verbrechen, die schließlich in einem schmutzigen Mordfall gipfelten, der trotz seiner Knochenarbeit und seiner Recherchen nicht von ihm, sondern von einem jungen Spezialisten des Scotland Yard gelöst worden war. Mike Burden war es dann, der ihm geraten hatte, vor allem anderen erst einmal Urlaub zu machen. Aber nicht wie sonst in Wales oder Cornwall, sondern an der dalmatinischen Küste von Jugoslawien, wo er mit seinen Kindern im Vorjahr hingefahren war.

»In Mirna«, hatte Burden gesagt, »gibt es drei gute Hotels, aber der Ort ist noch unverbraucht. Auf dem Wasserweg kommt man überallhin. Zwei oder drei alte Burschen haben da ein schwimmendes Taxiunternehmen. Als wir dort waren, hat es nicht einmal geregnet. Und du bist ja so umweltbewußt, alter Ökologe. Das Meeresleben da ist wirklich faszinierend und genauso die Blumen und die vielen Schmetterlinge.«

Und dieses Meeresleben war es dann auch, das Wexford zwei Tage nach ihrem Ausflug nach Dubrovnik näher kennenlernte. Er hatte Dora, die sich am Swimmingpool des Hotels auf einer Luftmatratze sonnte, allein gelassen, um seine angelsächsische Haut zu retten. Seine Nase schälte sich schon. Also hatte er sein Gesicht eingecremt, ein Hemd mit langen Ärmeln angezogen und war um die bewaldete Landspitze herum zum Hafen von Mirna gegangen. Die Mauer des kleinen Seehafens war aus denselben Steinen gebaut wie die Stadt Dubrovnik, und als er sich hinkniete, um hinunterzuschauen, sah er, daß die Steine und das Mauerwerk unter der Wasserlinie dicht mit einem Teppich aus Seeanemonen, winzigen Muscheln, blühenden Pflanzensträngen und Seesternen bedeckt waren. Das Wasser war vollkommen klar und sauber. Er konnte deutlich bis auf den Grund sehen, fünf Meter tief, und gleich darauf huschte ein Schwarm silbrig-brauner Fische aus einem Seegrasgestrüpp. Fasziniert lehnte er sich weiter vor, und er verstand, weshalb so viele von den Schwimmern dort draußen mit Taucherbrillen und Schnorcheln ausgerüstet waren. Ein scharlachroter Fisch schoß unter einem Felsen hervor, dann ein flacher, silberner mit dicken schwarzen Streifen.

Eine Stimme hinter ihm sagte: »Gefällt es Ihnen?«

Wexford richtete sich halb auf. Der Mann, der ihn angesprochen hatte, war älter als er, dünn, von Falten zerfurcht und sah abgehärtet aus. Er hatte ein nußbraunes Gesicht, ein trockenes Lächeln und erstaunlich gute Zähne. Vielleicht wegen der Seemannsmütze, die er zu einem weiß- und blaugestreiften T-Shirt trug, erkannte Wexford ihn als einen der Bootstaxifahrer.

Langsam und deutlich sagte er: »Es gefällt mir sehr gut. Es ist schön, wunderschön.«

»Die Küsten Ihres Landes waren auch einmal so. Aber im neunzehnten Jahrhundert schrieb ein Mann namens

Gosse, ein Meeresbiologe, darüber ein Buch, und innerhalb von wenigen Jahren hatten die Sammler, die sich über die Strände hermachten, sie kahl gerupft.«

Wexford konnte nicht anders, er mußte lachen. »Guter Gott«, sagte er, »entschuldigen Sie, aber ich dachte . . .«

»Daß ein alter Schiffer nur ›bitte‹ und ›danke‹ und ›zehn Dinar‹ sagen kann?«

»Ungefähr ja.« Wexford stand auf und überragte den anderen fast um einen halben Kopf. »Sie sprechen hervorragend Englisch.«

Ein breites Lächeln. »Nein, es ist zu pedantisch. Ich war nur einmal in England, und das vor vielen Jahren.« Er streckte seine Hand aus. »Freut mich, Sie kennenzulernen, *Gospodin*. Ivo Racic, zu Ihren Diensten.«

»Reginal Wexford.«

Die Hand war eisenhart, der Händedruck jedoch sanft. Racic sagte: »Ich wollte Sie nicht stören. Ich sprach Sie an, weil man nur selten einen Touristen trifft, den die Natur interessiert. Den meisten geht es nur ums Sonnenbaden, ums Essen und Trinken, nicht? Oder sie fangen die Fische und horten die Muscheln.«

»Trinken Sie ein Glas mit mir?« fragte Wexford. »Oder haben Sie zu tun?«

»Josip, Mirko und ich, wir haben ein kleines Unternehmen, die werden es nicht krummnehmen, wenn ich eine halbe Stunde blaumache. Aber die Getränke bezahle ich. Dies ist mein Land, und Sie sind der Gast.«

Sie gingen auf die von Palmen gesäumte Allee zu. »Ich bin hier in Mirna geboren«, sagte Racic. »Mit achtzehn ging ich fort, um zu studieren, und als ich mich zur Ruhe setzte und nach mehr als vierzig Jahren wieder herkam, waren die Palmen noch wie immer, nicht größer, nicht verändert. Nichts hat sich geändert, bis die Hotels gebaut wurden.«

»Was haben Sie in den vierzig Jahren denn gemacht? Kein Bootsunternehmen geführt?«

»Ich war Professor für Anglistik an der Universität Belgrad, Gospodin Wexford.«

»Aha«, sagte Wexford. »Da kommt es ans Licht. Und als Sie pensioniert wurden, haben Sie mit Josip und Mirko zusammen den Fährdienst eingerichtet. Waren das vielleicht Freunde aus Ihrer Kindheit?«

»So ist es. Ich sehe, Sie besitzen Scharfsinn. Und darf ich nun fragen, was Ihr Beruf ist?«

Wexford sagte, was er im Urlaub immer sagte: »Ich bin Staatsbeamter.«

Racic lächelte. »Hier in Jugoslawien sind wir alle Staatsbeamte. Aber holen wir uns erst mal was zu trinken. *Hajdemo, drug!*«

Sie entschieden sich für eine Tischgruppe unter einem rebenüberrankten Vordach, durch das die Sonne weiche Tupfer auf das Straßenpflaster streute. Racic trank Slibowitz. Der feurige Branntwein mit seinem leichten Beigeschmack von Pflaumen war für Wexford, der auf seinen Blutdruck achten mußte, tabu. Er hatte sogar schon ein schlechtes Gewissen, als der Posip, der einheimische Weißwein, den Racic für ihn bestellt hatte, in einem bis zum Rand gefüllten Becher eintraf.

»Wohnen Sie hier in Mirna?«

»Ja, allein in dem Haus, dem *kucica*, das einst meinem Vater gehörte. Meine Frau starb in Belgrad. Aber es lebt sich angenehm und gut hier. Ich habe meine Pension und mein Boot, die Trauben und die Feigen, die ich ziehe, und manchmal einen Gast wie Sie, Gospodin Wexford, an dem ich mein Englisch üben kann.«

Wexford hätte ihn zwar gerne nach den politischen Verhältnissen gefragt, doch es schien ihm, das könnte unklug sein oder vielleicht unhöflich wirken. So äußerte er sich statt dessen zu der imposanten Erscheinung einer Frau in Landestracht – weiße Haube, reichbesticktem, steifem schwarzem Kleid –, die mit einem vollen Korb aus einem Lebensmittelladen getreten war. Racic nickte, dann wies er mit dem Daumen auf einen Tisch außerhalb des Schattens der Kletterpflanzen.

»Ich glaube, das da ist besser. Gesünder nicht? Und freier.«

Sie saß in der prallen Sonne, eine junge Frau mit kurzen, geometrisch zugeschnittenen, schwarzen Haaren, und sie trug nur weiße Shorts und ein jadegrünes Oberteil mit Halsträger. Ein Mann kam aus dem Wechselbüro, und als sie aufstand und ihm entgegenging, erkannte Wexford in den beiden das Paar, das er auf den Mauern von Dubrovnik gesehen hatte. Hand in Hand schlenderten sie davon und stiegen in einen weißen Lancia Gamma, der unter den Palmen parkte.

»Als ich sie das letzte Mal sah, haben sie sich gezankt.«

»Sie wohnen im Hotel Bosnia«, sagte Racic. »Am Sonntag abend sind sie mit dem Wagen von Dubrovnik hier hergekommen und wollen wohl noch eine Woche bleiben. Wie sie heißt, kann ich Ihnen nicht sagen, aber er heißt Philip.«

»Darf ich fragen, wie es kommt, daß Sie so eine Fundgrube an Informationen sind, Mr. Racic?«

»Ich habe sie heute morgen mit dem Boot gefahren.« Racics dunkle Augen zwinkerten. »Nur die beiden, einmal hinüber nach Vrt und zurück. Aber lassen Sie mich Ihnen eine kleine Geschichte erzählen. Ungefähr vor einem Jahr hat einmal ein junges englisches Ehepaar mein Boot gemietet. Sie waren, glaube ich, auf ihrer Hochzeitsreise, in den Flitterwochen, wie man sagt, und auch offensichtlich sehr verliebt. Sie hatten nur Augen für sich selber und schon gar keine Lust, mit dem Bootsführer zu sprechen. Als wir das Ufer anliefen, vielleicht noch hundert Meter draußen waren, fing er an, seiner Frau zu erklären, wie sehr er sie liebte und daß er es kaum erwarten könnte, wieder ins Hotel zu kommen, um mit ihr zu schlafen. Oh, an Offenheit und Deutlichkeit ließ er nichts zu wünschen übrig – und warum auch, wo doch nur ein alter Jugoslawe dabei war, der nichts kennt außer seine eigene zungenbrecherische Sprache?

Ich sagte nichts. Ich ließ mir nichts anmerken. Wir legten an, er gab mir zwanzig Dinar, und sie gingen den Kai hinauf. Dann sah ich, daß die junge Dame ihre Handtasche vergessen hatte, also rief ich ihr nach. Sie kam zurück, nahm ihre Tasche an sich und dankte mir. Gospodin Wexford, ich konnte nicht widerstehen. ›Sie haben einen charmanten Gatten, gnädige Frau‹, sagte ich, ›aber das haben Sie auch wirklich verdient.‹ Oh, wie sie rot geworden ist, doch ich glaube eigentlich nicht, daß sie mir böse war, wenn sie auch nicht mehr an mein Boot kamen.«

Lachend sagte Wexford: »Das Gespräch zwischen Philip und seiner Frau in Ihrem Beisein war doch nicht etwa von derselben Art?«

»Nein.« Racic sah nachdenklich aus. »Ich glaube, ich werde Ihnen nicht sagen, was ich davon mitbekommen habe. Es geht uns nichts an. Und jetzt muß ich mich entschuldigen, aber wir werden uns wiedersehen.«

»In Ihrem Boot, ganz bestimmt. Ich möchte unbedingt mit meiner Frau nach Vrt zum Baden.«

»Ich schlage Ihnen was Besseres vor. Ich mache mit Ihnen beiden eine Rundfahrt um die Inseln. Am Mittwoch? Keine Sorge, ich bin kein Kundenschlepper. Das wird eine Fahrt auf – jetzt ein guter Ausdruck aus der Umgangssprache –, auf Kosten des Hauses! Sie und ich und Gospoda Wexford.«

»Diese netten Deutschen«, sagte Dora, »haben mich gefragt, ob wir am Mittwoch mit ihnen in ihrem Wagen nach Cetinje fahren wollen.«

»Mm«, sagte Wexford abwesend. »Gute Idee.« Es war neun Uhr, aber außerhalb des Bereichs der Uferbeleuchtung schon sehr dunkel. Sie waren nach dem Abendessen zu Fuß nach Mirna hineingegangen, denn so spät fuhren die Boote nicht mehr, und tranken Kaffee auf der Terrasse eines Restaurants am Hafenrand. Die fast gezeitenlose Adria plätscherte mit leise schluckenden Geräuschen an die Steine zu ihren Füßen.

Plötzlich fiel es ihm ein. »Ach Gott, ich kann ja nicht. Ich habe dem Jugoslawen, von dem ich dir erzählte, doch versprochen, mit ihm eine Rundfahrt um die Inseln zu machen. Ihn jetzt stehenzulassen wäre unhöflich. Aber fahr doch allein nach Cetinje.«

»Gut, ich hätte nämlich schon Lust. Wer weiß, ob ich je noch mal nach Montenegro komme. Ach, schau mal, da sind ja die jungen Leute, die wir in Dubrovnik gesehen haben!«

Zum erstenmal sah Wexford die junge Frau *en face*. Ihre Frisur war aus dieser Sicht nicht weniger spektakulär als von hinten, denn mitten auf ihrer Stirn war eine Strähne zu einem langen, spitzen Dreieck zugeschnitten. Es sah weniger wie Haar aus, dachte er, als wie eine aufgemalte, schwarze Kappe. Trotz der späten Stunde trug sie eine große Sonnenbrille. Ihr bunter Rock war der gleiche, den sie in Dubrovinik getragen hatte.

Sie und ihr Begleiter waren vom Uferdamm her auf die Terrasse gekommen. Beide gingen langsam, sie irgendwie zögernd, während der Mann namens Philip sich suchend umsah, anscheinend nach Bekannten, mit denen sie sich verabredet hatten. Einen freien Tisch hätte er nicht zu suchen brauchen, denn die Terrasse war halb leer. Dora versetzte ihrem Mann unter dem Tisch einen kleinen Tritt, als Warnung vor unverhohlener Neugier, und fing von ihren deutschen Urlaubsbekannten, Werner und Trudi, zu erzählen an. Aus den Augenwinkeln sah Wexford, wie der Mann und die junge Frau unschlüssig stehenblieben und sich dann an einen Nebentisch setzten. Er sagte irgend etwas zu Dora, merkte jedoch gleichzeitig, daß jetzt er es war, der angestarrt wurde. Eine Stimme, die er schon einmal gehört hatte, sagte:

»Entschuldigen Sie, wir haben leider keinen Aschenbecher. Dürften wir wohl Ihren nehmen?«

Dora reichte ihm ihn herüber. »Bitte sehr.« Sie blickte kaum auf.

Aber er hakte lächelnd nach. »Brauchen Sie ihn auch bestimmt nicht selber?«

»Keine Sorge. Wir sind Nichtraucher.« Wenn er bei der Stange bleibt, dachte Wexford, der etwas sehr Merkwürdiges beobachtet hatte, dann sollte ich das vielleicht auch tun. Als Dora ihn wieder mit dem Fuß anstieß, zog er lediglich seinen unter dem Stuhl weg. Er wandte sich dem anderen Tisch zu, und als die nächste Frage kam – »Bleiben Sie lange in Mirna?« –, antwortete er freundlich: »Zwei Wochen. Wir sind seit vier Tagen hier.«

Die Wirkung dieser einfachen Entgegnung war verblüffend. Der Mann hätte sich kaum erfreuter und buchstäblich nicht erleichterter zeigen können, hätte Wexford ihm Kunde von einer bedeutenden Erbschaft gebracht oder ihm mitgeteilt, daß ein Freund, den man in Gefahr wähnte, in Sicherheit war.

»Oh, phantastisch! Das nenne ich wirklich toll. Daß man endlich mal wieder Engländer trifft! Wir müssen uns mal treffen. Das ist Iris, meine Frau. Philip und Iris Nyman. Sind Sie auch aus London?«

Wexford stellte Dora und sich vor und sagte, daß sie aus Kingsmarkham in Sussex kämen. Philip Nyman bekundete seine Freude darüber, sie kennenzulernen. Darauf müßte er ihnen einen Drink ausgeben. Nein? Vielleicht lieber noch einen Kaffee? Schließlich nahm Wexford eine Tasse Kaffee an, während er sich im stillen fragte, weshalb Iris Nyman so verstört war. Vorhin, als man einander vorstellte, hatte sie nur genickt, und jetzt saß sie dort wie gelähmt. Lag es an dem extravertierten Verhalten ihres Mannes? Zweifellos mußte sein überschwengliches Gebaren jeden, der nur etwas sensibel war, peinlich berühren. Nachdem die Getränkefrage geklärt war, stürzte er sich in einen umfassenden Bericht über ihre Herreise von England über Frankreich und Italien, über die Leute, die sie kennengelernt, und das Wetter, das sie gehabt hatten, von der Begeisterung über die dalmatinische Küste, die sie nun zum erstenmal bereisten, ganz zu schweigen. Iris Nyman zeigte sich nicht begeistert. Sie blickte einfach aufs Meer hinaus und goß Slibowitz in sich hinein, als wäre es Limonade.

»Wir kamen regelrecht ins Schwärmen. Man sagt, es sei das sauberste Urlaubsgebiet am ganzen Mittelmeer, und das glaube ich aufs Wort. Dubrovnik fanden wir alle toll.

Was heißt alle? Wir sind zusammen mit einer Kusine meiner Frau heruntergekommmen. Sie wollte zu Bekannten in Griechenland, und am Sonntag ist sie dann auch von Dubrovnik aus weiter nach Athen geflogen, und wir sind allein hier runter.«

Dora sagte: »In Dubrovnik haben wir Sie gesehen. Auf der Stadtmauer!«

Iris Nymans Glas stieß mit einem leisen Klirren an ihre Zähne. Ihr Mann sagte: »Auf der Mauer haben Sie uns gesehen? Ach, wissen Sie, ich glaub, daran entsinne ich mich.«

Er wirkte ein klein wenig betroffen. Aber noch lange nicht beirrt. »Wenn mich nicht alles täuscht, hatten wir da gerade ein bißchen Krach.«

Dora machte eine wegwerfende Bewegung mit der Hand. »Wir sind ja nur kurz an Ihnen vorbeigekommen. Es war schrecklich heiß, nicht?«

»Sie sind liebenswürdig diskret, Mrs. Wexford – oder darf ich Dora sagen? Der springende Punkt, Dora, war nämlich der: Meine Frau wollte auf einen der Berge hinauf, die dort oben sind, und ich machte ihr gerade klar, wie sinnlos das wäre. Ich meine, bei der Hitze, und überhaupt? Da sieht man auch nicht mehr als von der Mauer aus.«

»Sie konnten sie also davon abbringen?« sagte Wexford ruhig.

»Nachher schon, aber Sie kamen gerade vorbei, als das Gefecht in vollem Gange war. Noch ein Drink, Darling? Und wie steht's mit Ihnen, Dora? Nicht doch ein Gläschen?«

Sie antworteten gleichzeitig: »Noch einen Slibowitz«, und: »Recht vielen Dank, aber wir müssen gehen.« Es war lange her, daß Wexford seine Frau so verstimmt und so völlig außer Fassung erlebt hatte. Er staunte über Nymans fortdauernde Bemühungen, sein erstarrtes, aufgesetztes Lächeln.«

»Lassen Sie mich raten – wohnen Sie im *Adriatic?*« Er nahm das Schweigen als Zustimmung. »Wir sind im *Bosnia.* Warten Sie, was halten Sie davon, wenn wir uns, sagen wir, am Mittwoch noch mal treffen? Wir könnten doch mit meinem Wagen irgendwohin fahren.«

Da die Wexfords schon eine Verabredung hatten, ließ sich das Angebot reinen Gewissens ausschlagen. Sie sagten gute Nacht, und Wexford quittierte Nymans Beteuerung, daß sie sich wiedersehen müßten, sich nach einem so glücklichen Zusammentreffen nicht aus den Augen verlieren dürften, mit einem unverbindlichen Nicken. Seine Blicke folgten ihnen. Wexford drehte sich noch einmal um und sah es.

»Also, wirklich!« sagte Dora, als sie außer Hörweite waren. »Was für eine unausstehliche Weibsperson!«

»Nur sehr nervös, glaube ich«, sagte Wexford nachdenklich. Er reichte ihr den Arm, und sie gingen über den Uferweg zurück. Es war sehr dunkel, die See tintenschwarz und ruhig, die Insel war nicht zu sehen. »Wenn man es sich richtig überlegt, war das alles sehr sonderbar.«

»Sonderbar? Sie war ungehobelt, und er hat sich unverschämt aufgedrängt, wenn du das sonderbar nennen willst. Ich konnte nur staunen, als er mich Dora nannte.«

»Das war nicht das Komische dabei. So werden nun mal Urlaubsbekanntschaften geschlossen. Wahrscheinlich ging es mit Werner und Trudi ganz ähnlich.«

»Nein, Reg, überhaupt nicht. Erst mal sind wir etwa im gleichen Alter, und wir wohnen im selben Hotel. Trudi spricht ganz gut Englisch, und wir schauten den Kindern im Planschbecken zu, dabei kam sie auf ihre Enkel zu sprechen, die gerade auch so alt sind wie unsere, und so fing das an. Du gibst auch wohl zu, das ist was ganz anderes, als wenn ein Mann von dreißig in ein Lokal stolziert und sich an ein Ehepaar hängt, daß alt genug ist, um seine Eltern zu sein. Ich nenne das aufdringlich.«

Wexford reagierte ungeduldig: »Mag ja alles sein. Vielleicht ist es dir nicht aufgefallen, daß ein vollkommen sauberer Aschenbecher mitten auf dem Tisch stand, bevor sie sich da hinsetzten.«

»*Was?*« Dora blieb stehen und starrte ihn in der Dunkelheit verblüfft an.

»Es stimmt. Er muß ihn eingesteckt haben, damit er einen

Vorwand hatte, um uns anzusprechen. Das war das Sonderbare. Und uns ungebeten soviel Privates zu erzählen war sonderbar. Und daß er uns bewußt angelogen hat, war am sonderbarsten. Komm jetzt, meine Liebe. Starr deinen Mann nicht so an.«

»Was meinst du damit, bewußt angelogen?«

»Als du ihm sagtest, wir hätten sie auf der Mauer gesehen, sagte er, er könnte sich daran erinnern, und wir müßten den Streit zwischen ihm und seiner Frau mit angehört haben. Das war an sich schon komisch. Warum erwähnte er es überhaupt? Was gehen uns seine häuslichen – oder von mir aus seine mäuerlichen – Zwiste an? Er sagte, sie hätten sich wegen einer Bergtour gestritten, aber im Sommer macht kein Mensch hier eine Bergtour. Außerdem entsinne ich mich noch genau, was er wirklich auf der Mauer gesagt hat. Er sagt: ›Wir finden doch keinen, der uns rüberbringt.‹ Nun gut, damit könnte er gemeint haben, sie fänden keinen Bergführer. Aber ›man kann da nirgends landen‹? Denn das hat er gesagt, ohne jeden Zweifel. Auf Bergen landet man nicht, Dora, es sei denn, man bezwingt sie per Hubschrauber.«

»Aber warum denn? Ich frage mich, was er damit bezweckt.«

»Ich mich auch«, sagte Wexford, »aber ich bin ziemlich sicher, daß er es nicht darauf angelegt hat, Aschenbecher aus Strandrestaurants zu stibitzen.«

Sie bogen um die Landspitze, und die Lichter des Hotels *Adriatic* kamen in Sicht. Ein wenig näher noch, und sie konnten wieder ihre Gesichter erkennen. Dora sah das seine und las genügend darin, um beunruhigt zu sein.

»Du fängst mir nicht an, Detektiv zu spielen, Reg!«

»Ich kann nichts dafür, es steckt mir in den Knochen. Aber dein Urlaub soll darunter nicht leiden, das verspreche ich dir.«

Am Dienstagmorgen wartete Racics Taxiboot am Landesteg vor dem Hotel.

»Gospoda Wexford, ich bin sehr erfreut, Sie kennenzulernen.« Gewandt half er Dora in das Boot. Die Plane aus grünem Segeltuch, die jetzt aufgerollt war, verlieh ihm ein wenig das Aussehen einer Gondel. Als die Motoren ansprangen, entschuldigte sich Dora wegen des nächsten Tages.

»Cetinje wird Ihnen gefallen«, sagte Racic. »Genießen Sie es. Gospodin Wexford und ich werden eben einen Junggesellenausflug machen. Die Jungs geschlossen unter sich, hm? Haben Sie es bequem? Ein bißchen angemessener für eine Dame als das dort, hoffe ich.«

Er wies mit einer Handbewegung auf die Bucht hinaus, wo ein Mann in einem gelbblauen Schlauchboot paddelte. Die Frau bei ihm trug einen sehr knappen Bikini. Die Nymans.

»Wenn Sie zusehen könnten, daß wir nicht an diesen Leuten vorbeikommmen, Mr. Racic«, sagte Dora, »dann fände ich es in Ihrem Boot wirklich sehr angenehm.«

Racic blickte zu Wexford. »Sie haben sie kennengelernt? Sind sie Ihnen lästig gewesen?«

»Das nicht. Sie haben uns gestern abend in Mirna angesprochen, und der Mann war etwas übereifrig.«

»Ich halte mich dicht am Ufer und kreuze erst vor der kleinen Halbinsel dort hinüber nach Vrt.«

Den größten Teil des Vormittags waren sie an dem kleinen kieseligen Strand von Vrt, ein Name, der nach Racics Auskunft »Garten« bedeutet, fast allein. Die dichtgedrängten Hütten weiter hinten waren überwachsen von den blauen Trichterblüten der Prunkwinde, und zwischen den Mauern ragten die schlanken Spitzen der Zypressen empor. Wexford saß im Schatten und las, während Dora sich sonnte. Das Schlauchboot kam nur einmal näher heran, doch die Wexford blieben, vielleicht weil sie nur Badesachen trugen, unerkannt. Einmal stand Iris Nyman kurz auf und sprang mit einem mächtigen Platscher in das tiefe Wasser.

»Ungehobelt mag sie ja sein«, sagte Dora, »aber ich gebe zu, sie hat eine reizende Figur. Und mit ihren Beinen hast du dich geirrt, Reg. Ihre Beine sind tadellos.«

»Ist mir nicht aufgefallen«, sagte Wexford.

Josip brachte sie zurück. Er war ein dünner, freundlicher,

braungebrannter Mann, nicht viel anders als Racic, doch er konnte kein Englisch außer »danke« und »auf Wiedersehen«. Am Nachmittag nahmen sie sein Boot noch einmal, um nach Mirna zu kommen, und verbrachten bei einer Tasse Kaffee einen ruhigen, angenehmen Abend mit Werner und Trudi Müller auf dem Balkon der Deutschen.

Der Mittwoch begann mit einem Unwetter bei Sonnenaufgang, so daß Wexford sich angesichts der Blitze und der aufgewühlten See schon fragte, ob Burden mit seiner Schönwettergarantie nicht doch zu optimistisch gewesen sei. Aber um neun war die Sonne draußen und der Himmel klar. Er brachte Dora hinaus zum Mercedes der Müllers und ging hinunter zum Landungssteg. Racics Boot glitt heran.

»Ich habe Brot und Würstchen für unser Mittagessen mitgebracht und eine Thermosflasche Posip, damit er schön kühl bleibt.«

»Das müssen wir dann zwischendurch verdrücken, denn zum Mittagessen lade ich Sie ein.«

Sie aßen schließlich in einem Lokal in Dubrovnik, nachdem Racic ihm die Insel Lokrum gezeigt hatte. Wexford lauschte mit zunehmendem Interesse den Geschichten des Bootsführers und Professors – wie die Blüte und der Wohlstand der Handelsstadt zu einer literarischen Renaissance geführt hatten, welche Rolle in Dubrovnik erbaute Schiffe in der spanischen Armada spielten, wie einst ein Erdbeben die Stadt verwüstet und fast den ganzen Staat zerstört hatte. Sie fuhren weiter nach Lopud, Sipan und Kolucep und kehrten, als die Sonne zu sinken begann, über das weite, ruhige Wasser zurück.

»Hat die kleine Insel da auch einen Namen?« fragte Wexford.

»Sie heißt ›Vrapci‹, das bedeutet ›Spatzen‹. Es soll dort Tausende von Spatzen geben, und nichts als Spatzen, denn kein Mensch fährt dahin. Man kann nirgends an Land.«

»Sie meinen, man kann mit dem Boot nicht anlegen, weil

die Felsen zu steil sind? Was ist denn mit der anderen Seite?«

»Ich fahre mal ran, dann sehen Sie es. Da ist zwar ein Strand, aber den würde niemand benutzen wollen. Warten Sie.«

Die Insel war sehr klein, vielleicht nur eine halbe Meile Umfang, und völlig überwuchert von Krüppelkiefern. An ihren Wurzeln fiel der graue Fels aus einer Höhe von etwa zehn Fuß jäh zum Wasser ab. Racic brachte das Boot herum, und sie gelangten auf die der Adria zugewandte Seite der Insel. Spatzen waren nicht zu sehen, überhaupt kein Lebenszeichen. Eingekeilt zwischen Felswänden lag ein schmaler, unansehnlicher Kiesstrand, auf den eine überhängende Kiefer tiefe Schatten warf. Ein Blick in den Himmel und hinab in diese dunkle, steinige Mulde überzeugte Wexford, daß die Sonne, wie hoch sie auch stand, niemals zu diesem Strand durchdringen würde. Nach vorn zu, wo sich der Strand zuspitzte, lag eine Felsspalte, die gerade so breit war, daß der Körper eines Menschen hindurchgelangen konnte.

»Nicht sehr verlockend«, sagte er. »Was könnte die Leute hierhin ziehen?«

»Es zieht sie nicht hierhin, soviel ich weiß. Höchstens die – nun, es gibt da einen neuen Trend, Gospodin Wexford, oder Mister, wie ich sagen sollte.«

»Sagen Sie Reg.«

Racic neigte den Kopf. »Reg, ja. Danke. Der Name gefällt mir, wenn ich ihn auch noch nie gehört habe. Es gibt also, wie gesagt, einen neuen Trend, das Nacktbaden. Eigentlich ist es in Jugoslawien nicht gestattet, weil es gegen den Anstand, die guten Sitten verstößt. Bestimmt haben Sie hier und da auf den Felsen schon den Hinweis – leider wohl in beklagenswertem Englisch – *No Nudist* gesehen. Aber manche Leute halten sich nicht daran, besonders auf den kleinen Inseln nicht. Vrapci käme ihnen da sicher gelegen, wenn sie ein Boot und einen Fahrer fänden, der sie hinbringen würde.«

»Das Boot könnte am Strand anlegen, und die Leute könnten auf der anderen Seite hinter den Felsen in der Sonne schwimmen.«

»Wenn es gute Schwimmer sind, schon. Aber wir lassen die Finger davon, Reg; aus dem Alter, wo man sich nackt auszieht und den Hals riskiert, sind wir doch heraus, was?«

Wieder kreuzten sie über das weite Meer. Wexford blickte zurück nach den Stadtmauern, diesen von Menschenhand geschaffenen, schützenden Klippen, und brachte zögernd eine Frage vor: »Würden Sie mir nicht doch sagen, was Sie von dem Gespräch dieses englischen Ehepaars, Philip und Iris Nyman, mit angehört haben, als sie auf Ihrem Boot waren?«

»Nyman heißen die Leute?« wich er aus.

»Ich habe einen guten Grund, weshalb ich danach frage.«

»Darf ich den erfahren?«

Wexford seufzte. »Ich bin Polizeibeamter.«

Racics Gesicht wurde starr und verschlossen. »Das gefällt mir aber gar nicht. Man hat Sie hergeschickt, um die Leute zu beobachten? Das hätten Sie mir vorher sagen sollen.«

»Nein, Ivo, nein.« Wexford brachte den ungewohnten Namen ein wenig unsicher heraus. »Nein, Sie haben mich falsch verstanden. Ich hatte bis letzten Samstag von beiden nie etwas gehört oder gesehen. Aber jetzt, wo ich sie kenne und mit ihnen gesprochen habe, glaube ich, daß sie in etwas Illegales verwickelt sind. Wenn das stimmt, ist es meine Pflicht, dagegen einzuschreiten. Es sind Landsleute von mir.«

»Reg«, sagte Racic etwas besänftigt, »was ich da mit angehört habe, kann mit keiner Straftat etwas zu tun haben. Es war persönlich und privat.«

»Sie wollen es mir nicht sagen?«

»Nein. Wir sind doch keine alten Hausfrauen, die sich mit Geklatsche über die Gartenmauern ihres *kucice* hinweg die Zeit vertreiben, oder?«

Wexford grinste. »Würden Sie denn vielleicht etwas für mich tun? Würden Sie die Leute – natürlich ganz unauffällig – wissen lassen, daß sie die englische Sprache verstehen?«

»Sind Sie sicher, daß sie etwas Gesetzwidriges tun?«

»Bestimmt. Es muß um Drogen oder um irgendeine Art von Betrug gehen.«

Ein Schweigen entstand, währenddessen Racic sich auf das Meer zu besinnen schien. Dann sagte er ruhig: »Ich vertraue Ihnen, Reg. Ja, ich werde es tun, wenn sich die Möglichkeit ergibt.«

»Dann fahren Sie nach Mirna. Sehr wahrscheinlich sind sie dort in einem Strandrestaurant.«

Mirkos Boot kam an ihnen vorbei, als sie in den Hafen einfuhren, und Mikro schwenkte die Arme und rief: »*Dobro vece!*«

An der Anlegestelle warteten Touristen in einer Schlange, um sich zurück zum Hotel *Adriatic* oder zu dem in Vrt fahren zu lassen. Es waren vielleicht ein Dutzend Leute, und Philip und Iris Nyman bildeten den Schluß der Reihe. Es ließ sich besser an, als Wexford gehofft hatte. Die ersten vier stiegen in Josips Boot nach Vrt, die nächste Gruppe in das von Mirko, das, da es nur für acht Personen zugelassen war, die Nymans nicht mehr aufnehmen konnte.

»Hotel *Adriatic*«, sagte Philip Nyman. Dann erkannte er Wexford. »Sieh da, so trifft man sich wieder. Hatten Sie einen angenehmen Tag?«

Wexford erwiderte, er sei in Dubrovnik gewesen. Er half der jungen Frau in das Boot. Sie dankte ihm, jetzt anscheinend nicht mehr so nervös, und lächelte sogar zaghaft dabei. Der Motor sprang an, und sie stießen ab, Racic als der namenlose Bootsführer, das Zubehör, ohne das die Maschine nun mal nicht fährt.

»Gestern sah ich Sie draußen mit Ihrem Schlauchboot«, sagte Wexford.

»Tatsächlich?« Philip Nyman schien erfreut. »Heute abend können wir es allerdings nicht benutzen. Im Dunkeln ist es nicht ungefährlich, und man muß auch schon Badezeug tragen. Wir essen mit einem anderen englischen Ehepaar, das wir gestern kennengelernt haben, in ihrem Hotel und wollen nachher einen romantischen Spaziergang zurück machen.«

Sie waren weniger lässig gekleidet als sonst. Nyman trug einen beigen Safarianzug, seine Frau ein gelb und schwarz gemustertes Kleid und hochhackige Sandalen. Wexford war in Alarmbereitschaft, da er mit einer Einladung rechnete, ihnen bei dem Essen Gesellschaft zu leisten, und es überraschte ihn, daß sie nicht kam.

Die Nymans zündeten sich Zigaretten an. Wexford bemerkte, wie Racic steif wurde. Er kannte die Neigungen und Grundsätze des Mannes gut genug, um seine Einstellung zur Umweltverschmutzung nachzuempfinden. Die Zigarettenkippen würden mit Sicherheit im Meer landen. Wenn er sich über seine Fahrgäste ärgerte, konnte ihn das in der Bereitschaft, sein Versprechen zu erfüllen, nur bestärken. Doch vorläufig schwieg er. Sie fuhren um die Landspitze herum auf ein Meer, daß die Sonne wie mit einer Goldhaut überzogen hatte.

»Wie schön!« sagte Iris Nyman.

»Ein Jammer, daß Sie so bald schon fort müssen.«

»Wir bleiben noch bis Samstag«, sagte Nyman, allerdings ohne den Vorschlag zu erneuern, daß sie und die Wexfords sich noch einmal treffen sollten. Die junge Frau machte einen letzten Zug an ihrer Zigarette und warf sie über Bord.

»Na ja«, sagte Nyman, »da ist schon soviel Dreck drin, daß es auf das bißchen auch nicht mehr ankommt«, womit er seine noch brennende Kippe ebenfalls in die wie Schmelzgold schimmernden Wellen schnippte.

Sie näherten sich dem Landungssteg des Hotels, und Racic stellte den Motor ab. Nyman kramte in seiner Tasche nach Münzen. Wexford stand schon auf. Er wandte sich an Racic, als der Jugoslawe die Leinen festmachte: »Es war ein großartiger Tag für mich. Meinen herzlichsten Dank.«

Er sah zwar nicht hin, konnte sich den amüsierten Blickwechsel zwischen Nyman und seiner Frau aber vorstellen, nachdem doch wieder mal ein Engländer dem bekannten Vorurteil aufgesessen war, daß jeder, der kein Schwachkopf ist, seine Sprache versteht. Racic straffte sich zu seiner nicht sehr stolzen Größe. Von seinem leichten Akzent, dem manchmal etwas ungeschickten, gespreizten Satzbau war nichts mehr zu merken. Er sprach wie jemand, der in Kensington geboren und in Oxford erzogen worden war.

»Freut mich, daß es Ihnen gefallen hat. Ich fand es auch nett. Richten Sie bitte Ihrer Frau schöne Grüße aus, und daß ich hoffe, sie bald wiederzusehen.«

Kein Laut kam von den Nymans. Als sie aus dem Boot stiegen, sagte Racic: »Geben Sir mir Ihre Hand, Madam.« Nymans Stimme klang erstickt, als er seine zwanzig Dinar bezahlte und ein Dankeschön murmelte. Zu Wexford sagten beide kein Wort. Sie sahen sich nicht mehr um. Sie gingen davon, und sein Blick folgte ihnen.

»War es so richtig, Reg? Die sinnlose Verschandelung meines Meeres hat mich angetrieben.«

Abwesend, weil er noch hinterherstarrte, sagte Wexford: »Sie haben es gut gemacht.«

»Was schauen Sie sich denn so konzentriert an?«

»Beine«, sagte Wexford. »Ich danke Ihnen nochmals. Wir sehen uns morgen wieder.«

Er ging hinauf zum Hotel, hielt dort nach ihnen Ausschau, doch sie waren nirgends in Sicht. Auf der Terrasse drehte er sich um und blickte zurück, und dort waren sie: im Eilschritt liefen sie über den Uferweg in Richtung Mirna, die neuen Bekannten und das Dinner im *Adriatic* vergessend. Wexford ging ins Hotel und nahm den Lift hinauf zu seinem Zimmer. Dora war noch nicht zurück. Da er sich recht mitgenommen fühlte, legte er sich auf das Doppelbett. Diese neueste Wendung oder Entdeckung übertraf bei weitem alles, was er erwartet hatte. Und was jetzt? In irgendeiner Form die Polizei von Dubrovnik einschalten? Er griff zum Telefon, um den Empfang zu wählen, ließ den Hörer jedoch wieder los, als Dora hereinkam.

Bestürzt trat sie zu ihm. »Bist du in Ordnung, Schatz?«

Sein Blutdruck, sein Herz, zuviel Sonne – ihm war klar, was sie dachte. Es kam selten vor, daß er sich tagsüber ausruhte. »Natürlich, mir geht's gut.« Er richtete sich auf. »Dora, etwas ganz Merkwürdiges . . .«

»Du machst wieder den Detektiv! Ich hab's geahnt.« Sie schleuderte ihre Schuhe weg und stieß die Balkontür auf. »Du hast mich nicht mal gefragt, ob ich einen schönen Tag hatte.«

»Das seh ich dir doch an. Komm rein, Liebes, mach es nicht so schwierig. Ich denke mir immer gern, daß du von allen Frauen, die ich kenne, die einzige bist, die nicht schwierig ist.« Sie sah ihn argwöhnisch an. »Hör zu«, sagte er. »Tu mir einen Gefallen. Beschreib mir die Frau, die wir auf der Stadtmauer gesehen haben.«

»Iris Nyman? Was meinst du denn?«

»Tu's mal einfach, sei so lieb.«

»Du spinnst. Du warst wirklich zu lange in der Sonne. Aber schön, wenn es dir Spaß macht . . . mittelgroß, gute Figur, sehr braun, etwa dreißig, geometrischer Haarschnitt. Sie trug ein jadegrünes Oberteil mit Halsträger und einen blau-grün-rosa Rock.«

»Jetzt beschreib mir die Frau, die wir am Montag bei Nyman gesehen haben.«

»Da besteht doch kein Unterschied, außer einem schwarzen Oberteil und einer Stola.«

Wexford nickte. Er stand vom Bett auf, ging an ihr vorbei zum Balkon und sagte: »Es ist nicht dieselbe Frau.«

»Was in aller Welt willst du damit andeuten?«

»Ich wünschte, das wüßte ich«, sagte Wexford, »aber ich weiß, daß die Iris Nyman, die wir auf der Stadtmauer gesehen haben, nicht die Iris Nyman ist, die ich am Montagmorgen gesehen und die ich heute abend gesehen habe.«

»Du läßt deine Phantasie mit dir durchgehen. Bestimmt,

Reg. Die Haare zum Beispiel, die waren doch auffallend, und dann die Kleider und daß sie bei Philip Nyman war.«
»Begreifst du denn nicht? Das sind doch genau die Dinge, die man sich zunutze machen würde, um vorzutäuschen, daß es sich um die gleiche Frau handelt. Beim erstenmal hat keiner von uns ihr Gesicht gesehen und ihre Stimme gehört. Wir haben nur das Auffällige an ihr registriert.«
»Wie kommst du darauf, daß sie nicht dieselbe Person ist?«
»Durch ihre Beine. Die Beine sind anders. Du hast mich auf sie aufmerksam gemacht. Man könnte sagen, du hast mich überhaupt erst auf die Spur gebracht.«
Dora beugte sich über das Balkongeländer. Sie ließ die Schultern sinken. »Dann wünschte ich, ich hätte es nicht getan. Zu Hause sprichst du nie mit mir über deine Fälle. Warum also hier?«
»Es ist sonst niemand da.«
»Herzlichen Dank. Diese ganze Geschichte, daß sie nicht dieselbe Frau wäre, ist unsinnig, das hast du dir zurechtgeträumt. Weshalb sollte jemand so etwas vortäuschen wollen? Und letzten Endes, wie sollte das gehen?«
»Ganz leicht. Man braucht nichts weiter dazu als eine Komplizin von der gleichen Statur und im gleichen Alter. Am Samstag oder Sonntag ließ die Komplizin ihr Haar tönen und frisieren und übernahm Iris Nymans Kleidung. Ich will herausfinden, warum.«
Dora kehrte dem Sonnenuntergang den Rücken und sah ihn starr und eisig an. »Nein, Reg. Ich spiele nicht die Schwierige. Ich reagiere nur wie jede andere Frau, die in Urlaub fährt und feststellen muß, daß ihr Mann seinen Beruf nicht mal zwei Wochen daheim lassen kann. Das ist mein erster Auslandsurlaub seit zehn Jahren. Wenn man dich hierhergeschickt hätte, um die Leute zu beobachten, wenn es deine Aufgabe wäre, würde ich keinen Ton sagen. Aber du hast dich nur in etwas hineingesteigert, weil du dich nicht entspannen und die Sonne und das Meer genießen kannst wie andere Leute.«

»Na gut«, sagte ihr Mann. »Dann sieh es eben so.« Er mochte seine Frau, er schätzte sie, und daß er sie zwangsläufig oft vernächlässigen mußte, ging ihm sehr nahe. Sie auch jetzt wieder zu vernachlässigen, das mußte ihr vorkommen, als hätte sich sein eingefleischter Drang, Geheimnisse zu enträtseln, verselbständigt. »Mach nicht so ein Gorgonengesicht. Ich habe dir gesagt, daß dein Urlaub nicht darunter leiden wird, und dazu stehe ich.« Er berührte ihre Wange und streichelte sie sanft. »Ich nehme erst mal ein Bad.«

Kaum mehr als zwölf Stunden später ging er über den Fußweg nach Mirna. Die Sonne war schon heiß, und ein Schnellboot fuhr draußen in der Bucht. Teppichhändler hatten ihre Ware auf dem Marktplatz ausgebreitet, und für die Durstigen, die Kaffee oder – selbst zu dieser Stunde – Pflaumenbranntwein trinken wollten, waren die Restaurants geöffnet.

Das *Bosnia*, zum größten Teil durch Pinien und Reihen von Zypressen gnädig verdeckt, wirkte aus der Nähe betrachtet mit seinen tellerförmig abgestuften Etagen und Strebebögen eher wie ein im Wald gestrandetes Ufo als wie ein Ferienhotel. Wexford überquerte einen Hof von der Größe eines Fußballfeldes und betrat ein Foyer, das dem Justizpalast einer Hauptstadt durchaus Ehre gemacht hätte.

Der Empfangschef sprach gut Englisch.

»Mr. und Mrs. Nyman haben sich gestern abend abgemeldet, Sir.«

»Aber wollten sie nicht eigentlich noch drei Tage bleiben?«

»Davon ist mir nichts bekannt, Sir. Sie haben das Hotel gestern abend vor dem Essen verlassen. Mehr kann ich Ihnen nicht sagen.«

Damit hatte sich das.

»Und was hast du jetzt vor?« fragte Dora bei einem verspäteten Frühstück. »Eine wilde Verfolgungsjagd entlang der dalmatinischen Küste zu veranstalten?«

»Ich werde abwarten, was passiert. Und in der Zwischenzeit genieße ich meinen Urlaub und sorge dafür, daß du deinen genießt.« Zum erstenmal seit dem Abend vorher sah er sie lächeln und sich entspannen.

Zwar ließ ihn der Gedanke an die Nymans die ganze Zeit nicht los, doch es gelang ihm wirklich, den Rest des Urlaubs zu genießen. Mit Werner und Trudi zusammen besichtigten sie in Mostar die türkische Brücke. Mit dem Bus machten sie einen Ausflug nach Budva, und die Mitglieder des Taxiboot-Unternehmens fuhren sie von Mirna nach Vrt und hinaus nach Lokrum. Es war sein Geheimnis, daß Wexford täglich eine Londoner Zeitung kaufte, drei Tage alte Exemplare zum dreifachen Preis. Er wußte genau, weshalb er es tat, was er sich davon erhoffte oder was er befürchtete. An ihrem letzten Vormittag hätte er sich die Mühe fast erspart. Schließlich würden sie in kaum mehr als vierundzwanzig Stunden wieder daheim sein, und dort würde er auf jeden Fall etwas unternehmen müssen. Doch als er am Empfangstisch vorbeikam, alleine, weil Dora schon zum Frühstück in das Gastzimmer gegangen war, hielt ihm der Portier wie sonst auch die Zeitung hin.

Wexford bedankte sich – und es stand auf der Titelseite.

*Industriellentochter verschwunden*, hieß die Schlagzeile. *Strandkleidungskönig befürchtet Entführung.*

Der Text darunter lautete: Mrs. Iris Nyman, 32, kehrte gestern unerwartet von Einkäufen in der Stadt nicht in ihre Wohnung im Norden Londons zurück. Ihr Vater, Mr. James Woodhouse, Präsident der Sunsports Ltd., eines führenden Strandkleidungsunternehmens, befürchtet, daß seine Tochter einer Entführung zum Opfer gefallen sein könnte, und erwartet eine Lösegeldforderung. Die Polizei beurteilt die Situation ernst.

Mrs. Nymans Mann, der dreiunddreißigjährige Philip Nyman, sagte heute in der Wohnung des Ehepaars in Flask Walk, Hampstead: ›Meine Frau und ich waren gerade von einer Autoreise durch Italien und Jugoslawien zurückgekehrt. Am Morgen darauf ging Iris zum Einkaufen und kam nicht mehr zurück. Ich könnte wahnsinnig werden. Sie machte einen glücklichen, entspannten Eindruck.‹

Das Unternehmen von Mr. Woodhouse, zu dessen Aufsichtsrat Mrs. Nyman gehört, machte in diesem Jahr wegen einer bedeutenden Fusion von sich reden, durch die zwei große Textilfirmen von der Sunsport Ltd. übernommen wurden. Der Vorjahresumsatz der Gesellschaft lag im Bereich von 100 Millionen Pfund.«

Beigefügt war ein Foto von Iris Nyman mit dunkler Brille. Wexford wäre in schwerer Bedrängnis gewesen, hätte er sagen sollen, ob es eine Aufnahme von der Frau auf der Stadtmauer oder von der Frau in Mirna war.

Am Abend gaben sie für Racic ein Abschiedsessen im *Dubrovacka*-Restaurant.

»Sagen Sie nicht, was alle immer sagen, Reg – daß Sie im nächsten Jahr wiederkommen. Jetzt finden Sie und Gospoda Wexford Dalmatien schön, aber nach ein paar Tagen läßt die Erinnerung nach. Irgend jemand wird Ihnen San Marino oder Ibiza als nächstes empfehlen, und dort fahren Sie dann hin. Ist es nicht so?«

»Ich habe gesagt, ich komme zurück«, sagte Wexford, »und es ist mir Ernst damit.« Er hob sein Glas Posip. »Aber nicht erst in einem Jahr. Es wird früher sein.«

Dreihundertundzweiundsechzig Tage früher, wie Racic dann betonte.

»Und hier bin ich und sitze im *vrt* Ihres *kucica!*«

»Sie werden noch fließend Serbokroatisch lernen, Reg.«

»Leider wohl nicht. Morgen abend muß ich schon wieder in London sein.«

Sie waren in Racics Garten, auf halber Höhe des terrassenförmig abgestuften Hügels hinter Mirna, und saßen in Korbstühlen unter seinem Wein und seinen Feigen. Rosa, weißer und roter Oleander schimmerte in der Dämmerung, und über ihren Köpfen hingen Büschel kleiner grüner Trauben zwischen den Leisten eines Sonnendachs. Auf dem Tisch stand eine Flasche Posip neben den Resten eines Abendessens aus Königsgarnelen und gedünsteten Kartoffeln, Salat und Brot und großen, reifen Pfirsichen.

»Nachdem wir nun satt geworden sind«, sagte Racic, »erzählen Sie mir bitte, welche wichtige Angelegenheit es war, die Sie so erfreulich schnell wieder nach Mirna geführt hat. Geht es dabei um Mr. und Mrs. Nyman?«

»Ivo, aus Ihnen wird noch ein richtiger Polizist.«

Racic lachte und schenkte Wexford Wein nach. Dann machte er ein ernstes Gesicht. »Es ist wohl nichts zum Lachen, nichts Erfreuliches?«

»Weit davon entfernt. Iris Nyman ist tot, ermordet, wenn ich mich nicht sehr irre. Heute nachmittag begleitete ich die Polizei von Dubrovnik hinaus in die Bucht, und wir bargen ihren Leichnam aus dem Felsspalt auf Vrapci.«

»*Zaboga!* Das kann nicht Ihr Ernst sein! Die junge Frau, die im *Bosnia* wohnte und mit ihrem Mann in meinem Boot rausfuhr?«

»Nein, die meine ich nicht. Die lebt, und sie ist in Athen, von wo sie vermutlich ausgeliefert wird.«

»Das verstehe ich nicht. Erzählen Sie mir die Sache einmal von vorne.«

Wexford lehnte sich in seinem Stuhl zurück und blickte durch die Weintrauben hinauf zum violetten Himmel, wo schon die ersten Sterne erschienen. »Ich muß wohl mit der Vorgeschichte anfangen«, sagte er, und nach einer Pause: »Iris Nyman war die Tochter und das einzige Kind von James Woodhouse, dem Präsidenten einer Firma namens Sunsports Ltd., die Sport- und Strandkleidung herstellt und nach vielen Ländern exportiert. Sie heiratete schon sehr jung, als sie noch keine Zwanzig war, einen jüngeren Vertreter aus der Firma ihres Vaters. Nach der Heirat machte Woodhouse sie zum Aufsichtsratmitglied, ließ ihr eine Menge Geld zukommen, kaufte ihr ein Haus und gab ihr einen Firmenwagen. Um ihr Gehalt und ihre Spesen zu rechtfertigen, unternahm sie regelmäßig einmal im Jahr mit ihrem Mann eine Reise nach bekannten Urlaubsorten in Europa, nach außenhin, um Sunsports-Bekleidung zu tragen und festzustellen, wer sie sonst noch trug, und auch, um sich über die Erfolge der Konkurrenz zu informieren. Wahrscheinlich machte sie einfach Urlaub.

Die Ehe war nicht gerade glücklich. Oder jedenfalls Philip Nyman nicht. Iris war ein typisch arrogantes reiches Mädchen, alles mußte nach ihrem Kopf gehen. Außerdem gehörten das Geld und das Haus und der Wagen ihr allein. Er blieb Vertreter. Vor etwa einem Jahr verliebte er sich dann in eine Kusine von Iris, eine junge Frau namens Anna Ashby. Wie es scheint, ahnte Iris davon nichts und ihr Vater mit Sicherheit auch nicht.«

»Wie haben Sie es dann . . .« unterbrach Racic.

»Bei diesen Affären gibt es immer jemanden, der Bescheid weiß, Ivo. Eine Bekannte Annas hat vor Scotland Yard ausgesagt.« Wexford hielt inne und trank an seinem Wein. »Das ist die Vorgeschichte«, sagte er. »Jetzt zu dem, was vor einem Monat etwa geschah.

Die Nymans hatten sich vorgenommen, wie üblich nach Südfrankreich zu fahren, wollten diesmal aber weiter durch Norditalien, um acht oder zehn Tage hier an der dalmatinischen Küste zu verbringen. Anna Ashby hatte geplant, einen Teil des Sommers bei Bekannten in Griechenland zu verleben, deshalb sollte sie, *auf Einladung von Iris*, die Nymans bis Dubrovnik begleiten, ihnen dort noch ein paar Tage Gesellschaft leisten und dann weiter nach Athen fliegen.

In Dubrovnik, nachdem die drei ein paar Tage dort gewesen waren, kam Iris auf die Idee, an der Insel Vrapci zu baden. Vielleicht wollte sie nackt baden, vielleicht war sie an dem ›Oben-ohne‹-Strand in St.-Tropez schon gewesen. Ich weiß es nicht. Philip Nyman hat von alledem nichts eingestanden. Bis zu dem Zeitpunkt, als ich wegfuhr, beharrte er noch darauf, daß seine Frau mit ihm nach England zurückgekehrt sei.«

»Dann war es Ihre Idee«, warf Racic ein, »daß die Leiche der jungen Frau auf der Spatzeninsel versteckt war?«

»Es war eine Vermutung«, sagte Wexford. »Erst hörte ich

ein paar Worte mit an, später wurde ich belogen. Ich bin Kriminalbeamter. Ob sie am Samstag, dem achtzehnten Juni, oder am Sonntag, dem neunzehnten, nach Vrapci gefahren sind, kann ich Ihnen nicht sagen. Es genügt, daß sie hingefahren sind – und zwar mit ihrem Schlauchboot. Zu dritt sind sie hin, aber nur zwei kamen zurück, Nyman und Anna Ashby.«

»Haben sie Mrs. Nyman umgebracht?«

Wexford sah nachdenklich drein. »Ich muß es annehmen. Natürlich besteht auch die Möglichkeit, daß sie ertrunken ist, daß es ein Unfall war. Aber hätte in diesem Fall nicht jeder normale Ehemann sofort die zuständigen Behörden verständigt? Wenn er sie tot geborgen hätte, würde er sie dann nicht mit zurückgebracht haben? Wir warten noch auf das Autopsieergebnis, aber selbst wenn der Körper keine Wunden oder Spuren von Gewaltanwendung aufweist, selbst wenn die Lungen voll Wasser sind, sollte es mich sehr wundern, wenn sich herausstellte, daß Nyman und Anna oder einer von beiden, ihren Tod nicht beschleunigt oder zumindest zugesehen hat, wie sie ertrank.«

Beide schwiegen einen Augenblick, während Racic verdaute, was ihm Wexford erzählt hatte, und langsam mit dem Kopf nickte. Dann stand er auf und holte aus dem Haus einen Kandelaber, besann sich jedoch eines Besseren und schaltete eine elektrische Lampe an der Wand an . . .

»Das Licht zieht so und so die Insekten herbei, aber in der Ecke stören sie uns wenigstens nicht. Es war also diese Anna Ashby, die nach Mirna kam und sich als Mrs. Nyman ausgab?«

»Laut dem Geschäftsführer des Hotel in Dubrovink, wo die drei gewohnt hatten, bezahlte Nyman am späten Nachmittag des Neunzehnten seine Rechnung. Keine der beiden Frauen war bei ihm. Iris war tot, und Anna war beim Friseur, um ihre Haare nach dem Schnitt und dem Farbton der Frisur ihrer Kusine herrichten zu lassen. Die Polizei hat schon den Friseur gefunden, der es gemacht hat.«

»Anschießend kamen sie hierher«, sagte Racic. »Weshalb

sind sie nicht sofort zurück nach England? Und dann noch eins, in England wollten sie das Spiel doch wohl bestimmt nicht spielen? Selbst wenn sich zwei Frauen als Kusinen auch einigermaßen ähnlich sehen, durfte diese Anna doch kaum damit rechnen, einen Vater, enge Freunde oder Mrs. Nymans Nachbarn zu täuschen.«

»Die Antwort auf Ihre erste Frage ist, daß es merkwürdig ausgesehen hätte, wenn sie eine Woche früher zurückgekommen wären. Wozu auch? Das Wetter war ausgezeichnet. Nyman wollte den Eindruck erwecken, daß sie beide einen schönen, harmonischen Urlaub verbracht hätten. Nein, sein Plan ging dahin, genügend Leute hier in Jugoslawien in den Glauben zu setzen, daß Iris nach dem 19. Juni noch am Leben war. Deshalb hat er sich an uns gehängt und uns den Namen und den Wohnort entlockt. Er wollte Zeugen haben, falls sich später die Notwendigkeit ergab. Anna war nicht so kaltblütig, sie stand Todesängste aus. Aber Philip fand sogar noch zwei weitere englische ›Zeugen‹, wenn er auch, dank Ihrer Intervention, die Verabredung zum gemeinsamen Essen mit ihnen nicht einhielt.«

»Meiner Intervention?«

»Ihr ausgezeichnetes Englisch. Und jetzt können Sie mir vielleicht auch sagen, was Sie damals auf dem Boot mit angehört haben.«

Racic lachte. Seine starken weißen Zähne schimmerten im Lampenlicht. »Ich wußte, daß sie nicht Mrs. Nyman war, aber diese Auskunft hätte Ihnen damals noch gar nichts genützt, hm? Sie hatten die Dame auf der Stadtmauer gesehen, vermutlich aber nicht ihren Trauschein. Ich dachte mir, wie käme ich dazu, diesem übereifrigen Polizisten die Geheimnisse meiner Fahrgäste zu verraten? Aber jetzt, um eine Redewendung zu gebrauchen, hält mich nichts mehr, Reg. Die Frau sagte: ›Ich mache mir solche Vorwürfe, es ist schrecklich, was wir getan haben‹, und er antwortete: ›Hier denkt doch jeder, du bist meine Frau, und zu Hause wird niemand Verdacht schöpfen. Eines Tages wirst du es sein und wir werden das alles vergessen.‹ Jetzt sagen Sie selbst, hätten Sie angenommen, daß da von Mord die Rede war oder von verbotener Leidenschaft?«

Wexford lächelte. »Nyman muß geglaubt haben, wir würden Rücksprache nehmen, Sie und ich, und zu dem ersten Schluß gelangen, oder er wußte nicht mehr, was er gesagt hatte. Denn das vergißt er ziemlich leicht.«

»Und nach ihrer Abreise?«

»Benutzte Anna den Paß von Iris, in der Hoffnung, daß er wenigstens an einem Grenzübergang gestempelt würde. Er wurde sogar an zweien gestempelt, zwischen Jugoslawien und Italien und dann noch mal in Calais. In Dover trennte sich Anna vermutlich von ihm und nahm den erstbesten Flug nach Athen. Nyman fuhr nach Hause, wo er am Abend des 28. eintraf, genau dem Datum, an dem er und Iris vorgehabt hatten zurückzukommen. Am Nachmittag darauf erklärte er seinem Schwiegervater und der Polizei, Iris sei verschwunden.«

»Er hoffte offensichtlich«, sagte Racic, »daß die Suche nach ihr oder ihrem Leichnam auf England beschränkt bleiben würde, weil er unumstößliche Beweise dafür besaß, daß sie noch in Mirna bei ihm gewesen und mit ihm nach England zurückgereist war. Niemand wäre darauf gekommen, sie hier zu suchen, weil es viele Zeugen dafür gab, daß sie lebendig von hier weggefahren war. Aber was erhoffte er sich davon? Denn eins steht fest, wenn Ihre Gesetze so sind wie unsere, und ich glaube, darin stimmen sie allgemein überein, dann hätte es ohne ihre Leiche doch wohl Jahre gedauert, bis er ihr Vermögen geerbt oder wieder hätte heiraten können?«

»Sie dürfen nicht vergessen, daß es kein vorsätzlicher Mord war. Es muß spontan, ohne Überlegung passiert sein. Also wird die Leiche versteckt, an einer Stelle, wo man sie vielleicht nie findet, oder erst, wenn sie nicht mehr zu identifizieren ist, er erklärt, daß seine Frau in England verschwunden ist, und sichert sich so das Mitgefühl seines mächtigen Schwiegervaters, der ihm zweifellos Iris' Haus als Wohnung überläßt und Iris' Wagen zur Verfügung stellt. Er behält seinen Job, den er im Falle einer Scheidung von Iris verloren hätte, und sehr wahrscheinlich wird ein Teil ihrer Einkünfte, wenn nicht alles, auf ihn überschrieben. Anna entfärbt sich die Haare – von Natur aus sind sie braun –, läßt sie nachwachsen, kehrt nach Hause zurück, und sie nehmen die freundschaftlichen Beziehungen wieder auf. Eines Tages wird Iris für tot erklärt, und ihrer Heirat steht nichts mehr im Wege.«

Racic schnitt sich eine Scheibe Brot ab und knabberte an einer Olive. »Das leuchtet mir ja alles ein oder fast alles. Ich begreife wohl, daß das Komplott, wären Sie nicht in Mirna gewesen, aller Wahrscheinlichkeit nach geglückt wäre. Was ich nicht verstehe, ist folgendes. Wenn diese Frau sich doch so stark dem Äußeren der Frau anpaßte, die Sie auf der Mauer gesehen haben, wenn sie die gleiche Frisur, dieselbe Kleidung trug – aber ich bin ja nicht dumm! Sie haben ihr Gesicht gesehen.«

»Ich habe weder ihr Gesicht gesehen noch ihre Stimme gehört. Dora und ich sahen sie nur ganz kurz an und außerdem nur von hinten.«

»Das geht über meinen Verstand.«

»Die Beine«, sagte Wexford. »Die Beine waren anders.«

»Aber, mein lieber Reg, mein lieber Polizist, zweifellos sieht doch das Bein der einen braungebrannten, schlanken jungen Frau dem einer anderen ganz ähnlich. Oder hatte sie ein Muttermal oder vielleicht eine Krampfader?«

»Nicht das ich wüßte. Das einzige Mal, als ich die echte Iris Nyman sah, trug sie einen Rock, der ihre Beine bis halb über die Waden bedeckte. Eigentlich war nur sehr wenig von den Beinen zu sehen.«

»Dann bin ich ratlos.«

»Die Fesseln«, sagte Wexford. »Es gibt zwei Arten auf der Welt, wie Fesseln normalerweise geformt sind, und den Unterschied erkennt man nur von hinten. Bei der einen Art scheint die Wade durch einen sich zwar verjüngenden, aber nicht ausgeprägten Schaft in die Ferse überzugehen. Bei der anderen, dem schöneren Typ, bildet die Achillessehne einen langen, schlanken Schaft mit tiefen Mulden zu beiden Seiten unterhalb der Knöchel. Ich sah Iris Nymans Beine nur von hinten, und bei ihr war die Achillessehne nicht sichtbar. Es war ein schwacher Punkt in ihrer Erscheinung. Als ich zum erstenmal Anna Ashbys Beine von hinten betrachtete, das war, als sie aus Ihrem Boot stieg, bemerkte ich den langen Schaft der Sehne, der in den Muskel einer wohlgeformten Wade überleitete. Ihre Beine hatten keinen schwachen Punkt, aber diesen Vorzug könnte man ihre Achillesferse nennen.«

*Zaboga!* Schönheit was? Nur zwei Sorten auf der Welt?« Racic streckte seinen Fuß vor und rollte sein Hosenbein hoch. Wexford hatte seines schon hochgeschoben. Im Schein der Lampe beguckten sie gegenseitig von hinten ihre Waden. »Ihre sind in Ordnung«, sagte Racic, »sie sind sogar richtig gut. Von der schönen Sorte.«

»Und Ihre genaus, Sie alter Professor und Bootsführer.«

Racic brach in Gelächter aus. »*Tesko meni!* Zwei ältere Herren, die es besser wissen müßten, entblößen ihre Glieder zu einem Wettstreit um die schönsten Fesseln. Was wohl als nächstes kommt?«

»Na, ich sollte zwar nicht«, sagte Wexford, »aber als nächstes, denke ich, trinken wir den Posip aus.«

# Vierundzwanzig Schwarzdrosseln

Agatha Christie

Hercule Poirot saß mit seinem Freund Henry Bonnington in dem Restaurant »Gallant Endeavour«, daß sich im Künstlerviertel Londons, auf der King's Road, befindet.

Mr. Bonnington verkehrte gern im »Gallant Endeavour«. Er fand die dort herrschende Atmosphäre gemütlich, ihm schmeckte das Essen, das einfach und trotz des französischen Namens des Restaurants typisch englisch war und, wie er sagte, keine Zusammenstellung verunglückter Gerichte darstellte. Es machte ihm Freude, seinen Freunden den Platz zu zeigen, auf dem Augustus John immer gesessen hatte, und sie auf die berühmten Künstlernamen aufmerksam zu machen, die im Gästebuch standen. Mr. Bonnington war zwar der unkünstlerischste Mensch, den man sich vorstellen kann, aber er bewunderte wohlwollend die künstlerischen Leistungen anderer.

Die sympathische Kellnerin Molly begrüßte Mr. Bonnington wie einen alten Freund. Ihr Stolz war, genau zu wissen, was ihren Gästen schmeckte und was nicht.

»Guten Abend«, sagte sie, als die beiden Herren an einem Ecktisch Platz nahmen. »Sie haben heute Glück, es gibt Truthahn mit Kastanienfüllung. Das ist doch Ihr Lieblingsgericht? Außerdem haben wir einen wirklich sehr guten Stilton-Wein da. Möchten Sie vorher lieber Suppe oder Fisch?«

Mr. Bonnington überlegte. Warnend sagte er zu Poirot, der die Karte studierte:

»Für dich gibt es diesmal keine französischen Delikatessen, sondern ein schmackhaftes, kräftiges englisches Gericht.«

»Mein Freund«, winkte Hercule Poirot ab, »ich wünsche mir gar nichts anderes. Ich überlasse dir völlig die Entscheidung.«

Mr. Bonnington widmete sich mit großer Aufmerksamkeit der Speisekarte.

Nachdem er dieses wichtige Problem und sogar die Weinfrage gelöst hatte, lehnte er sich aufatmend im Stuhl zurück und faltete seine Serviette auseinander. Molly eilte mit der Bestellung davon.

»Diese Bedienung ist ausgezeichnet«, lobte er. »Früher muß sie eine Schönheit gewesen sein. Sie wurde häufig von Malern porträtiert Außerdem versteht sie auch etwas von guter Küche, was noch viel wichtiger ist, denn im allgemeinen ist in dieser Hinsicht auf die Frauen kein Verlaß. So viele von ihnen merken nicht einmal, was sie essen, wenn sie mit einem Mann ausgehen, der ihnen gefällt.«

Hercule Poirot schüttelte den Kopf. »C'est terrible.«

»Gott sei Dank sind wir Männer da anders!« erklärte Mr. Bonnington selbstzufrieden.

»Stimmt das immer?« Hercule Poirot lächelte verschmitzt.

»Nun ja, es mag vielleicht nicht für die jungen Männer zutreffen«, gab Mr. Bonnington zu. »Diese jungen Burschen von heute sind alle gleich – sie haben keinen Mut und keine Ausdauer. Ich kann mit der Jugend nichts anfangen, und«, fügte er völlig objektiv hinzu, »sie können auch nichts mit mir anfangen. Vielleicht haben sie recht! Aber wenn man einigen von diesen jungen Burschen Glauben schenkt, dürfte niemand mehr das Recht haben, älter als sechzig zu werden. So wie sie sich aufführen, muß man sich nur wundern, daß nicht mehr von ihnen dabei mithelfen, ihre älteren Verwandten aus der Welt zu schaffen.«

»Möglicherweise tun sie es«, sagte Hercule Poirot.

»Nette Ansichten hast du da, Poirot, ich muß schon sagen. Diese Detektivarbeit hat dich wohl aller deiner Ideale beraubt.«

Hercule Poirot lächelte. »Tout de même«, sagte er. »Es wäre einmal interessant, eine Statistik aufzustellen, die zeigt, wer älter als sechzig geworden ist und nicht eines natürlichen Todes starb. Dir würden dann garantiert einige merkwürdige Gedanken kommen.«

»Du hast angefangen, nach dem Verbrechen zu suchen, anstatt darauf zu warten, daß es zu dir kommt. Das ist neu.«

»Entschuldige«, sagte Poirot. »Ich fachsimple wieder, wie du es nennst. Erzähl mir lieber von dir, mein Freund. Wie steht es so in der Welt?«

»Ach, alles geht drunter und drüber. Das gilt heute für die ganze Welt. Alles ist viel zu verworren. Es werden viel zu viele schöne Worte gemacht. Damit will man das Durcheinander verdecken. Diese schönen Worte sind wie eine köstliche Sauce, die über ein Stück Fisch gegossen wird, damit man nicht merkt, daß der Fisch darunter schon riecht. Gib mir ein anständiges Seezungenfilet und keine schlechte Sauce darüber.«

In diesem Moment wurde ihm das Seezungenfilet serviert, und er schnalzte anerkennend mit der Zunge. »Sie wissen ganz genau, was mir schmeckt, Mädchen«, sagte er.

»Nun ja, Sie kommen doch ziemlich regelmäßig hierher, nicht wahr? Wie sollte ich da nicht wissen, was Sie gern essen!«

»Essen denn die Gäste immer das gleiche? Wollen sie nicht einmal Abwechslung?«

»Nicht die Männer. Die Frauen lieben wohl die Abwechslung. Aber die Männer wollen immer dasselbe.«

»Was habe ich gesagt?« murmelte Bonnington. »Frauen haben keine Ahnung, was das Essen angeht!«

Er sah sich im Restaurant um. »Diese Welt ist doch komisch. Siehst du dort in der Ecke diese merkwürdige Gestalt mit dem Bart? Molly könnte dir erzählen, daß er an jedem Dienstag- und Donnerstagabend hier ist. Seit fast zehn Jahren kommt er regelmäßig – er ist hier so ein Art Wahrzeichen. Aber niemand weiß, wie er heißt, wo er lebt und was er tut. Es ist doch seltsam, wenn man darüber nachdenkt.«

Als die Kellnerin den Truthahn brachte, sagte er:

»Ich sehe, der ›Großvater‹ besucht euch noch?«

»Freilich. Er kommt immer dienstags und donnerstags. Letzten Montag kam er ausnahmsweise auch. Ich war ganz verwirrt. Ich bildete mir ein, daß ich alle meine Verabredungen durcheinandergebracht hätte und es Dienstag wäre, ohne daß ich es wußte. Aber er kam auch am Dienstag – der Montag war also sozusagen nur eine Ausnahme.«

»Das ist eine interessante Abweichung von der Gewohnheit«, murmelte Poirot. »Ich würde gern den Grund wissen.«

»Nun ja, wenn Sie mich fragen, glaube ich, daß er irgendwie durcheinander war oder sich Sorgen machte.«

»Warum glauben Sie das? Hat er sich so benommen?«

»Nein, es war nicht eigentlich sein Benehmen. Er war wie immer sehr still. Selten sagt er etwas anderes als ›guten Abend‹, wenn er kommt und geht. Nein, es war seine Bestellung.«

»Seine Bestellung?«

»Sie werden mich sicherlich auslachen, meine Herren.« Molly errötete. »Wenn aber ein Gast schon seit zehn Jahren hierherkommt, dann weiß man, was er gerne ißt und was nicht. Er verabscheut Nierenpastete und Brombeeren, und ich kann mich nicht erinnern, daß er jemals dicke Suppen bestellt hätte – aber Montag abend bestellte er dicke Tomatensuppe, Steak, Nierenpastete und Brombeertorte. Es sah so aus, als ob er gar nicht bemerkte, was er bestellte!«

»Wissen Sie«, sagte Hercule Poirot, »das finde ich außerordentlich interessant.«

Molly schaute befriedigt drein und ließ die beiden Gäste wieder allein.

»Nun, Poirot«, sagte Henry Bonnington kichernd. »Gib ein paar Folgerungen von dir, und zwar von deiner besten Sorte.«

»Ich würde lieber zuerst deine Schlüsse hören.«

»Du willst, daß ich Watson spiele, äh? Nun gut, der alte

Knabe ging zum Doktor, und der verschrieb ihm mal eine andere Kost.«

»Dicke Tomatensuppe, Steak, Nierenpastete und Brombeertorte? Ich kann mir keinen Arzt vorstellen, der so etwas tut.«

»Du braucht es nicht zu glauben, alter Junge. Die Ärzte verschreiben doch die unmöglichsten Sachen.«

»Ist das die einzige Lösung, die dir einfällt?«

Henry Bonnington antwortete: »Im Ernst, ich glaube, es gibt dafür wahrscheinlich eine Erklärung. Unser unbekannter Freund war über irgend etwas sehr erregt. Er war einfach so verstört, daß er nicht wahrnahm, was er bestellte oder aß.« Er schwieg einen Moment lang und sagte dann: »Du wirst mir gleich als nächstes sagen, daß du ganz genau weißt, was in ihm vorging. Vielleicht wirst du mir sagen, daß er gerade den Entschluß gefaßt habe, einen Mord zu begehen.« Er lachte über seine eigene Annahme.

Hercule Poirot lachte nicht.

Er mußte sich selbst eingestehen, daß er in diesem Moment ernstlich beunruhigt war. Er behauptete später, er hätte damals schon ahnen müssen, daß möglicherweise etwas geschehen würde, obwohl ihm seine Freunde versicherten, daß so eine Ahnung ziemlich unbegründet gewesen wäre.

Etwa drei Wochen waren vergangen, als Hercule Poirot und Bonnington einander zufällig in der Untergrundbahn wiedertrafen. Sie nickten einander zu, während sie sich an den nebeneinanderhängenden Gurten festhielten und von einer Seite zur anderen schwankten. Am Piccadilly Circus stiegen sehr viele Leute aus. Die beiden fanden zwei Sitzplätze im vorderen Teil – es war eine ruhige Ecke, weil hier weder jemand ein- noch ausstieg. »So ist es besser«, sagte Mr. Bonnington. »Die Menschen sind doch ein egoistisches Volk. Du kannst sie bitten, nach vorn zu gehen, sooft du willst, sie tun es einfach nicht!«

Hercule Poriot zuckte die Achseln. »Was kannst du nun tun?« fragte er. »Das Leben ist zu unsicher.«

»Da hast du recht. Heute lebst du, und morgen bist du vielleicht schon tot«, sagte Mr. Bonnington ein wenig trübsinnig, aber doch genießerisch. »Und weil wir gerade davon sprechen, fällt mir etwas ein. Erinnerst du dich noch an den alten Knaben, den wir im ›Gallant Endeavour‹ gesehen haben? Ich würde mich nicht wundern, wenn er schon in eine bessere Welt verschwunden wäre. Seit einer Woche hat er sich nicht mehr sehen lassen. Molly macht sich darüber ziemliche Sorgen.«

Hercule Poirot saß plötzlich aufrecht. Es blitzte in seinen grünen Augen. »Ist das wahr?« fragte er. »Bist du sicher.«

»Erinnerst du dich, daß ich gemeint hatte, er sei zu einem Arzt gegangen und er hätte ihm eine bestimmte Kost verschrieben? Die Sache mit der Kost war natürlich Blödsinn, aber ich würde mich nicht wundern, wenn er wegen seiner Gesundheit wirklich zum Arzt gegangen wäre und der ihm etwas gesagt hätte, was ihn völlig aus dem Gleichgewicht brachte. Das würde erklären, warum er irgendwelche Gerichte von der Karte bestellte, ohne zu merken, was er eigentlich tat. Sehr wahrscheinlich hat ihn der Schock zu einem noch früheren Zeitpunkt aus dieser Welt befördert als ohnehin vorgesehen war. Die Ärzte sollten sich genauer überlegen, was sie sagen.«

»Im allgemeinen tun sie das«, antwortete Poirot.

»Ich muß hier aussteigen«, sagte Mr. Bonnington. »Auf Wiedersehen. Glaube bloß nicht, daß wir jemals erfahren, wer der alte Knabe war. Nicht einmal seinen Namen werden wir erfahren. Die Welt ist doch komisch.« Er eilte aus dem Wagen.

Hercule Poirot saß grübelnd da. Es sah so aus, als hielt er die Welt nicht für so komisch. Er ging nach Hause und gab George, seinem Diener, einige Anweisungen.

Kurze Zeit darauf fuhr Hercule Poirot mit dem Finger eine Liste entlang, die die Namen aller kürzlich Verstorbenen in einem bestimmten Stadtteil enthielt. Plötzlich hielt sein Finger inne. »Gascoigne, 69. Ich sollte es zunächst mal mit ihm versuchen.«

Ein paar Stunden später saß Hercule Poirot in der Praxis von Dr. MacAndrews ganz in der Nähe der King's Road. MacAndrews war Schotte, er war groß, rothaarig und hatte ein intelligentes Gesicht.

»Gascoigne?« sagte er. »Ja, das stimmt. Er war ein exzentrischer alter Kauz. Er lebte allein in einem dieser baufälligen alten Häuser, die jetzt abgerissen werden, weil man dort einen modernen Häuserblock errichten will. Er war nie mein Patient gewesen, aber ich kümmerte mich um ihn, ich kannte ihn. Dem Milchmann war es als erstem aufgefallen, denn die Milchflaschen sammelten sich draußen. Schließlich benachrichtigten die Nachbarn die Polizei. Polizisten brachen die Tür auf und fanden ihn. Er war die Treppe hinuntergefallen und hatte sich den Hals gebrochen. Er trug einen alten Morgenmantel, dessen Gürtel zerrissen war. Wahrscheinlich hatte ihn das zum Stolpern gebracht.«

»Ich verstehe«, sagte Hercule Poirot. »Es war ganz einfach – ein Unfall.«

»Ja.«

»Hatte er Verwandte?«

»Einen Neffen. Er besuchte ihn immer einmal im Monat. Lorrimer heißt er, George Lorrimer. Er ist auch Arzt. Er wohnt in Wimbledon.«

»War er über den Tod des alten Mannes bestürzt?«

»Ich weiß nicht, ob ich es so nennen kann. Ich meine, er fühlte sich zu dem alten Mann hingezogen, aber eigentlich kannte er ihn nicht sehr gut.«

»Wie lange war Mr. Gascoigne schon tot, als man ihn fand?«

»Ach«, sagte Dr. MacAndrews, »jetzt kommen wir auf das Dienstliche zu sprechen. Er war seit nicht weniger als achtunddreißig Stunden und nicht länger als zweiundsiebzig Stunden tot. Man fand ihn am Sechsten, frühmorgens. Wir wissen noch mehr. Ein Brief steckte in der Tasche seines Morgenmantels. Der war am Dritten geschrieben und nachmittags in Wimbledon aufgegeben worden; er müßte etwa gegen einundzwanzig Uhr zwanzig ins Haus gebracht worden sein. Das bedeutet, daß er am Dritten, abends, nach einundzwanzig Uhr zwanzig gestorben ist. Der Mageninhalt und die Verdauungsprozesse stimmten mit dieser Zeit überein. Er hatte zwei Stunden bevor er starb gegessen. Ich untersuchte ihn am Sechsten, frühmorgens, und sein Zustand entsprach ziemlich genau einem Todeseintritt am Dritten, gegen zweiundzwanzig Uhr, also sechzig Stunden vorher.«

»Das paßt scheinbar alles großartig! Sagen Sie, wann sah man ihn zuletzt lebend?«

»Er wurde in der King's Road am gleichen Abend gesehen, Donnerstag, dem Dritten, und aß um neunzehn Uhr dreißig im ›Gallant Endeavour‹. Er scheint dort immer donnerstags gegessen zu haben. Er war Künstler, müssen Sie wissen, wenn auch kein sehr bedeutender.«

»Hatte er außer diesem Neffen keine andere Verwandschaft?«

»Doch, einen Zwillingsbruder. Die ganze Geschichte ist ziemlich verworren. Seit Jahren hatten sie sich nicht mehr gesehen. Sein Bruder, Anthony Gascoigne, hatte wohl eine sehr reiche Frau geheiratet und die Kunst an den Nagel gehängt. Deswegen hatten sich die Brüder zerstritten. Und seit dieser Zeit haben sie sich meiner Meinung nach nicht mehr gesehen. Aber seltsamerweise starben sie beide am gleichen Tag. Der ältere Zwillingsbruder starb am Dritten, so gegen drei Uhr nachmittags. Ich habe schon einmal von einem Fall gehört, daß Zwillinge am gleichen Tag starben, obwohl sie durch Länder voneinander getrennt waren. Wahrscheinlich war es nur Zufall, aber das hier ist wieder so ein Fall.«

»Lebt die Frau des Zwillingsbruders noch?«

»Nein, sie starb vor Jahren.«

»Wo wohnte Anthony Gascoigne?«

»Er hatte ein Haus auf dem Kingston Hill. Nach dem, was Dr. Lorrimer mir erzählte, glaube ich, daß er sehr zurückgezogen gelebt hat.«

Hercule Poirot nickte nachdenklich.

Der Schotte sah ihn aufmerksam an.

»Was beschäftigt Sie eigentlich so, Monsieur Poirot?« fragte er unvermittelt. »Ich habe Ihre Fragen beantwortet. Das mußte ich ja wohl, nachdem Sie mir Ihren Ausweis zeigten. Aber was ist denn nun los? Haben Sie etwa einen Verdacht?«

Poirot sagte langsam: »Sie sagten, es sei ganz einfach ein Sturz gewesen. Was ich dagegen denke, ist genauso einfach – es handelt sich ganz einfach um einen Stoß.«

Mr. MacAndrews sah ihn erschrocken an.

»Mit anderen Worte: Mord! Haben Sie irgendwelche Gründe für diese Annahme?«

»Nein«, antwortete Poirot. »Ich vermute es nur.«

»Aber selbst dafür müssen Sie doch einen Grund haben«, beharrte der andere.

Poirot antwortete nicht darauf, und der andere fuhr fort:

»Wenn Sie seinen Neffen Lorrimer verdächtigen, so kann ich Ihnen ganz offen und ehrlich sagen, daß Sie auf dem Holzweg sind. Lorrimer spielte Brigde in Wimbledon von zwanzig Uhr dreißig bis Mitternacht. Das stellte sich bei den Untersuchungen heraus.«

»Wahrscheinlich ist das wirklich wahr«, murmelte Poirot, »die Polizei arbeitet sorgfältig.«

»Wissen Sie vielleicht etwas, was gegen ihn spricht?«

»Nein, durchaus nicht. Dieser Fall ist das typische Verbrechen menschlicher Bestien. Das ist wichtig. Und der Tod von Mr. Gascoigne paßt nicht in das Konzept. Es stimmt alles nicht, wissen Sie.«

»Ich verstehe nicht, wirklich nicht.«

Poirot murmelte: »Das Problem ist, daß schlechter Fisch unter zu viel Sauce versteckt wurde.«

»Aber verehrtester Monsieur, wie soll ich das verstehen?«

Hercule Poirot lächelte, dann sagte er:

»Sie werden mich wohl bald in eine Irrenanstalt bringen lassen, *Monsieur le docteur*, aber ich bin doch kein Verrückter, sondern nur jemand, der geordnete Verhältnisse und methodisches Arbeiten liebt. Es quält mich, wenn ich mit einer Tatsache konfrontiert werde, die keine ist. Verzeihen Sie mir, daß ich Sie so lange aufgehalten habe.«

Er erhob sich, und auch der Arzt stand auf.

»Ich muß Ihnen ganz ehrlich meine Meinung sagen«, fuhr MacAndrews fort. »Der Tod von Henry Gascoigne erregt in mir nicht den leisesten Verdacht. Nach meiner Ansicht fiel er die Treppe hinunter, nach Ihrer Ansicht stieß ihn jemand hinunter. Es hängt alles – nun ja – in der Luft. Genaues weiß man nicht.«

Hercule Poirot seufzte.

»Ja«, sagte er. »Es ist die Arbeit eines Fachmannes. Irgend jemand hat gute Arbeit geleistet.«

»Sie glauben immer noch . . .?«

Der kleine Mann spreizte die Hände. »Ich bin hartnäckig, nicht wahr? Ich habe eine Vermutung, und sonst habe ich nichts, was diese bloße Vermutung bestätigen könnte. Hatte Henry Gascoigne übrigens ein Gebiß?«

»Nein, seine Zähne waren tadellos in Ordnung. In seinem Alter übrigens recht bemerkenswert.«

»Pflegte er sie gut?« Waren sie weiß und sorgfältig geputzt?«

»Ja, sie sind mir sogar als besonders weiß aufgefallen. Im allgemeinen werden Zähne im Alter leicht etwas gelblich. Aber seine waren weiß und gesund.«

»Waren sie nicht verfärbt?«

»Nein. Ich glaube, er rauchte auch nicht. Das war es doch, was Sie wissen wollten?«

»So genau wollte ich es nicht wissen. Es war nur ein kühner Vorstoß, ein Versuch, der wahrscheinlich zu nichts führen wird. Auf Wiedersehen, Dr. MacAndrews, ich danke Ihnen für Ihre Mühe.«

Er gab dem Arzt die Hand und ging.

»Und nun auf zu dem Versuch«, murmelte er vor sich hin.

Im »Gallant Endeavour« setzte er sich an denselben Tisch, an dem er schon mit Bonnington gesessen hatte.

Molly war nicht da. Eine andere Kellnerin bediente ihn. Sie erzählte ihm, Molly sei verreist.

Es war erst neunzehn Uhr und noch ziemlich leer, so konnte Hercule Poirot ohne Schwierigkeiten das Mädchen in ein Gespräch über den alten Mr. Gascoigne verwickeln.

»Ja«, sagte sie. »Seit Jahren kam er hierher, aber keiner von uns kannte seinen Namen. Wir suchten nach dem Artikel in der Zeitung über die Untersuchungen und so, da sahen wir sein Foto. ›Da‹, sagte ich zu Molly, ›das ist doch unser alter Großvater‹, so nannten wir ihn immer.«

»Er aß hier auch an dem Abend, an dem er starb, nicht wahr?«

»Ja, das stimmt. Es war am Donnerstag, dem Dritten. Er kam immer donnerstags hierher. Dienstags und donnerstags, pünktlich wie eine Uhr.«

»Ich nehme an, Sie erinnern sich nicht mehr an seine Bestellung, oder doch?«

»Tja, warten Sie mal, es war Currysuppe, ja, ganz bestimmt, dann Rindfleischpastete – oder war es Hammel? – nein, es war Pastete, das stimmt auch, und dann Brombeer- und Apfeltorte und Käse. Da muß sich einer vorstellen, daß er nach Hause ging und noch am gleichen Abend die Treppe hinunterfällt. Man sagt, der zerschlissene Gürtel seines Morgenmantels wäre der Grund gewesen. Seine Kleider sahen immer so schäbig aus, wissen Sie, altmodisch, abgetragen und ungepflegt. Aber trotz allem, er verbreitete so ein gewisses Etwas um sich herum, als ob er was Großes wäre. O ja, es kommen schon interessante Gäste zu uns.«

Sie machte sich davon.

Hercul Poirot aß sein Seezungenfilet. In seinen Augen blitzte es grün.

»Zu merkwürdig«, sagte er zu sich selbst, »auch die klügsten Leute übersehen Details. Das wird Bonnington interessieren.« Nachdem er sich Empfehlungsschreiben von einer bestimmten einflußreichen Stelle hatte geben lassen und also wohlgewappnet war, bedeutete es für Hercule

Poirot keine Schwierigkeit mehr, mit dem Untersuchungs-
richter des Distrikts eine Unterredung zu vereinbaren.

»Eine sonderbare Person war doch dieser verstorbene
Gascoigne«, bemerkte er. »Ein alter, exzentrischer Bursche. Aber sein Tod scheint ein ungewöhnliches Interesse
hervorzurufen?«

Während er sprach, betrachtete er neugierig seinen Besucher. Hercule Poirot wählte seine Worte sorgfältig.

»Monsieur, es sind Umstände damit verbunden, die eine
Untersuchung wünschenswert erscheinen lassen.«

»Nun gut, wie kann ich Ihnen helfen?«

»Ich glaube, es liegt in Ihrer Verfügungsgewalt, Doku-
mente zu vernichten, die Ihrem Gericht vorgelegt wurden.
Oder auch, sie in Verwahrung zu nehmen, je nachdem,
was Sie für richtig halten. Nun, ein bestimmter Brief
wurde in der Tasche des Morgenmantels von Henry Gascoigne gefunden, ist es nicht so?«

»Ja, ganz recht.«

»Ein Brief von seinem Neffen Dr. George Lorrimer?«

»Richtig. Bei der gerichtlichen Untersuchung wurde der
Brief vorgelegt, um die Zeit des Todes bestimmen zu können.«

»Das gerichtsmedizinische Gutachten bestätigt wohl die
angegebene Zeit?«

»Ja, genau.«

»Ist dieser Brief noch vorhanden?«

Hercule Poirot wartete ungeduldig auf die Antwort. Als er
erfuhr, daß der Brief noch zur Untersuchung verfügbar
war, atmete er erleichtert auf.

Als er ihm schließlich vorgelegt wurde, studierte er ihn
sehr sorgfältig. Er war mit Tinte in leicht verkrampfter
Schrift geschrieben.

Der Brief lautete:

Lieber Onkel Henry,
leider muß ich Dir mitteilen, daß ich bei Onkel Anthony
keinen Erfolg gehabt habe. Er zeigte keine Begeisterung,
als ich ihm von Deinem Plan, ihn zu besuchen, erzählte,
und reagierte nicht auf Deinen Wunsch, Vergangenes
doch zu vergessen. Er ist natürlich sehr krank, und seine
Gedanken sind häufig ganz abwesend. Ich könnte mir
denken, daß sein Ende schon sehr nahe ist. Er schien sich
Deiner kaum noch zu erinnern. Es tut mir leid, daß ich
Dich enttäuschen muß, aber Du kannst sicher sein, daß ich
mein Bestes tat.      Dein Dich liebender George Lorrimer

Der Brief war auf den dritten November datiert. Poirot betrachtete den Stempel auf dem Briefumschlag. Er war am
dritten November um sechzehn Uhr dreißig gestempelt.
»Das ist doch völlig in Ordnung, nicht wahr?« murmelte
er.
Kingston Hill war sein nächstes Ziel. Nach einigen Mühen
und gutgelaunter Hartnäckigkeit erhielt er ein Interview
mit Amelia, der Köchin und Haushälterin des kürzlich
verstorbenen Anthony Gascoigne. Anfangs war sie voll
Mißtrauen und sehr reserviert, aber der Charme und die
Herzlichkeit dieses merkwürdigen Ausländers hätten
auch einen Stein erweicht. Mrs. Amelia wurde immer auf-
geschlossener.
Wie schon so viele Frauen vor ihr schüttete sie ihr Herz
einem wirklich teilnahmsvollen Zuhörer aus. Vierzehn
Jahre lang hatte sie für Mr. Gascoigne den Haushalt geführt. – Es war keine leichte Sache gewesen. O nein, wirklich nicht! So manche Frau wäre unter der Bürde, die sie zu
tragen hatte, zusammengebrochen. Der alte Herr war ex-
zentrisch. Er verheimlichte es auch nicht. Dazu war er bemerkenswert geizig, es war bei ihm eine Art Sucht. Dabei
war er doch so reich. Trotzdem hatte Mrs. Amelia ihm treu
gedient, hatte all seine Grillen ertragen und hatte natürlich

auch zumindest eine Geste des Dankes erwartet. Aber nein, nichts dergleichen. Es existierte nur ein altes Testament, in dem er all sein Geld seiner Frau oder, falls sie ihn nicht überlebte, seinem Bruder Henry vermachte. Schon vor Jahren hatte er das Testament aufgesetzt. Und es erschien ihr sehr ungerecht!

Allmählich gelang es Hercule Poirot, sie von ihrem Hauptthema, ihrer unbefriedigten Gier, abzubringen. Es war tatsächlich herzlos und ungerecht, ja, ja, da hatte sie ganz recht. Man konnte Mrs. Amelia nicht verdenken, daß sie verletzt und empört war. Mr. Gascoigne war für seinen Geiz bekannt gewesen. Man erzählte sich sogar, daß er selbst seinem einzigen Bruder nicht geholfen hätte. Wahrscheinlich wußte Mrs. Amelia darüber Bescheid.

»Dann war das also der Grund, weshalb Dr. Lorrimer ihn besuchte?« fragte Mrs. Amelia. »Ich wußte, daß es irgend etwas mit seinem Bruder zu tun hatte, aber ich dachte, er wollte sich nur aussöhnen. Sie hatten sich vor Jahren zerstritten.«

»Ich habe erfahren«, sagte Poirot, »daß Mr. Gascoigne sich entschieden weigerte.«

»Das ist völlig richtig«, stimmte ihm Mrs. Amelia zu. »›Henry‹, sagte er ziemlich schwach. ›Was soll ich mit Henry. Ich habe ihn seit Jahren nicht mehr gesehen, und ich will ihn auch in Zukunft nicht sehen. Henry ist zänkisch.‹ Das war alles, was er dazu gesagt hat.«

Die Unterhaltung wandte sich dann wieder Mrs. Amelias eigenen Kümmernissen zu. Man sprach auch vom Rechtsanwalt des kürzlich verstorbenen Mr. Gascoigne, der ebenfalls für sie kein Verständnis zeigte.

Mit einiger Mühe gelang es schließlich Hercule Poirot, sich zu verabschieden, ohne die Unterhaltung zu abrupt abzubrechen.

Kurz nach dem Abendessen stand Hercule Poirot vor der Wohnung des Dr. George Lorrimer in Elmcrest, Dorset Road, Wimbledon.

Der Arzt war zu Hause, und Poirot wurde in die Praxis

geführt. Dr. George Lorrimer begrüßte ihn freundlich. Anscheinend war er gerade vom Abendbrottisch aufgestanden.

»Ich bin kein Patient, Herr Doktor«, sagte Hercule Poirot. »Mein Besuch mag vielleicht aufdringlich erscheinen, aber ich bin ein alter Mann, und ich glaube daran, daß man schnell, offen und ehrlich handeln soll. Ich mache mir nichts aus Rechtsanwälten und ihren überaus umständlichen Verhandlungsmethoden.«

Er hatte zweifellos das Interesse Lorrimers geweckt. Der Arzt war mittelgroß und makellos rasiert. Er hatte braunes Haar, seine Wimpern waren allerdings beinahe weiß, was seinen Augen ein blasses, farbloses Aussehen verlieh. Er gab sich lebhaft und humorvoll.

»Rechtsanwälte?« fragte er und hob die Augenbrauen. »Ich hasse diese Burschen. Sie erwecken meine Neugier, mein Herr. Aber bitte, setzen Sie sich doch.«

Poirot setzte sich, holte eine seiner dienstlichen Visitenkarten heraus und reichte sie dem Arzt.

George Lorrimers weiße Wimpern zuckten.

Poirot beugte sich vertraulich vor. »Ein großer Teil meiner Klienten sind Frauen«, sagte er.

»Natürlich«, sagte Dr. Lorrimer verstört und zwinkerte flüchtig mit den Augen.

»Sie haben mit ihrem ›natürlich‹ ganz recht«, stimmte ihm Poirot bei. »Frauen trauen der Polizei nicht, sie bevorzugen Detektive. Sie wollen nicht, daß ihre Probleme an die Öffentlichkeit dringen. Vor einigen Tagen kam eine ältere Dame zu mir. Sie machte sich Sorgen wegen ihres Mannes, mit dem sie sich vor Jahren zerstritten hatte. Dieser Mann war Ihr Onkel, Mr. Gascoigne, der erst vor kurzem gestorben ist.«

George Lorrimers Gesicht lief dunkelrot an.

»Mein Onkel? Unsinn! Seine Frau starb vor vielen Jahren.«

»Ich meine nicht Ihren Onkel Mr. Anthony Gascoigne, sondern Ihren Onkel Henry Gascoigne.«

»Onkel Henry? Aber der war doch gar nicht verheiratet!«

»O doch, natürlich war er das«, log Hercule Poirot, ohne rot zu werden. »Daran besteht gar kein Zweifel. Die Dame brachte sogar ihre Heiratsurkunde mit.«

»Das ist eine Lüge!« schrie George Lorrimer. Sein Gesicht war nun krebsrot. »Ich glaube das nicht. Sie sind ein unverschämter Lügner.«

»Es ist zu schade, nicht wahr?« sagte Poirot. »Sie haben ganz umsonst einen Mord begangen.«

»Mord?« Lorrimers Stimme zitterte. Aus seinen Augen starrte Entsetzen.

»Übrigens«, sagte Poirot, »ich sehe, Sie haben wieder Brombeertorte gegessen. Das ist eine unvernünftige Angewohnheit. Man sagt zwar, daß Brombeeren sehr viele Vitamine enthalten, aber andererseits können sie auch tödlich wirken. Diesmal habe ich so ziemlich den Eindruck, daß sie dazu beitragen, den Strick um den Hals eines Mannes zu legen – um Ihren Hals nämlich, Dr. Lorrimer.«

»Du siehst, *mon ami*, dein Fehler bestand darin, daß du von vornherein von einer falschen Annahme ausgegangen bist.«

Hercule Poirot, der seinen Freund gelassen über den Tisch hinweg anstrahlte, machte eine erklärende Handbewegung. »Wenn sich ein Mann über irgend etwas Sorgen macht, tut er in diesem Augenblick bestimmt nicht gerade das, was er vorher noch nie getan hat. Er wählt dann eher automatisch den Weg des geringsten Widerstandes. Es ist denkbar, daß er vielleicht zum Essen im Pyjama herunterkommt, aber es wird sein eigener Pyjama sein, nicht der eines anderen.

Jemand, der keine dicke Suppe, Nierenpastete und auch keine Brombeeren mag, bestellt sich nicht alle diese drei Dinge auf einmal an einem Abend, an dem er den Kopf voller Gedanken hat. Du glaubst, er handelt so, weil er an etwas anderes denkt, ich glaube aber, daß jemand, der sich intensiv mit etwas anderem beschäftigt, sich automatisch das Essen bestellt, das er schon zuvor häufig gegessen hat.

*Eh bien*, was hätte es denn für eine andere Erklärung geben können? Mir fiel einfach keine vernünftige ein. Ich war beunruhigt. Es stimmte alles nicht an diesem Vorfall. Nichts reimte sich. Ich denke methodisch, und mir gefällt es nicht, wenn die Dinge nicht zueinander passen. Mr. Gascoignes Bestellung machte mir Sorgen.

Dann erzähltest du mir, daß der Mann verschwunden sei. Er war zum erstenmal seit Jahren weder am Dienstag noch am Donnerstag erschienen. Das gefiel mir noch weniger. Ich hatte plötzlich eine ganz eigentümliche Vermutung. Der Mann war gestorben, wenn meine Ahnung mich nicht täuschte. Ich forschte nach. Der Mann war tot. Es war ein hübscher, sauberer Tod, da gab es gar keine Zweifel. Mit anderen Worten: Der schlechte Fisch war unter einer Sauce versteckt worden.

Man hatte ihn um sieben Uhr in der King's Road gesehen. Er hatte hier um sieben Uhr dreißig gegessen – zwei Stunden bevor er starb. Das Beweismaterial wies keine Lücke auf – es stimmte alles, sowohl der Mageninhalt als auch der Brief. Es war aber zuviel Sauce. Man konnte nicht mal den Fisch sehen!

Der liebe Neffe schrieb einen Brief, der liebe Neffe hatte ein wunderschönes Alibi, als Gascoigne starb. Ein ganz normaler Tod – ein Sturz. Ein normaler Unglücksfall? Ein normaler Mord? Jeder glaubte an das erstere.

Der liebe Neffe überlebte als einziger. Der liebe Neffe will erben – aber gibt es überhaupt etwas zu erben? Der Onkel ist bekanntlich arm. Aber es gibt einen Bruder, der vor langer Zeit eine reiche Frau geheiratet hat. Und der Bruder lebt in einem großen, vornehmen Haus auf dem Kingston Hill. Anscheinend hat ihm also seine reiche Frau das ganze Geld vermacht. Du siehst die Logik – die reiche Gattin vererbt ihr Geld Anthony, Anthony vererbt es Henry, und Henrys Geld geht an George – es ist eine perfekte Kette.«

»Das ist alles in der Theorie ja ganz schön«, sagte Bonnington, »aber was hast du eigentlich getan?«

»Wenn du erst einmal weißt, was los ist, bekommst du auch gewöhnlich heraus, was du wissen willst. Henry war zwei Stunden nach einer Mahlzeit gestorben. Mit dieser Feststellung begnügte sich die Untersuchung. Aber man könnte sich auch vorstellen, daß diese Mahlzeit nicht abends, sondern mittags eingenommen wurde. Versetz dich in Georges Lage. George braucht dringend Geld. Anthony Gascoigne liegt im Sterben, aber sein Tod nützt George nichts. Das Geld erbt Henry, und Henry Gascoigne kann noch Jahre leben. Daher muß auch Henry sterben, und je schneller, um so besser. Aber er muß *nach* Anthony sterben, und zur gleichen Zeit muß George ein Alibi haben. Da er ein vorsichtiger Bursche ist, erprobt er erst einmal seinen Plan. Er spielt die Rolle seines Onkels am Montag abend in dem betreffenden Restaurant. Es klappt alles tadellos. Jeder hält ihn für den Onkel. Er ist zufrieden. Er braucht nur so lange zu warten, bis Onkel Anthony endlich soweit ist und stirbt. Der Zeitpunkt kommt. Er schreibt am zweiten November nachmittags einen Brief an seinen Onkel, aber er datiert ihn auf den dritten November. Er fährt am Dritten nachmittags hierher in die Stadt, besucht seinen Onkel und führt seinen Plan aus. Er gibt dem Onkel Henry einen starken Stoß, und schon fällt der die Treppe hinunter. George sucht nach dem Brief, den er geschrieben hat, und den schiebt er in die Morgenmanteltasche seines Onkels. Um halb acht ist er im ›Gallant Endeavour‹, der Bart, die buschigen Augenbrauen, alles ist perfekt. Man hegt keine Zweifel: Mr. Henry Gascoigne lebt noch um diese Zeit. Dann vollzieht sich eine schnelle Metamorphose in der Toilette, und zurück geht's im Eiltempo nach Wimbledon zu einem Bridge-Abend. Das Alibi ist perfekt.«

Mr. Bonnington sah ihn an. »Aber der Stempel auf dem Brief?«

»Oh, das war einfach. Der Stempel war verschmiert. Warum? Er war mit Ausziehtusche vom zweiten in den dritten November geändert worden. Du hättest es nicht bemerkt, wenn du nicht danach gesucht hättest. Und dann war da noch die Sache mit den Schwarzdrosseln.«

»Schwarzdrosseln?«

»Vierundzwanzig Schwarzdrosseln in Pastete gebacken. So nennt man doch bei euch hier die Brombeeren. Gut, sagen wir Brombeeren, wenn du ganz genau sein willst. Du mußt wissen, Georges Schauspielkunst hat trotz allem nicht gereicht. Erinnerst du dich noch an die Geschichte mit dem Jungen, der sich mit schwarzer Farbe anmalte, um Othello zu spielen? Du mußt ein so guter Schauspieler sein wie er, wenn du ein perfektes Verbrechen begehen willst. George sah wie sein Onkel aus, er ging wie sein Onkel und sprach wie sein Onkel, und er trug den Bart und die Augenbrauen seines Onkels, aber – er vergaß, wie sein Onkel zu essen. Er bestellte sich, was er selbst gerne aß. Brombeeren nämlich, und Brombeeren verfärben die Zähne. Die Zähne der Leiche waren aber nicht verfärbt, und trotzdem aß Henry Gascoigne an diesem Abend Brombeeren im ›Gallant Endeavour‹. In seinem Magen fand man keine Brombeeren. Ich erkundigte mich heute morgen danach. Und George war so dumm gewesen, den Bart und den Rest der Aufmachung zu behalten. Oh! Es gibt eine Menge Beweismaterial, wenn man erst einmal danach sucht. Ich besuchte George und brachte ihn aus der Fassung. Und das war das Ende. Er aß übrigens schon wieder Brombeeren. Der Bursche ist vielleicht gierig – er ißt gerne. *Eh bien*, wenn ich mich nicht sehr täusche, wird diese Gier ihn jetzt an den Galgen bringen.«

Die Kellnerin brachte ihnen zwei Portionen Brombeer-Apfel-Torte.

»Nehmen Sie die Torte bitte wieder mit«, sagte Mr. Bonnington. »Man kann nie vorsichtig genug sein. Bringen Sie mir eine kleine Portion Sagopudding.«

# Die Aasgeier

James Holding

Als Jane Farquhar auf dem Hügel hinter ihrem Hotel den Kadaver ihres Hundes Duke entdeckte, wurde ihr klar, daß der Amerikaner mehr Interesse an ihrem Schmuck hatte als an ihr selbst. Um ihn zu bekommen, würde er auch vor einem Mord nicht zurückschrecken.

Sie sah auf den erstarrenden Körper der großen Dogge. Die verkrampfte Haltung und der im Schmerz aufgerissene Rachen ließen keinen Zweifel an der Todesursache zu: Gift.

Erst kam der Schock, dann der Schmerz, dann der Zorn. Die Empörung überwältigte sie, und jedes Gefühl für diesen Mann war wie ausgelöscht. Auch wenn seine Behauptung stimmte, er sei ihr letzter noch lebender Verwandter, das letzte Blatt am letzten Zweig der amerikanischen Linie der Farquhar. Als sie vor ihrer vergifteten Dogge stand, wußte sie plötzlich, daß Arthur Campbell den Schmuck haben wollte und sonst nichts.

Er war mit einem gemieteten Plymouth aus Hluhluwe gekommen, angeblich auf einer Rundreise durch Südafrika zur Besichtigung von Diamantenfeldern, Goldminen und Großwildreservaten. Als Höhepunkt seiner Urlaubsreise hatte er sich – wie er sagte – einen Besuch im Upland Hotel in Swaziland vorgenommen, von dem er wußte, daß es seiner einzigen Verwandten Jane Farquhar gehörte.

Natürlich hieß ihn Jane herzlich willkommen. Sie fand ihn sympathisch und gut aussehend. Bald ließ er sie merken, daß ihr naiver Charme und ihre sehr weibliche Figur es hm angetan hatten. Er selbst war groß und hatte auffallend helle Augen. Seine weiche Stimme entschädigte für seine ein wenig gewöhnliche Art.

Jane wies ihm die größte und luftigste der runden Hütten an, die zum Hotel gehörten. Die übernächste war ihre eigene, in der sie schlief, um wenigstens nachts vor den Fragen der Gäste und Angestellten sicher zu sein, die zum größten Teil im Hauptgebäude untergebracht waren.

Am ersten Abend, nach dem Essen, sagte er: »Schön, daß wir uns kennengelernt haben. Mutter sagte immer, du seiest die letzte Farquhar, ich sollte dich einmal besuchen. Und hier bin ich.«

»Ich freue mich auch, dich kennenzulernen«, erwiderte Jane lächelnd. »Man stelle sich vor – ich habe einen Vetter! Woher hat deine Mutter von mir gehört?«

»Sie war in unserer Familiengeschichte sehr bewandert«, erinnerte sich Campbell, »und wußte Dinge, die Jahrhunderte zurücklagen. Das will bei uns Amerikanern was heißen.«

»Und wie war sie mit den Farquhars verwandt?«

»Sie war selbst eine Farquhar. Die letzte dieses Namens in Amerika. Wir beide sind nur um zwanzig Ecken herum verwandt, aber doch – Vetter und Kusine.«

»Wie nett«, sagte Jane.

»Das kann man wohl sagen.« Er sah sie anerkennend an. »Mutter erzählte, die Familie hätte sich um achtzehnhundertzwanzig herum geteilt. Es sollen drei Brüder gewesen sein. Der jüngste wanderte nach Amerika aus, der älteste nach Afrika, und der mittlere blieb in Schottland. Du bist die letzte der afrikanischen, ich der letzte der amerikanischen Linie. Der schottische Zweig ist vor hundert Jahren ausgestorben.«

»So ungefähr hat es mir mein Vater erklärt«, sagte sie, »nur hatte er nicht gewußt, daß es noch einen lebenden Nachkommen der amerikanischen Linie gab. Du ahnst nicht, wie ich mich freue, einen Verwandten zu haben, Arthur. Auch wenn er nur um tausend Ecken mit mir verwandt ist.«

»Mir geht es genauso, Jane.« Seine tiefe Stimme klang weich und einschmeichelnd. »Mutter war wirklich beschlagen in der Ahnenforschung. Und doch hatte sie einen seltsamen Tick.«

Jetzt kam es. Wie immer, wenn ein Fremder auf den Edelstein zu sprechen kam, beschlich Jane ein unbehagliches Gefühl. Aber er war ja kein Fremder, überlegte sie erleichtert. Er gehörte zur Familie, er war der einzige Angehörige, den sie noch hatte.

Sie fragte: »Was meinst du damit?«

»Irgendwas von einem seltenen Erbstück in einem Zweig der Familie, Jane. Mutter behauptete, es sei im Besitz deines Vaters als dem Haupt der Familie. Sie nannte es das Kronjuwel, aber sie dürfte kaum viel darüber gewußt haben. Nur, daß du es nach dem Tode deines Vaters geerbt hast.«

Jane schwieg. Der Mann gefiel ihr. Sie fühlte sich nicht mehr so allein. Langsam sagte sie: »Ja, wir haben ein Erbstück, Arthur.«

Die hellen Augen des Amerikaners verengten sich. »Erzähl mir davon, Jane.«

Sie streichelte Duke, der seinen Kopf auf ihre Füße gelegt hatte. »Also«, begann sie, »es stammt von Maria Stuart. Ihr erster Mann, der Dauphin von Frankreich, schenkte es ihr am Hochzeitstag.«

»Mary, Königin von Schottland! Sie steht sogar in unseren Geschichtsbüchern.« Er runzelte die Stirn, und sie mußte lachen. »Wie sieht denn das Schmuckstück aus?« fragte er nachdenklich und hüstelte leicht.

»Es ist wirklich sehr schön. Es hängt an einer schweren goldenen Kette. Eigentlich ist es ein Anhänger. Er besteht aus einem großen, sehr großen Rubin in einem Kranz von dreiunddreißig Brillanten. Keiner davon unter vier Karat.«

Sie sah ihren Vetter an. Er schien beeindruckt.

»Die blauen, lupenreinen Brillanten sind in einem breiten Goldreif um den Rubin gefaßt. Nur der Rubin ist leicht asymmetrisch und nicht ganz lupenrein, wie man mir sagte.«

Der Amerikaner drückte seine Zigarette aus. »Klingt phantastisch«, sagte er einschmeichelnd. »Aber wie ist es in eure Familie geraten?«

»Willst du damit sagen, wir hätten es gestohlen?« fragte sie lachend. »Nein, es wurde uns geschenkt. Vor ihrer Hinrichtung war Mary als Gefangene von Queen Elizabeth in Fotheringhay Castle in England. Ihr Sohn, James VI., schickte ihr einen schottischen Pagen namens Lionel Farquhar. Verstehst du jetzt den Zusammenhang?«

»Sicher«, sagte Campbell. »Mary hat also dem Jungen das Schmuckstück geschenkt, was?«

»Genau. Auf der Fahrt zum Schafott nahm sie die Kette ab und hängte sie Lionel um den Hals, zur Erinnerung an seine unglückliche Königin oder so ähnlich.«

»Was ist das Schmuckstück wert, Jane?« fragte er plötzlich.

»Wert? Es war vierhundert Jahre in unserer Familie. Für mich hat es natürlich einen großen Wert.«

»Ich meine, wieviel in Dollar und Cent?« Campbell grinste. »Schließlich sind die Farquhars Schotten, liebe Kusine. Sicher haben sie das Stück irgendwann einmal taxieren lassen?«

Das war ein erheblicher Dämpfer. Jane sagte kurz: »Zuletzt wurde es auf dreißigtausend Pfund geschätzt.«

»Donnerwetter!« rief er. »Das ist ja mehr als achtzigtausend Tierhäute, meine liebe afrikanische Erbin! Bist du dir darüber im klaren?«

»Wir betrachten das Stück nicht unter diesem Aspekt«, bemerkte sie sanft.

»Warum? Geld stinkt doch nicht? Hoffentlich zeigst du mir das Wunderding, bevor ich heimfahre.«

Sie schüttelte den Kopf. »Tut mir leid, Arthur. Ich bewahre den Schmuck natürlich nicht hier auf. Er ist auf einer Bank in England.«

»So ein Pech! Würde schon gern mal was sehen, das so viel Kohlen wert ist!«

Später ging er mit ihr und Duke zu ihrer Hütte. Als sie die Tür aufschloß, wünschte er ihr herzlich »gute Nacht« und ging zu seiner eigenen.

Zwei Tage später kehrte Jane nach Mitternacht todmüde in ihre Hütte zurück. Während sie nach ihren Schlüsseln suchte, kam ihr plötzlich zum Bewußtsein, daß Duke, ihr Beschützer, nicht bei ihr war – daß sie ihn seit dem Abendessen nicht mehr gesehen hatte. Sie pfiff mehrmals – den Pfiff, auf den er sonst sofort herbeigerannt kam. Als er nicht erschien, begann sie, unruhig zu werden.

Sie holte eine Taschenlampe aus ihrer Hütte und ging auf die Suche. Dann fand sie ihn. Er war tot.

Der Zorn ließ ihre Tränen versiegen. Sie knipste die Taschenlampe aus und betrat das Hotel durch den Hintereingang. Dann weckte sie den Swazi-Kellner, der den Amerikaner beim Abendessen bedient hatte. Ein paar Worte genügten, um die Situation einwandfrei zu klären. Der Kellner hatte gesehen, wie Campbell ein großes Stück Rindfleisch von seinem Teller in einer Papierserviette mitgenommen hatte. Aber wo kam das Strychnin her? Egal, sie wußte, daß er es dazugetan hatte.

Zuerst dachte sie daran, die Polizei im drei Stunden entfernten Mbabane anzurufen und dem Swazi-Kellner zu erzählen, daß Duke tot war, damit er ihr half, mit Campbell fertig zu werden. Dann verzichtete sie aber auf beides. Sie schämte sich, daß es ihr Vetter war, der eine solche Gemeinheit begangen hatte. Dukes Tod war eine persönliche Angelegenheit zwischen ihr und dem Amerikaner. Darum kehrte sie in ihre Hütte zurück.

Als sie hinkam, lehnte Campbell lässig am Türrahmen und schlug nach den Moskitos. »Stimmt was nicht, Jane?« fragte er.

Sie ging an ihm vorbei und machte Licht. Er folgte ihr hinein.

»Ich kann Duke nicht finden«, sagte sie.

Er warf ihr einen seltsamen Blick zu. Dann schloß er die

Tür und lehnte sich dagegen. Sie hörte, wie er hinter seinem Rücken den Riegel zuschob. »Hör mal, Jane. Kann ich mich setzen? Ich möchte etwas mit dir besprechen.«

»Hast du deswegen den Riegel vorgeschoben?«

Er hatte so viel Anstand zu erröten. »Ich will den Schmuck sehen«, sagte er einfach.

»Weshalb?«

»Um ihn zu fotografieren. Ich könnte einen Bildartikel über dein Erbstück günstig unterbringen.«

»Ich sagte dir schon, daß es in England ist.«

»Komm, komm, Jane. Wir sind doch erwachsene Menschen. Warum solltest du den Familienschmuck in England aufbewahren, wo du ihn nie zu sehen bekommst? Vielleicht hat dich dein Vater noch auf dem Sterbebett davor gewarnt, den Kram irgendeinem Dahergelaufenen zu zeigen. Aber schließlich bin ich dein Vetter, Jane. Dein einziger Vetter. Mir kannst du vertrauen.«

Sie setzte sich auf den Bettrand.

»Ich glaube kaum«, fuhr er fort, »daß du dir einen scharfen Wachhund halten würdest und drei Sicherheitsschlösser an dieser Tür hättest anbringen lassen, wenn sich das berühmte Schmuckstück von Maria Stuart wohlverwahrt in einem Londoner Safe befände. Habe ich recht?«

»Und wenn schon.«

»Dann zeig es mir.«

»Nein.«

Er holte tief Luft. »Jane, ich mache keinen Spaß. Ich will den Schmuck sehen! Sofort!«

»Dann such ihn dir! Du brauchst keine Angst mehr zu haben, nachdem du Duke getötet hast.«

»Du hast ihn also gefunden«, sagte er und kam auf sie zu. »Okay. Jetzt ist er tot, und ich habe bis morgen Zeit, um dich zu zwingen, das Ding herauszurücken!«

»Es liegt in der obersten Schublade der Kommode dort drüben. In einer blauen Samtschatulle«, sagte sie matt.

Seine Miene hellte sich auf. »So ist's recht, Jane!« Dann

ging er zur Kommode, holte die Schatulle und öffnete sie. Seine Hände zitterten.

»Bitte geh jetzt!« sagte Jane.

Er nahm eine Lupe aus der Tasche, klemmte sie sich ins Auge und untersuchte das Stück sorgfältig im Licht der Deckenlampe. Als er das Vergrößerungsglas herausnahm, sah er Jane wütend an.

»Eine Fälschung«, sagte er kurz. »Eine Kopie.« Sie wunderte sich, wie wütend es klang, ohne daß er die Stimme erhoben hatte. Er muß tatsächlich ein richtiger Juwelendieb sein, dachte sie seufzend, wenn er immer eine Lupe dabei hat.

Rasch stand sie auf. Das kühle Metall des Schlüssels mit der Erkennungsmarke, das sie unter ihrer Bluse auf der Haut spürte, gab ihr Mut. Sie sagte: »Hinaus, Arthur. Sonst rufe ich meine Swazis, damit sie dich in Stücke reißen.« Sie rannte zur Tür und faßte den Türgriff mit einer Hand, den Riegel mit der anderen. Sie riß den Mund auf, um zu schreien.

Ein schwerer Schlag traf sie im Genick. Sie dachte noch überrascht, daß er nun doch gewalttätig geworden war. Bevor sie ohnmächtig wurde, durchzuckte es sie: Einen Knüppel hatte er auch. Na so was!

Als sie wieder zu sich kam, war es noch Nacht. Das Rütteln verriet ihr, daß sie in einem fahrenden Wagen war. Warum? Dann klärten sich ihre Gedanken. Natürlich. Ihr eigener Land-Rover! Oder der gemietete Plymouth des Amerikaners. Als sie blinzelnd ihren eigenen Wagen erkannte, fühlte sie sich erleichtert. In erster Linie aber war ihr schlecht. Sie saß zusammengesunken auf dem Vordersitz. Der Amerikaner fuhr durch dicke Staubwolken über die ungepflasterte Landstraße.

Dann merkte Jane, daß ihre Bluse am Ausschnitt offen war. Der Schlüssel, der immer an einem Kettchen um ihren Hals gehangen hatte, war weg. Sie hob ihren schmerzenden Kopf und brachte ihre Bluse in Ordnung.

Ohne sie anzusehen, sagte der Amerikaner: »Sind wir wieder wach, Liebling?« Er schien bester Laune zu sein.
Schüchtern fragte sie: »Wo bin ich?« Es klang heiser.
»In deinem eigenen Wagen, liebe Kusine, auf dem Weg nach Mbabane, damit wir dort sind, wenn die Bank morgens aufmacht. Dann kannst du mit dem Schlüssel, der um deinen Hals hing, den Safe öffnen und mir das Kronjuwel geben. Jetzt weißt du, wo du bist, meine Liebe.«
Sie schwieg.
»Hat's dir die Sprache verschlagen?« fuhr er spöttisch fort, »nach deinem kindischen Versuch, mich mit einer Imitation hereinzulegen? Für wie dumm hältst du mich eigentlich?«
»Du hast mich niedergeschlagen.«
»Entschuldige! Schließlich konnte ich nicht riskieren, daß du um Hilfe schreist, nicht wahr? Also – nichts für ungut, mein Schatz.« Er zündete sich eine Zigarette an und lenkte den Wagen mit sicherer Hand um eine gefährliche, ungeschützte Kurve.
»Ich bin nicht dein Schatz«, sagte Jane. »Weshalb hast du nicht deinen Wagen genommen?«
Er schielte zu ihr hinüber. »Ich möchte, daß du in deinem eigenen Wagen bei der Bank vorfährst«, sagte er leichthin. »Dann wirkt alles viel echter.«
»Das Schmuckstück ist in London, Arthur!«
Er lachte schallend. »Zweifellos. Deshalb trägst du einen Safeschlüssel im Büstenhalter. Mit dem Kennzeichen der Bank von Mbabane.«
Sie schwieg. War dieser Amerikaner tatsächlich ihr Vetter oder nur ein gerissener Gangster, der irgendwo von dem Schmuck gehört hatte? Sie wußte es nicht. Es war ihr auch gleichgültig. Den Kopf in die Hand gestützt lehnte sie sich vor, öffnete das Handschuhfach und holte eine abgenutzte Feldflasche heraus. Während sie den Deckel aufschraubte, sagte sie mit dünner Stimme: »Ich muß einen Schluck trinken. Mir ist schlecht.« Dann hielt sie sich die Flasche an die Lippen. Der Amerikaner sah ihr belustigt zu.

»Was ist denn drin?«

»Brandy!« Sie begann, die Flasche wieder zuzuschrauben.

»Warte mal!«, sagte der Mann. »Gib mir auch einen Schluck!« Er nahm sie ihr aus der Hand, und sie sah, wie sich sein Adamsapfel mehrmals hob und senkte.

»Das genügt, du Dummkopf«, sagte sie schroff. »Er ist furchtbar stark.«

»Hm. Und bitter ist er auch.«

Sie drehte den Kopf und sah ihn an. In seinem Gesicht zuckte es. Krampfhaft hielt er sich am Lenkrad fest. Dann fuhr er sich mit der Hand über die Augen und nahm das Gas weg.

Langsam hielt er den Wagen an, schüttelte ärgerlich den Kopf und zog wie in Trance die Handbremse an. Die rote Staubwolke, die sie aufgewirbelt hatten, zog über den Wagen hinweg. Mit schwerer Zunge murmelte er: »Ach, du hinterhältiges . . .« und faßte dabei in seine Jackentasche.

Jane schlug ihm mit der Feldflasche sanft gegen die Schläfe. Er sackte zusammen wie eine in den Kopf getroffene Antilope.


Als er die Augen aufmachte, war es heller Tag, und die Sonne brannte auf ihn hernieder. Er lag auf der Erde, die Arme und Beine gespreizt und an Pfählen festgebunden, die haltbar, wenn auch nicht ganz fachgerecht, in den felsigen Boden gerammt waren. Lag er auf einem Hügel? Um ihn herum war nur der blaue Himmel.

Stöhnend fuhr er sich mit der Zunge über die trockenen Lippen. Dann rief er wütend: »He!« Jane trat in seinen Gesichtskreis. »Hast *du* das gemacht?« fragte er und zerrte an seinen Fesseln.

»Natürlich«, sagte sie trocken. »Mit Hilfe von zwei Swazis aus meinem Hotel da unten am Fuß des Hügels.« Sie deutete in die entsprechende Richtung.

Er sah sie nachdenklich an. »Es war der Brandy.«

Sie nickte. »Mit aufgelösten Schlaftabletten darin. Ich habe ihn immer dabei.«

»Wozu denn, zum Teufel?«

»Für solche Gelegenheiten wie heute nacht, Arthur. Mein Vater hat vor seinem Tode ein paar einfache Schutzmaßnahmen ausgeknobelt, um mich und das Schmuckstück vor solchen dunklen Existenzen wie dich abzusichern. Er wußte, daß eine alleinstehende Frau in Afrika sehr verlassen ist.«

»Schutzmaßnahmen?«

»Jawohl! Erst hatte ich Duke. Falls ihm etwas zustoßen sollte, waren da die drei Schlösser an meiner Tür. Und sollten auch die versagen, so gab es noch die ausgezeichnete Imitation, die jeden täuschen würde, außer einem Experten – einem Experten wie dich.« Nach kurzer Pause fuhr sie etwas ruhiger geworden fort: »Für den Fall aber, daß die Kopie als solche erkannt werden würde, trug ich den Safeschlüssel mit dem Namen der Bank um den Hals – ein Hinweis auf den Aufbewahrungsort des Schmucks. Die Bankangestellten würden sich dann sofort um jeden kümmern, der diesen Schlüssel im Tresorraum vorwies. Weil es nämlich einen Tresor mit dieser Nummer gar nicht gibt!« Sie sah ihn lächelnd ab. »Natürlich hatte ich auch noch den präparierten Brandy.«

»Und keine Pistole im Gürtel?« fragte er säuerlich. »Laß mich los, Jane! Du hast jetzt deinen Spaß gehabt. Du bist ganz schön schlau, weißt du das?«

»Jedenfalls schlau genug für Typen für dich, Arthur. Wie fühlst du dich?«

»Mir ist heiß«, sagte er. Auf seinen Wangen und seiner Oberlippe standen Schweißperlen.

»Wegen der Hitze brauchst du dir keine Sorgen zu machen.«

»Was willst du damit sagen?«

Sie zeigte hinauf zum Himmel. »Vielleicht solltest du dir darüber Gedanken machen.«

Ruhig zogen zwei Vögel hoch oben ihre Kreise. Die riesigen Schwingen bewegten sich nicht.

»Aasgeier«, sagte Jane. »Sie werden bald herunterkommen.« Sie entfernte sich kurz und schleppte dann etwas Schweres heran. »Das hier wird sie anlocken.«

Der Amerikaner reckte den Hals, bis er sehen konnte, was es war. Es war der Kadaver von Duke, der Dogge. Jane ließ ihn ein paar Schritte neben Campbell zu Boden gleiten.

»Jane«, sagte er, seine Stimme war nicht mehr so klangvoll. »Jane, so was kannst du doch nicht tun.«

»Warum denn nicht?« Nun lächelte sie nicht mehr. »Du kannst dann sehen, ob es stimmt, was behauptet wird: daß Aasgeier nichts Lebendiges anrühren. Ich gehe jetzt die Polizei anrufen. Die schätzt es nicht, wenn amerikanische Gangster nach Swaziland kommen, um zu morden und zu stehlen. Sie werden in etwa drei Stunden da sein.«

»Laß mich nicht hier liegen, Jane!« Sein Blick glitt an ihr vorbei zum blauen Himmel, wo inzwischen ein Dutzend Vögel kreisten – hoch oben, dann immer tiefer und tiefer.

»Nur bis die Polizei kommt«, sagte Jane. »Ich kann dich doch nicht in mein Hotel lassen, nicht wahr?« Ihre Stimme klang hart. »Ich habe nur seriöse Gäste, zu denen würdest du schlecht passen.«

Sie bückte sich und tätschelte den starren Leib des Hundes. »Leb wohl, Duke«, sagte sie leise. Dann, nach langer Pause: »Leb wohl, Arthur.«

Sie wandte sich um und ging den Hügel hinunter zum Hotel.

Arthur Campbell lag still auf dem Hügel und starrte mit seinen hellen Augen schreckerfüllt zum afrikanischen Himmel hinauf.

# Der tanzende Detektiv

Cornell Woolrich

Patsy Marino überprüfte, wie üblich, die Ankunftszeit der Mädchen. Als er mich durch den Vorraum trotten sah, blickte er ein zweites Mal auf seine Armbanduhr. Er mußte sich vergewissern, daß die Uhr richtig ging. Jedenfalls tat er, als könnte er's nicht glauben. Es war das erste Mal in zwei Monaten, daß ich früh genug eintraf, um mir, bevor ich auf die Tanzfläche ging, in aller Ruhe das Abendkleid anzuziehen und mich zu schminken.

Marino fragte: »Was ist los mit dir? Bist du krank?«

»Muß man eine Gesundheitsprüfung ablegen, um in diesen Schuppen eingelassen zu werden und seine Arbeit zu beginnen?« Ich warf ihm einen giftigen Blick zu.

»Ich frage nur, weil du ausnahmsweise pünktlich kommst«, sagte er voller Sarkasmus. »Bist du sicher, daß du ganz gesund bist?«

»Wenn du mich weiter so nervst, kriegst du ein paar zwischen die Hörner«, drohte ich ihm. Aber ich sagte es so leise, daß er mich nicht richtig verstehen konnte. Schließlich war er mein Brötchengeber.

Das Tanzlokal hatte die anheimelnde Ausstrahlung eines Leichenschauhauses. Vor acht, das wußte ich von den anderen Mädchen, war es hier immer wie im Leichenschauhaus. Die roten Wandleuchten, die später einen warmen Schein verbreiten würden, waren noch nicht eingeschaltet. Die Musiker waren noch nicht da, nur die fünf goldlackierten Stühle, auf denen sie später sitzen würden, und der Sarg. Die Oberlichter waren geöffnet worden, um frische Luft hereinzulassen.

Ich machte mich auf den Weg zum Umkleideraum, und das Echo meiner Absätze folgte mir über den leeren Flur. Ich spähte hinter mich und sah meinen Schatten über den gewachsten Boden huschen. Der Anblick ließ in mir eine gespenstische Vorahnung erstehen, ein Gefühl, daß mir eine grauenhafte Nacht bevorstand. Ich hatte schon bei anderen Gelegenheiten solche Vorahnungen gehabt – und immer hatten sie sich bewahrheitet.

Ich stieß die Tür zur Garderobe auf und sagte: »Verdammt noch mal, Julie, warum hast du nicht auf mich gewartet? Trägst du die Nase schon so hoch, daß du mir nicht mal fünf Minuten Zeit opfern kannst?«

Als ich keine Antwort bekam, begriff ich, daß Julie noch nicht da war. Zu Hause hatte ich sie nicht angetroffen, und hier war sie auch nicht. Wo zum Teufel steckte sie?

Nur Mom Henderson war da. Sie las in einer Boulevardzeitung. »Ist es schon so spät?« fragte sie, als sie mich erblickte.

»Verschone mich mit deinen Sprüchen«, sagte ich. »Es ist schon schlimm genug, daß ich mit leerem Magen arbeiten muß.« Ich hängte meinen Billigpelz auf einen Haken. Dann setzte ich mich, zog mir die Pumps aus, streute etwas Fußpuder hinein und zog sie wieder an.

»Ich bin bei Julie vorbeigegangen und habe an die Tür geklopft«, sagte ich, »aber sie war wohl schon weg. Wir trinken immer eine Tasse Kaffee zusammen, bevor wir zur Arbeit gehen. Ich weiß nicht, ob ich die fünfzehn Runden mit leerem Magen durchstehe . . .«

Ein schäbiger Gedanke durchzuckte mich. Hatte Julie die Tür verschlossen gehalten, weil sie mir die Tasse Kaffee nicht mehr gönnte, die sie mir sonst zu spendieren pflegte? Jede von uns hatte ein möbliertes Zimmer, aber es gab einen wichtigen Unterschied zwischen ihrem und meinem Zimmer. Weil das Haus, in dem Julie wohnte, über eine Feuerleiter verfügte, hatte ihr der Hauswirt das Recht eingeräumt, im Zimmer Kaffee zu brauen. Mein Haus hatte keine Feuerleiter – kein Kaffee. Aber ich verwarf den Gedanken als unfair. Julie war kein Geizhals; ganz im Gegenteil, sie gehörte zu den Mädchen, die ihr letztes Hemd weggaben, wenn sie jemandem helfen konnten. Allerdings trug Julie unter ihrem Kleid gar kein Hemd, nur einen Büstenhalter.

»Warum war das Treffen so wichtig?« fragte Mom. In ihrer Stimme klang die nackte Verachtung durch. »Hast du nicht mal Geld, um irgendwo unterwegs eine Tasse Kaffee zu trinken?«

Natürlich hatte ich Geld. Merkwürdig, was für Gewohnheiten man entwickelt. Ich hatte mir angewöhnt, vor der Arbeit mit meiner Kollegin eine Tasse Kaffee zu trinken – und es machte mir nichts aus, darüber mit dem Fettkloß namens Mom Henderson zu reden.

»Ich habe das Gefühl, heute abend passiert noch was«, sagte ich.

»Klar«, sagte Mom. »Wahrscheinlich wirst du gefeuert.« Ich machte ihr eine Fratze, und Mom wandte sich wieder ihrer Zeitung zu. »In der letzten Zeit sind keine guten Morde mehr passiert«, nörgelte sie. »Wenn ich etwas liebe, dann ist es ein guter, saftiger Mord.«

»Soll ich dich umbringen?« bot ich an.

Sie nahm mir die Bemerkung nicht weiter übel; es war ja auch nicht so gemeint gewesen. »Warst du schon hier, als das Mädchen aus den Südstaaten, ich glaube, sie hieß Sally, ermordet wurde?« fragte sie mich.

»Nein!« sagte ich wütend. »Hast du gedacht, ich bin schon so alt wie du? Hast du gedacht, ich arbeite seit meinen Teenager-Jahren in diesem Laden?«

»Eines Abends erschien sie nicht zur Arbeit«, fuhr Mom unbeirrt fort. »Als man sie fand ... Das ist noch gar nicht so lange her ... Warte mal ...« Sie nahm ihre Finger zu Hilfe und begann zu zählen. »Vor drei Jahren.«

»Halt den Mund!« fauchte ich. »Ich bin schon deprimiert genug!«

Mom kam richtig in Fahrt. »Wo wir schon von ungeklärten Morden sprechen, erinnerst du dich an die kleine Fredericks? Die Sache passierte wenige Wochen vor deinem Arbeitsbeginn, habe ich recht?«

Ich stoppte ihren Redefluß. »Ich erinnere mich, daß die Mädchen über den Fall gesprochen haben. Und nun tu mir den Gefallen, und sprich nicht mehr davon.«

Sie strich sich mit dem Finger über die Lippen. »Ich hatte immer das Gefühl, daß die Morde von ein und demselben Täter begangen wurden.«

»Ich hätte einen fabelhaften Vorschlag, wen der Mann als nächste umbringen könnte«, sagte ich, aber dann kamen die anderen Mädchen in die Garderobe, so daß wir unser Gespräch über die Morde unterbrechen mußten. Die Blonde war da, die kleine Raymond, die Italienerin – alle bis auf Julie.

Ich sagte: »So spät ist sie noch nie gekommen!« Keines der Mädchen verstand, wovon ich überhaupt redete. Es interessierte sie einfach nicht. Ein großartiger Haufen.

Von nebenan war das Rauschen der Toilette zu vernehmen, ein Anzeichen dafür, daß die ersten Musiker eingetroffen waren.

Mom Henderson stand auf. »Wenn ich mir so vorstelle, wie die Pisse an den weißen Kacheln runterrinnt«, seufzte sie.

Ich öffnete die Tür einen Spalt und spähte hinaus. Im Saal waren die Wandlampen angeschaltet worden. Ich sah ein paar Kunden, die vor dem Käfig, vor der Kasse standen und Tickets kauften. Die Mädchen hatten begonnen, sich in einer Reihe aufzustellen. Von Julie war nichts zu sehen.

Jemand hinter mir kreischte: »Mach die Tür zu! Wir geben doch hier keine Gratisvorstellung für die Männer!«

»Dich schaut kein Freier an, nicht mal, wenn du ihm Geld dafür gibst«, sagte ich, ohne mich zu vergewissern, wer das Mädchen war. Trotzdem zog ich die Tür zu.

Marino kam, schlug mit den Fäusten gegen die Füllung und schimpfte: »Los jetzt, Mädchen! Raus auf die Tanzfläche! Wofür bezahle ich euch eigentlich?«

Eines der Mädchen schimpfte zurück: »Das möchte ich auch gern wissen, wofür du uns bezahlst!«

Die Band begann zu spielen, so laut, daß man es fünf Häuserblocks weit hören konnte. Sie spielten so laut, um die Männer vom Bürgersteig ins Lokal zu locken. Wenn die Männer einmal drin waren, fiel uns Mädchen die Aufgabe zu, sie festzunageln. Es war soweit, wir mußten raus in die Hölle. Wir gingen im Gänsemarsch, ich als Letzte. Die mit Spiegeln besetzte Kugel an der Decke drehte sich und schleuderte Lichtblitze über die Szene, ein silberner Regen.

Marino sagte: »Wo willst du hin, Ginger?« Wenn er eine von uns mit dem Vornamen ansprach, war das immer ein Zeichen dafür, daß er ihr etwas Unangenehmes mitzuteilen hatte.

Ich sagte: »Ich will nur Julie anrufen und sie fragen, warum sie nicht kommt.«

»Du gehst jetzt auf die Tanzfläche und bewegst deinen gottverdammten Hintern«, sagte er rauh. »Das Mädchen weiß genau, wann die Show beginnt! Schließlich ist sie schon lange genug bei der Truppe.«

»Aber Julie wird ihren Job verlieren, wenn sie zu spät kommt«, sagte ich. »Sie werden sie entlassen.«

Er schielte auf seine Uhr. »Sie *ist* bereits entlassen«, sagte er düster.

Ich wußte, wie sehr Julie auf den Job angewiesen war, und deshalb war ich entschlossen, das Mädchen anzurufen.

Ein Kunde kam auf mich zugesteuert, ein richtiger Idiot. Einer von den Typen, die du nicht mehr abschütteln kannst, wenn sie sich erst einmal an dir festgesaugt haben. Ich wußte, daß es ein Idiot war, weil der Mann ein ganzes Bündel Tickets in der Hand hielt, Vorrat für eine ganze Woche. Männer mit Grips kaufen immer nur ein Ticket für den nächsten Tanz, schließlich kann so ein Schuppen jederzeit abbrennen.

Als der Mann bei mir angekommen war, schnappte ich mir eines seiner Tickets und riß den Bon ab. Marino hatte sich umgedreht. Er ging und ließ mich mit dem Kunden

stehen. »Ich brauche ein paar Sekunden für einen Telefon-
anruf«, sagte ich zu dem Mann.

Er sagte: »Ich will mit dir tanzen.«

»Ich will aber erst meine Freundin anrufen. Wenn Sie
großzügig sind und mir genügend Zeit dafür geben,
werde ich Sie mit meinem süßesten Lächeln belohnen.«
Ich packte ihn am Ärmel. »Gehen Sie nicht weg, warten Sie
hier auf mich!«

Julies Vermieterin meldete sich. Ich fragte: »Ist Julie Bennett in ihrem Zimmer?«

»Ich weiß es nicht«, sagte sie. »Hab' das Mädchen seit gestern nicht mehr gesehen.«

»Sehen Sie bitte nach, ob sie in ihrem Zimmer ist«, bettelte
ich. »Es ist sehr wichtig. Wenn sie nicht sofort zur Arbeit
kommt, wird sie gefeuert.«

Marino hatte mich erspäht. Er kam zurück und schimpfte:
»Ich habe dir doch eben gesagt . . .«

Ich wedelte mit der Nummer, die ich vom Ticket des Kunden abgerissen hatte. »Ich arbeite«, sagte ich. »Der Gentleman hier bezahlt mich.« Während ich das sagte, streichelte
ich den Arm meines Kunden.

Der Mann schmolz dahin wie Schnee in der Sonne. Er
sagte zu Marino: »Die Sache geht in Ordnung, Mac.« Vermutlich kam er sich in diesem Augenblick wie ein Wohltä-
ter, wie ein Rächer der Enterbten vor. Die Zeit, die er mit
dem Ticket gekauft hatte, war bereits zu siebzig Prozent
verbraucht.

Marino ging weg, ich stand da mit dem Hörer in der Hand.
Die Vermieterin kam vom ersten Stock zurück und sagte:
»Ich habe angeklopft, niemand meldet sich. Ich nehme an,
sie ist ausgegangen.«

Ich legte auf und sagte zu meinem Kunden: »Meiner
Freundin muß irgend etwas zugestoßen sein. Sie ist nicht
zur Arbeit erschienen, und zu Hause ist sie auch nicht. Ich
kenne Julie, sie würde nie die Brocken hinschmeißen,
ohne mir Bescheid zu sagen.«

Die Streicheleinheiten, die ich dem Mann verpaßt hatte,

schienen aufgebraucht. Er wirkte unruhig. »Tanzt du jetzt mit mir, oder willst du für mein Geld nur in der Gegend rumstehen und traurig aus der Wäsche schauen?«

Ich hielt ihm meinen Arm hin. »Bitte schön!« Aber in dem Augenblick, als der Mann mich umfassen wollte, hörte die Band zu spielen auf. Das Ticket war zu Ende. Der Kunde warf mit einen zornigen Blick zu. »Zehn Cents für nichts und wieder nichts!« Er ging weg, um sich ein anderes Mädchen zu holen.

Ich gehöre zu den Menschen, die sich keine Gedanken über die Vergangenheit machen. Ich war fest entschlossen gewesen, den Anruf zu machen, und ich hatte meinen Kopf durchgesetzt.

Als der nächste Tanz begann, wurde mir klar, daß Julie heute nicht mehr erscheinen würde. Selbst wenn sie noch gekommen wäre, Marino hätte sie nicht mehr arbeiten lassen. Ich machte mir Sorgen, was mit ihr passiert war. Das Gefühl, daß ich eine schlimme Nacht vor mir hatte, war stärker geworden. Obwohl die Männer, die mit mir tanzten, alles taten, um mich auf andere Gedanken zu bringen, gelang es mir nicht, die böse Vorahnung abzuschütteln.

Der kalte Orangensaft, zu dem mich meine Kunden in den Pausen einluden, war nicht geeignet, meine düstere Stimmung aufzuhellen. Ich mußte jede Einladung annehmen, weil Marino an jedem verkauften Drink Kommission verdiente.

Der Abend war wie jeder andere, nur daß ich Julie vermißte. Ich mochte das Mädchen, deshalb hatte ich sie immer sehr freundlich behandelt. Sie war eine der wenigen, die stets unverblümt ihre Meinung sagte.

Natürlich blieben mir auch an jenem Abend die Freaks nicht erspart. »Sie sollen mit mir tanzen«, sagte ich zu einem meiner Kunden. »Tanzen, nicht bergsteigen.«

»Erwartest du, daß ich eine Mauer zwischen uns hochziehe, Baby?«

»Ich erwarte von Ihnen, daß Sie außerhalb der verbotenen Dreimeilenzone bleiben«, sagte ich giftig. »Vor allen Dingen habe ich was gegen Ihre bergsteigerischen Bemühungen. Sehe ich etwa aus wie das Matterhorn?« Ich hielt nach Marino Ausschau, während ich das sagte. Mein Kunde machte ein böses Gesicht und verschwand. Die meisten Männer sind feige. Andererseits, wenn sich eine Hosteß beim Tanzen allzu schwierig gibt, hat sie ausgespielt. Die Manager solcher Lokale wollen keine Hostessen, die Probleme bereiten. Es lohnt sich also nicht, beim Tanzen die Spröde zu spielen.

Sie kamen gegen zwölf. Ich war seit dreieinhalb Stunden auf der Tanzfläche. Noch eine Stunde, dann konnte ich mich ausruhen. Es gibt schlimmere Berufe als den eines Mädchens, das für Geld mit Männern tanzt. Ich wußte, daß es zwölf Uhr war, weil die Band gerade mit »The Lady is a Tramp« fertig geworden war und mit dem »Limehouse Blues« weitermachte. Ich kenne die Reihenfolge der Melodien aus dem Gedächtnis. Geisterhaft, finden Sie nicht? Halb nach Limehouse Blues . . . Mir waren sie schon aufgefallen, als sie den Vorraum durchquerten. Kunden kommen selten so spät. Es bleibt ihnen dann nicht genügend Zeit, aus den Mädchen zumindest das Eintrittsgeld wieder rauszuholen. Es waren zwei, einer davon fett, klein und aufgeblasen. Der andere war ein starker Typ, mittelgroß, blond, irgendwie sauber. Ich träume ja nicht mehr von Männern, aber wenn ich je wieder in die Verlegenheit käme, dann würde ich mir wünschen, daß mir ein solcher Mann im Traum begegnet. Wie gesagt, ich bin auf dieser Wellenlänge nicht mehr ansprechbar, und so machte ich mich beim Erscheinen der beiden auf den Weg in die Umkleideräume. Ich hatte vor, die Tickets zu zählen, die ich von den Kunden bekommen hatte; ich wollte sehen, wieviel ich an diesem Abend verdient hatte. Wir Mädchen bekommen zwanzig Prozent von dem Geld, das die Kunden für die Tickets bezahlt haben. Man muß die abgerissenen Nummern mit dem Manager abrechnen.

Die beiden Männer standen da und betrachteten den Saal, als wollten sie die Männer und die Mädchen zusammentreiben und abtransportieren. Sie hatten Marino zu sich gerufen. Ich war an der Tür angekommen, als Marino mir ein Zeichen gab. Ich ging rüber, um ihn zu fragen, was er von mir wollte.

Marino sagte: »Geh und hol deine Sachen, Ginger.« Ich dachte, einer von den beiden Männern wollte mich abschleppen; so was ist drin, wenn man als Hosteß arbeitet. Der Kunde muß die Sache nur mit dem Manager abstimmen, der Manager muß sein Okay geben, wenn ein Mädchen für den Rest des Abends aus dem Verkehr gezogen wird. Das Ganze ist nicht so schlimm, wie es sich anhört. Man muß nicht unbedingt mit dem Kunden ins Bett gehen. Man geht in irgendein Lokal und hört sich seine Sorgen an. Was danach geschieht, hängt ganz von dem Mädchen ab.

Ich ging in die Garderobe und holte meinen Billigzobel. Als ich zurückkam, hörte ich, wie Marino sagte: »Muß ich Kaution für das Mädchen stellen?«

Der Fettsack sagte: »Nein, nein, wir möchten sie nur vernehmen. Wir brauchen Hintergrundinformationen.« Mir wurde schwindlig, so erschrocken war ich. »Was soll das?« fragte ich. »Bin ich etwa verhaftet? Was habe ich denn getan? Wohin bringen Sie mich?«

Marino beruhigte mich. »Die beiden wollen nur, daß du mit ihnen gehst, Ginger. Sei ein braves Mädchen und tu, was die Herren von dir verlangen.« Und dann sagte er zu den beiden Männern etwas, was ich nicht ganz verstand. »Versuchen Sie bitte, mein Unternehmen aus der Sache rauszuhalten. Ich schreibe seit sechs Monaten nur noch rote Zahlen.«

Ich kauerte vor den Männern wie ein Lamm, das zur Schlachtbank geführt werden soll. Mein Blick irrte von einem zum anderen. »Wohin bringen Sie mich?« wiederholte ich, während ich die Treppe hinunterging.

Das Gebet einer Jungfrau wurde erst im Taxi beantwortet. »Wir fahren zur Wohnung von Julie Bennett, Ginger.« Er nannte mich bei meinem Vornamen. Marino mußte ihnen gesagt haben, wie ich hieß.

»Was hat das Mädchen denn verbrochen?« fragte ich, den Tränen nahe.

»Es ist besser, wir sagen es ihr gleich«, schlug Fat vor. »Sonst macht sie uns eine Szene, wenn wir in der Wohnung ankommen.«

Nicks Stimme war sehr leise. »Deine Freundin hat Pech gehabt, Kleines.« Er streckte den Zeigefinger aus und machte die Bewegung des Halsabschneidens.

Fat zum Trotz legte ich eine Szene hin, mitten im Taxi. »Um Gottes willen«, flüsterte ich, indem ich die Hände an die Schläfen preßte. »Julie hat doch gestern abend noch mit mir im Joyland gearbeitet! Gestern abend um diese Zeit waren wir in der Garderobe und haben geraucht und gelacht. Nein! Sie war die einzige Freundin, die ich hatte.«

Und dann begann ich wie ein zweijähriges Mädchen zu heulen. Ich spürte, wie mein Make-up zerfloß, und ich sah, wie die Schmiere auf den Boden des Taxis tropfte.

Nick war fürchterlich verlegen. Schließlich holte er ein Taschentuch aus seiner Jackentasche und gab es mir. »Heul dich aus, Baby.«

Ich weinte noch, als ich, flankiert von den beiden Männern, die Treppe des Miethauses hochging. Als wir vor Julies Zimmer angekommen waren, wich ich erschrocken zurück. »Ist sie . . . noch da drin?«

»Nein, dieser Anblick bleibt dir erspart«, versicherte mir Nick.

Der Anblick blieb mir in der Tat erspart, denn meine Freundin war nicht mehr im Zimmer. Dafür gab es ein Bett, das voller Blut war . . . O Gott, das Bett sah aus, als hätte man darauf ein Huhn geschlachtet . . . Ich begann zu schwanken und klammerte mich an den ersten Halt, den ich zu packen bekam. Zufällig handelte es sich um Nick. Es schien ihm ganz gut zu gefallen, daß ich wie eine Klette an ihm hing, denn er blieb ganz still stehen. Nach einer Weile sagte er zu seinem Begleiter: »Leg irgendwas über das verdammte Bett, damit man das Blut nicht so sieht.«

Es dauerte etwas, bis ich soweit war, daß sie mich vernehmen konnten. Nein, es war kein scharfes Verhör, das kann ich beim besten Willen nicht sagen. Sie hatten die Wahrheit gesagt, als sie mit Marino sprachen. Sie wollten wirklich nur ein paar Hintergrundinformationen über die Tote.

»Wann hast du sie zum letzten Mal lebend gesehen, Ginger? Hatte sie viele Männer? Du weißt schon, was wir meinen ... Hatte sie einen festen Freund?«

»Ich habe sie gestern nacht um halb zwei bis zur Haustür begleitet«, sagte ich. »Nachdem im Joyland Schluß war, sind wir zu Fuß bis zu ihrer Wohnung gegangen. Julie hat nie Einladungen von Männern angenommen. Ich übrigens auch nicht.«

Nicks linke Augenbraue zuckte hoch, wie bei einem Terrier, der ein Geräusch gehört hat. »Ist euch auf dem Nachhauseweg jemand gefolgt?«

»In unserem Beruf sind wir es gewöhnt, daß die Männer uns nachkommen, aber nach fünf Häuserblocks geben es die meisten auf. Dieses Haus liegt zehn Blocks vom Joyland entfernt.«

»Ihr geht tatsächlich zu Fuß nach Hause, nachdem ihr den ganzen Abend auf den Beinen gewesen seid?« wunderte sich Fat.

»Sollen wir von den paar Mäusen, die wir verdienen, etwa ein Taxi bezahlen?« sagte ich wütend. »Und was Ihre Frage betrifft, ich kann's nicht beschwören, daß uns gestern abend niemand gefolgt ist, denn ich habe mich nicht umgedreht. Mit Absicht nicht, denn wenn ein Mädchen sich umdreht, dann bedeutet das, sie will Sex mit dem Mann.«

»Muß ich mir merken«, sagte Nick geistesabwesend.

Ich nahm meinen ganzen Mut zusammen. »Ist sie in diesem Raum getötet worden?«

»Es ist folgendermaßen passiert. Kurze Zeit, nachdem du dich von ihr verabschiedet hast, hat sie noch einmal das Haus verlassen, um ...«

»So etwas hätte sie nie getan!« schrie ich ihn an. »Wenn ihr verdammten Bullen meine tote Freundin in den Schmutz

zerren wollt, dann könnt ihr was erleben!« Ich drohte
ihm mit der erhobenen Faust.

Er nahm eine Medikamentenschachtel vom Tisch und
hielt sie mir vor die Augen. »Sie hat das Haus verlassen,
um das hier zu kaufen«, sagte er. »Aspirin! Wir wissen
das, weil wir im Drugstore an der sechsten Straße waren
und nachgefragt haben. Es ist ein Drugstore, der rund
um die Uhr geöffnet bleibt.« Er holte tief Luft. »Sie ging
raus, aber sie ließ die Haustür offen; sie hat ein kleines
Knäuel Papier in den Spalt gesteckt, damit die Tür nicht
ins Schloß fiel. In den fünf Minuten, die sie schätzungs-
weise weg war, ist jemand, der sie von der anderen Straßenseite aus beobachtet hatte, ins Haus geschlüpft. Er hat
sich im oberen Flur versteckt. Er war zu feige, um sie auf
offener Straße zu überfallen, wo sie eine Chance gehabt
hätte. Da hätte sie nämlich um Hilfe schreien können.«

»Woher hätte der Mann denn wissen können, daß sie
wieder zurückkommen würde?«

»Das war klar, weil sie das Papier im Türspalt stecken-
ließ; außerdem hat uns der Gehilfe, der im Drugstore
Nachtdienst machte, erzählt, daß sie Hausschuhe trug,
als sie dort auftauchte. Dem Killer ist dieses Detail wahrscheinlich auch aufgefallen.«

»Und warum hat sie nicht um Hilfe gerufen, als der
Mann sie im Haus überfiel? Sie wußte doch, daß in allen
Zimmern Mieter schliefen.«

»Der Überfall ging so schnell vor sich, daß ihr dazu keine
Zeit blieb. Der Killer hat sie an der Kehle gepackt, als sie
gerade die Tür zu ihrem Zimmer aufgeschlossen hatte.
Er hat sie in den Raum gezerrt, die Tür geschlossen, und
dann hat er sie erdrosselt. Als sie schon tot war, ist er
wieder auf den Flur gegangen und hat die Aspirintablet-
ten aufgesammelt, die sein Opfer fallen gelassen hatte. Er
hat alle gefunden bis auf eine, die wir sichergestellt haben. Es ist unwahrscheinlich, daß deine Freundin die
Packung schon auf dem Flur geöffnet hat, um eine Tablette herauszunehmen. Jedenfalls hat uns dieses kleine

Indiz ermöglicht, den Hergang der Tat insoweit zu rekonstruieren.«

Das blutbeschmierte Laken ging mir nicht aus dem Kopf, obwohl es zugedeckt worden war. Die Neugier war so stark, daß ich mich nicht beherrschen konnte. Ich wollte es nicht wissen, und doch mußte ich es wissen. »Aber wenn er sie erwürgt hat, wo kommt dann das viele Blut her?« Ein Gefühl von Übelkeit und Hilflosigkeit überkam mich, ich mußte schlucken.

Fat ließ diese Frage unbeantwortet. Er verstummte ganz plötzlich, als sei es ihm unangenehm, mir den Rest der Geschichte zu erzählen. Mir fiel sein angewiderter Gesichtsausdruck auf. Seine Augen verrieten ihn. Ich kam mir fast wie ein Detektiv vor, als ich seinem Blick folgte. Aus den Gegenständen im Raum, die er betrachtete, bastelte ich mir den Hergang des Verbrechens zusammen. Fat hatte keine Ahnung, daß ich ihn beobachtete. Hätte er's bemerkt, dann hätte er seine Blicke wohl nicht so in der Gegend herumschweifen lassen.

Der erste Gegenstand, den seine Augen streiften, war ein kleiner Plattenspieler, der auf dem Tisch stand. Ich wußte, Julie hatte die Angewohnheit, nachts Musik zu hören. Sie benutzte Bambusnadeln als Tonabnehmer. Mit diesen Nadeln spielte das Gerät so leise, daß niemand im Haus gestört wurde. Der Deckel des Plattenspielers war hochgeklappt, und auf dem Plattenteller lag eine Schallplatte. Die Nadel war bis zur Hälfte abgenutzt und an der Spitze gesplissen. Wahrscheinlich war die gleiche Platte wieder und wieder abgespielt worden.

Dann erfaßte Fats Blick ein knappes Dutzend neue Zehn-Cent-Münzen, die auf einem Blatt Papier lagen. Vermutlich wurden sie als Beweisstücke gebraucht, deshalb hatte man sie auf das Papier gelegt. Einige dieser Geldstücke trugen kleine braune Flecken auf der schimmernden Oberfläche. Schließlich fanden Fats Augen zu dem Teppich, an dem mir zahlreiche Falten auffielen. Es sah aus, als hätte jemand eine schwere Last ein paarmal in verschiedenen Richtungen über die Fläche gezogen. Der Schock war so stark, daß ich beinahe den Verstand verloren hätte. Ich biß mir auf die Lippen und wartete darauf, daß Fat nein sagen würde, aber er sagte nichts, und das bedeutete ja.

»Sie wollen sagen, er hat mit ihr getanzt, nachdem sie schon tot war? Er hat der Leiche nach jedem Tanz eine Zehncentmünze gegeben und sie bei dieser Gelegenheit auch noch mit Dutzenden von Messerstichen zerfleischt?«

Von einem Messer war nichts zu sehen, falls der Mörder tatsächlich ein Messer benutzt hatte. Entweder hatten die Beamten das Tatwerkzeug zur Sicherung der Fingerabdrücke fortgeschafft, oder er hatte es mitgenommen.

Ich dachte über die furchtbaren Dinge nach, die in diesem Raum geschehen waren, über den Totentanz, der hier stattgefunden hatte ... Und dann wollte ich nur noch eines, nämlich raus aus dem Haus, ins Freie. Ich konnte es einfach nicht mehr aushalten. Aber bevor ich in den Flur wankte, gab ich der Versuchung nach, die mich seit einigen Minuten quälte. Während Nick mich am Ellbogen festhielt, warf ich einen Blick auf das Etikett der Schallplatte. Ich entzifferte die Worte »Poor Butterfly.«

Benommen stolperte ich aus dem Zimmer. »Das ist eine Platte, die Julie nie gespielt hat«, stammelte ich. »Sie haßte diese Melodie. Als ich die Platte einmal auflegte, hat sie das Ding sofort wieder vom Plattenteller genommen. Sie wollte die Scheibe sogar in zwei Stücke zerbrechen, aber ich hielt sie davon ab. Meine Freundin wollte mit Liebe und mit Männern nichts mehr zu tun haben, und die Melodie war sehr sentimental, das war der Grund, warum sie diese Platte nicht ausstehen konnte. Sie hat sie auch nicht etwa gekauft, sondern mit dem Plattenspieler, den sie sich aus zweiter Hand besorgt hat, und mit einem Stapel anderer Platten vom Vorbesitzer übernommen.«

»Dann kennen wir jetzt mit größter Wahrscheinlichkeit die Lieblingsmelodie des Mörders. Nachdem Julie diese Platte nicht leiden konnte, ist anzunehmen, daß sie sie ganz unten im Stapel aufbewahrte. Der Täter hat sich die Mühe gemacht, den ganzen Stapel zu durchsuchen, bis er eine Melodie fand, die nach seinem Geschmack war.«

»Und das hat er gemacht, während er meine tote Freundin im Arm hielt!« Die Vorstellung, wie der Mann Julies leblosen Körper an sich drückte, gab mir den Rest. Wir gingen die Treppe hinunter, und ich hatte den Eindruck, daß der Fußboden auf mich zuflog. Im letzten Augenblick fing Nick mich auf, er war mein Rettungsanker. Es war das erste Mal in meinem Leben, daß ich nichts dagegen hatte, von einem Mann betatscht zu werden.

Als ich wieder bei klarem Verstand war, saß ich auf einem Stuhl. Nick war neben mir und hielt mich fest, damit ich nicht zu Boden kippte. Wir befanden uns in einem kleinen Lunch-Restaurant, das ein paar Häuser von meiner Pension entfernt lag. Vor mir war eine Theke. Mein Begleiter hielt mir eine Tasse Kaffee an die Lippen.

»Wie geht's, Ginger?« fragte er mit sanfter Stimme.

»Gut«, stotterte ich. »Wie gehts', Nick?«

Und mit diesen Worten ging die Nacht, in der Julie Bennett ermordet wurde, zu Ende.

Am nächsten Abend ging ich wieder zu meiner Arbeitsstelle, ins Tanzlokal Joyland. Ich war spät dran, aber diesmal verzichtete Marino darauf, die Peitsche knallen zu lassen. Vielleicht hat er eben doch ein Herz. Während ich an ihm vorbeihastete, flüsterte er mir eine Warnung zu.

»Kein Wort zu den Kunden, Ginger, hast du mich verstanden? Wenn dich jemand fragt, sagst du einfach, du weißt nichts. Die Sache macht uns sonst das ganze Geschäft kaputt.«

Duke, einer der Musiker, die im Orchester in der ersten Reihe spielen, vertrat mir den Weg, als ich schon beinahe die Garderobe erreicht hatte. »Wie ich höre, haben dich die Bullen gestern abend zu einer kleinen Spazierfahrt eingeladen«, begann er.

»Niemand hat niemanden zu gar nichts eingeladen, Schmalzlocke«, konterte ich. Er trug sein Haar so lang, daß es ihm bis auf den Kragen reichte. »Schmalzlocke« ist der Spitzname, den die Mädchen sich für die langhaarigen Musiker ausgedacht haben.

Als ich den Umkleideraum betrat, fiel mir Julie wieder ein. Ich vermißte sie in dieser Umgebung viel mehr als später, im Saal, wo ich von vielen anderen Menschen, von Geräuschen und Musik abgelenkt war. Während ich vor dem Spiegel saß, hatte ich das Gefühl, der Geist meiner toten Freundin hätte neben mir Platz genommen und puderte sich die Nase. Der Kleiderhaken, wo Julie ihre Sachen aufzuhängen pflegte, trug noch ihr Namensschild, von Hand geschrieben.

Mom Henderson war da, in bester Laune; man konnte keinen klaren Gedanken fassen, soviel redete sie. Sonst hatte sie immer nur ein Revolverblatt dabei, diesmal zwei. Was drin stand, wußte sie inzwischen auswendig. Sie stellte sich hinter die Mädchen und blies ihnen die Rauchwolken ihrer Zigarette in den Nacken. »Als man sie gefunden hat, lagen Zehn-Cent-Münzen auf ihren Augenlidern, auf jedem Auge eine, und eine weitere Münze hat er ihr auf die Lippen gelegt, und dann hat er ihr noch Münzen in beide Hände gedrückt, er hat der Toten die Finger geschlossen, damit sie das Geld nicht verlor, könnt ihr euch das vorstellen, Mädchen? Habt ihr so was schon mal gehört? Er muß unheimlich scharf auf euch Taxigirls gewesen sein . . .«

Ich holte aus und versetzte ihr einen Tritt dorthin, wo es ihr am meisten weh tat. Sie segelte von einer Ecke des Raumes in die andere, so schnell hatte sie sich in den letzten zwanzig Jahren nicht bewegt wie jetzt. Die anderen Mädchen sahen mich an, dann wechselten sie untereinander ein paar erstaunte Blicke, als wollten sie sagen: »Ginger ist heute wieder ausgesprochen empfindlich, findest du nicht?«

»Auf die Tanzfläche mit euch! Wofür zahle ich euch soviel Geld!« rief Marino, der an der Tür aufgetaucht war. Er fuchtelte mit dem Schlagstock herum, der zu seiner Aus-

rüstung gehörte, und wir gehorchten. In einer dichtgedrängten Kolonne trotteten wir in den Saal hinaus. Ein
weiterer dieser verfluchten Abende hatte begonnen.
Nach dem zehnten Tanz (»Dinah« und »Have You Andy
Castles, Baby?«) ging ich in die Garderobe zurück, um
die Füße auszuruhen und eine Zigarette zu rauchen. Sofort war Julies Geist wieder da. Ich vermeinte ihre
Stimme zu hören! An dem Abend, bevor es geschah,
hatte sie zu mir gesagt: »Ich habe mal wieder einen un-
möglichen Kunden erwischt, Ginger. Tanzt wie ein Bo-
xer, dem sie vor fünfzig Jahren das Gehirn zermatscht
haben. Nach jeder Drehung drei kleine Schritte nach
rechts, als wollte er für die Meisterschaft im Seitensprung
trainieren.«
Ich darauf: »Warum hältst du die Hand so komisch?«
»Ich halte die Hand, wie der Typ sie mir gehalten hat. Er
hat sie mir erst nach innen gedreht und dann regelrecht
zusammengefaltet. So, schau mal. Hat mir dabei beinahe
das Handgelenk gebrochen. Und jetzt sieh dir mal den
Kratzer an, den er mir mit seinem Ring beigebracht hat!«
Sie zeigte mir eine frische Schürfwunde von der Größe
einer Erdbeere.
Als ich zwei Tage später im Halbdunkel in der Garderobe saß, sagte ich zu mir selbst: »Ich wette, das war der
Mörder! Ich bin sicher, das war er! Hätte ich doch nur
einen Blick auf diesen Mann werfen können! Hätte Julie
doch nur Zeit gehabt, mir den Täter näher zu beschreiben! Es hat ihm Vergnügen gemacht, sie beim Tanzen zu
verletzen, und folglich hat es ihm auch Vergnügen gemacht, mit ihr zu tanzen, als sie schon tot war. Es ist der
gleiche Mann.« Meine Zigarette schmeckte auf einmal
wie Moder. Ich machte sie aus und lief in den Saal zurück, wo ich mich unter die Menge mischte.
Ein Mann hielt mir ein Ticket hin. Ich riß den Bon ab,
ohne auch nur zu ihm aufzusehen. Wir tanzten. Nachdem wir fast den ganzen Saal durchquert hatten, sagte
eine Stimme in mein Ohr. »Wie geht's, Ginger?«

Ich hob den Kopf. Als ich sah, wer es war, sagte ich: »Was machen Sie denn hier?«

»Ich tanze dienstlich«, sagte Nick.

Ich erschauderte zu den Klängen der Musik. »Rechnen Sie denn damit, daß er noch einmal herkommt, nach dem, was er getan hat?«

»Er ist ein Hostessen-Mörder«, sagte Nick. »Er hat Sally Arnold umgebracht und die kleine Fredericks, und beide Mädchen haben in diesem Schuppen gearbeitet. Zwischendurch hat er noch ein Mädchen in Chicago ermordet. Die Fingerabdrücke, die wir an Julie Bennetts Plattenspieler gefunden haben, passen zu zwei der genannten Verbrechen. Bei dem dritten Fall gibt es keine Fingerabdrücke, aber das tote Mädchen hielt ein Zehncentstück in der Hand. Früher oder später wird der Mörder hierher zurückkehren. In jedem Tanzlokal dieser Stadt befindet sich heute abend ein Polizeibeamter in Zivil, und wir werden diese Bewachung solange aufrechterhalten, bis der Täter das nächste Mal zuschlägt.«

»Woher wissen Sie denn, wie der Mann aussieht?« fragte ich.

Es dauerte eine ganze Weile, bis er antwortete. »Wir haben keine Ahnung, wie er aussieht«, sagte er schließlich. »Das ist das größte Problem bei der ganzen Sache. Das einzige, was wir wissen, ist, daß er es wieder versuchen wird, und bei diesem Versuch werden wir ihn schnappen!«

Ich sagte: »Er war hier, bevor der Mord geschah, hier auf dieser Tanzfläche; daran gibt es keinen Zweifel!« Während ich sprach, schmiegte ich mich an den Mann, dem meine Worte galten. Ich, die sonst immer aus der Haut fährt, wenn der Partner zu eng tanzt! Ich erzählte Nick von der Verletzung, die der Verbrecher meiner Freundin mit seinem Ring beigebracht hatte. Ich erzählte ihm von der merkwürdigen Art, wie er mit Julie getanzt und wie er ihr die Hand gehalten hatte.

»Das war ein wichtiger Hinweis«, sagte er und ließ mich

mitten auf der Tanzfläche stehen. Ich sah ihm nach, wie er telefonieren ging.

Nick forderte mich auf, als der nächste Tanz begann. Während wir uns vom Rand der Tanzfläche zur Mitte hin bewegten, sagte er: »Du hast recht gehabt. Er war hier und hat mit ihr getanzt. Man hat eine frische Wunde an ihrem Handgelenk gefunden und gleich daneben eine Verletzung, die sich schon fast wieder geschlossen hatte. Was bedeutet, daß er ihr die zweite Verletzung erst zugefügt hat, als sie schon tot war. Wunden, die ein Toter empfängt, schließen sich nicht mehr. Der Beamte, mit dem ich gesprochen habe, hat mir gesagt, daß sie einen Abdruck von der zweiten Wunde genommen haben. Der Abdruck wurde mit Wachs ausgegossen und durch eine Vergrößerungslinse fotografiert. Wir wissen jetzt, was für einen Ring der Täter trägt. Es ist ein Siegelring, der wie ein Wappen geformt ist, mit zwei eingelegten Edelsteinen, einer oben rechts im Wappen, einer unten links.«

»Keine Initialen?« fragte ich mit einer Mischung von Scheu und Ehrfurcht.

»Leider nein, aber wir wissen etwas, das ebenso wichtig ist. Der Mann kann den Ring nicht mehr vom Finger ziehen, es sei denn, ein Juwelier oder ein Schlosser kommt ihm mit der Feile zu Hilfe. Das Risiko, sich einem Juwelier oder einem Schlosser zu offenbaren, wird er in der jetzigen Situation nicht eingehen. Die Tatsache, daß das Siegel so tief in das Handgelenk des Mädchens eingedrungen ist, beweist, daß er den Ring nicht abnehmen kann. Das Fleisch ist um den Ring herumgewachsen. Wäre es nicht so, hätte sich der Ring bei dem Druck, der auf das Handgelenk des Mädchens ausgeübt wurde, etwas gedreht.«

Er trat mir auf den Fuß, dann faßte er seine Erkenntnisse zusammen. »Wir wissen, wie der Mann tanzt. Wir wissen, daß seine Lieblingsmelodie ›Poor Butterfly‹ ist. Wir wissen, was für einen Ring er trägt, und außerdem wissen wir, daß er früher oder später in dieses Tanzlokal zurückkehren wird.«

Ich fand, das war ja alles gut und schön, aber ich hatte in diesem Augenblick ganz andere Probleme, die mich drückten. Zum Beispiel schmerzte der Fuß, auf den er getreten hatte, wie verrückt. Ich versuchte, mich von meinem ungeschickten Tänzer zu befreien. »Solange Sie mit mir auf der Tanzfläche sind, haben Sie wenig Chancen, den Mörder zu erwischen, finden Sie nicht?«

»Wenn ich mich ins Lokal stelle und nach dem Mann Ausschau halte, habe ich noch weniger Chancen«, entgegnete er. »Er würde mich sofort bemerken und untertauchen.« Nick sah mir in die Augen. »Du darfst niemandem sagen, wer ich bin. Dein Boß weiß natürlich Bescheid, aber der schweigt wie ein Grab. Es liegt in seinem Interesse, mit der Polizei zusammenzuarbeiten. Ein Verrückter, der ein Mädchen nach dem anderen umbringt, könnte die Umsatzkurve dieses Unternehmens ganz schön nach unten drücken.«

»Zufällig bin ich verschwiegen wie die Sphinx«, versicherte ich ihm. »Was die anderen Mädchen angeht, so unterhalte ich sowieso keine Freundschaft mit ihnen. Julie war die einzige, mit der ich zu tun hatte.«

Als das Lokal an jenem Abend schloß, ging ich auf die Straße hinaus, wo ich von Nick erwartet wurde. Er kam auf mich zu, ergriff meinen Arm und zog mich fort, als wäre ich sein Eigentum.

»Was soll das?« fragte ich.

Er sagte: »Das gehört zu unserem kleinen Theaterspiel. Mach mit, damit's wie echt aussieht.«

»Sind Sie sicher, daß es nur Theater ist?« sagte ich, aber ich sprach so leise, daß er mich nicht hören konnte.

Die Abende, die nun folgten, glichen dem ersten wie eine Fotokopie der anderen. Sieben Tage verstrichen, vierzehn, einundzwanzig. Schließlich war ein Monat seit dem Mord vergangen, und immer noch gab es keine Spur, wer der Täter war, wo er war, wie er aussah. Niemandem im Joyland war der Mann, der mit Julie tanzte, aufgefallen, dazu waren einfach zu viele Menschen im Lokal. Daß die Poli-

zei die Fingerabdrücke des Täters in ihrem Archiv gespei-
chert hatte, half in dieser Situation kaum weiter.

Längst gab es keine Zeitungsberichte über Julie mehr.
Wenn die Mädchen in der Garderobe klatschten und
tratschten, wurde ihr Name ausgespart. Es war, als hätte
sie nie existiert. Ich allerdings, ich dachte oft an die Ermor-
dete, denn sie war meine Freundin gewesen. Ich vermute,
daß auch Mom Henderson der Toten ein Angedenken be-
wahrte. Mom hatte eine morbide Veranlagung; es bereitete ihr Vergnügen, über unheimliche Mordmotive nach-
zugrübeln. Aber außer uns dreien gab es niemanden, der
noch einen Gedanken an Julie verschwendete.

Die Fahnder zäumten das Pferd am falschen Ende auf, ich
meine Nicks Vorgesetzte von der Mordkommission. Ich
verzichtete allerdings darauf, ihm das zu sagen. Er hätte
mir geantwortet: »Klar! Eine Hosteß ist als Leiter einer
Mordkommission viel besser geeignet als ein Polizeibeamter! Warum gehst du nicht hin, übernimmst die Ermitt-
lungen und zeigst den Typen, was eine Harke ist?«

Was ich sagen will, ist folgendes. Die Polizei hätte das
Tanzlokal in den ersten Wochen nach dem Verbrechen
nicht so intensiv beobachten müssen, wie es geschah. Ob
der Täter ein Wahnsinniger war oder nicht, es war doch
klar, daß er nicht so kurz nach dem Mord wieder im Joyland auftauchen würde. In den ersten Wochen danach, so
meine ich, wäre nicht ein einziger Beamter nötig gewesen.
Der Mörder blieb während dieser Zeit untergetaucht.
Nach ungefähr einem Monat hätte die Polizei die Fahn-
dung verstärken müssen. Aber sie machten genau das Gegenteil. In den ersten vier Wochen nach dem Mord kam
Nick jeden Abend. Danach nur noch unregelmäßig, jeden
zweiten Abend oder so, und er blieb auch nicht mehr bis
zur Sperrstunde.

Irgendwann wurde mir klar, daß sie Nick den Fall wegge-
nommen hatten, daß er nur noch ins Joyland kam, weil
ihm, ich nenne es mal die Atmosphäre, so gut gefiel. Ich
sprach ihn darauf an, ohne Vorwarnung. »Haben Sie im-

mer noch den dienstlichen Auftrag, dieses Tanzlokal zu beobachten?«

Er wurde rot und gestand: »Nein. Alle Beamten sind von dem Fall abgezogen worden. Ich . . . komme nur noch, weil . . . Du verstehst schon, die Macht der Gewohnheit.«

»Ach ja?« sagte ich zu mir selbst. Ich hatte eigentlich nichts gegen seine Besuche, nur daß er immer noch so miserabel tanzte wie zu Beginn. Er zog und zerrte an mir, es war wirklich schlimm. Er kam mir vor wie jemand, der versucht, die Tanzfläche mit einer Dampfwalze zu überqueren. »Nick«, sagte ich, als er wieder einmal mit seinen Schuhen Größe 46 auf meinen Zehenspitzen herumtrampelte, »Sie können in diesem Lokal nach Herzenslust Detektiv spielen, aber bitte fordern Sie mich nicht mehr zum Tanzen auf, ich kann diese Angriffe orthopädisch nicht mehr verkraften.«

Er machte ein unschuldiges Gesicht. »Tanze ich so schlecht?« Ich ging über die Frage mit einem Lächeln hinweg. Er war immer sehr nett zu mir gewesen, auch wenn er überhaupt nicht tanzen konnte.

Als er am nächsten Abend ausblieb, dachte ich, Ginger, vielleicht bist du einen Schritt zu weit gegangen, vielleicht hast du ihn beleidigt. Andererseits, dieser Bulle von Mann hatte mir nie den Eindruck vermittelt, als gäbe es bei ihm irgendwelche Empfindlichkeiten. Und dann versetzte ich mir, bildlich gesprochen, einen Tritt in den Hintern. Wenn es hier jemanden gibt, der ganz bestimmte Empfindlichkeiten entwickelt, dann bist du es, Ginger! Was ist überhaupt mit dir los? Wirst du etwa sentimental? Hattest du nicht geschworen, daß du dich nie von Gefühlen einlullen lassen würdest? Bei dieser Überlegung ergriff ich das nächste Ticket, das mir hingehalten wurde, riß den Bon ab und beglückte den Mann, dem das Ticket gehörte, mit meinen Pfunden. »Greifen Sie hinein ins volle Menschenleben, Mister, Sie haben schließlich dafür bezahlt.«

Irgendwie überstand ich den Abend. Schlimmer war es am Tag darauf. Ich hatte das gleiche unheimliche Gefühl wie damals, als die Sache mit Julie passiert war. Die Angst, daß dieser Abend böse enden würde. Wenn ich solche Vorahnungen habe, dann gibt es wirklich ein dickes Ende. Ich redete mir ein, daß ich nur etwas traurig war, weil Nick nicht gekommen war. Ich hatte mich an seine Besuche gewöhnt, das war alles, und jetzt würde er nie wieder ins Joyland kommen, na und? Aber das Gefühl ließ sich mit solchen Gedanken nicht vertreiben. Irgendwann in dieser Nacht würde etwas passieren. Etwas Schlimmes.

Mom Henderson saß in der Garderobe. Sie las die Zeitung von morgen, ein Boulevardblatt. »In der letzten Zeit sind keine guten Morde mehr passiert«, maulte sie. »Verdammt noch mal, man hat als Leser doch einen Anspruch darauf, daß dann und wann jemand nach allen Regeln der Kunst abgemurkst wird!«

»Halt die Klappe, Tochter Draculas!« schrie ich sie an. Ich streifte meine Schuhe ab, streute Puder hinein und zog mir die Schuhe wieder an. Marino kam und hämmerte gegen die Tür. »Raus jetzt, ihr Chaotinnen! Wofür bezahle ich euch?«

Ein Mädchen quietschte: »Das möchte ich auch gern wissen.« Dann gingen wir im Gänsemarsch raus, und das Gefühl, das mich dabei beschlich, war schlimmer als der Tod. Ich sah meinem ersten Kunden nicht ins Gesicht, nur auf das Dreieck seiner Hemdbrust. Wir tanzten, und ich starrte auf das Dreieck, das sich genau in meiner Augenhöhe befand. Es ist das einzige, was man als Hosteß von einem Mann sieht. Meistens ist die Hemdbrust weiß, manchmal aber auch blau. Einmal hatte ich einen Kunden mit lavendelfarbener Hemdbrust. Ich war drauf und dran, ihn zu fragen, ob ich führen sollte. Etwas Abwechslung gibt es bei den Krawatten. Jeder Mann trägt eine Krawatte. »Warum so niedergeschlagen, schönes Kind?«

»Wenn Sie an meiner Stelle wären und das sehen, was ich sehe, wären Sie auch niedergeschlagen.«

Das saß, er sagte kein Wort mehr.

Duke leitete das Orchester zu einem Walzer über. Ich war

verunsichert, als ich das hörte. Streng nach Plan hätten sie jetzt langsame Swingmusik spielen müssen. Die Folge der Titel war geändert worden, vielleicht auf Wunsch eines Gastes. Also Walzer. Bei Walzermusik wurden immer die Wandleuchten ausgeknipst. Ein blauer Schein erfüllte das Lokal, ein kühles, düsteres Licht, und von der Kugel an der Decke regnete es silberne Sterne.

Die Hemdbrust mit der eingewebten Kristallstruktur hatte ich schon einmal gesehen; auch an die gestrickte Krawatte erinnerte ich mich, besonders an das eine Ende, das aufgedröselt war. Das Gesicht des Mannes wollte ich gar nicht sehen. Irgendwie war ich zu faul, den Kopf zu heben. Ich summte die Melodie mit, um mir die Zeit zu vertreiben. Dann schien es mir, als kämen die Worte von irgendwoher. Worte, die ohne mein Zutun zu den Lücken meiner Erinnerung schwebten und sie ausfüllten. »Poor Butterfly«.

Meine Hand schmerzte, weil der Mann sie so merkwürdig hielt. Ich versuchte sie ihm zu entwinden, aber das gelang mir nicht, statt dessen verstärkte er seinen Griff. Er bog mir die Hand nach innen, faltete sie zusammen. . . .

Mist! Wenn ich etwas hasse, dann sind es Männer, die einem die Flosse in einen Schraubstock spannen! Außerdem hatte der Typ keine Ahnung, wie man Walzer tanzte. Nach jeder Drehung machte er drei kleine Schritte nach rechts. Es ging mir wirklich auf die Nerven. Und dann meinte ich Julies Stimme zu hören.

»Poor Butterfly . . .«

Plötzlich bekam ich es mit der Angst zu tun. Ich war sehr aufgeregt. Ich sagte mir immer wieder: Schau ihm nicht in die Augen, sonst verrätst du dich. Ich starrte also auf seine Krawatte. Es wurde wieder hell im Saal. Die Musik erstarb. Pause. Wir trennten uns. Ich drehte dem Mann den Rücken zu, und er drehte mir den Rücken zu. Wir gingen auseinander, ohne ein Wort zu sagen. Die Männer danken dir nicht, wenn sie mit dir getanzt haben. Sie haben dich ja dafür bezahlt.

Ich zählte bis fünf, und dann drehte ich mich um. Ich wollte wissen, wie der Mann aussah. Unsere Blicke trafen sich. Ich schaffte es noch gerade, ein Lächeln auf meine Lippen zu zaubern. Er sollte denken, ich hätte mich nach ihm umgedreht, weil ich mich für ihn interessierte. Sozusagen eine Aufforderung, mir noch ein Ticket zu kaufen.

Sein Gesicht hatte nichts Außergewöhnliches. Er sah nicht schlechter aus als die anderen Männer, die im Joyland verkehrten. Er war Anfang Vierzig. Dunkles Haar, ohne graue Strähnen. Der Blick, mit dem er mich musterte, verriet eine gewisse Neugier. Aber er ließ mein Lächeln unbeantwortet. Vielleicht hatte er gemerkt, daß es nur Theater war.

Wir wandten uns voneinander ab, und dann ging jeder in eine andere Richtung.

Ich schielte auf meine Hand. Ich wollte wissen, warum sie mir so weh tat. Ich achtete darauf, daß ich den Kopf nicht senkte, für den Fall, daß der Mann mich noch beobachtete. Wie ich feststellte, war die Haut aufgeschürft. Die Wunde war so groß wie eine Erdbeere, und sie stammte von dem Ring, den der Mann getragen hatte. Ich wußte genug. Ich ging in Richtung Telefonzelle. Als ich Duke sah, kniff ich ein Auge zu. Er folgte mir, und wir trafen uns im Gang.

»Warum hast du vorhin das Programm gewechselt? Warum hast du ›Poor Butterfly‹ gespielt?« fragte ich ihn.

»Sonderwunsch eines Gastes«, sagte er.

Ich sagte: »Zeig jetzt nicht mit dem Finger auf den Mann, und sieh dich nicht um, aber wer war es?«

»Der, mit dem zu zuletzt getanzt hast. Warum?« Ich schwieg, und er sagte: »Schon verstanden.« Dabei hatte er überhaupt nichts verstanden. »Du bist hinter dem Geld her wie der Teufel hinter der armen Seele«, sagte er und gab mir zweieinhalb Dollar, die Hälfte von dem Fünfdollarschein, den der Mann ihm bezahlt hatte, damit er »Poor Butterfly« spielte. Duke glaubte, ich wäre zu ihm gekommen, um mir meinen Anteil an den fünf Dollar zu holen. Ich nahm das Geld. Es wäre sinnlos gewesen, Duke zu erzählen, was ich wußte. Was hätte er schon unternehmen können? Nick Ballestier war der Mann, den ich informieren mußte. Ich ging zum Limonade-Stand und wechselte ein paar Fünf-Cent-Stücke ein. Dann schlug ich den Weg zum Münztelefon ein. Ich war nur noch einen Meter vom Telefon entfernt, als das Orchester wieder einsetzte.

Und plötzlich war auch *er* wieder da. Er war mir wohl die ganze Zeit gefolgt.

»Wollten Sie etwa gerade weggehen?« fragte er.

Möglich, daß sein Blick, während er mit mir sprach, das Wandtelefon streifte, ich bin mir nicht sicher. Aber eines weiß ich: In seinem Blick war keine Spur von Neugier mehr, nur Entschlossenheit.

»Ich wollte nirgendwo hingehen«, sagte ich kleinlaut. »Ich stehe ganz zu Ihrer Verfügung.« Ich dachte, wenn ich ihn lange genug hinhalte, kommt Nick.

Dann, als wir schon fast die mit Seilen gesicherte Tanzfläche erreicht hatten, sagte er: »Lassen wir das. Gehen wir irgendwo in ein kleines Lokal, da können wir uns besser unterhalten.«

Ich sagte mit gespielter Ruhe: »Aber ich habe schon den Bon von Ihrem Ticket abgerissen. Wollen Sie denn nicht wenigstens Ihr Ticket aufbrauchen?« Ich ging ihm um den Bart und versuchte ihn mit allen Mitteln zum Tanzen rumzukriegen, aber er ging nicht darauf ein. Er drehte sich um und winkte Marino heran, um dessen Okay zu kriegen.

Er kehrte mir den Rücken zu, und ich stand hinter ihm und schüttelte wie wild den Kopf. Ich wollte Marino klarmachen: Nein, nein, ich will nicht mit diesem Mann mitgehen! Marino übersah mich einfach. Er verdiente mehr, wenn er mich mitgehen ließ.

Als ich merkte, daß sich die beiden handelseinig werden würden, flitzte ich los wie ein Blitz. Ich rannte zum Münztelefon und warf ein Geldstück ein. Es hätte sowieso keinen Zweck gehabt, mit Marino zu sprechen, er hätte mir nicht geglaubt, sondern meine Schilderung für eine Erfindung gehalten, für einen Vorwand, der es mir ersparen sollte, mit dem Kunden mitzugehen. Und wenn ich um Hilfe gerufen hätte, wäre der Mann auf Nimmerwiedersehen veschwunden. Nick war derjenige, der die Information bekommen mußte. Nick war der einzige, der einen Rat wußte, wie ich den Täter im Tanzlokal festhalten konnte.

Ich sagte in die Muschel: »Das Polizeipräsidium, schnell! Schnell!« Dann drehte ich mich um und inspizierte den Schuppen. Marino war allein. In dem Gewühl, das im Joyland herrschte, konnte ich nicht sehen, in welche Richtung der Mann gegangen war.

Eine Stimme meldete sich, und ich sagte: »Ist Nick Ballestier da? Dann holen Sie ihn schnell ans Telefon.«

Inzwischen hatte das Tanzorchester wieder zu spielen aufgehört. Es war schon merkwürdig. Als ich zufällig den Blick hob, sah ich einen Schatten an der Wand. Jemand stand hinter mir. Ich rührte mich nicht von der Stelle, hielt den Hörer umklammert und lauschte.

Ich sagte: »Also gut, Peggy, ich wollte nur wissen, wann du mir endlich die fünf Dollar zurückgibst«, und dann legte ich auf.

Würde Nick begreifen, warum ich angerufen hatte? Sie würden ihm sagen: »Eine Frau wollte dich sprechen, Nick, eine Frau oder ein Mädchen, sie rief von einem Anschluß an, wo im Hintergrund Musik zu hören war. Es war nicht herauszubekommen, was sie eigentlich wollte, und statt zu warten, hat sie aufgelegt.« Der Faden, an dem meine Hoffnungen hingen, war ganz schön dünn.

Ich stand da und hatte Angst, mich umzudrehen. Mit versteinerter Stimme sagte er: »Hol deine Sachen aus der Garderobe, schnell! Wegen der fünf Dollar brauchst du dir keine Gedanken mehr zu machen, jedenfalls nicht heute abend.« Hinter seinen Worten verbarg sich eine Warnung. Die Garderobe war ein fensterloser Raum. Es gab keinen Fluchtweg, nur die Tür, durch die ich hereingekommen war, und auf der anderen Seite der Tür wartete der Mann. Um Zeit zu gewinnen, wühlte ich in allen Sachen herum, die mir zwischen die Hände gerieten, und ich dachte: »Warum kommt Nick denn nicht?« Mann, hatte ich eine Angst! In wenigen Metern Entfernung befanden sich Hunderte von Menschen, und doch gab es niemanden, der mir helfen konnte. Wenn ich den Mann da draußen noch länger warten ließ, würde er die Flucht ergreifen. Die einzige Methode, wie ich Nick den Täter in die Arme treiben konnte, war, die Einladung des Mannes anzunehmen und auf mein Glück zu vertrauen. Einmal pro Minute rannte ich zur Tür und spähte durch den Spalt. Ich war ziemlich sicher, daß er mich nicht sehen konnte, aber ich hatte mich geirrt. Plötzlich trat er mit dem Absatz gegen die Türfüllung, mit solcher Wucht, daß ich vor Schreck vom Boden abhob. »Hör mit dem Versteckspiel auf, ich warte!« rief er zornig.

Ich ergriff Mom Hendersons Zeitung und kritzelte eine Mitteilung darauf. *Nick, er nimmt mich mit, und ich weiß nicht, wohin. Folgen Sie den Papierschnipseln, die ich ausstreue, es sind meine Tickets. Ginger.*

Dann suchte ich in aller Eile die Bons zusammen, die ich im Laufe des Abends von den Tickets der Kunden abgerissen hatte, und steckte sie lose in meine Manteltasche. Dann ging ich raus, zu dem Mann. Mir war, als hörte ich das Wandtelefon läuten, aber die Musik war so laut, daß ich es nicht genau unterscheiden konnte. Wir gingen runter und auf die Straße hinaus.

Nachdem wir einen Block weit gegangen waren, sagte ich: »Da ist ein Lokal, wo wir Mädchen oft hingehen.« Ich deutete auf das »Chan's«. Er sagte: »Halt den Mund!« Ich ließ mein erstes Ticket auf den Bürgersteig fallen und dann noch eines. Ich legte eine richtige Spur. Die Straßenlampen wurden immer weniger, und recht bald waren wir in einem Labyrinth dunkler, menschenleerer Gassen. Ich hatte inzwischen fast alle meine Tickets ausgestreut. Mein Glück war, daß er kein Taxi genommen hatte. Er wollte wohl vermeiden, daß der Fahrer sich später einmal daran erinnerte, uns beide befördert zu haben.

Ich verlegte mich aufs Bitten. »Zwingen Sie mich nicht weiterzugehen, ich bin furchtbar müde.«

Er sagte: »Wir sind gleich da, da vorne ist es.« Ich ließ mich täuschen von dem Schild an der nächsten Ecke; es gab dort ein chinesisches Restaurant, eines von den ganz billigen, und ich dachte, dorthin wird er mich einladen.

Aber zwischen der Stelle, wo wir uns befanden, und dem chinesischen Restaurant war ein langer, trostloser Häuserblock. Ein paar Häuser waren zum Abbruch vorbereitet worden, und dann gab es noch Freiflächen, wo früher einmal Gebäude gestanden hatten. Meine Tickets reichten nicht, um auf diese Entfernung eine Spur zu legen. Ich hatte die Einkünfte des ganzen Abends fortwerfen müssen, nur um am Leben zu bleiben. Der Mann mußte das so geplant haben. Er hatte gewußt, daß ich auf das entfernte Schild reinfallen würde, zu dem wir *nicht* gehen würden.

Sicher, ich hätte jederzeit um Hilfe schreien und eine Menschenansammlung provozieren können. Aber Sie müssen verstehen, wichtiger als alles andere war es mir, den Mann für Nick festzuhalten. Ich wollte nicht, daß er im Schutz der Nacht verschwand, um später, an irgendeinem Datum in der Zukunft, mit einer anderen Frau das gleiche zu tun, was er jetzt mit mir vorhatte. Was passiert wäre, wenn ich um Hilfe gerufen hätte? Die Leute hätten mir nicht geglaubt, sie hätten gedacht, ich wollte den Mann erpressen. Er hätte sich mit irgendwelchen Erklärungen aus der Sache rausgeredet, oder er wäre verschwunden, bevor ein Polizist aufgetaucht wäre.

Sie müssen so etwas selbst einmal erleben, um zu begreifen, wie abgestumpft, wie gleichgültig die Menschen sind, denen man auf der Straße begegnet. Die rühren keinen Finger, um einem zu helfen. Nicht einmal ein Polizist in Uniform kann einen aus so einer Sache rausholen. In meinem Fall hätte der Ordnungshüter sich die Versionen der beiden Beteiligten angehört, hätte die Behauptungen gegeneinander abgewogen, und dann hätte er uns weitergeschickt.

Vielleicht dachte ich in jenen Sekunden an einen Polizisten, weil uns einer entgegenkam. In der Düsternis war er nur schwer zu erkennen, aber seine langsamen, stetigen Schritte sagten mir, daß es ein Polizist sein mußte. Ich hatte einen Plan, aber ich war unentschlossen, bis der Mann auf unserer Höhe angekommen war.

Es war vor einem verlassenen Haus, dessen Fenster mit Brettern zugenagelt waren, wo mein Begleiter und ich dem Polizisten begegneten. Als mir klar wurde, daß dies meine allerletzte Chance war – denn Nick konnte unmöglich die Strecke zwischen mir und meinen letzten Tickets überwinden –, blieb ich plötzlich stehen.

Ich sprach mit leiser, angespannter Stimme. »Wachtmeister, dieser Mann will . . .«

Der Mann, der Julie ermordet hatte, war einen Schritt weitergegangen. So kam es, daß er den Polizisten von hinten angreifen konnte. Alles ging unheimlich schnell, ich vermute, er benutzte eines dieser Messer, die sich auf Knopfdruck öffnen. Der Beamte verdrehte die Augen, ich konnte das Weiß seiner Augäpfel inmitten der Dunkelheit schimmern sehen, und er hustete mir ins Gesicht, warm, und dann sank er mit einer langsamen, trägen Bewegung auf mich. Bevor mich sein Körper erreichte, machte ich einen raschen Schritt zur Seite. Mit einem weichen, dumpfen Laut fiel er auf den Boden und rührte sich nicht mehr.

Aber das Messer war schon längst wieder aus seinem Körper herausgezogen worden, und die Spitze berührte meine Lenden. Wo vor wenigen Sekunden noch der Polizist gestanden hatte, stand jetzt *er*. Wir waren wieder die einzigen Menschen auf der Straße.

Er sagte mit einer kalten, auffallend ruhigen Stimme: »Schrei doch, dann erledige ich dich gleich hier, auf ihm.«

Ich schrie nicht, ich hielt den Atem an.

Er sagte: »Geh dort runter!« Er verstärkte den Druck des Messers auf meinem Körper und bugsierte mich zu dem abbruchreifen Haus. Der Weg war abschüssig, weil er zum Tiefgeschoß des Hauses führte. »Bleib hier stehen, und wenn du Lärm machst . . . Du weißt ja, was ich vorhin gesagt habe.« Er ging zurück und versetzte dem Polizisten einen Fußtritt. Der reglose Körper kam hinter mir hergerollt.

Ich wich zurück und stieß mit dem Rücken an die mit Brettern vernagelte Kellertür. Die Tür gab bei der Berührung etwas nach. Ich dachte, er hat wahrscheinlich vor, mich in dieses Haus mitzunehmen. Wenn das wirklich sein Plan ist, dann ist die Kellertür offen. Draußen war mir jeder Fluchtweg versperrt, aber vielleicht konnte ich dem Mann entkommen, indem ich *in* das Haus floh.

Ich drehte mich um und drückte gegen die Tür. Sie ließ sich einen Spaltbreit öffnen, gerade soviel, daß ich mich hindurchzwängen konnte. Hier mußte sich der Mann all die Wochen versteckt gehalten haben. Es war ein Abbruchhaus, so daß er ungestört ein und aus gehen konnte. Kein Wunder, daß sie ihn nicht gefunden hatten.

Er hatte begriffen, was ich vorhatte, und folgte mir. Ich sah, wie er sich durch den Türspalt quetschte. Ich stolperte den stockdunklen Gang entlang.

Die Treppe, die nach oben führte, fand ich, indem ich in voller Länge auf die Stufen knallte. Ich begann zu schluchzen. Ein paar Stufen bewältigte ich kriechend, dann raffte ich mich auf.

Er blieb stehen, um ein Streichholz anzuzünden. Ich hatte keine Streichhölzer, aber der Lichtschein, den das seine verbreitete, half mir, meine nähere Umgebung und die Umrisse der Gegenstände zu erkennen. Ich befand mich im Erdgeschoß des Hauses, im Flur. Ich wollte nicht in die oberen Stockwerke gehen, denn dann wäre er mir gefolgt, und die Jagd wäre sehr schnell zu Ende gewesen, aber hier im Korridor stehenbleiben und abwarten, das konnte ich auch nicht.

Ich begann zu laufen, streifte einen zerbrochenen Stuhl. Ich wandte mich um, ergriff den Stuhl, hob ihn über meinen Kopf und warf ihn mit aller Kraft die Treppe hinunter, auf den Mann. Ich weiß nicht, ob ich ihn getroffen und verletzt habe, aber das Streichholz erlosch.

Er sagte dann etwas sehr Merkwürdiges. »Du warst schon immer etwas jähzornig, Muriel.«

Ich dachte nicht daran, stehenzubleiben und mir das weiter anzuhören. Ich hatte eine Öffnung in der Wand erspäht, bevor das Streichholz erlosch. Nur eine Schwärze. Ich tauchte durch die Öffnung, mit schwimmenden Bewegungen, bis ich an einen Kaminsims stieß. Ich bückte mich und verbarg mich im Kamin. Es war einer von diesen großen, altmodischen. Ich tastete den Bereich über meinem Kopf ab und stieß mit der Hand an rauhes, mit Spinnweben bedecktes Mauerwerk, aber der Schacht, der nach oben führte, war nicht breit genug, um hinaufzuklettern. Ich quetschte mich in eine Ecke und betete, daß mein Verfolger mich nicht finden möge.

Er hatte ein zweites Streichholz angezündet, und er kam in den Raum, auf der Suche nach mir. Vom Inneren des Kamins aus konnte ich nur die Füße des Mannes sehen. Ich fragte mich, ob er mich auch sehen konnte; er kam nicht zu der Stelle, wo ich war.

Das Licht wurde etwas heller, er hatte einen Kerzenstumpf angezündet. Aber immer noch vermieden es seine Beine, geradewegs auf mich zuzugehen, er bückte sich nicht, und er streckte auch nicht seinen Kopf in den Kamin, um mich anzustarren. Seine Beine gingen hin und her, das war alles. Mir fiel es sehr schwer, leise zu atmen, nachdem ich so schnell gerannt war.

Endlich sagte er mit lauter Stimme: »Kühl hier drinnen«, und ich konnte hören, wie er mit Zeitungen raschelte und sie zu einem Stapel zusammenschichtete. Ich dachte überhaupt nicht daran, was als nächstes passieren würde. Ich dachte: Hat er mich vergessen? Ist er verrückt? Werde ich vielleicht doch noch lebend aus diesem Haus herauskommen?

Plötzlich kamen seine Beine zu mir; ohne sich hinzuknien

und ohne in die Höhlung des Kamins hineinzuspähen, stopfte er den leeren Raum neben mir mit Papier voll. Ich hörte, wie ein Zündholz über die Bodenplatten strich. Dann kam die Stille der Entzündung, nur ein kurzer Augenblick. Ich war am Ende meiner Kräfte, ich wollte so schnell wie möglich sterben, aber nicht auf diese Weise. Als nächstes hörte ich das Geräusch der auflodernden Flamme, unmittelbar vor mir war Helligkeit, und das Papier verwandelte sich in Gold. Ich dachte: Oh, Nick! Nick! Jetzt wird's ernst!

Ich tauchte aus meiner Höhle auf, umgeben von sprühenden Funken und brennenden Zeitungen.

Er sagte lächelnd, selbstzufrieden, beiläufig: »Tag, Muriel. Ich dachte, du wolltest mit mir nichts mehr zu tun haben. Was willst du in meinem Haus?« Er hielt noch immer das Messer in der Hand, das Messer, an dem das Blut des Polzisten klebte.

Ich sagte: »Ich bin nicht Muriel, ich bin Ginger Allen vom Joyland. Oh, Mister, bitte lassen Sie mich gehen!« Ich hatte so große Angst, daß ich auf die Knie sank und zu wimmern begann. »Bitte!«

Er sagte immer noch in dem beiläufigen Tonfall: »So, du bist also nicht Muriel! Du hast mich nicht geheiratet, einen Tag bevor ich auf das Schiff nach Frankreich ging? Du hast nicht gehofft, daß ich im Krieg fallen würde, so daß du eine Pension bekommen würdest?« Und dann, mit etwas Boshaftigkeit in der Stimme: »Aber ich habe dich ausgetrickst. Ich wurde schwer von Granatsplittern verletzt und erlitt einen Schock, aber ich bin zurückgekommen, auch wenn es nur auf einer Tragbahre war. Und was fand ich vor? Du hattest nicht einmal gewartet, bis es sichere Nachrichten gab, ob ich noch lebte oder nicht. Du hattest einen anderen Kerl geheiratet und mit ihm von meinem Geld gelebt. Allerdings hast du dann versucht, alles wiedergutzumachen, nicht wahr, Muriel? Wirklich, du hast mich im Krankenhaus besucht und hast mir eine Portion Gelee mitgebracht. Der Mann im Bett nebenan starb, nachdem er davon gegessen hatte. Muriel, ich habe seitdem landauf, landab nach dir gesucht, und jetzt habe ich dich gefunden.«

Er bewegte sich rückwärts gehend, das Messer in der Hand, dann trat er zur Seite. Ein altertümliches Grammophon, das auf einem Pappkarton stand, kam in Sicht. Das Gerät war mit einem großen Trichter ausgerüstet, der den Klang verstärken sollte. Er hatte es wohl auf einer Müllkippe gefunden und wieder instand gesetzt. Er löste den Tonarm aus der Halterung, drehte ein paarmal die Kurbel, die zusammen mit einem Federwerk den Antrieb des Geräts darstellte, und setzte die Nadel in die Rille.

»Wir werden jetzt miteinander tanzen, Muriel, wie an jenem Abend, als ich meine Khakiuniform trug und du so hübsch anzusehen warst. Aber diesmal wird der Abend anders zu Ende gehen als damals.«

Er kam zu mir zurück. Ich kauerte immer noch am Boden, zitternd wie Espenlaub. »Nein!« schrie ich. »Lassen Sie mich am Leben! Sie haben sie doch schon umgebracht, mit unzähligen Messerstichen. Erst letzten Monat war das; wissen Sie das nicht mehr?«

Er sagte mit einer bemitleidenswerten Einfachheit, die mir enthüllte, was für eine gequälte Kreatur er war: »Jedesmal, wenn ich denke, ich habe alles hinter mir, steht sie wieder von den Toten auf.« Er zog mich hoch, bis ich wieder auf den Beinen stand, legte den Arm um mich und preßte mich an sich. Dabei drückte er mir das Messer in die Seite. Das fürchterliche Grammophon plärrte los und schickte seine Melodie in die Leere hinein. Das alte Ding spielte so laut, daß man es sicher bis auf die Straße hören konnte, »Poor Butterfly«. Es war entsetzlich, geisterhaft. Und vom Kerzenlicht beschienen, begannen wir zu tanzen, begleitet von unseren großen, drohend aufragenden Schatten, die sich im Takt auf der Wand bewegten. Ich konnte meinen Kopf nicht geradehalten; er hing herunter wie ein reifer Apfel. Mein Haar, das ich zusammengesteckt trug, hatte sich gelöst und floß wie ein Strom über meine Schultern, während der Mann an mir zerrte, mich drehte und mich hin und her durch den Raum schleppte . . .

»I just must die, poor butterfly!«

Ohne mich aus der Umarmung freizugeben, griff er in seine Jackentasche, brachte eine Handvoll schimmernder Zehn-Cent-Münzen hervor und warf sie mir ins Gesicht.

Dann war ein Schuß zu hören, das Geräusch kam von draußen. Es hörte sich an, als sei der Schuß an der Stelle abgegeben worden, wo der Polizist lag. Vielleicht war er durch den Messerstich nur verletzt worden, war vom Geplärr des Grammophons aus der Bewußtlosigkeit erwacht und hatte Hilfe geholt.

Er wandte den Kopf, blickte auf die vernagelten Fenster und lauschte. Ich riß mich von ihm los, stolperte von ihm fort, und ich vermeinte zu spüren, wie die Messerspitze meine Haut ritzte, aber er stieß nicht rechtzeitig zu, ließ das Messer von mir abgleiten.

Ich war draußen im Flur, bevor er mich erneut packen konnte, und was danach kam, war eine Art fliegender Alptraum. Ich erinnere mich nicht, daß ich die Treppe zum Kellergeschoß hinuntergegangen bin; ich glaube, ich bin die Stufen heruntergefallen, ohne mich zu verletzen – wie ein Betrunkener.

Unten, in dem Korridor, der einem Tunnel glich, kam mir ein Scheinwerfer entgegen. Es war wohl nur eine Taschenlampe, aber der Lichtkegel wurde größer und größer, und dann rauschte das Ding an mir vorbei und weiter, den Gang entlang. Dem Scheinwerfer folgte eine Gruppe uniformierter Gestalten, die mich im Vorbeirennen streiften.

Ich versuchte, eine Gestalt nach der anderen anzuhalten, um sie zu fragen: »Wo ist Nick? Sind Sie Nick?«

Dann ertönte oben ein Schuß. Ich hörte einen furchtbaren Todesschrei. »Muriel!« Das war alles.

Das nächste, was ich hörte, war Nicks Stimme. Er hatte

den Arm um mich gelegt und küßte mir die Spinnweben
und die Tränen vom Gesicht.
»Wie geht's, Ginger?« fragte er.
»Gut«, sagte ich, »und wie geht's, Nick?«

# Die Segensreich-Methode

Stanley Ellin

Mr. Treadwell war ein kleiner, liebenswürdiger Mann, der für eine gutgehende Firma in New York City arbeitete und dessen Stellung bei dieser Firma ihn berechtigte, sein eigenes Büro zu haben.

Am späten Nachmittag eines schönen Junitages betrat ein Besucher dieses Büro. Der Besucher war untersetzt, gut gekleidet und imposant. Sein Teint war glatt und rosig, seine kleinen, kurzsichtigen Augen leuchteten fröhlich hinter dicken, horngefaßten Brillengläsern.

»Mein Name«, sagte er, nachdem er seine pralle Aktenmappe abgelegt hatte, und schüttelte Mr. Treadwells Hand mit zermalmendem Griff, »mein Name ist Bunce, und ich vertrete die Gesellschaft für Gerontologie. Ich bin hier, um Ihnen bei der Lösung Ihres Problems zu helfen, Mr. Treadwell.«

Mr. Treadwell seufzte. »Da Sie mir völlig fremd sind, mein Lieber«, sagte er, »und da ich niemals von dem Verein gehört habe, den zu vertreten Sie vorgeben, und da ich überdies gar kein Problem habe, das Sie überhaupt etwas angehen könnte, bedaure ich, Ihnen sagen zu müssen, daß ich kein Abnehmer bin – was immer Sie auch loswerden wollen. Nehmen Sie mir's also nicht übel.«

»Übelnehmen?« sagte Bunce. »Natürlich nehme ich's übel. Die Gesellschaft für Gerontologie versucht nicht, irgend jemand irgend etwas zu verkaufen, Mr. Treadwell. Die Interessen der Gesellschaft sind ausschließlich philanthropischer Natur. Wir gehen bestimmten Fällen nach, fertigen Berichte darüber an und arbeiten an der Beseitigung einer der tragischsten Situationen, vor die wir in der modernen Gesellschaft gestellt sind.«

»Und die wäre?«

»Das sollte eigentlich schon aus dem Namen der Gesellschaft hervorgehen, Mr. Treadwell. Gerontologie ist das Studium des Alterns und der Probleme, die damit zusammenhängen. Verwechseln Sie das bitte nicht mit Geriatrie. Geriatrie behandelt die Krankheiten des Alters. Gerontologie befaßt sich mit dem Alter selbst als dem eigentlichen Problem.«

»Ich werde versuchen, mir's zu merken«, sagte Mr. Treadwell ungeduldig. »Unterdessen nehme ich an, dürfte wohl eine kleine Spende das Gegebene sein. Sagen wir: fünf Dollar?«

»Nein, o nein, Mr. Treadwell, keinen Pfennig, keinen roten Heller! Ich weiß wohl, daß dies die übliche Art ist, mit allen möglichen philanthropischen Organisationen umzugehen. Aber die Gesellschaft für Gerontologie arbeitet auf völlig andere Weise. Unsere Aufgabe ist es, Ihnen zuerst bei der Lösung Ihres Problems zu helfen. Erst dann würden wir uns berechtigt fühlen, etwas von Ihnen zu verlangen.«

»Fein«, sagte Mr. Treadwell etwas liebenswürdiger. »Dann sind wir schon quitt. Ich habe kein Problem, also bekommen Sie auch keine Spende. Es sei denn, Sie wollten sich's doch anders überlegen?«

»Anders überlegen?« sagte Bunce gequält. »Sie sind es, Mr. Treadwell, nicht ich, der sich's anders überlegen muß. Einige der traurigsten Fälle, die unsere Gesellschaft bearbeitet, sind Fälle von Leuten, die sich lange geweigert haben, ihr Problem überhaupt wahrzunehmen oder seine Existenz einzugestehen. Ich habe monatelang an Ihrem Fall gearbeitet, Mr. Treadwell. Ich hätte mir nie träumen lassen, daß Sie unter diese Kategorie fallen würden.«

Mr. Treadwell tat einen tiefen Atemzug. »Wären Sie geneigt, mir zu sagen, was Sie eigentlich meinen mit dem Unsinn von der Arbeit an meinem Fall? Ich war nie ein Fall für irgendeine Gesellschaft oder Organisation, wie sie auch heißen mag.«

Im Handumdrehen hatte Bunce seine Aktentasche aufgeklappt und einige Bogen Papier herausgenommen.

»Wenn Sie die Güte hätten«, sagte er, »ich würde gern die einzelnen Punkte dieses Berichtes mit Ihnen durchgehen. Sie sind siebenundvierzig Jahre alt und bei bester Gesundheit. Sie besitzen ein Wohnhaus in East Sconsett, Long Island, für das Sie noch neun Jahre lang Hypotheken-Abzahlungen zu leisten haben, und Sie besitzen außerdem einen Wagen neueren Modells, für den Sie noch achtzehn Monatsraten zu zahlen haben. Dessenungeachtet leben Sie, dank Ihres ausgezeichneten Gehalts, in finanziell geordneten Verhältnissen. Habe ich recht?«

»So recht wie das Kredit-Institut, das Ihnen diesen Bericht gegeben hat«, sagte Mr. Treadwell.

Bunce zog vor, das zu überhören. »Kommen wir nun zur Hauptsache. Sie sind seit dreiundzwanzig Jahren glücklich verheiratet und haben eine Tochter, die letztes Jahr geheiratet hat und seither mit ihrem Mann in Chicago lebt. Nachdem sie Ihr Heim verlassen hatte, zog Ihr Schwiegervater, ein Witwer und ein etwas wunderlicher Herr, ins Haus und wohnt seither mit Ihnen und Ihrer Frau zusammen.«

Bunce' Stimme bekam einen tiefen, eindringlichen Klang. »Er ist zweiundsiebzig Jahre alt, und abgesehen von einer leichten Bursitis in der rechten Schulter, erfreut er sich einer für sein Alter ausgezeichneten Gesundheit. Er hat bei mehreren Anlässen betont, daß er hoffe, noch zwanzig Jahre zu leben, und nach den genau herausgearbeiteten Statistiken, die meine Gesellschaft gesammelt hat, besteht jede Möglichkeit, daß er das auch tut. Verstehen Sie jetzt, Mr. Treadwell?«

Es dauerte lange, bis die Antwort kam. »Ja«, sagte Mr. Treadwell endlich, und er flüsterte fast: »Jetzt verstehe ich.«

»Gut«, sagte Bunce mitfühlend. »Sehr gut. Der Anfang ist immer schwer – das Eingeständnis, daß es tatsächlich ein

Problem gibt, das Sie bedrückt und das Ihnen jeden Tag, den Gott werden läßt, verdunkelt. Auch bedarf es nicht der Frage, warum Sie alle Anstrengungen machen, es sogar vor sich selber zu verheimlichen. Sie möchten Mrs. Treadwell mit Ihrem Kummer verschonen, nicht wahr?« Mr. Treadwell nickte.

»Würde es Sie erleichtern«, fragte Bunce, »wenn ich Ihnen sagte, daß Mrs. Treadwell Ihre Gefühle teilt? Daß auch sie ihres Vaters Anwesenheit in ihrem Haus als Last empfindet, die von Tag zu Tag schwerer wird?«

»Aber das kann sie doch nicht!« sagte Mr. Treadwell bestürzt. »Sie war es doch, die vorgeschlagen hat, er sollte bei uns leben, nachdem Sylvia geheiratet hatte und wir ein Zimmer übrig hatten. Sie hat mir klargemacht, wieviel er doch für uns getan habe, als wir damals anfingen, und wie leicht es sei, mit ihm auszukommen, und wie wenig er kosten würde – sie hat mir die ganze Geschichte erst eingeredet. Ich kann nicht glauben, daß sie's nicht ernst gemeint haben soll!«

»Natürlich hat sie's ernst gemeint. Sie hatte all die üblichen Gefühle beim Gedanken an ihren alten Vater, der irgendwo ganz allein lebte, sie bot all die herkömmlichen Argumente zu seinen Gunsten auf, und dabei war sie jeden Augenblick ehrlich. Die Falle, in die sie Sie beide führte, war die Grube, in die jeder fällt, der sich trüber Gefühlsduselei ergibt. Ja, manchmal bin ich wirklich geneigt zu glauben, daß Eva den Apfel nur gegessen hat, um die Schlange glücklich zu machen«, sagte Bunce und schüttelte bei diesem Gedanken ärgerlich den Kopf.

»Arme Carol«, stöhnte Mr. Treadwell, »wenn ich nur gewußt hätte, daß es sie genauso quält wie mich –«

»Ja?« sagte Bunce. »Was hätten Sie dann getan?«

Mr. Treadwell runzelte die Stirn. »Ich weiß es nicht. Aber es hätte uns doch irgend etwas einfallen müssen, wenn wir es uns nur gemeinsam überlegt hätten.«

»Was?« fragte Bunce. »Den Mann aus dem Haus jagen?«

»Nein, nicht gerade so etwas.«

»Was dann?« beharrte Bunce. »Ihn in ein Altersheim stekken? Da gibt's einige außerordentlich luxuriöse Heime für
diesen Zweck. Etwas Derartiges müßten Sie schon in Be-
tracht ziehen, da er ja schließlich kein Fall für die Wohl-
fahrt ist; außerdem kann ich mir nicht vorstellen, daß er
den Gedanken, in ein öffentliches Heim zu gehen, besonders freundlich aufnehmen würde.«
»Wer tut das schon?« meinte Mr. Treadwell. »Und was
diese Heime betrifft, so habe ich mich mal mit der Idee befaßt, aber als ich erfuhr, was sie kosten, war's aus. Es wäre
ein Vermögen.«
»Vielleicht«, schlug Bunce vor, »könnte man ihm eine eigene Wohnung besorgen – eine kleine, preiswerte Bleibe
und jemand, der ihn versorgt.«
»Das ist zufällig genau das, was er aufgegeben hat, um zu
uns zu ziehen. Und wenn ihn jemand versorgt – Sie würden nicht glauben, was das kostet. Vorausgesetzt, man findet überhaupt jemand, der ihm paßt.«
»Richtig«, sagte Bunce und schlug hart mit der Faust auf
den Tisch. »In jeder Beziehung richtig, Mr. Treadwell.«
Mr. Treadwell sah ihn böse an. »Was soll das heißen – richtig? Ich hatte gedacht, Sie wollten mir in dieser Angelegenheit behilflich sein, aber bis jetzt haben Sie mir noch keinen
einzigen Vorschlag anzubieten gehabt. Und dabei tönen
Sie, als hätten wir die schönsten Fortschritte gemacht.«
»Haben wir, Mr. Treadwell, haben wir. Auch wenn Sie's
gar nicht gewahr geworden sind, haben wir soeben den
zweiten Schritt zu Ihrer Befreiung getan. Der erste Schritt
war das Eingeständnis, daß es ein Problem gibt; der zweite
Schritt war die Erkenntnis, daß es, ganz gleich wie man die
Sache auch ansieht, keine logische oder praktische Lösung
des Problems zu geben scheint. Auf diese Weise sind Sie
nicht nur Beobachter, Sie haben sogar tatsächlich Anteil an
dem großartigen Verfahren der Segensreich-Methode, die
Ihnen am Ende die einzig mögliche Lösung fertig in Ihre
Hände legt.«
»Die Segensreich-Methode?«

»Verzeihen Sie«, sagte Bunce. »In meinem Enthusiasmus habe ich eine Bezeichnung benutzt, die wissenschaftlich noch nicht en vogue ist. Ich muß deshalb erklären, daß die Segensreich-Methode eine Bezeichnung ist, die meine Mitarbeiter bei der Gesellschaft für Gerontologie dieser Art des Verfahrens gegeben haben. Es ist so benannt zu Ehren von J. G. Segensreich, dem Gründer der Gesellschaft und einem der großen Männer unserer Zeit. Noch hat er nicht die ihm gebührende Anerkennung gefunden, aber auch das wird kommen. Denken Sie an meine Worte, Mr. Treadwell, eines Tages wird der Klang seines Namens den von Malthus übertönen.«

»Komisch, ich habe noch nie von ihm gehört«, sann Mr. Treadwell. »Gewöhnlich bin ich doch auf dem laufenden durch die Zeitungen. Und noch etwas«, fügte er hinzu, wobei er Bunce mit zusammengekniffenen Augen ansah, »wir sind noch nicht darauf zurückgekommen, wieso Sie gerade meinen Fall auf Ihrer Liste haben, und wie Sie es fertiggebracht haben, so viel über mich herauszukriegen.« Bunce lachte wohlgefällig. »Wenn Sie es so sagen, klingt's geheimnisvoll. Schauen Sie, Mr. Treadwell, die Gesellschaft hat Hunderte von Ermittlungsbeamten, die unser großes Land von Küste zu Küste durchforschen, wovon die Bevölkerung im allgemeinen aber nichts merkt. Es ist gegen die Vorschriften der Gesellschaft, daß sich irgendein Angestellter als professioneller Ermittlungsbeamter ausgibt – er würde sofort seine ganze Wirksamkeit einbüßen. Es ist auch nicht so, daß diese Ermittler bei einer bestimmten Person anfangen. Ihr Interesse erstreckt sich auf *jede* ältere Person, die bereit ist, über sich selber zu reden, und Sie wären überrascht, wie redselig die meisten älteren Leute in bezug auf ihre intimsten Angelegenheiten sind. Das heißt natürlich: solange sie unter Fremden sind.

Diese Personen trifft man wie von ungefähr auf Parkbänken, in Gasthäusern, in Büchereien – an jedem Ort, welcher der Bequemlichkeit und der Unterhaltung förderlich ist. Der Ermittler freundet sich mit den Personen an, bringt sie dazu, aus sich herauszugehen, und versucht besonders, soviel wie möglich über die jüngeren Leute zu erfahren, auf die diese Alten angewiesen sind.«

»Sie meinen«, sagte Mr. Treadwell mit wachsendem Interesse, »die Leute, die sie unterstützen?«

»Nein, nein«, sagte Bunce. »Sie machen den üblichen Fehler und setzen Abhängigkeit mit Finanzierungen gleich. Natürlich gibt es in vielen Fällen eine finanzielle Abhängigkeit, aber das ist der unbedeutendere Teil des Gesamtbildes. Der wichtigste Faktor ist immer eine gefühlsmäßige Abhängigkeit. Selbst wo eine räumliche Entfernung den älteren Menschen von dem jüngeren trennen mag, diese gefühlsmäßige Abhängigkeit ist immer da. Das ist wie ein Strom zwischen den beiden. Der jüngere Mensch wird schon durch die bloße Tatsache, daß der ältere existiert, mit Schuldgefühl und Ärger beladen. Es war die persönliche Erfahrung dieses tragischen Dilemmas unserer Zeit, die J. G. Segensreich zu seinem großen Werk inspiriert hat.«

»Mit anderen Worten«, sagte Mr. Treadwell, »Sie meinen, selbst wenn der alte Mann nicht bei uns leben würde, wäre dies alles genauso schlimm für Carol und mich?«

»Sie scheinen das zu bezweifeln, Mr. Treadwell. Aber sagen Sie mir doch, was macht die Sache denn jetzt so schlimm, um bei Ihren eigenen Worten zu bleiben?«

Mr. Treadwell bedachte sich. »Nun«, sagte er »ich glaube, es liegt einfach daran, daß man andauernd eine dritte Person um sich herum hat. Das geht einem nach einer Weile auf die Nerven.«

»Aber Ihre Tochter hat als dritte Person über zwanzig Jahre in Ihrem Haus gelebt«, stellte Bunce fest. »Dennoch bin ich sicher, Sie haben ihr gegenüber nie eine ähnliche Empfindung gehabt.«

»Das ist etwas ganz anderes«, protestierte Mr. Treadwell. »Mit einem Kind hat man viel Spaß, man kann mit ihm spielen, kann zusehen, wie es heranwächst –«

»Warten Sie!« sagte Bunce. »Jetzt treffen Sie genau ins

Schwarze. All die Jahre, in denen Ihre Tochter mit Ihnen lebte, hatten Sie das Vergnügen, sie aufwachsen zu sehen. Sie sahen sie erblühen wie eine schöne Blume, sahen schließlich, wie sie sich als Erwachsene entwickelte. Aber der alte Mann in Ihrem Haus kann jetzt nur noch dahinwelken, nur noch langsam absterben, und dies mit ansehen zu müssen, wirft auch auf Ihr Leben einen Schatten, nicht wahr?«

»Ich glaube schon.«

»Also in diesem Fall glauben Sie wirklich, daß es einen Unterschied machen würde, wenn er nun irgendwo anders lebte? Würden Sie weniger davon spüren, daß er dahinwelkt und abstirbt und sehnsüchtig aus der Ferne auf Sie blickt?«

»Natürlich nicht. Carol würde wahrscheinlich halbe Nächte lang nicht schlafen vor lauter Sorge um ihn, und schon ihretwegen müßte ich mich auch in Gedanken dauernd mit ihm beschäftigen. Das ist doch ganz natürlich, oder nicht?«

»In der Tat, so ist es, und ich freue mich, sagen zu können, daß Sie mit dieser Erkenntnis den dritten Schritt der Segensreich-Methode vollzogen haben. Sie erkennen nun, daß es nicht die Gegenwart der alternden Person ist, die das Problem heraufbeschwört, sondern ihre Existenz.«

Mr. Treadwell verzog nachdenklich den Mund. »Das gefällt mir nicht, was Sie da sagen.«

»Warum nicht? Ich stelle nur eine Tatsache fest.«

»Vielleicht tun Sie das, aber da ist noch etwas dabei, das hinterläßt einen schlechten Geschmack im Mund. Es ist, als ob man sagen würde, der einzige Ausweg für Carol und mich aus unseren Schwierigkeiten sei der Tod des alten Mannes.«

»Ja«, sagte Bunce ernst, »es ist, als ob man das sagen würde.«

»Nun, ich mag das nicht – überhaupt nicht. Bei dem Gedanken, daß man jemand tot sehen möchte, kommt man sich doch ziemlich gemein vor. Und soviel ich weiß, hat dieser Wunsch auch noch niemand wirklich umgebracht.« Bunce lächelte. »Nein?« sagte er sanft.

Er und Mr. Treadwell beobachteten einander schweigend. Dann zog Mr. Treadwell mit kraftlosen Fingern ein Taschentuch aus der Rocktasche und betupfte damit seine Stirn. »Sie«, sagte er mit Bedacht, »sind entweder ein Verrückter oder ein alberner Witzbold. Wie dem auch sei, ich verlange, daß Sie hier verschwinden. Das will ich Ihnen raten.«

Bunce' Gesicht war ganz mitfühlende Anteilnahme.

»Mr. Treadwell«, rief er, »haben Sie nicht verstanden, daß Sie gerade im Begriff waren, den vierten Schritt zu tun? Sehen Sie denn nicht, wie nahe Sie Ihrer Befreiung sind?«

Mr. Treadwell zeigte auf die Tür. »Raus – oder ich rufe die Polizei!«

Der Ausdruck auf Bunce' Gesicht wechselte von Anteilnahme zu Abscheu. »Oh, hören Sie doch auf, Mr. Treadwell, Sie glauben doch nicht, irgend jemand würde die konfuse, unmögliche Geschichte ernst nehmen, die Sie erzählen würden. Bitte überlegen Sie sorgfältig, ehe Sie vorschnell handeln, jetzt oder später. Wenn die wahren Gründe unseres Gesprächs auch nur erwähnt würden, wären Sie der einzige, der darunter zu leiden hätte, das können Sie mir glauben. Inzwischen lasse ich Ihnen meine Karte da. Wann immer Sie mich zu beehren wünschen, ich stehe zu Ihren Diensten.«

»Und warum sollte ich jemals wünschen, Sie zu beehren?« fragte Mr. Treadwell mit bleichem Gesicht.

»Da gibt es verschiedene Gründe«, sagte Bunce, »aber einen vor allem.« Er suchte seine Sachen zusammen und wandte sich zur Tür. »Bedenken Sie, Mr. Treadwell, jedermann, der die ersten drei Stufen der Segensreich-Methode erklommen hat, kann nicht umhin, auch die vierte zu ersteigen. Sie haben beachtliche Fortschritte in kürzester Zeit gemacht, Mr. Treadwell, Sie werden mich wohl bald aufsuchen.«

»Eher sehen wir uns in der Hölle wieder«, sagte Mr. Treadwell.

Trotz dieser wenig vornehmen Verabschiedung machte Mr. Treadwell nun eine schlimme Zeit durch. Das Unglück war, seit er die Segensreich-Methode kannte, ging sie ihm nicht mehr aus dem Sinn. Sie brachte ihn auf Gedanken, die er nur mit Mühe wieder verdrängen konnte, und sie veränderte außerdem den Umgang mit seinem Schwiegervater auf wenig schöne Weise.

Niemals zuvor war der alte Mann so aufdringlich gewesen, so sehr im Wege und so sehr in der Lage, jederzeit genau das zu sagen oder zu tun, was am meisten geeignet war, Verdruß zu bringen. Besonders wütend wurde Mr. Treadwell, wenn er sich vorstellte, wie dieser Eindringling in seinem Haus völlig fremden Menschen seine privaten Angelegenheiten vorplapperte, wie er allzeit bereit war, Einzelheiten aus seinem Familienleben an bezahlte Ermittler weiterzutratschen, die nur darauf aus waren, Ärger zu machen. Und in dem fiebrigen Gemütszustand, dem sich Mr. Treadwell befand, ließ er es auch nicht als Entschuldigung gelten, daß die Ermittler als solche gar nicht erkennbar waren.

Im Laufe weniger Tage mußte Mr. Treadwell, der stolz darauf war, ein vernünftiger, klarsichtiger Geschäftsmann zu sein, sich eingestehen, daß es mit ihm schlecht bestellt war. Überall glaubte er, Anzeichen für eine phantastische Verschwörung zu erkennen. Er malte sich aus, wie Hunderte – nein, Tausende – von Bunces im ganzen Land in alle Büros ausschwärmten, genau wie in das seine, und bei dem Gedanken trat ihm kalter Schweiß auf die Stirn.

Aber, sagte er sich, das Ganze ist doch wirklich zu hirnverbrannt. Er konnte das auch beweisen, indem er sich einfach seine Unterhaltung mit Bunce vor Augen hielt, und das tat er auch ein paar dutzendmal. Schließlich war es nichts weiter als die objektive Betrachtung eines sozialen Problems. War irgend etwas gesagt worden, wovor ein wahrhaft intelligenter Mann zurückschrecken müßte?

Keineswegs. Wenn er daraus so schockierende Folgerungen gezogen hatte, dann deshalb, weil der Gedanke schon in seinem Kopf rumort und einen Ausweg gesucht hatte. Andererseits . . .

Es verschaffte Mr. Treadwell gewaltige Erleichterung, als er sich am Ende entschloß, die Gesellschaft für Gerontologie aufzusuchen. Er wußte, was er dort finden würde: Einen schmutzigen Raum oder auch zwei, ein paar unterbezahlte Schreibkräfte, den sauren Geruch unbedeutender karitativer Werke – alles dies würde die Dinge wieder ins rechte Lot rücken. Er war so erfüllt von dieser Vorstellung, daß er beinahe an dem riesigen Turm aus Glas und Aluminium vorbeigegangen wäre, der die Adresse der Gesellschaft war; voller Verwirrung fuhr er mit dem leise summenden Fahrstuhl nach oben und tauchte ganz betäubt im Vorzimmer des Hauptbüros auf. Und er war noch immer betäubt, als er von einer schicken, langbeinigen jungen Dame durch ein ungeheures und anscheinend endloses Labyrinth von Räumen geleitet wurde, und er sah, als er vorüberging, Heerscharen anderer junger Damen, nicht weniger schick und langbeinig, unzählige flinke, breitschultrige junge Männer, lange Reihen stromlinienförmiger Maschinen, klickend und flackernd in elektronischer Fröhlichkeit, Gebirge von Karteischränken aus rostfreiem Stahl, und, über dem Ganzen, der milde Widerschein indirekter Beleuchtung auf Plastik und Metall – bis er schließlich in das Empfangszimmer von Bunce persönlich geführt wurde und die Tür sich hinter ihm schloß.

»Ganz eindrucksvoll, nicht?« sagte Bunce und genoß offensichtlich Mr. Treadwells Erstaunen.

»Eindrucksvoll?« krächzte Mr. Treadwell heiser. »Mann, ich hab' noch nie irgendwas Ähnliches gesehen. Da stecken doch mindestens zehn Millionen Dollar drin!«

»Warum auch nicht? Die Wissenschaft arbeitet Tag und Nacht, wie weiland Frankenstein, Mr. Treadwell, nur um die Lebenserwartung noch über jedes gesunde Maß hinaus zu verlängern. Es gibt heute vierzehn Millionen Menschen über fünfundsechzig in diesem Land. In zwanzig Jahren wird ihre Zahl auf einundzwanzig Millionen gestiegen sein. Und danach kann niemand auch nur schätzen, wie hoch die Zahlen noch steigen werden!

Aber das Gute an der Sache ist, daß jeder dieser alten Leute von jungen Gönnern oder zukünftigen Gönnern unserer Gesellschaft umgeben ist. Und so wie die Flut immer höher steigt, wachsen auch wir und werden immer stärker, um sie schließlich aufzuhalten.«

Mr. Treadwell fühlte, wie ihn ein Schauer des Grauens durchdrang. »Dann ist es also wahr, ja?«

»Wie meinen Sie?«

»Diese Segensreich-Methode, von der Sie immerfort sprechen«, sagte Mr. Treadwell erregt. »Es geht einfach darum, alles dadurch zu erledigen, daß man die Alten abschafft!«

»Richtig!« sagte Bunce. »Genau das ist es. Und J. G. Segensreich selber hätte es nicht besser ausdrücken können. Sie wissen mit Worten umzugehen, Mr. Treadwell. Ich bewundere einen Mann immer, der gleich zur Sache kommt, ohne sentimentales Geschwafel.«

»Aber Sie kommen nicht durch damit«, sagte Mr. Treadwell voller Zweifel. »Sie glauben doch selber nicht, daß Sie damit durchkommen, oder?«

Bunce wies auf die ausgedehnten Räumlichkeiten hinter den geschlossenen Türen. »Ist das nicht ein hinreichender Beweis für den Erfolg unserer Gesellschaft?«

»Aber alle die Leute da draußen? Wissen die denn, was gespielt wird?«

»Wie gutgeschultes Personal überall, Mr. Treadwell«, sagte Bunce vorwurfsvoll, »kennen sie nur ihre persönlichen Pflichten. Was Sie und ich hier besprechen, ist sozusagen Geheime Kommandosache.«

Mr. Treadwells Schultern sanken. »Es ist unmöglich«, sagte er schwach. »Das kann nicht gutgehen.«

»Aber, aber«, sagte Bunce nicht unfreundlich. »Sie dürfen sich nicht bange machen lassen. Ich kann mir schon denken, was Sie am meisten stört; nämlich das was J. G. Segensreich manchmal den Sicherheitsfaktor genannt hat. Aber sehen Sie's mal so an, Mr. Treadwell: Ist es nicht natürlich, daß alte Leute sterben? Nun, unsere Gesellschaft garantiert dafür, daß die Todesfälle natürlich erscheinen. Untersuchungen sind selten. Nicht eine hat uns bisher irgendwelche Scherereien gemacht.

Und mehr noch, Sie wären von vielen Namen auf der Liste unserer Gönner beeindruckt. Mächtige Leute aus Politik und Finanzwelt strömen uns zu. Einer wie der andere könnte ein glänzendes Zeugnis von unserer Tüchtigkeit ablegen. Und bedenken Sie, daß so wichtige Leute die Gesellschaft für Gerontologie gleichsam unverwundbar machen, Mr. Treadwell, ganz gleich, an welchem Punkt man sie auch angreifen mag. Und diese Unverwundbarkeit erstreckt sich auf jeden einzelnen unserer Spender, auch auf Sie, falls Sie sich entschließen sollten, uns mit der Lösung Ihres Problems zu beauftragen.«

»Aber ich habe kein Recht dazu«, protestierte Mr. Treadwell verzweifelt. »Selbst wenn ich es wollte, wer bin ich denn, daß ich eine Sache für irgendeinen anderen auf diese Weise erledigen könnte?«

»Aha.« Bunce lehnte sich aufmerksam vor. »Aber Sie wollen die Sache erledigen?«

»Nicht auf diese Weise.«

»Können Sie eine andere vorschlagen?«

Mr. Treadwell blieb stumm.

»Sie sehen«, sagte Bunce mit Befriedigung, »die Gesellschaft für Gerontologie bietet die einzige praktische Lösung Ihres Problems. Sind Sie noch immer dagegen, Mr. Treadwell?«

»Ich kann's nicht einsehen«, sagte Mr. Treadwell eigensinnig. »Es ist einfach nicht recht.«

»Sind Sie da ganz sicher?«

»Natürlich bin ich das«, schnappte Mr. Treadwell. »Wollen Sie mir erzählen, daß es recht ist und anständig, herumzulaufen und Leute umzubringen, nur weil sie alt sind?«

»Genau das will ich Ihnen erzählen, Mr. Treadwell, und ich bitte Sie, die Sache einmal so anzusehen: Wir leben heutzutage in einer Welt des Fortschritts, einer Welt von Herstellern und Verbrauchern, alle aufs beste bemüht, unser gemeinsames Los zu verbessern. Die Alten sind weder Hersteller noch Verbraucher, deshalb sind sie nur ein Hindernis für die Beständigkeit unseres Fortschritts. Werfen wir nur einen kurzen, sentimentalen Blick zurück in den pastoralen Dunst von vorgestern, wo die Alten, wie wir finden, durchaus eine Funktion hatten. Während die Jungen draußen waren, um die Felder zu bestellen, konnten die Alten das Haus besorgen. Aber selbst diese Funktion ist heute überlebt. Wir haben hundert andere Mittel, unser Haus zu besorgen, und sie sind weitaus billiger. Können Sie das bestreiten?«

»Ich weiß nicht«, beharrte Mr. Treadwell verstockt. »Sie behaupten, daß Menschen Maschinen sind, und da kann ich Ihnen keineswegs folgen.«

»Gütiger Himmel«, sagte Bunce, »erzählen Sie mir bloß nicht, Sie sähen sie als etwas anderes an! Natürlich sind wir Maschinen, Mr. Treadwell, wir alle! Einzigartige und wundervolle Maschinen, gebe ich zu, aber dennoch Maschinen. Ja, betrachten Sie doch die Welt um sich herum. Das ist ein riesiger Organismus, zusammengesetzt aus lauter ersetzbaren Teilen, alle bemüht, immer wieder herzustellen und zu verbrauchen, bis sie selber verbraucht sind. Soll man zulassen, daß die verbrauchten Teile bleiben, wo sie sind? Natürlich nicht! Sie müssen beseitigt werden, damit der ganze Organismus nicht unbrauchbar wird. Es ist der ganze Organismus, der zählt, Mr. Treadwell, nicht irgendeiner seiner Teile. Können Sie das nicht verstehen?«

»Ich weiß nicht«, sagte Mr. Treadwell unsicher. »Ich habe so noch nie darüber nachgedacht. Es ist schwer, das alles auf einmal zu verdauen.«

»Ich verstehe das, Mr. Treadwell, aber es ist ein Teil der Segensreich-Methode, daß die Spender den großen Wert ihres Beitrags vollauf zu würdigen wissen, nicht nur insofern, als er ihnen selber zugute kommt, sondern auch in jener Hinsicht, in der er dem ganzen sozialen Organismus Nutzen bringt. Indem Sie eine Spende für unsere Gesellschaft zeichnen, vollbringen Sie in der Tat den nobelsten Akt Ihres Lebens.«

»Spende?« sagte Mr. Treadwell. »Was für eine Spende?«

Bunce entnahm einer Schublade seines Schreibtisches ein gedrucktes Formular und legte es sorgsam zur Ansicht vor Mr. Treadwell hin. Der las es und setzte sich abrupt auf.

»Aber hier steht, daß ich mich verpflichte, Ihnen nach Ablauf eines Monats zweitausend Dollar zu zahlen. Von einer solchen Summe war bisher nie die Rede!«

»Es gab auch noch keine Veranlassung, diese Frage aufzurollen«, antwortete Bunce. »Aber seit geraumer Zeit hat ein Komitee der Gesellschaft Ihre finanzielle Lage untersucht, und es ist uns berichtet worden, daß Sie diese Summe ohne Anstrengung und Mühe zahlen könnten.«

»Was soll das heißen, Anstrengung und Mühe?« gab Mr. Treadwell zurück. »Zweitausend Dollar sind eine Menge Geld, ganz gleich, wie man es ansieht.«

Bunce zuckte die Achseln. »Jede Spende ist ganz nach der Zahlungsfähigkeit des Spenders gehalten, Mr. Treadwell. Bedenken Sie, was Ihnen vielleicht teuer vorkommt, mag manch anderen Spendern, mit denen ich zu tun hatte, sehr billig erscheinen.«

»Und was bekomme ich dafür?«

»Im Verlauf eines Monats, nachdem Sie die Spende gezeichnet haben, ist die Angelegenheit mit Ihrem Schwiegervater erledigt. Sofort danach wird von Ihnen erwartet, daß Sie die volle Summe bezahlen. Ihr Name wird dann in die Liste unserer Gönner aufgenommen, und das ist alles.«

»Mir gefällt der Gedanke nicht, in eine Liste aufgenommen zu werden, ganz gleich, was für eine.«

»Das kann ich verstehen«, sagte Bunce. »Aber darf ich Sie

daran erinnern, daß eine Spende an eine karitative Organisation wie die Gesellschaft für Gerontologie steuerabzugsfähig ist?«

Mr. Treadwells Finger ruhten leicht auf dem Spendenformular. »Setzen wir doch mal den Fall«, sagte er, »jemand unterschreibt so ein Ding und zahlt dann nicht! Ich nehme an, Sie wissen, daß eine solche Spende nicht gerichtlich eingeklagt werden kann, nicht wahr?«

»Ja«, lächelte Bunce, »und ich weiß auch, daß eine große Zahl von Organisationen die Spenden nicht kassieren kann, die man ihnen offensichtlich in guter Absicht zugesagt hat. Aber die Gesellschaft für Gerontologie hat mit solchen Schwierigkeiten noch nie zu tun gehabt. Wir vermeiden das, indem wir alle Spender daran erinnern, daß die Jungen, wenn sie nicht achtgeben, genauso unerwartet sterben können wie die Alten . . . Nein, Nein«, sagte er und rückte das verrutschte Formular wieder gerade, »einfach Ihre Unterschrift, hier unten, genügt.«

Als man drei Wochen später Mr. Treadwells Schwiegervater am Fuße des Piers von East Sconsett ertrunken auffand (der alte Mann fischte regelmäßig von dem Pier aus, obwohl ihm verschiedene einheimische Kenner schon oft gesagt hatten, daß man dort nicht viel fängt), wurde das Ereignis pflichtgemäß in den Akten von East Sconsett als Unfall durch Ertrinken eingetragen, und Mr. Treadwell traf alle Anstalten für ein besonders feierliches Begräbnis. Und es war bei diesem Begräbnis, daß bei Mr. Treadwell zum ersten Male *der* Gedanke auftauchte. Es war ein flüchtiger, unangenehmer Gedanke, gerade störend genug, um ihn stolpern zu lassen, als er die Kirche betrat. In dem ganzen Durcheinander des Augenblicks war es jedoch nicht schwer, ihn zu verdrängen. Ein paar Tage später, als er wieder an seinem vertrauten Schreibtisch saß, kam der Gedanke plötzlich wieder. Diesmal war es nicht so leicht, ihn zu verdrängen. Er wuchs unaufhaltsam, wurde größer und größer in seinem Kopf, bis jede Stunde, in der er wachte, mit Schrecken erfüllt war und sein Schlaf zu einer

Kette von grauenhaften Alpdrücken wurde. Da gab es nur einen Menschen, der diese Sache für ihn klären konnte, das wußte er; und so erschien er im Büro der Gesellschaft für Gerontologie in brennender Sorge, daß Bunce dies auch tun möge. Er nahm kaum wahr, daß er Bunce den Scheck übergab und die Quittung in seine Tasche steckte.

»Etwas an der Sache beunruhigt mich«, sagte Mr. Treadwell ohne Umschweife.

»Ja?«

»Nun, erinnern Sie sich, wie Sie mir erzählt haben, wieviel alte Leute es in zwanzig Jahren geben wird?«

»Natürlich.«

Mr. Treadwell lockerte seinen Kragen, um den Druck um seine Kehle zu vermindern. »Aber begreifen Sie denn nicht? Ich werde einer von ihnen sein!«

Bunce nickte. »Wenn Sie einigermaßen auf sich aufpassen, sehe ich keinen Grund, warum Sie es nicht sein sollten«, stellte er fest.

»Sie verstehen nicht, was ich meine«, sagte Mr. Treadwell drängend. »Ich werde dann in der Situation sein, mich jederzeit davor fürchten zu müssen, daß jemand von Ihrer Gesellschaft kommt und meine Tochter und meinen Schwiegersohn auf dumme Gedanken bringt! Es ist doch gräßlich, sich für den Rest seines Lebens davor fürchten zu müssen.«

Bunce schüttelte langsam den Kopf. »Das glauben Sie doch nicht im Ernst, Mr. Treadwell.«

»Und warum nicht?«

»Warum? Also, denken Sie mal an Ihre Tochter, Mr. Treadwell. Denken Sie an sie?«

»Ja.«

»Denken Sie an das reizende Kind, das seine Liebe über Sie ausschüttete, um dafür die Ihre zu erhalten. Die schöne, junge Frau, die soeben die Schwelle des Ehestandes überschritten hat, aber Sie noch immer so gern besucht, eifrig bemüht, Sie spüren zu lassen, wie sehr sie Ihnen zugetan ist?«

»Ich weiß das.«

»Und sehen Sie in Gedanken den mannhaften jungen Menschen, der ihr Gatte ist? Können Sie die Wärme seines Händedrucks fühlen, wenn er Sie begrüßt? Wissen Sie um seine Dankbarkeit für die finanzielle Unterstützung, die Sie ihm regelmäßig gewähren?«

»Ich denke schon.«

»Ehrlich, Mr. Treadwell, können Sie sich vorstellen, daß einer dieser beiden liebevollen und ergebenen jungen Menschen irgend etwas – auch nur das Allergeringste – tun könnte, um Sie zu verletzen?«

Der Druck um Mr. Treadwells Kehle löste sich auf wunderbare Weise, und der eisige Hauch wich von seinem Herzen. »Nein«, sagte er mit Überzeugung, »ich kann es mir nicht vorstellen.«

»Großartig«, sagte Bunce. Er lehnte sich weit zurück in seinem Stuhl und lächelte voll freundlicher Weisheit. »Halten Sie diesen Gedanken fest, Mr. Treadwell. Bewahren Sie ihn und lassen Sie ihn nie mehr los. Er wird Ihnen Erquickung bringen und Trost bis an Ihr seliges Ende.«

# Gift im Portwein

## Dorothy Sayers

»Guten Morgen, Miss«, sagte Montague Egg, als sich die Haustür öffnete, und lüftete mit leichtem Schwung seinen eleganten Filzhut. »Da bin ich wieder, wie Sie sehen. Sie haben mich nicht vergessen, wie? Das ist schön, denn ich könnte eine junge Dame wie Sie niemals vergessen, in hundert Jahren nicht. Wie geht es Seiner Lordschaft heute? Ich denke, er wird ein paar Minuten für mich zu sprechen sein?«

Egg lächelte liebenswürdig, eingedenk der Maxime Nummer zehn aus dem Handbuch für Handlungsreisende: »Ist dir das Mädchen wohlgesonnen, hat du die Sache fast gewonnen.«

Das Stubenmädchen jedoch machte einen nervösen, verwirrten Eindruck.

»Ich weiß nicht . . . o ja . . . kommen Sie herein, bitte. Seine Lordschaft . . . das heißt . . . ich fürchte . . .«

Egg trat eilfertig ein, das Musterköfferchen in der Hand, und sah sich zu seiner großen Überraschung einem Polizisten gegenüber, der ihn ziemlich schroff nach seinem Namen und Beruf fragte.

»Reisevertreter der Firma Plummet & Rose, Wein und Spirituosen, Piccadilly«, sagte Egg mit der Miene eines Mannes, der nichts zu verbergen hat. »Hier ist meine Karte. Was gibt's, Herr Wachtmeister?«

»Plummet & Rose?« fragte der Polizist. »So, so, da setzen Sie sich mal einen Augenblick. Es würde mich nicht wundern, wenn der Inspektor ein paar Worte mit Ihnen reden möchte.«

Eggs Befremden wuchs; gehorsam nahm er Platz, und nach wenigen Minuten wurde er in ein kleines Wohnzimmer geführt, in dem sich ein uniformierter Polizeiinspektor und ein weiterer Polizist mit einem Notizbuch befanden.

»Aha«, sagte der Inspektor, »setzen Sie sich, Mr. . . . hm, hm . . . Egg. Vielleicht können Sie ein bißchen Licht in diese Affäre bringen. Wissen Sie etwas über eine Kiste Portwein, die im letzten Frühjahr an Lord Borrodale verkauft wurde?«

»Sicher, wenn Sie den Dow 1908 meinen«, erwiderte Egg. »Ich habe den Abschluß selbst getätigt. Sechs Dutzend Flaschen zu einhundertzweiundneunzig Shilling das Dutzend. Von mir persönlich am 3. März bestellt. Von unserm Hauptbüro am 8. März abgesandt. Empfang bestätigt am 10. März, mit Scheck beglichen. Von unserer Seite alles in Ordnung. Es ist doch nichts schiefgegangen damit, hoffe ich? Wir haben bisher noch keine Klagen gehört. Ich kam gerade vorbei, um Seine Lordschaft zu fragen, wie ihm der Wein schmeckt und ob er mir einen weiteren Auftrag geben möchte.«

»Ich verstehe«, sagte der Inspektor. »Sie kamen heute also ganz zufällig hierher, im Verlauf Ihrer üblichen Tour?«

Egg, der nun überzeugt war, daß etwas gründlich schiefgegangen sein mußte, reichte als Antwort dem Inspektor sein Auftragsbuch und seinen Reiseplan.

Der Inspektor sah die Unterlagen kurz durch, dann sagte er: »Scheint alles in Ordnung zu sein. Nun, Mr. Egg, ich muß Ihnen leider sagen, daß Lord Borrodale heute morgen in seinem Arbeitszimmer tot aufgefunden wurde, und zwar unter Begleitumständen, die mit höchster Wahrscheinlichkeit darauf schließen lassen, daß er Gift zu sich genommen hat. Und was schwerer wiegt, es sieht ganz so aus, als wäre ihm das Gift mit einem Glas von Ihrem Wein eingeflößt worden.«

»Was Sie nicht sagen!« rief Egg ungläubig. »Es tut mir sehr leid, daß ich das hören muß. Es wird unserm Ruf nicht gerade nützen. Ausgeschlossen, daß der Wein nicht völlig in Ordnung war, als wir ihn versandten. Es würde sich nicht auszahlen, wenn wir unsere Weine mit irgend etwas versetzten, das brauche ich Ihnen nicht zu erzählen. Aber eine solche Affäre schafft nicht die Art Publicity, die wir schätzen. Was bringt Sie überhaupt darauf, daß es der Portwein war?«

Statt zu antworten, schob der Inspektor eine Glaskaraffe, die auf dem Tisch stand, zu Egg hinüber.

»Da, sehen Sie selbst, was Sie davon halten. Fassen Sie's ruhig an, wir haben es schon auf Fingerabdrücke untersucht. Hier ist ein Glas, wenn Sie eines wollen, aber ich rate Ihnen nicht, etwas davon zu trinken – falls Sie nicht lebensmüde sind.«

Egg schnupperte vorsichtig an der Karaffe und runzelte die Stirn. Er goß ein Schlückchen von dem Wein ins Glas, schnupperte wieder und runzelte wieder die Stirn. Dann nahm er einen Versuchstropfen auf die Zunge und spie ihn sofort mit größtmöglichem Anstand in einen Blumentopf.

»Du meine Güte«, sagte Montague Egg. Sein rosiges Gesicht war ganz faltig vor Kummer. »Das schmeckt, als ob der alte Herr seine Zigarrenstummel in den Portwein hätte fallen lassen.«

Der Inspektor wechselte einen Blick mit dem Polizisten.

»Sie haben nicht weit danebengeraten«, sagte er. »Der Doktor ist mit seiner Obduktion noch nicht ganz fertig, aber er meint, es sehe nach einer Nikotinvergiftung aus. Und das ist das Problem. Lord Borrodale hatte die Gewohnheit, jeden Abend nach dem Essen in seinem Arbeitszimmer ein paar Gläser Portwein zu trinken. Gestern abend wurde ihm der Wein wie üblich gegen neun Uhr gebracht. Es war eine neue Flasche, und Craven – das ist der Butler – holte sie direkt aus dem Keller in einem Korbgestell ...«

»Einem Flaschenkörbchen«, warf Egg ein.

»... einem Flaschenkörbchen, wenn Sie's so nennen.

James, der Diener, folgte ihm mit Karaffe und Glas auf einem Tablett. Lord Borrodale prüfte die Flasche, die noch das Originalsiegel trug, dann zog Craven den Korken heraus und füllte den Wein in die Karaffe, unter den Augen Lord Borrodales und des Dieners. Daraufhin verließen beide Dienstboten das Zimmer und gingen in den Küchentrakt; im Weggehen hörten sie, wie Lord Borrodale das Arbeitszimmer hinter ihnen zusperrte.«

»Wozu das?«

»Anscheinend machte er es gewöhnlich so. Er schrieb an seinen Memoiren – er war ein berühmter Richter, müssen Sie wissen –, und da manche der Papiere, die er als Unterlagen benützte, streng vertraulich waren, sicherte er sich lieber gegen unliebsame Überraschungen. Um elf Uhr, als das Personal zu Bett ging, bemerkte James, daß das Licht im Arbeitszimmer noch brannte. Am Morgen entdeckte man, daß Lord Borrodale nicht zu Bett gewesen war. Die Tür des Arbeitszimmers war noch immer versperrt, und als man sie aufgebrochen hatte, fand man ihn tot auf dem Boden liegen. Es sah so aus, als hätte er, von Übelkeit befallen, versucht, die Glocke zu erreichen, und wäre unterwegs zusammengebrochen. Der Doktor sagt, er muß etwa um zehn Uhr gestorben sein.«

»Selbstmord?«

»Nun, damit hat es einige Schwierigkeiten. Erstens die Lage der Leiche. Dann haben wir das Zimmer sorgfältig durchsucht und keinerlei Spur von einem Fläschchen oder sonst etwas gefunden, in dem er das Gift gehabt haben könnte. Außerdem scheint er sich seines Lebens gefreut zu haben. Er hatte keine finanziellen oder häuslichen Sorgen und war bei ausgezeichneter Gesundheit. Warum sollte er Selbstmord begehen?«

»Aber wenn er es nicht selbst war«, wandte Egg ein, »wie kam es, daß er den üblen Geruch des Weins nicht bemerkte?«

»Anscheinend hat er gleichzeitig eine ziemlich schwere Zigarre geraucht«, sagte der Inspektor (Egg schüttelte mißbilligend den Kopf), »außerdem litt er, wie man mir sagte, an einer leichten Erkältung, das mag seinen Geruchs- und Geschmackssinn etwas beeinträchtigt haben. Auf der Karaffe und dem Glas sind keine Fingerabdrücke außer seinen eigenen und denen des Butlers und des Dieners – was zwar nicht ausschließen würde, daß jemand Gift in eins von beiden praktizierte, wenn nicht die Tür versperrt gewesen wäre. Auch die Fenster waren beide von innen verschlossen, mit einbruchssicheren Riegeln.«

»Und wie ist es mit der Karaffe?« fragte Egg, eifrig bedacht auf den guten Ruf seiner Firma. »War sie sauber, als sie hereingebracht wurde?«

»Ja. James wusch sie aus, unmittelbar bevor er damit ins Arbeitszimmer ging; der Koch schwört, er habe es gesehen. James benützte dazu Wasser aus der Leitung und spülte mit einem bißchen Brandy nach.«

»Sehr richtig«, sagte Egg anerkennend.

»Und auch mit dem Brandy war alles in Ordnung, denn Craven nahm nachher selbst ein Glas davon – um sein Herzklopfen zu beruhigen, sagte er.« Der Inspektor räusperte sich bedeutungsvoll. »Das Glas wurde von James ausgewischt, als er es aufs Tablett stellte, und dann trug er alles ins Arbeitszimmer. Nichts blieb auch nur einen Augenblick irgendwo stehen zwischen dem Verlassen des Anrichteraums und dem Betreten des Arbeitszimmers, doch Craven erinnert sich, daß ihn beim Durchqueren der Hall Miss Waynfleet aufhielt und kurz ein paar Anordnungen für den folgenden Tag mit ihm besprach.«

»Miss Waynfleet? Das ist die Nichte, nicht wahr? Ich sah sie bei meinem letzten Besuch. Eine sehr charmante junge Dame.«

»Lord Borrodales Erbin«, bemerkte der Inspektor vielsagend.

»Eine sehr reizende junge Dame«, sagte Egg mit Nachdruck. »Und wenn ich Sie recht verstanden habe, trug Craven nur das Flaschenkörbchen, nicht die Karaffe oder das Glas.«

»Ja, so war es.«

»Schön, dann sehe ich keine Möglichkeit, daß sie in das, was Craven trug, etwas hineinträufeln konnte.« Egg machte eine Pause. »Das Originalsiegel über dem Kork – Sie sagen, Lord Borrodale sah es?«

»Ja, und ebenso Craven und James. Sie können es selbst ansehen, wenn Sie wollen – vielmehr das, was davon übrig ist.«

Der Inspektor zog einen Aschenbecher heran, der neben ein wenig Zigarrenasche kleine Stückchen dunkelblauen Siegellacks enthielt. Egg untersuchte sie sorgfältig.

»Das ist unser Siegellack und unser Siegel, es stimmt«, erklärte er schließlich. »Die Spitze des Korks ist mit einem scharfen Messer sauber weggeschnitten und das Firmenzeichen unverletzt erhalten. ›Plummet & Rose. Dow 1908.‹ Völlig in Ordnung. Wie steht's mit dem Filtriertrichter?«

»Am selben Nachmittag vom Küchenmädchen mit kochendem Wasser ausgewaschen. Unmittelbar vor dem Gebrauch von James ausgewischt, der ihn mit der Karaffe und dem Glas auf seinem Tablett hineintrug. Mit der Flasche zurückgebracht und sofort wieder gespült – unglücklicherweise, sonst natürlich hätte er uns vielleicht etwas darüber erzählt, wie das Nikotin in den Portwein geriet.«

»Nun«, sagte Egg störrisch, »bei uns kam es nicht hinein, das ist sicher. Mehr noch: Ich glaube nicht, daß es überhaupt in der Flasche war. Wie könnte das auch sein? Wo ist sie übrigens?«

»Eingepackt, um zum Gerichtschemiker gebracht zu werden, denke ich«, antwortete der Inspektor, »aber da Sie hier sind, werfen Sie besser noch einen Blick darauf. Podgers, geben Sie uns die Flasche noch einmal. Es sind keine Fingerabdrücke darauf außer denen von Craven, es sieht also nicht so aus, als wenn daran herumgepfuscht worden wäre.«

Der Polizist brachte ein braunes Päckchen zum Vorschein, aus dem er eine Portweinflasche zog, mit einem frischen Kork verschlossen. Es haftete noch ein wenig Kellerstaub daran, vermischt mit Fingerabdruckpulver. Egg entfernte den Kork und beroch den Inhalt lange und intensiv. Dann veränderte sich sein Gesichtsausdruck.

»Woher haben Sie diese Flasche?« fragte er scharf.

»Von Craven. Natürlich gehörte sie zum ersten, was wir zu sehen wünschten. Er nahm uns mit in den Keller und zeigte sie uns.«

»Stand sie für sich oder unter anderen Flaschen?«

»Sie stand auf dem Kellerboden am Ende einer Reihe leerer Flaschen, die alle zur selben Kiste gehörten; er erklärte uns, daß er sie nacheinander, wie sie verbraucht würden, auf den Boden stelle, bis man sie einsammle und wegbringe.«

Egg neigte gedankenvoll die Flasche, bis ein paar Tropfen dicker roter Flüssigkeit, getrübt von Teilchen des aufgerührten Niederschlags, in sein Weinglas rannen. Er roch wieder daran und kostete. Sein Stumpfnase hob sich kriegerisch.

»Nun?« fragte der Inspektor.

»Kein Nikotin darin, unter keinen Umständen«, antwortete Egg, »oder meine Nase trügt mich, was – Sie werden verstehen, Herr Inspektor – sehr unwahrscheinlich ist, denn meine Nase ist sozusagen mein Lebensunterhalt. Nein. Sie werden die Flasche selbstverständlich zur chemischen Untersuchung schicken müssen; das verstehe ich durchaus, aber ich würde ein ganz hübsches Sümmchen darauf wetten, daß sie sich als harmlos erweist. Und das – ich brauche es Ihnen nicht zu versichern – wird für uns eine große Erleichterung bedeuten. Ich für meinen Teil möchte Ihnen noch sagen, daß ich die freundliche Art, mit der Sie mir die Sache vorgelegt haben, sehr zu schätzen weiß.«

»Schon gut; Ihre Fachkenntnis ist für uns wertvoll. Wir können jetzt wohl die Flasche aus unseren Überlegungen ausschließen und uns auf die Karaffe konzentrieren.«

»Ganz recht«, erwiderte Egg. »Doch was ich sagen wollte: Wissen Sie zufällig, wieviel von den sechs Dutzend Flaschen verbraucht worden sind?«

»Nein, aber Craven kann es uns sagen, wenn Sie es unbedingt wissen wollen.«

»Nur zu meiner Beruhigung«, sagte Egg. »Nur, damit ich sicher weiß, daß dies tatsächlich die bewußte Flasche ist. Ich möchte nicht das Gefühl haben, daß ich Sie in irgendeiner Weise irregeführt habe.«

Der Inspektor drückte auf die Klingel, und sogleich erschien der Butler, ein älterer Mann von höchst ehrbarem Aussehen.

»Craven«, sagte der Inspektor, »das ist Mr. Egg von Plummet & Rose.«

»Ich habe die Bekanntschaft Mr. Eggs schon gemacht.«

»Ach ja. Er ist natürlich an der Geschichte mit dem Portwein interessiert und wollte wissen – was war es doch genau, Mr. Egg?« »Diese Flasche«, sagte Monty und schlug leicht mit dem Fingernagel gegen das Glas, »ist doch diejenige, die Sie gestern abend geöffnet haben?«

»Ja, Sir.«

»Sind Sie sicher?«

»Ja, Sir.«

»Wie viele Flaschen haben Sie noch?«

»Das kann ich nicht so aus dem Stegreif sagen, Sir, ohne das Kellerbuch.«

»Und das ist im Keller, nicht wahr? Ich würde gern einen Blick in Ihren Keller werfen; man hat mir erzählt, er sei ausgezeichnet. Alles bestimmt piekfein in Ordnung. Die richtige Temperatur und was sonst dazu gehört?«

»Zweifellos, Sir.«

»Wir gehen alle zusammen und schauen uns den Keller an«, schlug der Inspektor vor, der trotz seines geäußerten Vertrauens anscheinend doch Bedenken hatte, Egg mit dem Butler allein zu lassen.

Craven verbeugte sich und ging voraus; er hielt nur kurz inne, um die Schlüssel aus dem Anrichteraum zu holen.

»Dieses Nikotin«, plauderte Egg, als sie einen langen Gang hinabschritten, »ist das sehr giftig? Ich meine, benötigt man ein großes Quantum davon, um einen Menschen zu töten?«

»Ich hörte vom Arzt«, erwiderte der Inspektor, »daß wenige Tropfen des reinen Extrakts, oder wie sie es nennen, den Tod herbeiführen, und zwar innerhalb einer Zeitspanne von zwanzig Minuten bis zu sieben oder acht Stunden.«

»Du meine Güte«, sagte Egg. »Und wieviel von dem Portwein hat der arme alte Herr getrunken? Zwei ganze Gläser?«

»Ja, Sir, nach der Karaffe zu schließen. Lord Borrodale hatte die Gewohnheit, seinen Wein rasch wegzutrinken, Sir.«

Egg war betrübt.

»Keinesfalls das richtige«, sagte er kummervoll, »nein, nein! ›Nur durch Schnuppern, Schlürfen, Schmecken läßt die Blume sich entdecken‹ – das ist die Regel fürs Weintrinken, müssen Sie wissen. Gibt es im Garten so etwas wie einen Teich oder Bach, Mr. Craven?«

»Nein, Sir«, antwortete der Butler ein wenig überrascht.

»Ich habe mir gerade etwas überlegt. Jemand muß doch das Nikotin in irgendeinem Behälter hierhergebracht haben. Was konnte dieser Jemand mit dem Fläschchen, oder was es nun war, anstellen?«

»Oh, es ins Gebüsch werfen oder vergraben«, sagte Craven, »das macht keinerlei Schwierigkeiten. Es sind sechs Morgen Garten, ohne die Wiese und den Hof. Und dann gäbe es dafür natürlich auch die Wasserfässer und den Brunnenschacht.«

»Wie dumm von mir«, gab Egg zu, »daran habe ich nicht gedacht. Und das ist der Keller, nicht wahr? Großartig – die Ausstattung ist wirklich famos, kann ich nur sagen. Sehr hübsch, auch die Temperatur. Sommer und Winter gleich, wie? Weit genug entfernt von der Zentralheizung?«

»O ja, gewiß Sir. Die liegt an der anderen Seite des Hauses. Vorsicht bei der letzten Stufe, meine Herren, sie ist ein bißchen angeschlagen. Und hier stand der Dow 1908, Sir. Kiste Nr. 17 – ein, zwei, drei und ein halbes Dutzend sind noch da, Sir.«

Egg nickte und überprüfte im Schein seiner Taschenlampe, die er dicht an die herausragenden Flaschenhälse hielt, sorgfältig das Firmensiegel.

»Ja«, sagte er, »da sind sie. Dreieinhalb Dutzend, wie Sie sagen. Traurig, zu denken, daß die Kehle, durch die ihr Inhalt hätte rinnen sollen, nun vom Tod verschlossen daliegt – wenn man so sagen darf. Ich denke oft, wie schade es ist, daß wir nicht alle im Alter milder und sanfter werden, wie dieser Wein. Ein feiner alter Herr, Lord Borrodale, so hat man mir erzählt, aber ein bißchen dickköpfig, wenn das nicht zu unehrerbietig klingt.«

»Er war hart, Sir«, stimmte ihm der Butler zu, »aber gerecht. Ein sehr gerechter Herr.«

»Bestimmt. Und das hier, nehme ich an, sind die leeren Flaschen. Zwölf, vierundzwanzig, neunundzwanzig – und eine sind dreißig – und dreiundeinhalbes Dutzend sind zweiundvierzig – zweiundsiebzig – sechs Dutzend – meiner Rechnung nach stimmt es.« Er hob die leeren Flaschen eine nach der anderen hoch. »Man sagt, Tote erzählen keine Geschichten, aber die hier verraten dem guten Monty Egg doch einiges. Diese da zum Beispiel. Wenn sie jemals Dow 1908 von Plummet & Rose enthielt, dann dürfen Sie Monty Egg nehmen und Rührei aus ihm machen. Der Geruch stimmt nicht, der Niederschlag stimmt nicht, und dieser Kalkspritzer stammt auch auf keinen Fall von unserem Kellermeister. Passiert eben sehr leicht, daß man eine leere Flasche mit einer andern verwechselt. Zwölf, vierundzwanzig, achtundzwanzig und eine sind neunundzwanzig. Ich frage mich, was aus der dreißigsten Flasche geworden ist?«

»Ich weiß sicher, daß ich nie eine wegnahm«, sagte der Butler.

»Die Schlüssel im Anrichteraum – sie hängen innen bei der Tür – sind sehr leicht zugänglich«, sagte Monty.

»Einen Augenblick«, unterbrach der Inspektor. »Meinen Sie damit, daß diese Flasche nicht zu derselben Sendung Portwein gehört?«

»Sie gehört nicht dazu – aber zweifellos fand Lord Borrodale gelegentlich an einer anderen Weinsorte Gefallen.« Egg stellte die Flasche auf den Kopf und schüttelte sie heftig. »Völlig trocken. Seltsam. Eine tote Spinne lag auf dem Flaschenboden. Sie würden sich wundern, wie lange eine Spinne ohne Nahrung am Leben bleibt. Seltsam, daß diese leere Flasche, die mitten in der Reihe steht, trockener sein soll als die am Anfang und eine tote Spinne enthält. Wir bekommen eine Menge seltsamer Dinge zu Gesicht in unserem Beruf, Herr Inspektor – wir werden dazu angeregt, alles mögliche zu bemerken, wenn man so sagen darf. ›Halt überall die Augen offen, so darfst du auf Erfolge hoffen.‹ Die Flasche kann man wohl ein seltsames Ding nennen. Und noch etwas. Die andere Flasche, von der Sie sagten, Sie hätten sie gestern abend geöffnet, Craven – wie konnten Sie sich so irren? Wenn ich meiner Nase trauen kann, von meinem Gaumen ganz zu schweigen, ist diese Flasche schon mindestens eine Woche offen.«

»Wirklich, Sir? Ich weiß bestimmt, daß ich sie vom Ende der Reihe wegnahm. Jemand muß sie ausgewechselt haben.«

»Aber –«, sagte der Inspektor, dann hielt er plötzlich mitten im Sprechen inne, als sei ihm ein Gedanke aufgegangen. »Ich glaube, es ist besser, Sie geben Ihre Kellerschlüssel mir, Craven, und wir werden den Keller genau untersuchen. Das wär's für den Augenblick. Wenn Sie mit mir nach oben kommen wollten, Mr. Egg? Ich möchte noch ein paar Worte mit Ihnen sprechen.«

»Immer gern zu Diensten«, sagte Monty liebenswürdig. Sie kehrten in die Oberwelt zurück.

»Ich weiß nicht, Mr. Egg«, bemerkte der Insepktor, »ob Sie sich bewußt sind, welche Tragweite, oder sagen wir, welche Folgerungen Ihre letzten Äußerungen haben. Angenommen, es stimmt, daß diese Flasche nicht die richtige ist, dann wurde sie mit Absicht ausgetauscht, und die richtige fehlt. Und weiter: Die Person, die sie vertauschte, hinterließ keine Fingerabdrücke.«

»Ich verstehe, was Sie meinen«, sagte Egg, der diese Folgerung schon vor einiger Zeit gezogen hatte, »und mehr noch: Es sieht so aus, als ob das Gift am Ende doch in der Flasche gewesen wäre, nicht wahr? Und damit – so wollen Sie sagen – scheint die Sache für Plummet & Rose ernst zu werden, da nun einmal zweifellos unser Siegel auf der Flasche war, als sie in Lord Borrodales Zimmer gebracht wurde. Ich streite das nicht ab, Herr Insepktor. ›Wenn Tatsachen dich nicht verschonen, nützen dir keine Illusionen.‹ Das ist ein sehr nützlicher Grundsatz für jeden, der in unserer Branche vorankommen möchte.«

»Nun, Mr. Egg«, antwortete der Inspektor lachend, »und was würden Sie zur nächsten Folgerung sagen? Da niemand außer Ihnen ein Interesse daran hatte, diese Flasche auszutauschen, sieht es so aus, als müßte ich Ihnen Handfesseln anlegen.«

»Das ist allerdings eine unangenehme Folgerung«, protestierte Egg, »und ich hoffe, Sie werden sie nicht ziehen. Ich hätte es gar nicht gern, wenn so etwas passieren würde, und meine Arbeitgeber fänden es auch nicht nett. Glauben Sie nicht, es wäre eine gute Idee, wenn wir, bevor etwas geschieht, was wir nachher vielleicht bedauern müßten, erst einmal einen Blick in den Heizungsraum werfen würden?«

»Warum in den Heizungsraum?«

»Weil Craven gerade den nicht erwähnte, als wir ihn fragten, wo jemand etwas, das er gern loswerden wollte, möglicherweise verschwinden lassen könnte.«

Der Inspektor schien über diese Argumentation betroffen. Er beorderte ein paar Polizisten zu Hilfe, und bald wurde die Asche des Zentralheizungsofen durchwühlt. Der erste Fund war ein dicker Brocken halbzerschmolzenes Glas, der einst zu einer Weinflasche gehört haben könnte.

»Es hat den Anschein, als könnten Sie recht haben«, sagte der Inspektor, »aber ich sehe keine Möglichkeit, etwas zu beweisen. Es spricht wenig dafür, daß wir aus diesem Ding da Nikotin herausbekommen.«

»Das glaube ich auch nicht«, stimmte ihm Egg betrübt zu. »Aber« – sein Gesicht hellte sich auf – »was ist damit?«

Aus dem Sieb, durch das ein Polizist die Asche schüttelte, nahm er ein dünnes, verbogenes Stück gedrehtes Metall, an dem noch ein Klumpen verkohltes Elfenbein hing.

»Was in aller Welt ist das?«

»Es sieht nicht mehr nach viel aus, aber ich meine, es war einmal ein Korkenzieher«, sagte Egg freundlich. »Etwas daran kommt mir bekannt vor. Und wenn Sie hierhersehen wollen, werden Sie, glaube ich, feststellen, daß der Metallteil hohl ist. Es würde mich nicht wundern, wenn der dicke Beingriff ebenfalls hohl war. Er ist jetzt natürlich stark verkohlt, aber wenn Sie ihn aufbrechen könnten und innen einen Hohlraum fänden und vielleicht gar ein bißchen verschmortes Gummi – nun, das wäre eine Erklärung für vieles.«

Der Inspektor schlug sich auf die Schenkel.

»Beim Himmel, Mr. Egg«, rief er aus, »ich glaube, ich begreife, worauf Sie hinauswollen. Sie meinen, wenn der Korkenzieher ausgehöhlt wurde und eine Gummipipette enthielt wie ein Füllfederhalter, um das Gift zu speichern, dann konnte man durch Kolbendruck oder ähnliches das Nikotin ausfließen lassen.«

»Genau so«, sagte Mr. Egg. »Der Korkenzieher mußte sehr sorgfältig in den Korken gebohrt werden, damit der Kanal unbeschädigt blieb, und er mußte lang genug sein, daß er über den Korken hinausragte, aber das ließ sich machen. Mehr noch, man hat es gemacht, oder warum sonst sollte dies kleine Loch im Metall sein, etwa einen halben Zentimeter vom Ende entfernt? Gewöhnliche Korkenzieher sind nie hohl – meiner Erfahrung nach nie, und ich bin, wenn man so sagen darf, mit Korkenziehern aufgewachsen.«

»Aber wer, in diesem Fall . . .?«

»Nun, der Mann, der den Korken herauszog, meinen Sie nicht? Der Mann, dessen Fingerabdrücke auf der Flasche waren.«

»Craven? Aber wo ist sein Motiv?«

»Das weiß ich nicht«, antwortete Egg. »Aber Lord Borrodale war Richter, und ein harter Richter dazu. Wenn Sie Cravens Fingerabdrücke an Scotland Yard schicken, werden sie dort vielleicht identifiziert. Ich weiß es nicht. Aber es ist doch möglich, nicht wahr? Oder unter Umständen weiß auch Miss Waynfleet etwas über ihn. Oder er könnte auch einfach in den Memoiren erwähnt sein, die Lord Borrodale in Arbeit hatte.«

Der Inspektor verfolgte diese Spuren unverzüglich. Weder Scotland Yard noch Miss Waynfleet wußten etwas gegen den Butler zu sagen, der seit zwei Jahren in seiner Stellung war und sie stets zur Zufriedenheit ausgefüllt hatte; doch ein Nachschlagen in Lord Borrodales Richtermemoiren ergab, daß er vor einer Reihe von Jahren einen jungen Mann mit Namen Craven, einen Metallfacharbeiter, der anscheinend in eine Betrugsaffäre auf Kosten seines Arbeitgebers verwickelt war, zu einer harten Zuchthausstrafe verurteilt hatte. Weitere Nachforschungen ergaben, daß dieser Mann sechs Monate zuvor aus der Haft entlassen worden war.

»Cravens Sohn natürlich«, sagte der Inspektor. »Und er hatte auch die manuelle Geschicklichkeit, einen Korkenzieher herzustellen, der die genaue Imitation des gewöhnlich im Haushalt benutzten war. Ich frage mich, woher sie das Nikotin hatten? Nun, wir werden auch das bald aufklären können. Ich glaube, es ist nicht schwierig zu bekommen, man gebraucht es im Garten. Ich bin Ihnen sehr dankbar für Ihre fachliche Hilfe, Mr. Egg. Es hätte uns viel Zeit gekostet, die richtigen und die falschen Flaschen herauszufinden. Ich nehme an, Sie begannen Craven zu verdächtigen, als Sie feststellten, daß er Ihnen die falsche Flasche gegeben hatte?«

»O nein«, antwortete Egg mit bescheidenem Stolz, »ich wußte, daß es Craven war, von der Minute an, als er das Zimmer betrat.«

»Nein, wirklich? Sie sind ein regelrechter Sherlock Holmes, nicht wahr? Aber woher wußten Sie's?«

»Er nannte mich ›Sir‹«, erklärte Egg und hüstelte diskret. »Das letztemal, als ich hier vorsprach, redete er mich mit ›junger Mann‹ an und sagte, Vertreter hätten die Hintertür zu benutzen. Ein schlimmer Mangel an Höflichkeit. ›Ob du unrecht hast oder recht, Unhöflichkeit ist immer schlecht‹, wie es im ›Handbuch für Handlungsreisende‹ heißt.«

# Quellenverzeichnis

*Raymond Chandler:* »The Pencil« (Der Bleistift). Aus: Raymond Chandler, GEFAHR IST MEIN GESCHÄFT. Kriminalgeschichten. Deutsch von Wilm W. Elwenspoek, Copyright © 1980 by Diogenes Verlag AG Zürich.

*Agatha Christie:* »Four and Twenty Blackbirds« (Vierundzwanzig Schwarzdrosseln). Aus: Agatha Christie, DER GUTENACHT-KRIMI MIT HERCULE POIROT. Copyright © 1924 by Agatha Christie. Übertragung aus dem Englischen von Maria Meinert, Marfa Berger und Ingrid Jacob. Scherz Verlag Bern, München, Wien.

*Roald Dahl:* »Neck« (Hals). Aus: Roald Dahl, ... UND NOCH EIN KÜSSCHEN. Deutsch von Hans-Heinrich Wellmann. Copyright © 1963 by Rowohlt Verlag GmbH, Reinbek.

*Stanley Ellin:* »The Blessington Method« (Die Segensreich-Methode). Aus: Stanley Ellin, DER ACHT-STUNDEN-MANN. Copyright © by Stanley Ellin. Übertragung aus dem Amerikanischen von Kristin Wallstroem. Scherz Verlag Bern, München, Wien.

*Mary Higgins-Clark:* »The Body in the Closet« (Die Leiche im Schrank). Aus: Mary Higgins-Clark, DER MORD ZUM SONNTAG. Copyright © 1990 by Mary Higgins-Clark. Übertragung aus dem Amerikanischen von Hilde Linnert.